Chasseuse de vampires - 4

La lame de l'Archange

Du même auteur
aux Éditions J'ai lu

Le sang des anges
Chasseuse de vampires – 1
N° 9504

Le souffle de l'Archange
Chasseuse de vampires – 2
N° 9677

La compagne de l'Archange
Chasseuse de vampires – 3
N° 9887

Nalini Singh

CHASSEUSE DE VAMPIRES - 4

La lame de l'Archange

TRADUIT DE L'ANGLAIS (ÉTATS-UNIS)
PAR LUCE MICHEL

J'AI LU

Titre original :
ARCHANGEL'S BLADE : A GUILD HUNTER NOVEL

Éditeur original :
The Berkley Publishing Group.
Penguin Group (USA) Inc.

Écrire ce livre a été un merveilleux voyage
que ceux qui m'entourent ont rendu
plus merveilleux encore.
Merci à chacun d'entre vous.

Avant Isis

— Papa ! Papa !

— Oh là, Misha. (Attrapant son fils tout excité qui dévalait en courant le cahoteux chemin, il l'installa sur son bras bronzé, marqué de cicatrices et musclé par les travaux des champs.) Avec quoi ta mère t'a-t-elle nourri, ma parole ?

Le petit garçon, assuré que son père ne le laisserait pas tomber, gloussa.

— M'as-tu apporté une friandise ?

— J'avais faim sur le chemin du retour, dit le père en plaisantant. J'ai bien peur de l'avoir mangée.

Misha plissa le front, ses yeux sombres affichant une expression résolue… et il se mit à rire de nouveau, d'un grand rire sonore, étonnant pour un si petit enfant.

— Papa !

Il commença à regarder dans la poche de chemise de son père et poussa un cri triomphant en y trouvant le petit paquet enveloppé.

Souriant à la joie de son fils, l'homme leva les yeux et la vit sur le seuil de la porte. Sa femme. Leur nouveau-né dans les bras. Son cœur se serra en un nœud presque douloureux. Parfois, il lui arrivait de penser qu'il devrait se sentir honteux d'aimer autant sa femme et ses enfants, de les aimer au point que les jours où il se rendait sur les marchés lui causaient une souffrance peu commune… Mais il ne parvenait pas à s'y résoudre.

Lorsque les autres hommes se plaignaient de leur épouse, il se contentait de sourire et de penser à la femme aux yeux bridés et à la large bouche qui l'attendait. Ingrede détestait sa bouche, aurait voulu qu'elle fût une simple courbe comme celle de la femme du voisin de l'autre côté de la plaine ; mais lui aimait son sourire, aimait sa dent légèrement de biais, et la manière qu'elle avait de zézayer quand il la poussait à boire trop de feu blanc brassé par le fils du même voisin.

À cette minute, déposant son sac sur le seuil, il prit sa joue en coupe.

— Bonjour, femme.

— Tu m'as manqué, Dmitri.

Chapitre 1

S'accroupissant sur le pont en ciment éclairé de la seule lueur jaune et terne d'un réverbère vacillant quelques mètres plus loin, Dmitri tourna vers lui la tête du mort, qui avait une expression sévère, en empoignant ses cheveux humides et sans se préoccuper d'enfiler des gants. Elena, pensa-t-il, n'aurait pas approuvé cette infraction au protocole médico-légal en vigueur, mais la chasseuse était actuellement au Japon et ne reviendrait pas en ville avant trois jours.

La tête de la victime avait été séparée de son corps – qu'il fallait encore retrouver – à coups tranchants. Il était possible que l'arme fût une petite hache. Pas un travail soigné, mais cela avait suffi à faire l'affaire. La peau, qui semblait avoir été d'une teinte plus blanche ou plus rose lorsque l'homme était en vie, était douce et gonflée d'eau. La rivière n'avait pas eu le temps de la dégrader au point d'en faire de la vase.

— J'avais l'espoir, dit-il à l'ange aux ailes bleues qui se tenait de l'autre côté de cette macabre découverte, de passer quelques semaines tranquilles.

La réapparition de l'Archange Caliane, que l'on croyait morte depuis plus d'un millénaire, avait secoué aussi bien les anges que les vampires. Les mortels, eux aussi, sentaient quelque chose, mais ils n'avaient pas connaissance du changement prodigieux dans la structure du pouvoir du Cadre des Dix, formé par les Archanges qui gouvernaient le monde.

Car Caliane n'était pas seulement âgée. Elle était une Ancienne.

— La tranquillité t'ennuierait, répliqua Illium, jouant à faire glisser sur et entre ses doigts une mince lame d'argent.

Son retour précédait celui d'Elena et Raphael. Il était rentré du Japon la veille, et ne portait pas trace de la moindre blessure bien qu'il eût été kidnappé et pris entre les feux croisés d'une bataille entre Archanges.

Dmitri sentit ses lèvres se relever. Malheureusement, l'ange aux ailes bleues parsemées d'argent et aux yeux dorés avait raison. Dmitri n'avait pas encore succombé à l'ennui qui affectait de si nombreux Immortels pour la simple raison qu'il ne restait jamais en place. Bien sûr, certains disaient qu'il allait trop loin dans l'extrême opposé – en compagnie de ceux qui vivaient seulement pour le plaisir intense du sang et de la douleur, toute autre sensation s'étant affadie.

Cette pensée aurait dû l'inquiéter. Qu'elle le laisse de marbre... voilà précisément ce qui l'inquiétait. Mais sa descente inexorable dans l'obscurité séduisante d'un rouge rubis n'avait rien à voir avec la situation présente.

— Il a des crocs naissants. (Les petites canines, pas encore arrivées à maturité, semblaient presque transparentes.) Mais il n'est pas l'un des nôtres. (Dmitri connaissait le nom et le visage de chaque vampire vivant à New York et dans les alentours.) Pas plus qu'il ne correspond à la description d'aucun des Transformés portés disparus sur un territoire plus large.

Illium balança sa lame sur le bout d'un doigt. Elle réfléchit la lueur du réverbère avec un éclat de couleur inattendu, puis l'ange recommença à la faire glisser entre ses doigts.

— Il aurait pu appartenir à quelqu'un d'autre, avoir tenté d'échapper à son Contrat et s'être mis dans le pétrin.

Puisqu'il y avait toujours des idiots pour essayer de ne pas remplir leur part de contrat – cent ans au service des anges en échange du cadeau de l'immortalité – c'était fortement possible. Mais pourquoi un vampire viendrait-il à New York alors que la ville hébergeait un Archange et une puissante Guilde de chasseurs qui se consacrait à récupérer ceux qui décidaient de fuir ? C'était inexplicable.

— Liens familiaux, dit Illium, comme s'il avait lu dans les pensées de Dmitri. Des vampires aussi jeunes tendent à rester connectés à leurs racines mortelles.

Dmitri pensa aux ruines d'une maison détruite par le feu où il s'était rendu jour après jour, nuit après nuit, jusqu'à ce que tant d'années soient passées qu'il ne restât plus aucune trace du petit cottage qui s'était autrefois trouvé là. Seul le terrain, recouvert de fleurs sauvages, subsistait, et il appartenait à Dmitri, serait toujours sien.

— Cela fait trop longtemps que nous travaillons ensemble, Campanule, dit-il, son esprit vagabondant sur cette plaine balayée par les vents, où il avait autrefois dansé avec une femme riant dans ses bras, pendant qu'un petit garçon au regard intelligent applaudissait.

— Je n'arrête pas de le répéter, répliqua Illium, mais Raphael refuse de se débarrasser de toi. (La lame d'argent lançait des éclairs de plus en plus rapidement.) Que penses-tu du tatouage ?

Se relevant, Dmitri inclina sous un autre angle la tête qu'il tenait. Le tatouage, haut sur la pommette gauche de la victime – des marques noires entrelacées rappelant l'alphabet cyrillique, trois phrases s'enroulant en ce qui pouvait bien être de l'araméen – était à la fois intrigant et inhabituel… et pourtant, quelque chose à son sujet titillait Dmitri.

Il l'avait vu auparavant, le même, ou quelque chose de semblable, mais il vivait depuis presque un millénaire et ce souvenir était moins qu'une ombre.

— Cela pourrait le rendre plus facile à identifier. (La lumière scintillait sur ces petits crocs, Dmitri se rendit compte de ce qu'il avait laissé passer au premier coup d'œil.) Si ses crocs ne sont pas à maturité, il aurait dû se trouver encore en isolation.

Les premiers mois après leur Transformation, les vampires étaient des créatures rampantes, à peine plus que des animaux, pendant que la toxine qui les faisait passer de mortels à vampires faisait son chemin à travers leurs cellules. Beaucoup choisissaient de subir la conversion dans un coma artificiel, hormis certaines périodes d'éveil nécessaires. Dmitri avait passé les mois suivant sa violente Transformation attaché à des chaînes de fer sur un sol de pierre glacial. Il avait peu de souvenirs de cette époque, au-delà du froid polaire de la pierre sous son corps nu, de la prise rigide des menottes autour de son cou, de ses poignets, de ses chevilles.

Mais ce qui était advenu après son réveil en tant que presque-Immortel… cela, il ne l'oublierait jamais, pas même s'il vivait jusqu'à fêter ses dix mille ans.

Un bleu sauvage traversa son champ de vision ; la lumière jaune et tremblotante transformait les plumes scintillantes d'argent d'Illium en étain.

— La Guilde a de bonnes bases de données, dit l'ange, en repliant ses ailes et en éloignant son couteau d'un revers de main.

— Oui.

Dmitri avait les moyens d'accéder à ces données sans la coopération de la Guilde. Il avait déjà procédé ainsi à plusieurs reprises. Mais intégrer les chasseurs à cette affaire pouvait être une bonne tactique. Ils sauraient l'alerter si des incidents similaires se produisaient – car son instinct, affûté par un millier d'années de survie sanglante, lui disait qu'il devait traiter ce cas lui-même, et non le transférer à la Guilde.

— Où est le sac ? (Lorsque Illium sortit un sac-poubelle noir, il haussa un sourcil.) J'aurais pensé qu'Elena t'avait appris quelque chose maintenant.

L'ange lui lança un regard solennel inattendu de ses yeux dorés, dont les cils noirs baignés de bleu rappelaient ses cheveux.

— Penses-tu que je tomberai de nouveau, Dmitri ? (Souvenirs dans sa voix, murmures de douleur.) Que je perdrai mes ailes ?

Cette question ne surprit pas Dmitri. Ce n'était pas un hasard si Illium était devenu l'un des Sept de Raphael, ces anges et ces vampires qui avaient voué leur vie à l'Archange. Il était doué d'une intelligence aiguë. Le vampire rencontra les yeux extraordinaires de l'ange.

— Tu l'observes d'une façon dont personne ne devrait regarder une femme appartenant à un Archange.

Illium avait une faiblesse pour les mortelles, et bien qu'Elena fût maintenant ange, elle avait un cœur humain, vulnérable, et restait mortelle dans sa manière de penser.

L'ange aux ailes bleues ne dit rien pendant que Dmitri plaçait la tête dans le sac plastique. Il n'y avait pas d'autres preuves à collecter sur les lieux. La tête avait flotté sur l'Hudson ; Illium l'avait repérée alors qu'il volait au-dessus du fleuve, un court instant avant que les derniers rayons du soleil ne soient consumés par la nuit. Elle pouvait venir de n'importe où.

— Elle m'en impose, finit par admettre l'ange. Mais elle appartient au Sire, et je défendrais cette relation de ma vie.

Une déclaration calme, passionnée, absolue.

Dmitri aurait pu en rester là mais il y avait plus en jeu qu'une attraction dangereuse.

— Ce n'est pas de trahison que je me soucie. Mais de toi.

Les cheveux d'Illium, poussés par un vent capricieux, balayèrent son visage avant de retomber.

— À Amanat, dit-il, parlant de la ville perdue qui avait de nouveau surgi, Elena a dit qu'elle avait besoin de moi pour la protéger de toi. (Un léger sourire.) C'était une plaisanterie, mais cela ne lui fait pas de mal d'avoir quelqu'un dans son camp.

Dmitri ne discuta pas le sous-entendu sur ses propres sentiments envers la chasseuse, devenue l'affiliée choisie par Raphael.

— Tu es convaincu qu'elle lui a sauvé la vie lors de l'attaque de Lijuan ?

Le rapport d'Illium semblait peu plausible, et pourtant, Raphael lui-même en avait confirmé certains points lorsqu'il avait contacté Dmitri peu après le réveil de Caliane.

— Seul Raphael connaît la vérité, mais je sais ce que j'ai vu, répondit Illium, le visage tendu par les souvenirs. Il était en train de mourir et puis il est revenu à la vie – et la flamme dans ses mains était teintée des couleurs de l'aube.

Les mêmes couleurs douces qui s'attardaient sur une partie des ailes d'Elena.

Dmitri restait méfiant. Elena était la plus faible des anges et son cœur mortel n'était pas assez fort pour survivre dans le monde des Archanges.

— Elle constitue une faille permanente dans son armure.

En tant que second de Raphael, Dmitri n'allait jamais accepter cela, bien qu'il ait fait le serment de la protéger et qu'il tiendrait cette promesse jusqu'au bout, quel qu'en soit le prix.

— N'as-tu jamais eu, dans ta vie, de femme qui fasse naître une telle faille dans ta propre armure ? (L'une des plumes d'Illium tomba vers le sol mais fut balayée en direction de l'eau avant qu'elle puisse toucher le ciment impitoyable.) Depuis tout le temps que je te connais, tu n'as jamais eu de maîtresse que tu aies clairement revendiquée comme tienne.

Je surveillerai les routes pour toi, Dmitri.

Illium avait à peine plus de cinq cents ans alors que Dmitri en comptait presque mille. L'ange ne savait rien de ce qui s'était passé auparavant – seul Raphael était au courant.

— Non, répondit Dmitri. (Un mensonge qu'il prononçait en ayant eu des siècles pour s'en rendre maître.) La faiblesse est ce qui amène un homme à être tué.

Illium laissa échapper un soupir lorsqu'ils atteignirent la Ferrari rouge feu que l'ange convoitait mais qu'il ne pouvait conduire à cause de ses ailes. Il reprit :

— Ne perds pas ton humanité, Dmitri. Elle fait de toi ce que tu es.

Il déploya ces ailes d'une impossible beauté et s'éleva dans les airs avec une grâce et une puissance qui laissaient présager de ce qu'il pourrait bien devenir un jour.

Dmitri observa l'ange qui prenait de l'altitude dans les cieux cloutés d'étoiles, au-dessus d'un Manhattan qui se réveillait en s'étirant dans le pouls sombre de la nuit, jusqu'à ce qu'il ne soit plus qu'une ombre contre le noir scintillant. Les lèvres du vampire s'incurvèrent en un sourire sinistre.

— J'ai perdu mon humanité il y a longtemps de cela, Campanule.

Honor était dans les profondeurs souterraines du bâtiment principal de l'Académie de la Guilde, regardant fixement un texte à enluminures du XIVe siècle sur un certain Amadeus Berg, chasseur légendaire et explorateur, lorsque son téléphone sonna. Sursautant au bruit soudain, elle l'attrapa sur la table, à côté de ses clés.

— Sara ? dit-elle, ayant reconnu sur l'écran le numéro de portable de la Directrice de la Guilde.

— Honor. (Ton brusque. Sans fariboles. Sara.) Où es-tu ?

— Dans la section des livres rares à la bibliothèque de l'Académie.

Faiblement éclairée par déférence envers l'âge des livres qui y étaient stockés, et gardée à une température ambiante précise, la salle était devenue un refuge, un endroit où peu de gens s'aventuraient.

— Bien. Tu n'es pas trop loin. (Un bruit de papiers qu'on froisse.) La Tour a besoin d'un consultant et tu es particulièrement bien qualifiée. Quand tu…

Honor n'entendit pas le reste de la phrase car ses oreilles se mirent à bourdonner sous l'afflux de sang. Elle sentait son visage s'enflammer à un point tel qu'elle pensait que sa peau allait se décoller sous la chaleur, laissant sa chair exposée à l'air cruel.

— Sara, bredouilla-t-elle, ses doigts agrippant le coin du bureau à s'en faire blanchir la peau, qui était d'ordinaire d'un léger brun touché par le soleil. Tu sais que je ne peux pas.

Sa terreur était plus grande qu'aucun des misérables lambeaux de fierté qui lui restaient.

— Si, tu peux. (Le ton de Sara était doux mais ferme.) Je ne compte pas t'autoriser à t'enterrer à l'Académie pour toujours.

La main d'Honor serra le téléphone, son cœur donnait des coups si forts et si désordonnés que c'en était douloureux.

— Et si je souhaite m'enterrer ? demanda-t-elle, trouvant la volonté de lutter avec la même peur écrasante que celle responsable de la sueur qui trempait son dos.

— Alors, je devrai me montrer dure et te rappeler que tu es encore sous contrat comme chasseuse active.

Les genoux d'Honor flageolèrent, et elle se ratatina sur sa chaise. La Guilde était le seul foyer qu'elle connaissait, ses collègues chasseurs sa seule famille.

— Je suis une enseignante.

C'était son ultime effort pour se sortir de cette situation.

— Non, c'est faux. (Une dénonciation formulée d'une voix douce mais qui n'en était pas moins impitoyable.) Tu n'as pas enseigné à une seule classe durant les mois où tu as été à l'Académie.

— Je…

— *Honor*. (Un mot unique, définitif.)

Elle serra le poing sur le bureau, regardant sans les voir les bleus obsédants et les rouges passionnés des enluminures du manuscrit qu'elle avait laissé tomber avec un manque d'attention choquant sur le bois poli.

— Donne-moi les détails.

Sara laissa échapper son souffle.

— Une part de moi veut t'envelopper dans du coton et te garder au chaud et en sécurité, là où rien ne peut te blesser, dit-elle avec une sauvagerie qui trahissait la générosité de son cœur derrière son apparence sévère, mais une autre part sait que je participerais alors à te paralyser ; et je m'y refuse.

Honor vacilla. Non parce que les mots étaient durs, mais parce qu'ils étaient sincères. Elle n'était pas entière, ne l'avait pas été durant les dix mois qui venaient de s'écouler.

— Je ne sais pas ce qu'il reste vraiment de moi, Sara.

Parfois, elle n'était pas certaine d'avoir quitté ce trou immonde taché de sang, de sueur et… d'autres liquides corporels ; pas certaine que sa vie actuelle n'était pas une illusion créée par un esprit brisé.

Sara parla alors et le tranchant de ses mots la conforta dans l'idée que sa vie était bien réelle. Parce que, en toute logique, si elle s'était construit un monde imaginaire pour échapper à une réalité brutale, elle n'aurait pas fait de la Directrice de la Guilde quelqu'un d'aussi rigide, non ?

— Ransom et Ashwini n'ont pas risqué leur vie pour te sortir de là juste pour que tu t'éloignes et que tu laisses tomber. (Un souvenir des bras qui avaient aidé à la hisser jusqu'à la lumière, douloureuse pour ses yeux.) Reprends-toi et redeviens toi-même.

À la minute présente, l'estomac d'Honor se soulevait, sa main libre se serrant et se détendant de manière compulsive.

— C'est là que je fais un salut et réponds « oui, chef ! » ?

Sa déclaration ne contenait aucun mordant, parce qu'elle se souvenait de s'être réveillée par intervalles à l'hôpital et d'avoir vu Sara à ses côtés, une force féroce, protectrice.

— Non, répliqua la directrice, c'est là que tu dis que tu te mets en route pour poser ton cul dans un taxi. Il n'est que 8 h 30 donc tu ne devrais pas avoir de problèmes pour en trouver un.

Des frissons parcouraient l'échine d'Honor ; la transpiration perlait sur sa lèvre supérieure.

— C'est un ange que je vais rencontrer ? *S'il te plaît, dis oui*, supplia-t-elle en silence, désespérée. *S'il te plaît*.

— Non. Tu as rendez-vous avec Dmitri. (L'image d'un homme à la peau d'un miel sombre et au visage d'une beauté cruelle.) C'est un vampire.

Cela sortit presque comme un chuchotement silencieux. *Le* vampire de la ville. Et même du pays, bon sang.

Sara ne prononça pas un mot pendant un bon moment. Lorsqu'elle reprit la parole, elle posa une seule question, bouleversante :

— Es-tu heureuse, Honor ?

Heureuse ? Elle ne savait plus ce qu'était le bonheur dorénavant. Peut-être ne l'avait-elle jamais su, bien qu'elle eût pensé en avoir appris quelque chose en voyant les enfants biologiques des familles d'accueil chez qui elle avait été ballottée après avoir quitté l'orphelinat à cinq ans. Maintenant...

— J'existe.

— Est-ce suffisant ?

Elle déploya ses doigts au prix d'un effort, vit les demi-cercles qu'elle avait imprimés dans ses paumes, rouges et furieux. La Guilde avait payé pour un psychologue, continuerait de le faire aussi longtemps qu'elle en aurait besoin. Honor s'était rendue à trois séances avant de se rendre compte qu'elle ne parlerait jamais à la femme adorable et patiente qui avait l'habitude d'avoir affaire aux chasseurs.

Au lieu de cela, elle essayait de rester éveillée, essayait de ne pas se souvenir.

Des crocs plongeant dans sa poitrine, à l'intérieur de ses cuisses, dans son cou, des corps excités se frottant contre elle alors qu'elle gémissait et suppliait.

Elle avait été forte au début, déterminée à survivre et à découper ces bâtards en lamelles.

Mais ils l'avaient détenue pendant deux mois.

On pouvait faire beaucoup de choses à une chasseuse, à une femme, en deux mois.

— Honor ? (La voix de Sara, empreinte d'inquiétude.) Écoute, je vais demander à quelqu'un d'autre. Je n'aurais pas dû te presser autant et si tôt.

Un sursis. Mais il devait lui rester malgré tout un peu de fierté, parce qu'elle se retrouva à ouvrir la bouche, les mots sortant sans qu'elle ait conscience de le vouloir.

— Je pars dans dix minutes.

Ce ne fut qu'une fois qu'elle eut raccroché qu'elle s'aperçut qu'elle avait attrapé un crayon à un moment ou à un autre… et qu'elle avait écrit le nom de Dmitri encore et encore sur son bloc-notes. Ses doigts eurent un spasme, laissèrent échapper le crayon.

Cela recommençait.

Chapitre 2

La Tour, envahie de lumière, dominait la ligne d'horizon de Manhattan, structure perçant les nuages depuis laquelle l'Archange Raphael régnait sur son territoire. Honor remonta la sacoche de son ordinateur sur son épaule après avoir payé le taxi et leva les yeux. Leurs ailes se découpant sur le ciel nocturne constellé de diamants, des anges, les uns après les autres, venaient y atterrir ou en décollaient. Elle ne pouvait rien discerner au-delà de la beauté obsédante de leur silhouette, mais de plus près, ils étaient aussi inhumains qu'étonnants – même si l'on racontait à la Guilde que vous n'aviez rien vu d'inhumain tant que vous ne vous étiez pas retrouvé face à Raphael.

Compte tenu de leurs compétences différentes et, par conséquent, des chasses qui leur étaient assignées, Honor n'avait connu Elena que de loin, et ne pouvait imaginer comment l'autre chasseuse avait géré le fait d'avoir un Archange pour amant. Bien sûr, à cet instant, elle aurait préféré avoir Raphael face à elle plutôt que l'homme qu'elle s'apprêtait à rencontrer… qui était à la fois un cauchemar et un rêve sombre et séduisant.

Se détournant de force de la fuite illusoire que représentait le ciel, elle serra les dents et garda le regard fixé droit devant elle en descendant l'allée menant à l'entrée de la Tour. Celle-ci était gardée par un vampire vêtu d'un costume noir tranchant comme un rasoir et portant des lunettes de soleil couvrantes. La gorge d'Honor se dessécha à la seconde où elle s'arrêta devant lui, ses entrailles se nouèrent et, pendant un instant, des points noirs emplirent sa vision.

Non. Non. Elle ne s'évanouirait pas devant un vampire.

Se mordant la langue assez fort pour que des larmes lui montent aux yeux, elle rajusta la lanière de sa sacoche et regarda dans ces lunettes de soleil pour voir son propre visage s'y refléter.

— J'ai rendez-vous avec Dmitri.

Sa voix était basse mais elle ne tremblait pas, et c'était en soi une victoire. Le vampire tendit sa main puissante pour ouvrir la porte.

— Suivez-moi.

Elle savait qu'elle était entourée de presque-Immortels depuis qu'elle avait franchi la zone de sécurité autour de la Tour, mais cela avait été plus facile de se mentir à elle-même tant qu'elle ne pouvait les voir. Ce n'était dorénavant plus possible. Celui en face d'elle, les épaules couvertes par sa veste de costume parfaitement taillée, la peau d'une couleur cannelle qui évoquait le sous-continent indien, était le plus proche. Plusieurs d'entre eux se tenaient dans un coin du hall de marbre gris orné d'or, prédateurs raffinés sur leurs gardes. Puis il y avait cette jolie femme assise au bureau d'accueil malgré l'heure tardive.

La réceptionniste sourit à Honor, ses yeux en amande marron empreints d'une expression affable. La chasseuse essaya de lui rendre son sourire, parce que la partie rationnelle de son être savait que tous les vampires n'étaient pas les mêmes, mais son visage resta figé. Plutôt que de se forcer, elle se concentra pour conserver une posture normale.

— Elle ne répond pas. Catatonique.

— Pronostic ?

— Pas moyen de savoir. Je sais que je ne devrais pas dire ça, mais quelque part, je pense qu'il vaudrait mieux qu'elle soit morte.

Étendue, éveillée dans l'obscurité, dans un effort illusoire pour lutter contre l'horreur rance qui régnait sur ses rêves, Honor avait souvent pensé que ce docteur sans visage avait eu raison. Mais ce soir, le souvenir provoqua en elle une autre émotion.

De la colère.

Un élancement sourd qui la prit par surprise.

Je suis vivante. Je m'en suis sortie, bon sang. Personne n'a le droit de m'enlever ça.

Son étonnement face à sa propre rage était tel que ce sentiment la porta durant le trajet en ascenseur, piégée qu'elle était dans une petite cage avec un vampire qui portait un costume Armani et dégageait une aura de puissance contenue, signe qu'il ne s'agissait pas d'un agent de sécurité ordinaire.

Lorsque les portes s'ouvrirent sur une épaisse moquette noire et des murs brillants, peints de la même teinte de minuit, elle retint son souffle. Cet endroit vibrait d'une pulsation sexuelle, à peine décelable. Dans leurs vases de cristal posés sur de petites tables élégantes, d'un noir lustré, de somptueuses roses étalaient leur rouge sang. La moquette semblait presque trop luxueuse pour qu'on ose marcher dessus ; la peinture chatoyait de reflets dorés.

L'œuvre d'art sur l'un des murs était une explosion de rouges qui l'aspirait avec sa férocité cruelle.

Sensuelle.

Belle.

Fatale.

— Par ici.

Le sang courant dans ses veines d'une manière qu'elle savait peu sûre en présence de Transformés, elle avançait deux pas derrière son guide – elle bénéficierait ainsi d'un avertissement s'il pivotait, cherchant sa gorge. Son pistolet était enfoui dans un holster d'épaule dissimulé sous son sweat-shirt gris pâle préféré, son couteau dans un fourreau placé en évidence sur sa cuisse, mais elle en avait deux autres cachés dans des gaines attachées à ses bras. Cela ne serait pas suffisant, pas contre un vampire qui, d'après son instinct et son expérience, devait être âgé de plus de deux cents ans, mais au moins, elle tomberait en luttant.

S'arrêtant devant une porte ouverte, il lui fit signe d'entrer avant de se détourner et de reprendre le chemin de l'ascenseur. Elle fit un pas à l'intérieur… et se figea.

Dmitri se tenait de l'autre côté d'un lourd bureau en verre, la ligne d'horizon de Manhattan scintillant dans son dos. Il avait la tête penchée ; des mèches de cheveux d'une soie noire caressaient son front tandis qu'il étudiait une feuille de papier devant lui. L'esprit d'Honor repartit en arrière. Avant… *avant*… elle avait été fascinée par ce vampire en particulier, bien qu'elle ne l'ait vu que de loin ou à la télévision. Elle avait même réalisé un album de coupures de presse sur ses faits et gestes – au point de craindre d'être une maniaque et de finir par brûler le tout.

Cela ne l'avait pas débarrassée de cette attirance étrange, irrationnelle, qu'elle éprouvait pour lui du plus loin qu'il lui en souvînt. Rien n'y était parvenu… jusqu'à ce sous-sol froid et humide, répugnant, et cette terreur. Cela avait tout insensibilisé, mais maintenant elle se demandait si elle n'avait pas toujours été légèrement perturbée. Elle avait été si obsédée par un étranger dont on murmurait qu'il avait un penchant pour la cruauté sensuelle, le plaisir mêlé à la douleur.

Il releva alors la tête.

Et elle arrêta de respirer.

Dmitri vit la femme dans l'encadrement de la porte dans un kaléidoscope d'images. Cheveux d'un ébène clair attachés sur sa nuque, mais promettant des boucles sauvages. Des yeux obsédants – et hantés – du vert le plus profond, en forme d'amande. Une peau mate, mais pâlie, qu'il savait devenir d'un miel chaud dans le soleil.

— Née à Hawaï ? demanda-t-il, et c'était une question étrange à poser à une chasseuse qui était venue là pour être consultée.

Elle battit des paupières, ses longs cils abritant momentanément ces yeux qui parlaient de forêts lointaines et de gemmes cachées.

— Non. Dans une ville perdue loin de l'océan.

Il se retrouva à contourner son bureau de verre et d'acier pour avancer vers elle. Pendant un instant, il pensa qu'elle allait trébucher en arrière pour sortir dans le couloir, mais elle raidit le dos et resta immobile. Il était conscient de sa peur – âcre et tranchante – filant comme une ombre derrière ses yeux, mais malgré tout il passa derrière elle pour fermer la porte de son bureau.

L'autoriser à quitter la pièce n'était pas une option.

Quand il recula pour se trouver de nouveau face à elle, l'ondulation spectrale de sa peur avait été placée sous un contrôle rigide, mais sa respiration était hachée, son regard glissant loin du sien lorsqu'il essayait de le retenir.

— Comment vous appelez-vous ?

— Honor.

Honor. Il goûta le nom, décida qu'il convenait.

— Chasseuse-née ?

Une secousse de la tête.

Pas surprenant. Elena avait sûrement mis la Directrice de la Guilde en garde contre sa capacité à utiliser des vrilles d'odeurs exquises pour séduire et attirer ces chasseuses qui étaient nées avec dans leur sang la capacité de suivre à la trace des vampires. Il y avait peu de chances pour que Sara lui envoie une proie fraîche. Mais cette femme, cette Honor... il voulait utiliser des caresses savoureuses de parfum sur elle jusqu'à ce que son corps se détende et qu'elle en devienne rougissante, que son excitation soit un musc incontestable pour ses sens à lui.

Par instinct, il s'assura qu'elle ne lui mentait pas – il fit tourbillonner un murmure ressemblant à une drogue de champagne et de désir fondus comme de l'or, d'orchidées sous le clair de lune, de baies enrobées de chocolat, qui vint embrasser la peau de la jeune femme. Honor secoua légèrement la tête, un mouvement presque imperceptible qui répondait aux lignes plissées de son front.

En conséquence, pas assez forte pour s'identifier elle-même ou être identifiée par la Guilde comme chasseuse-née, mais suffisamment pour être pourvue d'une légère sensibilité au parfum séduisant. Il n'était pas surpris par cette découverte, ayant rencontré plus d'une femme comme elle depuis qu'il avait développé ce talent il y a des siècles. Elles semblaient aimantées par la Guilde, malgré leur appartenance très lointaine à la lignée des chasseuses. Cela signifiait bien sûr qu'il ne pourrait séduire Honor aussi facilement que si elle avait été chasseuse-née... Mais le parfum n'était pas la seule arme de son arsenal lorsqu'on en venait au sexe.

La scrutant de nouveau, il nota le pouls inégal à son cou, mais ce fut la peau à cet endroit précis qui retint son attention.

— Qui que vous ayez autorisé à se nourrir de vous, dit-il en un doux chuchotement qu'il savait aussi caressant que menaçant, il n'était pas très soigneux.

Ses cicatrices désignaient un vampire qui avait déchiré et fait des ravages.

La main d'Honor se serra sur la poignée de sa sacoche d'ordinateur qu'elle avait fait glisser de son épaule.

— Ce ne sont pas vos affaires.

Surpris qu'elle ait trouvé le cran de lui lancer cela malgré la terreur, crue et saignante, qui saillait en elle, il haussa un sourcil.

— Si, ça l'est.

Il avait allongé dans son lit beaucoup de belles femmes, en avait laissé certaines sanglotantes de plaisir, et poussé d'autres aux larmes par une méchanceté sensuelle qui leur avait appris à ne plus jamais jouer avec lui. Honor n'était pas belle. Il y avait trop de peur en elle. Dmitri pouvait aimer un peu de douleur au lit, mais, dans la plupart des cas, il préférait partager ce goût avec ses partenaires.

Cette chasseuse brisée, que la terreur avait rendue acerbe, tremblerait et se fissurerait comme du verre au premier toucher de ses lèvres. Et pourtant, il voulait faire courir ses doigts sur cette peau faite pour être dorée par le soleil, suivre les courbes voluptueuses de ses lèvres, la ligne de son cou… L'envie était suffisamment forte pour devenir un avertissement. La dernière fois qu'il avait permis à sa bite de prendre le pas sur son cerveau, il avait presque fini comme assassin attitré et animal de compagnie d'une Archange.

Se tournant, il traversa la pièce pour passer derrière la surface lisse de son bureau et attraper le sac-poubelle sur le sol.

— Je suppose que vous avez quelque expérience des tatouages ?

Des sillons sur le front d'Honor, la confusion balayant momentanément l'émotion bien plus détestable qui la dominait jusque-là.

— Non. Je suis spécialisée en langues anciennes et en histoire.

Intelligent de la part de la Directrice de la Guilde.

— Dans ce cas, dites-m'en un maximum au sujet de ce tatouage-là.

Cette fois-ci, il enfila des gants avant de retirer la tête du sac et de la poser dessus. Le cou sectionné s'accrochait au plastique avec un bruit de succion.

La chasseuse trébucha en arrière, les yeux rivés sur l'épouvantable preuve de violence. Lorsqu'elle reporta son regard sur Dmitri, ce dernier put voir l'effroyable fureur qui se peignait sur ce visage. Ses traits étaient si expressifs que le vampire se demanda si elle avait jamais gagné une partie de poker.

— Vous trouvez ça drôle ?

— Non. (Il ne mentait pas.) Ça ne semblait pas nécessaire de la placer dans un frigo puisque vous étiez en chemin.

C'était une chose si inhumaine à déclarer qu'Honor dut prendre une minute pour rassembler ses idées. Car si l'on faisait abstraction de sa beauté sombrement masculine et de son langage moderne, l'homme qui lui faisait face n'était pas humain. Il ne s'en approchait même pas.

— Quel âge avez-vous ?

Les spéculations dans les médias avançaient entre quatre et six cents ans, mais à cet instant elle savait qu'elles étaient erronées. *Très* erronées.

Un léger sourire sur le visage de Dmitri fit dresser les cheveux sur la nuque d'Honor.

— Je suis suffisamment âgé pour vous faire peur.

Oui. Elle s'était retrouvée piégée avec des vampires qui avaient seulement voulu la blesser. Elle portait encore les cicatrices de leurs sévices. Mais jamais elle n'avait été en présence de quelqu'un qui lui glaçait le sang par sa simple présence. Pourtant, bien qu'il fût connu pour être un puissant fils de pute, superbe de cruauté, Dmitri s'intégrait bien dans le monde humain. Ce qui signifiait qu'il pouvait masquer cette dangereuse vérité quand il le désirait ; mais sous le ton noir sur noir très civilisé de son costume, c'est bien ce qu'il était – un homme capable de regarder une tête tranchée comme s'il s'agissait d'une boule de bowling.

Gardant cette information à l'esprit, Honor déposa la sacoche de son ordinateur sur le verre du bureau, puisqu'il n'y avait pas de chaises de ce côté-ci, et se força à se pencher plus près de la tête décapitée.

— Il a été dans l'eau ?

La peau était détrempée et en bouillie, devenue d'un blanc plissé – un rappel obscène d'heures délicieuses passées dans un bain.

— Hudson.

— Il a besoin d'être examiné par une bonne équipe médico-légale, marmonna-t-elle, essayant de voir les pleines lignes du tatouage. Il me faut un accès à un équipement de laboratoire, comme ça je pourrai…

Des mains gantées dans son champ de vision, replaçant la tête dans le sac-poubelle.

— Suivez-moi, petit lapin.

La chaleur lui brûla les entrailles, s'empara de ses veines pour gagner son visage, mais elle agrippa son ordinateur et fit comme on le lui ordonnait. Devant elle, le dos de Dmitri était solide et fort ; sous les lumières, ses cheveux miroitaient d'un noir riche, évocateur. Comme elle n'avançait pas à ses côtés, il lui lança un regard amusé par-dessus son épaule – sauf que l'amusement ne transparaissait pas dans ces yeux qui murmuraient au sujet d'âges disparus depuis longtemps.

— Ah, une femme vieux jeu.

— Quoi ?

Respirer requérait toute sa concentration, son corps était au bord de la surcharge d'adrénaline.

— Vous respectez visiblement le principe de marcher trois pas derrière un homme.

Il était plus que tentant d'atteindre une lame. Ou peut-être son pistolet.

Souriant comme s'il avait lu dans ses pensées, Dmitri allongea le pas jusqu'à un ascenseur différent de celui dans lequel elle était montée, et, enlevant l'un de ses gants, posa sa main sur un scanner. Pendant une seconde, l'écran brilla d'une lumière verte, puis les portes s'ouvrirent et il lui fit signe d'entrer. Elle refusa. Peut-être était-il si âgé qu'elle n'avait aucun espoir au monde de le vaincre s'il s'en prenait à elle, mais la logique n'avait aucune chance contre l'animal primal en elle, celui qui savait que les monstres étaient capables de vous blesser plus facilement quand vous ne pouviez les voir venir.

— Et là, je me montrais courtois, dit-il d'une voix traînante, faisant un pas en avant dans la cage d'acier et attendant qu'elle y entre pour appuyer quelque chose sur l'écran électronique qui se trouvait sur le côté.

L'ascenseur tomba à une vitesse qui lui fit remonter l'estomac dans la bouche, mais cela ne lui fit pas peur. C'était la créature avec elle dans la cabine qui provoquait ce sentiment.

— Arrêtez cela, lui dit-elle alors qu'il continuait de la fixer de ses yeux d'un marron des plus sombres.

Oui, il l'avait fascinée autrefois, mais c'était à distance.

De plus près, elle était bien consciente qu'être seule avec lui n'était pas sûr. Il pouvait, pensait-elle, s'amuser à la déchirer en lambeaux juste avec la soie exquise de sa voix… avant de vraiment commencer à la faire souffrir.

— Le petit ami, murmura-t-il, les yeux plongeant de nouveau sur son cou, n'a visiblement pas pris avec vous le soin que vous méritez.

Un rire hystérique menaça de fuser hors d'elle, mais elle paya d'audace. Il devait avoir senti sa peur, mais elle ne céda pas d'un pouce.

— Jamais laissé vos propres marques, Dmitri ?

Il s'appuya contre le mur.

— Les marques que je laisse sont faites exprès.

Un ton sensuel, des mots provocants, mais il y avait quelque chose de dur dans son regard alors qu'il continuait de fixer la chair ravagée de son cou.

La cicatrice n'était pas si terrible – on aurait juste dit qu'un vampire avait un peu perdu le contrôle de lui-même en se nourrissant. Cela s'était produit à la fin. Au début, ils avaient essayé de la garder aussi peu abîmée que possible afin qu'elle puisse continuer à leur procurer du plaisir. Ceux-là, les vamps « civilisés » qui avaient été presque délicats en buvant son sang pendant qu'elle était nue et les yeux bandés, leurs mains lui caressant les seins, passant entre ses cuisses, avaient été les plus horrifiants. Et ils étaient *encore dehors, là, quelque part*.

Un remous d'air plus froid à l'ouverture des portes.

N'ayant jamais lâché Dmitri des yeux, même quand ses souvenirs menaçaient de la submerger, Honor sortit la première de l'ascenseur. Son attention fut attirée par des murs de verre de chaque côté, derrière lesquels se trouvaient bureaux, ordinateurs... et labos ultramodernes.

Dmitri entra dans l'un d'entre eux.

— Nouvelle acquisition. N'en parlez pas ou je devrai vous rendre visite lors d'un minuit calme lorsque vous serez glissée bien gentiment au chaud dans votre lit.

Chaque muscle du corps de la chasseuse se raidit à ce commentaire presque paresseux.

— Je n'ai pas pour habitude de cancaner.

— Ici.

Il déposa le sac à ordures et son contenu sur une table d'acier. La nature atroce de sa tâche aurait dû éroder l'allure sexuelle qu'il portait comme une seconde peau – si l'on aimait le sexe teinté de sang et de douleur – mais ce n'était pas le cas. Il demeurait sophistiqué et sexy, tout en restant une créature qu'elle ne voulait pas voir dans sa chambre, à n'importe quelle heure du jour ou de la nuit.

Les lèvres de Dmitri, juste assez pleines pour tenter une femme avec des envies de péché, s'incurvèrent comme s'il avait lu dans ses pensées.

— Avez-vous besoin d'aide pour retirer la peau ?

Chapitre 3

— Non.

La réaction d'Honor à l'étage supérieur n'avait été que le résultat du choc devant l'inhumanité de Dmitri – elle n'avait aucun problème à travailler toute seule avec cette macabre trouvaille.

— Je vais prendre les meilleures photos possibles, compte tenu de l'état de la victime, et je travaillerai principalement à partir de là. Mais je veux aussi utiliser le microscope pour le tatouage lui-même, afin de m'assurer que je ne passe pas à côté de légers détails. (Plus à l'aise maintenant, elle fit glisser le petit appareil photo numérique qu'elle avait enfoui dans une poche latérale de son sac.) Un légiste devrait examiner la tête avant que nous envisagions d'en retirer la peau. (Elle le mit en route.) Avez-vous envoyé quelqu'un pour interroger les gens dans les salons de tatouage ?

S'ils avaient de la veine, elle pourrait avoir une bonne photo à partir de laquelle travailler.

— Oui.

Faisant claquer un gant pour remplacer celui qu'il avait enlevé, Dmitri ôta la tête du sac et tira fermement la peau sur les pommettes pendant qu'Honor prenait un certain nombre de clichés à haute résolution, sous des angles différents.

— Cela devrait suffire pour l'instant.

Pendant qu'il déposait la tête sur un plateau et se débarrassait du sac-poubelle, elle alluma son ordinateur et transféra les photos sur son disque dur.

Son corps en alerte à chacun des mouvements du vampire, même les plus légers, elle pouvait visualiser Dmitri plaçant la tête dans un congélateur, retirant ses gants et se lavant les mains. Mais lorsqu'il apparut à côté de sa chaise sans crier gare, l'émotion qu'il éveilla en elle fut si glaçante, si brutale, que certaines parties de son esprit se retrouvèrent hors service. Et quand il souleva les cheveux de sa nuque pour y toucher sa peau sensible, elle…

Bruit. Un fracas de métal. Des mots.

Quand elle eut de nouveau conscience de ce qu'elle faisait, elle se trouvait debout à quelques mètres de Dmitri, un grand tabouret renversé les séparant. Une ligne de sang marquait la joue du vampire, mais ses yeux étaient fixés sur la porte derrière elle.

— Dehors !

Après que la porte se fut refermée, elle comprit que quelqu'un avait tenté d'intervenir. La sueur trempait ses paumes, perlait le long de sa colonne vertébrale. *Souviens-toi*, se dit-elle, *souviens-toi*. Mais l'instant était passé, n'était plus qu'un point noir submergé par le goût infect qu'elle avait sur la langue.

— Je vous ai frappé.

Levant la main, il passa un doigt sur sa joue. Il y avait du rouge sombre au bout.

— Les femmes veulent toujours utiliser leurs couteaux avec moi.

Oh, mon Dieu. Elle baissa les yeux, se rendit compte que sa main agrippait une lame dont la pointe était humide.

— Je suppose que vous n'accepterez pas d'excuses.

Elle prononça ces mots d'un ton calme. Son esprit était si choqué qu'il en était engourdi.

— Non, dit Dmitri en glissant ses mains dans ses poches, mais vous pourrez répondre de vos crimes plus tard. Pour le moment, je dois savoir tout ce que vous pouvez me dire au sujet du tatouage.

— Je voudrais consulter certains textes à la bibliothèque de l'Académie, dit-elle, forçant son cerveau à redémarrer, bien que sa main refusât de lâcher le couteau qu'elle avait apparemment tiré du fourreau à sa cuisse.

— Bien. Mais souvenez-vous, petit lapin, pas un mot à qui que ce soit. (Il s'avança suffisamment pour que sa sombre chaleur vienne la lécher comme une calme menace qui la rendit heureuse d'avoir une arme blanche.) Je ne suis pas un homme gentil lorsque je suis en colère.

Elle ne recula pas, piètre tentative pour effacer l'humiliation de l'accès de panique.

— Je suis pratiquement sûre que vous n'êtes pas un homme gentil tout court.

Sa réponse fut un lent sourire qui parlait de draps de soie, de chuchotements érotiques, et de peau trempée de sueur. Son intention explicite fit s'écraser le cœur d'Honor contre ses côtes.

— Non, dit-elle d'une voix nue.

— Un défi. (Il ne la touchait pas et pourtant elle se sentait caressée d'un millier de liens de fourrure, doux et luxuriants, et indubitablement sexuels.) Je l'accepte.

Dmitri passa son appel une heure plus tard, ayant eu à traiter une autre affaire entre-temps.

— Sara, dit-il lorsque la Directrice de la Guilde décrocha.

— Dmitri. (Une froide salutation.) De quoi avez-vous besoin ?

— De savoir pourquoi la chasseuse que vous m'avez envoyée vient juste de me couper au visage.

La blessure avait déjà guéri, mais elle fournissait une parfaite tactique d'approche.

Sara retint son souffle.

— Si vous lui avez fait quelque chose, je jure devant Dieu que je vais chercher mon arbalète et que je vous épingle sur cette putain de Tour.

Dmitri appréciait Sara.

— Je l'ai confiée à un chauffeur qui la reconduit chez elle à l'instant où nous parlons. (La dette de sang entre lui et Honor se réglerait en privé.) Il s'agit d'un humain.

Sara marmonna quelque chose.

— Elle est la meilleure pour ce travail.

Il regarda à l'extérieur la ligne d'horizon de Manhattan, brillante comme un bijou.

— Qui a fait ça à son cou ?

De la glace brûlait dans ses veines, une réaction brutale aux cicatrices d'une femme qu'il ne connaissait pas et qui serait simplement une nouvelle compagne de lit aussi longtemps qu'elle l'amuserait. Car si sa résistance l'intriguait et ferait une distraction intéressante, il était certain qu'elle finirait dans son lit – et qu'elle y ramperait avec plaisir.

Puis Sara parla et la glace se durcit.

— Les mêmes bâtards qui l'ont gardée enchaînée dans un sous-sol pendant deux mois. (C'était un résumé abrupt.) Elle était à peine vivante lorsque nous l'avons retrouvée. Ils ont continué leurs jeux malsains alors même qu'elle avait trois côtes brisées et qu'elle saignait et délirait à cause des blessures que...

Sara ravala ses mots. Sa fureur, une arête finement aiguisée. Mais Dmitri n'avait pas besoin d'en entendre davantage.

Il se rappelait l'incident. La Guilde avait requis l'aide de la Tour et se l'était vue offerte immédiatement. En tout cas, impliqué dans la reconstruction d'un Manhattan salement endommagé par la bataille entre Uram et Raphael[1] – et, plus important, occupé à conserver le territoire de Raphael pendant que l'Archange passait la majorité de son temps au Refuge, attendant que son affiliée endormie se réveille –, Dmitri n'avait pas pris personnellement le contrôle de l'enquête. C'était sur le point de changer.

— Statut de ses agresseurs ?

— Ransom et Ashwini en ont tué deux sur les quatre qu'ils ont trouvés sur les lieux. Les deux autres ont été déférés à la Tour, mais ils n'étaient au mieux que des hommes de main, autorisés à... (Une respiration inégale.) Ceux qui sont derrière tout cela étaient plus intelligents. Ils n'ont laissé aucun indice pour les équipes médico-légales et Honor avait constamment les yeux bandés. Nous les aurons. (Des mots glacés.) Nous y parvenons toujours.

Mettant fin à l'appel sur ces mots, Dmitri tourna son regard vers la ville qui ne sommeillerait pas avant des heures encore. Les attaquants d'Honor mourraient tous. Cela ne faisait pas l'ombre d'un doute. La seule différence, maintenant qu'il avait senti sa lame contre sa peau, maintenant qu'il avait goûté à la profondeur hurlante de sa peur, était qu'il prendrait un plaisir exquis à leur retirer personnellement leurs organes vitaux du corps avant de les laisser guérir dans quelque trou... pour recommencer encore.

Sa conscience n'était pas tracassée le moins du monde à l'idée d'une telle torture sadique.

1. Voir *Chasseuse de vampires* – 1 *Le sang des anges*.

— Tu n'aurais pas dû être si obstiné, Dmitri.

Une main féminine et mince parcourant d'une caresse son corps nu pour venir se refermer sur son sexe flasque. La fureur s'épanouit dans ces yeux d'un bronze clair, moqueur.

Déplaçant sa prise à ses couilles, elle les pressa jusqu'à ce qu'il soit près de s'évanouir. Ses muscles se tendaient contre les chaînes qui maintenaient son corps écartelé au centre d'une pièce froide et sombre. La position laissait chaque partie de son corps exposée à elle et à ceux qui étaient sous ses ordres.

Des petits points sombres se multipliaient au bord de sa vision. Elle l'embrassa. Ses ongles s'enfonçaient dans sa mâchoire tandis que ses ailes se déployaient, blanches comme la neige mis à part le lavis d'un carmin scintillant sur les plus grandes.

— Tu m'aimeras.

Le premier coup vint une seconde plus tard, alors qu'elle continuait à l'embrasser. Son dos était de la viande hachée quand elle mit un terme à la punition. Dans l'air, l'odeur de sang était épaisse et écœurante.

Ses lèvres contre l'oreille de Dmitri, la soie contre sa peau.

— Est-ce que tu m'aimes maintenant Dmitri ?

Un bip.

Pivotant, il mit fin à un souvenir qui n'était pas remonté à la surface depuis des siècles et des siècles, et répondit à l'appel interne.

— Oui ?

— Monsieur, vous avez demandé à être informé si le comportement d'Holly Chang changeait.

Quarante minutes plus tard, Dmitri se tenait devant une petite maison de banlieue dans le New Jersey où Holly Chang vivait avec son compagnon, David. Isolée de ses voisins par un jardin généreux et de hautes clôtures, la demeure ne ressemblait en rien à ce que la jeune femme aurait pu s'offrir si la Tour n'était intervenue et ne lui avait ordonné de quitter son immeuble, dangereusement proche de trop nombreux mortels.

La jeune femme venait juste d'avoir vingt-trois ans lorsqu'elle avait été enlevée en pleine rue par un Archange fou. Elle avait vu ses amies se faire massacrer, démembrer, avant que les morceaux ne soient de nouveau assemblés en un puzzle sinistre. Lorsque Elena l'avait retrouvée, elle était nue et couverte du rouge couleur rouille de leur sang.

Holly avait survécu à l'horreur, mais n'en était pas sortie indemne. Hormis sa santé mentale qui posait problème, Uram avait dû la nourrir de son sang ou lui injecter une partie de la toxine qui avait entretenu son déchaînement meurtrier. Ils n'en étaient pas sûrs car les souvenirs d'Holly étaient trop ténus, embrumés par la peur qui l'avait rendue muette pendant des jours après qu'on l'avait retrouvée. Ce dont ils étaient sûrs, en revanche, c'était que la jeune femme était en train de… changer.

— Reste près de la porte, dit-il au vampire qui l'avait appelé, avant de sortir des ombres et de s'avancer le long de l'allée menant à la maison.

La seule lumière visible provenait de la lueur vacillante d'une télévision dans la pièce de devant.

Holly, menue et d'apparence délicate, ouvrit la porte avant qu'il ne l'atteigne. Du sang tachait sa chemise blanche à manches longues et bordait sa bouche. Elle l'essuya d'un revers de main, étalant le liquide.

— Es-tu venu pour nettoyer ce bordel, Dmitri ?

Dans ces yeux bridés où s'exprimait la colère, il comprit qu'un jour il devrait venir la tuer si elle perdait la bataille contre la chose qu'Uram lui avait faite, quelle qu'elle soit.

— C'était le fils d'un voisin. Il avait bon goût.

— Imprudent de ta part de chasser si près de chez toi.

La tirant brutalement vers lui en saisissant son poignet gauche, il souleva la manche de sa chemise avant qu'elle ne puisse l'arrêter. Le bandage autour du haut de son bras était maintenu serré.

— Je suis un vampire, Holly, murmura-t-il, levant son autre main pour essuyer au coin de sa bouche une unique gouttelette avec son pouce. Je sais quand le sang sur toi est le tien.

Elle siffla dans sa direction, dégageant brusquement son bras pour rentrer dans la maison. Il fit de même et ferma la porte derrière lui. Il était venu là de nombreuses fois, connaissait les lieux, mais plutôt que de la suivre dans la cuisine où il pouvait l'entendre se nettoyer le visage, il éteignit la télévision et vérifia qu'ils étaient seuls à l'intérieur.

Lorsqu'il finit par se rendre dans la cuisine, maintenant éclairée, ce fut pour voir Holly s'essuyer avec un torchon, bien qu'elle eût toujours sa chemise tachée.

— La mort par Dmitri, dit-il en s'appuyant contre l'embrasure avec une attitude nonchalante qui n'aurait trompé personne le connaissant. Est-ce là ce que tu recherches ?

Un regard lancé par des yeux qui avaient autrefois été marron clair mais étaient maintenant cerclés d'un vert vif qui se faisait plus profond dans l'iris. La même teinte brillante que celle d'Uram… mais pas aussi sombre que celle de la chasseuse qui avait utilisé un couteau contre lui ce même jour. Le regard d'Honor recelait le mystère de profondeurs interdites, de secrets obsédants murmurés au plus sombre de la nuit. Celui d'Holly, par contraste, ne contenait qu'une colère acérée et une haine écrasante envers elle-même.

— Ce n'est pas ton boulot ? demanda-t-elle. M'exécuter si je prouve que je suis un monstre ?

— Nous sommes tous des monstres, Holly. (Croisant les bras, il l'observait pendant qu'elle commençait à faire les cent pas dans la petite cuisine.) Il s'agit simplement de savoir jusqu'où l'on peut aller.

Dans un sens puis dans l'autre. Et encore. Ses mains à travers ses cheveux, des tremblements inégaux. De nouveau.

— David m'a quittée, finit-elle par lâcher. Il m'a trouvée éveillée en train de le fixer avec des yeux luisants cinq nuits d'affilée, il n'a pas supporté. (Un rire comme un gloussement qui échoua à cacher la terrible souffrance qu'il savait lui avoir brisé le cœur.) Je ne regardais pas son visage.

— T'es-tu nourrie ?

Holly avait un besoin limité de sang et Dmitri s'était assuré qu'il lui en soit fourni.

Sa réaction consista à donner un coup de pied si violent dans le frigidaire qu'elle en marqua la surface polie.

— Du sang mort ! Qui veut de cela ? Je pense que je me procurerai un cou joli et doux dès que je pourrai échapper à ces putains de gardes.

Entrant franchement dans la cuisine, Dmitri s'avança pour agripper les mains de la jeune femme et mettre un terme à sa marche. Puis il leva son propre poignet vers la bouche d'Holly.

— Nourris-toi.

Son sang était puissant, répondrait à n'importe lequel de ses besoins.

Comme il l'avait prévu, elle recula et se laissa glisser au sol pour s'asseoir, se *cacher* dans un coin de la cuisine, les genoux serrés dans ses bras et la tête baissée comme si elle berçait son corps. Parce que, malgré sa déclaration, Holly ne voulait pas toucher un donneur humain, ne voulait pas croire qu'elle avait changé à ce point. Elle voulait redevenir la fille qu'elle était avant Uram – celle qui venait juste d'obtenir un emploi convoité dans une maison de couture, qui aimait les tissus et le stylisme, et qui riait avec ses copines tandis qu'elles allaient au cinéma pour la dernière séance.

Aucune de ses amies n'avait survécu.

Se tournant vers le frigidaire, il en sortit l'un des sacs de sang qu'il faisait livrer à intervalles réguliers et le versa dans un verre. Il vint s'accroupir à côté de la jeune femme. Il repoussa un rideau de cheveux noirs et brillants, aux mèches teintes couleur barbe à papa, et dit : « Bois. »

Pas besoin d'en dire plus. Holly savait qu'il ne partirait pas avant que le verre soit vide.

Des yeux étranges, emplis de haine.

— Je veux te tuer. À chaque fois que tu franchis cette porte, je veux attraper une machette et te trancher la tête.

Elle avala le sang en quelques gorgées et projeta le verre vide contre le sol si violemment qu'il se brisa sur un côté.

Utilisant un mouchoir pour lui essuyer la bouche, il jeta ce dernier dans une poubelle avant de se lever et d'aller s'appuyer contre un placard face à elle.

— Une femme m'a tailladé le visage aujourd'hui, lui apprit-il. Pas avec une machette, mais avec un couteau.

Les yeux d'Holly survolèrent sa peau sans cicatrice.

— Foutaises.

— Je suis presque sûr qu'elle visait la jugulaire, mais j'ai été trop rapide pour elle.

Et Honor s'était déplacée avec bien plus de grâce qu'il ne l'en avait crue capable avant cette petite démonstration. La jeune femme était entraînée à un quelconque genre d'art martial, à un niveau qui montrait qu'elle n'était pas une victime sans défense. Et pourtant, c'est ce qu'on avait fait d'elle.

— Dommage qu'elle ait manqué son coup, marmonna Holly… avant de poser la question qui avait traîné dans l'air depuis la seconde où Dmitri avait passé le seuil de la porte. Pourquoi ne me laisses-tu pas mourir, Dmitri ?

Ses mots étaient une prière.

Il n'était pas sûr de la raison pour laquelle il ne l'avait pas tuée à l'instant où elle avait montré les signes d'un changement fatal, et donc, il ne répondit pas. En revanche, il s'agenouilla de nouveau auprès d'elle et tapota des doigts son menton.

— Si on devait en arriver à l'exécution, Holly, murmura-t-il, tu ne me verrais pas venir.

Rapidement et silencieusement, voilà comment cela se passerait – il ne la laisserait pas entrer dans sa dernière nuit submergée par la peur.

— *Elle est morte effrayée, Dmitri. Si seulement tu m'avais donné ce que je te demandais, elle serait encore en vie. (Un soupir, d'élégants doigts effleurant ses pommettes alors qu'il pendait, brisé, aux menottes d'acier qui avaient tracé des sillons dans sa chair.) C'est ce que tu souhaites pour Misha ?*

— Ne m'appelle pas comme ça. (La dure voix d'Holly fracturant le souvenir remontant à l'aube douloureuse de son existence.) Holly est morte dans un entrepôt. *Quelque chose* d'autre en est sortie.

C'était une tentative pour s'oublier elle-même, et il ne l'accepterait pas – mais cela ne ferait aucun mal de la laisser tracer une frontière entre son passé et le présent. Peut-être qu'alors elle commencerait à vivre sa nouvelle vie.

— Comment voudrais-tu que je t'appelle ?

— Que dirais-tu d'Uram ? (Une question amère.) Après tout il n'a plus besoin de ce nom dorénavant.

— Non. (Il ne lui permettrait pas de se flageller ainsi, ce nom en lui-même était un suaire empoisonné.) Choisis-en un autre.

Elle donnait des coups de poing contre sa poitrine, mais sa colère était imprégnée de souffrance. Elle ne pouvait le nier.

— Sorrow, chuchota-t-elle après un long silence. Appelle-moi Sorrow.

Ce n'était pas un nom joyeux, ni plein d'espoir, mais il lui laisserait ce choix. On lui en avait volé tant d'autres.

— Sorrow, alors.

Il se pencha en avant et lui embrassa le front, les mèches de sa frange soyeuse contre ses lèvres, et ses os fins, fragiles, si vulnérables, sous ses mains.

À cet instant, il sut pourquoi il ne l'avait pas déjà tuée. En dépit de son âge, elle était une enfant pour lui. Une enfant dangereuse, certes, mais une enfant malgré tout, effrayée et luttant pour le cacher. Et le meurtre d'un enfant… cela laissait sur l'âme d'un homme une cicatrice qui ne pouvait jamais, jamais, être effacée.

Chapitre 4

De retour dans ses quartiers à l'Académie de la Guilde après minuit, Honor déposa la sacoche de son ordinateur sur la petite table calée à côté de son placard. Le lit prenait presque tout l'espace restant. La pièce était correcte et cela suffisait – la plupart des chasseurs utilisaient seulement ces lieux lorsqu'ils avaient besoin de suivre une courte et intense session de formation à l'Académie. Honor s'y trouvait depuis le jour où on l'avait autorisée à quitter l'hôpital.

Ce n'était pas parce qu'elle ne pouvait se payer quelque chose de mieux. Compte tenu des tarifs appliqués par les chasseurs, tarifs liés à la nature à haut risque de leur travail, et du fait qu'elle n'avait pas vraiment eu de temps mort pour dépenser cet argent, elle s'était constitué un pécule considérable avant son enlèvement. Elle n'y avait pas touché durant sa convalescence, puisque la Guilde couvrait les frais médicaux de tous ses chasseurs. En vérité, elle pouvait déménager dans un appartement de luxe si cela lui chantait.

Mais pour elle, quitter la Guilde n'en valait pas la peine.

Sauf que ce soir-là, la pièce ressemblait soudain à une cage. Comment avait-elle pu être hébétée au point de ne pas remarquer ces dimensions propres à la claustrophobie ? Se rendre ainsi compte de la profondeur de son apathie était une claque, une de celles qui résonnaient dans son crâne – mais pas assez pour provoquer une réaction radicale contre les murs autour d'elle.

Elle se mit à transpirer, retira son sweat-shirt et le laissa tomber sur le lit, mais cela ne suffit pas à la rafraîchir.

De l'eau.

Quelques minutes après avoir eu cette idée, elle avait enfilé un maillot de bain une pièce d'un noir luisant et un peignoir. Les oiseaux de nuit qu'elle croisa sur le chemin de la piscine de l'Académie s'arrêtèrent juste pour lui dire bonsoir avant de poursuivre leur route – et bientôt, elle se laissait glisser dans les eaux bleues immaculées qui lui promettaient la paix.

Mouvement du bras, mouvement du bras, respiration. Mouvement du bras, mouvement du bras, respiration.

Le rythme était meilleur que la méditation. Cela lui prit dix longueurs, mais après, elle fut calme. Malgré tout, une impression de suffocation la saisit de nouveau en rentrant dans sa chambre – maintenant qu'elle avait perçu sa taille minuscule, elle ne pouvait penser à rien d'autre. Et il n'y avait aucune chance qu'elle parvienne à s'endormir même si elle se mettait au lit de force. Ses cauchemars – des choses diaboliques, griffues – étaient suffisamment éprouvants pour ne pas ajouter à l'ensemble une crise de claustrophobie.

S'étant douchée à la piscine, elle enfila des vêtements propres et attrapa son ordinateur portable.

La bibliothèque était calme à cette heure de la nuit, mais pas déserte. Il y avait quelques instructeurs qui travaillaient à leurs recherches et une chasseuse qui semblait tout juste rentrée de service actif.

Un simple coup d'œil à ses brillants cheveux noirs, à ses bottes éraflées, et Honor sourit, agréablement surprise.

— Ashwini ?

La grande chasseuse aux jambes élancées posa le livre qu'elle était en train d'examiner et pivota sur ses talons. Son visage se fendit d'un sourire à couper le souffle, elle lança un « whaou » et sauta par-dessus la table pour serrer fermement Honor contre elle. Il ne restait aucune trace de la lutte au couteau qui l'avait laissée sérieusement blessée peu de temps auparavant.

Honor lui rendit son étreinte en riant – Ash était l'une des rares personnes qu'elle n'avait eu aucun mal à supporter près d'elle, même juste après l'agression. Peut-être parce que la chasseuse était sa meilleure amie... ou peut-être parce que Ashwini était celle qui avait arraché le bandeau de ses yeux et défait les chaînes qui l'avaient maintenue piégée et impuissante, qui avaient réduit son corps à un simple morceau de viande pour ses geôliers.

Je te tiens, Honor – ces enfoirés ne te feront plus de mal.

— Que fais-tu là, grande folle ? demanda-t-elle, se focalisant sur ses amis qui ne l'avaient jamais laissé tomber, plutôt que sur les miasmes putrides d'un souvenir abominable.

Un baiser claqua sur sa joue avant qu'Ashwini ne recule.

— Je suis venue te voir. Tu n'étais pas dans tes quartiers, alors j'ai décidé d'attendre ici. (Regardant autour d'elle alors qu'un des instructeurs lançait un « chut » d'une voix forte, elle roula les yeux.) Très drôle, Demarco. Les flics ne sont-ils pas intervenus pour tapage nocturne lors de ta dernière soirée ?

Le chasseur longiligne, aux cheveux striés de mèches blondes, sourit en la pointant du doigt.

— Je savais que tu y étais, mademoiselle J'ai-le-feu-aux-fesses.

— C'est une bibliothèque, ici, dit l'autre homme présent dans la salle, ses bottes esquintées sur la table de travail et un livre relié de cuir sous les yeux.

Ash et Demarco se mirent à le huer. Parce que Ransom était la dernière personne que l'on s'attendait à trouver dans une bibliothèque – même si, selon la rumeur, il était maqué avec une bibliothécaire. *Ça*, pensait Honor, elle devrait le voir pour le croire. Il reposa le livre sur ses genoux et se pencha en arrière sur sa chaise, les bras croisés derrière la tête.

— Je vous signale que j'enseigne un cours avancé sur la manière de faire face à la Communauté ailée en cas de nécessité.

Ashwini s'avança d'un pas nonchalant pour aller jouer avec les superbes cheveux noirs de Ransom, les sortant de leur habituelle queue-de-cheval pour les faire courir entre ses doigts.

— Quel après-shampoing utilises-tu, professeur Ransom ? Je pensais à changer le mien.

— Va te faire foutre. (Annoncé d'une voix plate alors qu'il jetait un coup d'œil à Demarco.) J'ai faim.

Le chasseur marqua une pause et opina vivement.

— Ouais, moi aussi.

Et ainsi, Honor se retrouva attablée avec les trois autres chasseurs dans une salle à manger, par ailleurs déserte, à parler de tout et de rien. Elle n'avait plus fait cela depuis des mois, repoussant même Ash lorsque sa meilleure amie essayait de la traîner dehors, et maintenant elle ne parvenait plus à comprendre pourquoi. Pour la première fois depuis qu'elle avait échappé au trou à rats où elle avait failli mourir, elle se sentait réelle, un être humain, et non une ombre oubliée, une illusion translucide.

Arrête de te mentir à toi-même, Honor.

Elle s'était sentie très réelle, très vivante, à la Tour. Elle avait été glacée par la peur qui avait laissé sa peau moite de transpiration, glacée par son attirance profonde pour un vampire qui l'avait regardée avec un désir sombre et hurlant dans les yeux, mais elle s'était sentie vivante.

Sa main se crispa sur l'anse de sa tasse de café. Elle avait déjà mangé un sandwich toasté au fromage et une banane. Pour la première fois depuis longtemps, elle était réellement affamée. Grâce au programme de nutrition rigoureux de la Guilde, elle était revenue à un poids normal au cours des six derniers mois, mais elle n'avait eu aucun goût pour les aliments. Elle s'y était simplement soumise parce que c'était plus simple que de batailler.

Le regard de Dmitri avait clairement prouvé qu'il appréciait ses formes, qu'il n'avait aucun problème avec sa silhouette en forme de sablier, pourtant peu à la mode du moment. Il devait prendre, pensait-elle, un plaisir extrême à caresser chaque centimètre du corps d'une femme… s'il n'était pas d'humeur à lui faire un peu de mal.

— Est-ce que l'un d'entre vous a déjà rencontré Dmitri ? se surprit-elle à demander pendant une pause dans la conversation, perturbée.

Même en sachant pertinemment que ce n'était pas quelqu'un pour elle, elle ne pouvait s'empêcher de tracer dans son esprit la courbe pleine de sa lèvre inférieure. Une complaisance dangereuse, une petite folie.

— Ouais. (Ransom avala le morceau de Pop-Tart[1] qu'il avait dans la bouche.) Lorsque Elena avait disparu. Un salaud au sang-froid. Pas quelqu'un sur qui tu as envie de tomber dans une ruelle déserte.

Un défi. Je l'accepte.

Il lui aurait été facile de se dire qu'il avait joué avec elle, qu'il s'était amusé à ses dépens… sauf qu'elle était

1. Dessert américain très apprécié des enfants, sorte de gâteau à la pâte de fruits que l'on fait réchauffer avant dégustation. (*N.d.T*)

quasiment certaine qu'un homme ne pouvait regarder une femme avec ce genre de chaleur somnolente dans les yeux sans qu'il songe à l'avoir nue et sans défense sous lui, les jambes largement écartées.

— Je lui ai infligé une coupure, murmura-t-elle, le souvenir de l'acte en lui-même n'étant encore qu'un trou noir dans son esprit.

Le sourire d'Ash était féroce.

— Un bon point pour toi. Ce fumier l'avait probablement mérité.

Regardant sa meilleure amie, Honor se mit à rire. C'était la première fois depuis qu'Ash et Ransom l'avaient sortie de ce trou répugnant, couverte de bleus, sa chair déchirée saignant de tant de morsures que les docteurs l'avaient plongée dans un bain d'antiseptique, ne voulant pas passer à côté d'une seule plaie.

Le sommeil n'intéressait pas Dmitri cette nuit-là. Il se tenait sur le balcon sans rambarde de sa suite à la Tour lorsque l'ombre nocturne d'une aile le balaya avant de retomber.

L'ange qui s'était posé à ses côtés était en même temps familier et indésirable.

— Favashi, dit-il, s'étant attendu à cette visite. (La progression de l'Archange avait été suivie à la trace depuis qu'elle avait été repérée à une heure de la côte de Boston.) Es-tu venue pour revendiquer le territoire de Raphael pendant qu'il est en Extrême-Orient ?

Le visage calme de Favashi ne traduisit rien alors qu'elle repliait ses ailes d'une douce et exquise couleur crème dans son dos.

— Nous savons tous les deux qu'il est plus fort que moi, Dmitri. Et même s'il ne l'était pas, tu es à la tête de ses Sept. Je serais stupide de m'opposer à toi lors d'une bataille.

Il émit un grognement, bien qu'elle eût raison. Sa force de vampire, associée à son intelligence et à son expérience en situation de combat, rendait une ville imprenable une fois qu'elle était placée sous sa surveillance. Et cette ville-ci ? Il veillait sur elle bien avant qu'elle ne soit un joyau convoité par de nombreuses personnes, et il ne la laisserait jamais tomber en des mains ennemies.

— Tu es donc ici pour caresser mon ego ? ronronna-t-il d'un ton aussi mortel que la pointe d'un scalpel. Quel dommage que je préfère l'être par des mains qui n'appartiennent pas à une garce impitoyable.

Du feu dans les yeux de Favashi, un aperçu du pouvoir cruel qui vivait derrière ce masque de charmante princesse perse, élégante et bienveillante.

— Je suis encore une Archange, Dmitri. (Une pique d'arrogance dans ce rappel, puis ses lèvres se recourbèrent.) Je me suis montrée idiote et c'est ma récompense. Mais ne pardonneras-tu donc jamais à une jeune femme son ambition ?

Dmitri regarda fixement cette Archange qui lui avait fait croire, un bref instant, qu'il pourrait s'échapper de l'abysse et se tenir une fois de plus dans la lumière. Avec sa chevelure luxuriante couleur de vison et ses yeux de la même teinte sensuelle, sa peau d'un or crémeux de Perse et son corps de déesse, Favashi avait tout d'une reine.

Des hommes s'étaient battus pour elle, étaient morts pour elle, l'avaient adorée. Des femmes voyaient dans son visage une grâce qui manquait à Michaela, la plus belle des Archanges, et elles la servaient avec un dévouement et une loyauté sans faille, sans comprendre que Favashi était aussi terrible que ses compagnons du Cadre.

— L'ambition, répondit-il, a son prix.

Déployant ses ailes, comme si elle les exposait à la caresse languide de la nuit, Favashi tourna son visage vers la voûte céleste cloutée de diamants qu'était Manhattan.

— Un endroit si étonnant, mais si dur. Ma terre est plus douce.

— Un homme pourrait être réduit en cendres dans tes déserts sans jamais y être retrouvé.

Favashi avait sans aucun doute dissimulé plus d'un corps sous ses dunes de sable mouvant. Cela ne gênait pas Dmitri – il avait lui-même enterré quelques cadavres. Ce qui lui posait problème, en revanche, c'était qu'elle l'avait non seulement amené à croire en elle, mais qu'elle s'était attendue à le mener en laisse, comme son exécuteur des basses œuvres, son chien de garde personnel.

Une fois, dans une autre vie, Dmitri avait été réduit à l'état d'objet. Plus jamais.

— Pourquoi es-tu ici ?

— Je suis venue te voir. (Une réponse simple, mais sa voix recelait une douce musique exotique qui en faisait une invitation.) Laisse le passé derrière nous. Je te ferai de nouveau la cour.

— *Non*. (Il captura son poignet au moment où elle levait la main pour lui toucher le visage. Il serra avec tant de force que si elle avait été mortelle, il lui aurait brisé les os. La dernière fois qu'un ange a essayé de me courtiser, murmura-t-il en se baissant jusqu'à effleurer de ses lèvres la nuque de l'Archange, elle a terminé en morceaux de la taille d'une bouchée, dont j'ai ensuite nourri sa meute.

C'était lui qui avait courtisé Favashi auparavant – ou tout du moins elle l'avait laissé croire qu'il menait la danse. La seule leçon qu'il avait tirée de cette expérience était de ne plus jamais succomber aux doux mensonges d'une femme.

Pressant ses lèvres contre la courbe sensible de l'oreille de l'Archange, il la lécha légèrement de la manière qu'il savait la rendre folle, tout en frottant son pouce sur le poignet qu'il tenait toujours pour sentir son pouls battre de plus en plus vite.

— J'ai regardé les chiens se nourrir, murmura-t-il, levant sa main libre pour faire courir ses doigts sur l'arc incurvé de ses ailes dans une caresse des plus intimes, et je regrette de ne pas avoir pris davantage mon temps pour la découper avec ma lame.

Favashi dégagea son poignet et s'éloigna de lui d'un pas. Cela importait peu – ses yeux étaient dilatés, sa peau, écarlate. Il sourit, toucha de façon délibérée le pouls rapide à son cou.

— Le lit n'est pas loin si tu veux, dame Favashi.

Elle ne cilla pas sous l'appellation moqueuse. Elle était une Archange, après tout. Mais son ton dénotait une inquiétude qui lui avait fait croire autrefois qu'elle se souciait de lui.

— Tu n'es plus celui que tu étais, Dmitri. Je ne voudrais pas d'un homme tel que toi dans mes draps.

— Quel dommage. Il y a tant de choses que j'aurais aimé faire avec toi. (Aucune d'entre elles n'aurait eu le moindre rapport avec le plaisir.) Maintenant, reprit-il, lassé de ces jeux, explique-moi la vraie raison de ta présence ici.

Une mèche de cheveux d'un vison sombre joua en travers du visage de l'Archange avant de retomber avec le vent.

— J'ai dit la vérité. (Son visage parfait de profil, elle observait un groupe d'anges s'incliner avant de se poser sur un balcon plus bas, leurs ailes s'ouvrant en paravent pour réduire la vitesse de leur descente.) Raphael et Elijah ont tous deux des affiliées et une relation stable, contrairement aux autres membres du Cadre. J'ai décidé qu'il était temps de faire de même – et tu es le seul qui semble présenter un choix convenable. (Le calcul froid d'un Immortel.) Que je t'accepte ou non dans mon lit, l'invitation tient. Réfléchis au pouvoir de commandement qui serait le tien si tu devenais mon affilié.

Sur ces mots, elle déploya ses ailes qu'il avait autrefois caressées alors qu'elle se tenait arquée, nue sur lui, et elle décolla du balcon.

Passant un coup de fil pour s'assurer qu'elle serait suivie jusqu'aux frontières du pays, Dmitri tourna son visage sous les vents froids de la nuit qui portaient les embruns de l'Hudson mêlés à la pulsation frénétique de cette ville sauvage, vivante, faite d'acier, de verre, et de cœur. Favashi ne comprenait pas et ne comprendrait probablement jamais. Elena était faible, bien trop faible pour être l'affiliée d'un Archange, et pourtant, Raphael l'aimait.

Même si Dmitri, en tant que chef des Sept de Raphael, ne pouvait accepter une telle faiblesse, le mortel qu'il avait été autrefois, celui qui avait aimé une femme aux lèvres charnues et aux yeux bridés marron… cet homme comprenait ce que c'était qu'aimer une femme si profondément que c'en devenait une superbe folie.

Une chaleur brûlante.

De la chaire calcinée.

Des hurlements.

Des mots qu'elle devrait comprendre mais elle n'y parvenait pas.

La douleur, saisissante, aveuglante… mais submergée par l'angoisse.

— Non, non, non.

Tirée du cauchemar par le son de sa propre voix, Honor toucha son visage pour y trouver une unique larme écrasée sur sa joue. Cela la surprit. La plupart du temps, lorsqu'elle rêvait du sous-sol, elle se réveillait raidie par la terreur, la nausée tordant ses boyaux. Parfois, elle refaisait surface enragée, la main serrée sur une arme. Mais pleurer, cela ne lui était pas arrivé depuis son sauvetage. Pas lorsqu'elle se réveillait, pas dans son sommeil.

Frottant sa manche sur sa joue humide pour effacer la preuve de sa perte de contrôle, elle regarda timidement autour d'elle. La bibliothèque était déserte, un coup d'œil à sa montre lui en fournit la raison – il était cinq heures du matin. Ashwini et Demarco les avaient laissés, elle et Ransom, un peu après une heure du matin, et elle se souvenait d'avoir murmuré un au revoir à l'autre chasseur, quand, à son tour, il était parti se coucher une heure plus tard.

Elle rangea son ordinateur et les nombreuses photocopies qu'elle avait faites, puis elle reprit le chemin de sa chambre. Cette dernière avait tout d'une petite cellule irrespirable. Épuisée ou pas, elle savait qu'il lui serait impossible d'y dormir. Pensant qu'Ashwini serait encore debout, puisque la chasseuse les avait quittés après avoir reçu un appel pour une chasse locale, elle attrapa son téléphone portable.

— Honor, que veux-tu ?

— Tu peux parler ?

— Ouais, je viens juste d'arriver à la maison après avoir arrêté cet idiot de vamp.

— Déjà ? C'est un record.

— Il a eu la brillante idée – tiens-toi bien – d'aller se cacher chez sa mère. Comme si ce n'était pas le premier endroit où nous allions vérifier.

C'était en ce genre d'occasion qu'Honor était forcée de se rappeler que les vampires avaient un jour été humains. Les échos de cette humanité pouvaient prendre des décennies à disparaître… bien qu'elle fût sûre qu'il n'en restait plus rien chez Dmitri.

— Tu as dit quelque chose au sujet d'un appartement libre dans ton immeuble la dernière fois que tu étais ici, dit-elle, furieuse contre elle-même de ne pouvoir s'empêcher de penser à la créature sensuelle et mortellement dangereuse qui l'avait regardée tout à l'heure avec des yeux emplis de désir. Je suppose qu'il n'est plus libre ?

— Nan. Parce que je l'ai pris à ton nom.

Honor se laissa tomber sur le lit.

— Tu savais.

— C'est un espace ouvert, reprit Ashwini au lieu de répondre à la question implicite. Des baies vitrées partout, et bien que cela puisse être un risque en termes de sécurité pour des appartements situés plus bas, là tu seras au 31ᵉ étage. J'ai en quelque sorte récupéré la clé de ton unité de stockage et déménagé toutes tes affaires la semaine dernière, mais si tu le dis à quiconque, je rétorquerai que ce sont les gremlins qui l'ont fait.

En d'autres circonstances, et avec n'importe qui d'autre, Honor se serait fâchée, mais c'était Ash, qui avait compris que son amie aurait besoin de s'échapper avant même qu'elle ne tire elle-même cette conclusion.

— Je t'en dois une.

— Tu veux que je passe te chercher ? J'ai encore la voiture que j'avais prise pour la chasse.

Honor étudia la pièce du regard.

— Laisse-moi quelques heures pour emballer mes affaires.

Elle n'en avait pas beaucoup, mais le règlement de la Guilde imposait que le lit soit fait, le sol nettoyé et les poubelles vidées avant de quitter les lieux.

— Je te retrouverai devant la porte principale.

— Honor ?

— Oui ?

— C'est bon de te savoir de retour.

Chapitre 5

Il avait menti à Favashi.

Dmitri pilotait la Ferrari dans Manhattan de retour de *L'Enclave des Anges* – et de la maison de Raphael – où il s'était rendu de bonne heure le matin même.

Durant la période où il avait été retenu prisonnier, il avait une fois menacé Isis de la donner en pâture à sa meute de chiens. Mais en réalité, après avoir poignardé l'ange à de si nombreuses reprises que son cœur n'avait plus été qu'une pâte sanglante et épaisse, Raphael lui avait tranché la tête d'un coup. Puis, ensemble, les deux hommes avaient découpé la garce en petits morceaux, mais pas pour les jeter aux chiens. Non, ils l'avaient réduite en cendres dans un feu allumé au centre de la cour. Contrairement à un Archange, Isis n'était pas assez puissante pour revenir après cela.

Dmitri n'avait jamais regretté la brutalité de leur geste. Il était nécessaire de s'assurer qu'elle ne reviendrait plus jamais. Il regrettait juste de ne pas avoir pris plus de temps pour la faire crier, supplier, prier... comme elle avait dû le faire avec Ingrede. Mais Misha était seul et effrayé dans une pièce froide et sans lumière sous le donjon, et le rejoindre était alors la priorité de Dmitri.

— *Papa ! Papa !*

Son fils tentait de ramper sur la pierre, ses petites mains gonflées et contusionnées par ses vaines tentatives de détacher l'entrave de fer de son cou, cette chose indescriptible que ni Dmitri ni Raphael n'avaient été capables de retirer sans le blesser.

— Chut, Misha.

Il essaya de garder une voix calme, de ne pas laisser transparaître sa douleur extrême quand il tint ces mains brisées dans les siennes et les porta à ses lèvres.

— Ce n'est qu'une égratignure. Papa va bien.

Ayant pris la clé à Isis, il détacha le morceau de fer qui retenait son fils prisonnier, le jeta au loin.

— Je suis là, maintenant. (Le petit corps fiévreux de son fils aîné dans les bras, le tenant serré contre lui, tout contre lui.) Tout ira bien.

La poitrine oppressée par une douleur qui ne s'était jamais atténuée, Dmitri appuya sur la télécommande qui lui permettait d'accéder au vaste parking souterrain de la Tour. La porte s'ouvrit silencieusement. La Ferrari rejoignit en ronronnant son emplacement habituel, et quelques minutes plus tard Dmitri prenait le chemin de l'ascenseur, ses souvenirs enfermés derrière des murs que personne n'avait jamais franchis.

À l'instant où les portes s'ouvrirent, son téléphone portable sonna. La réceptionniste l'informait de l'arrivée d'Honor. Une sombre anticipation bourdonna en lui, suffisamment intense pour qu'il se promette de ne pas laisser repartir la jeune femme avant d'avoir satisfait sa faim.

— Je l'escorterai à l'étage, dit-il.

Quand il arriva dans le hall, la réceptionniste leva les yeux vers lui, sa jolie bouche légèrement crispée.

— Monsieur, il y a…

— Dmitri, chuchota une voix féminine aérienne.

Il se retourna. Une superbe blonde se détachait du mur où elle s'était appuyée pour l'attendre.

— Carmen, dit-il, conscient qu'Honor se tenait à quelques dizaines de centimètres de là. As-tu à faire à la Tour ?

Il éloigna d'un geste de la main un garde qui approchait – Carmen avait été autorisée à pénétrer dans le hall parce qu'il revenait à Dmitri de gérer ce problème. L'humaine, époustouflante, les cheveux ébouriffés comme si elle venait de rouler hors de son lit – bien que ses lèvres soient maquillées à la perfection et ses grands yeux bleus soulignés au khôl – posa sa main sur la poitrine du vampire, faisant descendre ses doigts en une caresse jusqu'à l'intérieur de sa veste.

— J'ai à faire avec *toi.*

Il n'y avait rien qui ne soit élégant dans sa sexualité voluptueuse. Elle pencha la tête légèrement sur la gauche.

Il comprit l'invitation. Plaçant sa main sur le poignet de la belle blonde, il la retira de là où elle se trouvait avec une douceur qu'elle prit par erreur pour de l'attention. Jusqu'à ce qu'il réponde :

— Nous avons baisé ensemble une fois, Carmen. Cela ne se reproduira plus.

Le visage de la jeune femme se colora. Ses yeux brillaient d'une émotion qui n'était pas de la colère mais qui brûlait tout aussi vivement.

— Mon Dieu, tu es un salaud. (Une rougeur apparut sur le haut de ses seins crémeux, exposés par le profond décolleté du fourreau qui enserrait son corps.) Je ferai tout ce que tu veux.

— Je sais.

C'était en partie pour cette raison qu'il ne l'entraînerait plus jamais dans son lit. Elle s'était montrée trop consentante dès le début. Dmitri n'avait rien contre cela – il aimait ses femmes douces et humides, accueillantes – mais Carmen voulait plus que du sexe.

Dmitri non. Pas avec elle. Ni avec aucune femme.

— Rentre chez toi, Carmen.

Au lieu de cela, elle se colla contre lui, ses tétons pressant à travers la matière d'un gris colombe, révélant qu'elle ne portait pas de soutien-gorge.

— Juste une fois de plus, Dmitri. (La faim tambourinait dans son pouls.) Je veux sentir tes crocs transperçant ma peau. (Le tremblement qui la traversait était presque orgasmique.) S'il te plaît, juste une fois.

— N'importe quel vampire fera l'affaire, Carmen. Nous savons cela tous les deux. (Elle était devenue accro au plaisir que le baiser d'un vampire pouvait procurer, quelque chose dont il ne s'était rendu compte qu'après l'avoir entraînée dans son lit.) Je ne me nourris pas des femmes que je baise.

C'était une règle inscrite dans le marbre.

Les mains de Carmen serrèrent les revers du costume de Dmitri.

— *Tout* ce que tu voudras, Dmitri.

— En vérité, tu ne veux pas me dire de pareilles choses. (Il laissa le prédateur froid et sombre qui était en lui remonter à la surface, emplir ses yeux. Il baissa la voix au point que cette dernière devint une pure menace.) Je ne joue pas selon les règles et je ne m'arrête jamais lorsqu'on me le demande. (Levant le doigt, il toucha la pommette de la jeune femme presque avec délicatesse. La violence en lui était une lame impitoyable, le résultat des souvenirs qui venaient brusquement de refaire surface.) Tu veux que je te fasse du mal ?

Carmen devint blanche. Elle ne résista pas quand, sur un signe de tête de Dmitri, l'un des vampires du service de sécurité de la Tour mit une main sur son bras.

Il la regarda s'éloigner, puis se tourna vers Honor.

— Maintenant, à vous, murmura-t-il, n'ayant jamais perdu conscience du battement saccadé de son pouls, des pointes irrégulières de sa respiration, de la subtile complexité de son odeur. Vous, je veux que vous me disiez ces mots.

Un souffle retenu.

— Je ne couche pas avec des hommes qui prennent plaisir à me voir saigner.

Une colère mordante dans cette déclaration… et quelque chose de plus ancien, de plus riche, de plus sombre.

L'ayant rejointe, il sourit et sut à l'expression de son regard qu'il avait laissé transparaître un peu trop de lui-même, une lame trop meurtrière.

— Bien, murmura-t-il, cela rendra les choses plus douces quand je vous aurai.

Les joues de la jeune femme s'empourprèrent. Il pouvait entendre son cœur battre comme une petite créature piégée, paniquée et tremblante.

— Je ne baise pas.

— Vous, dit-il, désirant placer sa bouche contre son pouls et le sucer, je ne vous baiserai pas. Pas la première fois du moins.

Indépendamment des mots qu'il avait choisis, Honor n'était pas sûre que Dmitri soit en train de parler de sexe au sombre ronronnement de sa voix, qui était à la fois la décadence la plus immorale et une mise en garde mortelle. Il avait terrifié Carmen d'une menace calme et calculée, était craint de tous les autres vampires de la ville – et pourtant, elle se retrouvait à ne pas lâcher de terrain. Son courage venait d'une partie d'elle qui était enfouie et qu'elle ne comprenait pas complètement.

Peut-être s'écroulerait-elle en une épave bredouillante lorsqu'elle serait seule, mais elle ne se *briserait pas* devant ce vampire qui avait regardé une ancienne maîtresse avec le même détachement dont on fait preuve pour un insecte.

— Bon Dieu, si vous voulez savoir ce que j'ai découvert, sortez de mon espace vital.

Il ne bougea pas.

— Dommage que vous ne soyez pas l'un des limiers.

— L'odeur, dit-elle, retenant son souffle dès qu'elle sentit la plus légère caresse d'une fourrure noire et de diamants s'enchevêtrant dans ses sens, Sara m'a dit que vous pouviez appâter avec une odeur. (Elle se demandait combien de chasseuses il avait ainsi appelées dans son lit, nues et consentantes, avec rien d'autre que l'ivresse de son don.) Je ne suis pas une chasseuse-née, argumenta-t-elle, bien qu'il fût devenu évident qu'elle en comptait certainement un ou une parmi ses ancêtres.

Et Dmitri le savait.

Sur ces lèvres superbes s'imprima le plus discret des sourires, et il inclina la tête en direction des ascenseurs.

— Viens, petit lapin.

Serrant les dents, elle se força à le suivre – bien que son cœur menaçât de sortir de sa poitrine à la pensée d'être piégée dans un ascenseur avec lui. Malheureusement, s'enfuir n'était pas une option. Il n'y avait nulle part dans cette ville où il ne parviendrait à la suivre à la trace.

Et il le ferait, parce qu'elle avait ce dont il avait besoin. Qu'il veuille coucher avec elle était subsidiaire, une diversion.

— Est-ce que vos hommes ont découvert quoi que ce soit d'autre au sujet de la victime ? demanda-t-elle, la sueur perlant le long de son épine dorsale alors qu'ils atteignaient l'ascenseur.

— Il est mort peut-être un jour avant que la tête ne soit trouvée. (Des yeux sombres, *sombres*, s'attardèrent sur chaque courbe et ombre de son visage.) Vous devez calmer votre pouls, Honor. Ou je prendrai cela pour une invitation. Et nous savons tous deux exactement à quel point vous apprécieriez mes crocs.

L'estomac d'Honor se serra, s'agita.

— Carmen avait raison. Vous êtes un salaud.

Dans le sous-sol, pendant son calvaire, l'un des vampires avait utilisé ses crocs pour injecter un fluide dans son sang qui était censé rendre les choses agréables pour le donneur, l'obligeant à jouir encore et encore – un viol brisant ses sens et contre lequel elle n'avait pu lutter.

Elle avait vomi après qu'il eut fini, au grand dégoût du vampire. Des baquets d'eau glacée lui avaient été jetés dessus en guise de punition.

— Je préférerais encore manger des clous plutôt que de vous laisser m'approcher.

— Une analogie haute en couleurs, mais je n'ai pas à agir de force sur ma nourriture. (Étendant la main pour empêcher les portes de l'ascenseur de se refermer, il attendit.) Comme vous l'avez vu, elle vient supplier à ma porte.

Il continua de retenir l'ascenseur même lorsqu'il se mit à biper.

Bon Dieu, il n'était pas question qu'elle le laisse gagner.

Il sourit lorsqu'elle fit un pas à l'intérieur, et de nouveau, ce sourire était celui d'un prédateur. Sans chaleur ni la moindre touche d'humanité.

— Donc le lapin tremblant a encore quelque résidu de courage.

Les portes se fermèrent dans un souffle.

— Comment va votre visage ? demanda-t-elle, sa main la démangeant de se poser sur une lame.

Il se tourna afin qu'elle pût voir la joue qu'elle avait coupée. Le miel sombre de sa peau était doux et chaud de santé une fois encore, le genre de peau qui invitait à être touchée... si vous oubliiez le fait qu'il était aussi dangereux qu'un cobra guettant sa proie.

— Le vampire tatoué, dit-il d'une voix languide tandis qu'il s'appuyait paresseusement contre la paroi, était à peine Transformé. Âgé de deux mois, tout au plus. Il n'aurait pas dû se trouver hors de confinement.

Fronçant les sourcils, elle se mordit l'intérieur de la lèvre.

— Les chasseurs n'ont généralement pas affaire à des vampires aussi jeunes. J'ai entendu dire qu'ils étaient relativement faibles.

— Faible, c'est le mot.

Jetant un coup d'œil vers les portes alors qu'elles s'ouvraient, il lui indiqua la sortie d'un mouvement de la tête. Elle verrouilla ses pieds au sol.

— Après vous.

— Si je voulais attraper votre gorge, Honor, dit-il de cette même voix faussement nonchalante, vous seriez clouée contre ce mur avant même de me voir bouger.

Ouais, elle savait ça. Ça ne changeait rien.

— Je peux rester là la journée entière.

Une fois encore, Dmitri tendit le bras pour empêcher la porte de se fermer.

— Qui étiez-vous avant qu'ils ne vous attrapent ?

Il savait combien elle avait été rabaissée et dégradée, moins bien traitée qu'un animal, et cela toucha Honor dans son orgueil alors même qu'elle pensait ne plus en avoir. Mais elle reprit son souffle dans la fureur qui avait grandi en silence depuis le jour où elle était sortie en titubant de cette fosse.

— J'ai moi aussi une question. (Un sourcil relevé.) Pourquoi les pires d'entre eux sont encore libres et se baladent dehors, putain ?

Alors qu'elle était piégée dans ce corps qui ne pouvait oublier les contusions, les os brisés, mais plus que tout, la perte déchirante de son droit à faire des choix, à autoriser ou refuser qu'on la touche.

Quelque chose de froid, de très froid, nagea derrière les yeux sombres de Dmitri.

— Parce qu'ils ne savent pas qu'ils sont déjà morts. (Des mots glacials.) Voudrez-vous regarder lorsque je les ferai hurler ?

Le sang de la jeune femme se figea dans ses veines. Dmitri sourit.

— Quels fantasmes avez-vous nourris, petit lapin ? Poignarder leurs yeux, peut-être, les laisser repousser afin que vous puissiez recommencer ensuite ? (Un murmure terrible et sensuel.) Briser leurs os avec un marteau alors qu'ils sont conscients ?

N'attendant pas de réponse, il sortit de l'ascenseur.

Elle le suivit, les yeux fixés sur la veste noire de son costume qui habillait si parfaitement ses larges épaules gracieuses, sa musculature mouvante. Dmitri était extrêmement sophistiqué. Même sa violence l'était. Et pourtant, de façon effrayante, il était proche de deviner les rêves malfaisants qu'elle entretenait en imaginant ses agresseurs à sa merci – dans une chambre froide dépourvue de lumière tout comme ils l'avaient fait avec elle.

— Je le sais, reprit-il comme s'il pouvait lire dans son esprit, parce que j'ai une fois tranché la langue de quelqu'un qui m'avait retenu prisonnier.

Quelque chose qui sommeillait en elle se réveilla, une ancienne partie d'elle qui attendait et désirait ardemment connaître la réponse à la question qu'elle se sentit obligée de poser :

— Était-ce suffisant ?

— Non, mais satisfaisant malgré tout. (Poussant la porte de son bureau, il y entra et avança jusqu'aux fenêtres.) Ceux qui disent que la vengeance vous dévore ont tort – elle ne vous dévore pas, pas si vous l'exécutez comme il faut. (Jetant un coup d'œil par-dessus son épaule, il lui lança un sourire aiguisé, qui fascinait tout autant qu'il terrifiait.) Je m'assurerai que vous soyez là une fois que je les aurai retrouvés.

— Vous semblez sûr d'y parvenir.

Il ne répondit pas – comme si c'était une évidence qu'il persécuterait ses proies jusqu'au bout.

— Venez ici, Honor.

Un ordre jumelé à un léger goût de quelque épice exotique qui fit gonfler les seins de la jeune femme et bloqua sa respiration.

C'était une bonne chose qu'elle ne possédât que très peu de sang de chasseur-né dans sa lignée.

— Même avant l'attaque, dit-elle, plantant ses ongles dans ses paumes, je n'étais pas le genre de chasseuse à jouer avec des vampires.

Bien qu'elle n'eût rien contre ses consœurs qui prenaient des vampires pour amants, elle se connaissait suffisamment pour savoir qu'elle avait besoin d'un engagement que les presque-Immortels ne pouvaient offrir. Leur vie était trop longue, l'amour un jeu, la fidélité à un mortel, ridicule.

— Servir de nourriture ne m'a jamais attirée.

Dmitri se tourna pour s'appuyer contre le mur de verre qui surplombait Manhattan. Sa beauté masculine était soulignée par la vive lumière du soleil dans son dos.

— Ah, mais je pense que vous feriez un délicieux goûter.

Dmitri observa la chasseuse face à lui qui ôtait son sac pour le poser sur le bureau avant d'en sortir un mince ordinateur. Son visage avait rougi, sa poitrine se pressait contre son sweat-shirt, mais pour autant, elle parlait avec une concentration rigide.

— Nous pouvons jouer à ce genre de jeux toute la journée, ou je peux vous montrer ce que j'ai découvert.

Dmitri, arrête de jouer.

Des mots prononcés dans une langue ancienne, aussi vifs pour lui que la lumière du soleil. Elle avait été en colère contre lui ce jour-là, son Ingrede. Et pourtant, à la fin, il l'avait basculée sur le lit, l'avait déshabillée jusqu'à ce qu'elle soit entièrement nue, avait embrassé chaque centimètre de son corps mince et bien fait. Il avait adoré plonger en elle, avoir ses mains emplies de ses seins, ses cuisses à lui calées entre les siennes, plus douces, plus rondes tandis qu'il suçait et léchait sa bouche, son cou. C'était le jour où Caterina avait été conçue, du moins était-ce ce qu'Ingrede avait toujours maintenu.

— *C'est pour cela qu'elle a si mauvais caractère, ta fille.*

— Dmitri ?

Abaissant ses cils, il luttait pour s'accrocher à ce souvenir vierge de la douleur et de l'horreur qui devaient suivre, mais il voleta hors d'atteinte.

— Je vous écoute, dit-il, les yeux fixés sur Honor.

Le regard de cette dernière s'attarda sur lui et, pendant un instant, il éprouva une sensation des plus déconcertantes – comme s'il avait déjà vécu ce moment auparavant – mais elle cilla et baissa les yeux ; et cela passa.

— Le tatouage n'est pas dans notre base de données. Quoi qu'il en soit, j'ai envoyé quelques discrètes demandes au réseau international des chasseurs.

Dmitri avait aussi fait passer le mot parmi les vampires de haut rang qui travaillaient avec ou au cœur de puissantes cours. La coopération à ce niveau était bien plus fréquente que la plupart des gens ne le pensaient. C'était seulement quand des problèmes de territoire et de pouvoir apparaissaient que les choses se corsaient.

— Avez-vous réussi à déchiffrer les lignes du texte ?

Les yeux d'Honor brillèrent, c'était la première fois qu'il y voyait une telle lumière. Cette soudaine et éclatante vie en elle le fascina. Voilà, pensa-t-il, voilà ce qu'elle avait été avant d'être brisée... avant qu'elle n'apprenne à goûter la peur à chaque souffle. Il comprenait ce que c'était qu'être brisé, mieux qu'elle ne pouvait l'imaginer.

— *Regarde, Dmitri.*

— *Non ! Ne faites pas ça ! (Tirant sur ses chaînes jusqu'à faire saigner ses poignets.) Je ferai tout ce que vous voudrez – ramper sur mes mains, à genoux !*

Un rire, beau et moqueur.

— *Tu le feras de toute manière.*

— *Non ! Non ! S'il vous plaît !*

Chapitre 6

— Cette langue est proche de l'araméen, mais pas complètement. (La voix d'Honor s'enchevêtrait avec l'un des moments les plus douloureux de ses centaines d'années d'existence.) Comme si quelqu'un avait pris l'araméen comme base pour écrire sa propre langue... (Un souffle qui souleva sur son cou les fines mèches de cheveux qui avaient échappé à sa barrette.) Je dirais que c'est un code. Ces lignes sont un code.

Attiré par la douceur qu'elle dégageait, il s'avança, la vit se raidir.

— Et vous pouvez le décrypter ?

— Ce sera difficile à partir d'un si petit extrait, dit-elle, ne reculant pas, mais oui, je pense que je peux. J'ai déjà commencé.

Il était sur le point de lui demander plus de détails lorsque son portable sonna. Jetant un coup d'œil à l'écran, il vit qu'il s'agissait de Jason, le maître espion de Raphael et l'un des Sept.

— Tu as trouvé quelque chose ? demanda-t-il à l'ange, son attention concentrée sur les boucles des cheveux d'Honor.

— Si l'on veut... Je serai là dans cinq minutes pour en discuter.

En raccrochant, Dmitri regarda les cieux au-delà de la baie vitrée, à la recherche de la forme distincte des ailes noires de Jason. Il ne la trouva pas – ce qui n'était pas une surprise, puisque Jason avait pour habitude de voler très haut, au-dessus de la couche de nuages, puis de redescendre à la vitesse de l'éclair. Reportant ses yeux sur Honor, il la surprit en train de l'observer.

— Généralement, lorsqu'une femme me regarde de cette façon, murmura-t-il en une provocation délibérée, je considère ça comme une invitation à prendre ce que je veux.

La main crispée sur le crayon qu'elle tenait, elle se redressa de toute sa taille.

— J'étais en train de penser que vous ressembliez à un homme qui pourrait me briser la nuque avec le même calme inhumain que s'il s'agissait d'un téléphone portable.

Dmitri glissa ses mains dans ses poches.

— Perdre mon téléphone m'inquiéterait plus.

Il fit cette déclaration pour la choquer, mais une partie de lui se demandait s'il ne s'agissait pas effectivement de la vérité.

Honor s'attarda sur son visage, le parcourut de ses yeux d'un vert profond, pleins de secrets trop anciens pour appartenir à une mortelle... sauf que cette mortelle-là avait vécu une éternité durant les mois qu'elle avait passés piégée, à la merci de ces vampires qui en étaient dépourvus.

— Tout le monde, dit-elle, sait que les vampires ont été autrefois humains. Je ne suis pas sûre que ce soit votre cas.

— Je n'en suis pas sûr non plus.

Un mensonge, motivé par ses souvenirs se réveillant, des souvenirs qui provoquaient les mêmes fureur, horreur et angoisse qu'il avait éprouvées si longtemps auparavant, à une époque si reculée qu'elle n'était guère plus qu'une vieille légende aux yeux des mortels. Mais Honor n'avait aucun droit sur ce passé. Il n'y avait que devant Ingrede qu'il pouvait mettre son âme à nu, et sa femme était morte depuis longtemps. Des cendres sous un vent impitoyable.

— *Dmitri.*

— *Je te verrai sur le balcon, Jason.*

Même si leur rang et leurs capacités spécifiques variaient radicalement, les membres des Sept pouvaient communiquer par l'esprit, un avantage stratégique inestimable dans certaines situations.

— Ne partez pas tout de suite, Honor. Je ne voudrais pas avoir à vous donner la chasse.

La chasseuse regarda Dmitri se faufiler par la petite porte qui menait au balcon. Un ange aux ailes aussi noires que le cœur sans fin de la nuit descendait s'y poser avec une grâce tranquille. Il atterrit sur l'extrême bord de la plateforme un instant plus tard. Honor retint son souffle lorsqu'elle vit le tatouage qui recouvrait le côté gauche de son visage – des lignes entremêlées, des points formant un arc le long des courbes pour créer une œuvre d'art frappante. Beau et inoubliable, il allait parfaitement avec un visage qui portait la force attirante du Pacifique mêlée à d'autres cultures qu'elle ne parvenait pas complètement à identifier. Ses cheveux, tirés en arrière en une queue-de-cheval soignée, descendaient jusqu'à ses omoplates.

Dmitri, avec son costume parfaitement coupé assorti à sa chemise d'un bleu vif, ses cheveux juste assez longs pour inviter à la caresse de doigts féminins, était aussi raffiné et sophistiqué que l'ange était brut de décoffrage. Mais une chose était sûre : tous deux étaient des lames aiguisées, ensanglantées et sans pitié.

Jason jeta un coup d'œil à travers la baie vitrée.

— Honor St Nicholas, dit-il, nouveau-née abandonnée sur le seuil d'une petite église dans le Dakota du Nord rural. On lui a donné le nom de la bonne sœur qui l'a découverte et du saint patron des enfants. Pas de famille connue.

Dmitri n'était pas surpris que Jason sache cela – ce n'était pas un hasard si l'ange était le meilleur maître espion du Cadre.

— Je suppose que tu n'es pas venu ici pour discuter d'Honor.

L'ange replia ses ailes plus fermement alors qu'un vent de côté balayait le balcon suspendu qui dominait l'agitation de la ville.

— Il y a quelque chose dans ta voix, Dmitri.

C'était étrange combien Jason était habile à saisir les signaux émis par les gens, quand bien même il était un ange qui préférait garder les choses pour lui.

— À moins que tu n'aies des prétentions envers Honor, dit Dmitri, ce n'est pas quelque chose dont tu as à te soucier.

Jason ne parla pas pendant un long moment, dont le silence ne fut brisé par aucun autre bruit que le vent murmurant dans ses ailes.

— Sais-tu ce qu'on lui a fait ?

— Je peux le deviner.

Contrairement à Jason, Dmitri avait une connaissance intime de la soif de sang qui couvait chez les Transformés. Dmitri avait eu le contrôle de la sienne depuis le début – peut-être parce qu'il avait évacué sa fureur en poignardant le corps d'Isis, ou peut-être parce qu'il avait été déterminé à ne jamais devenir esclave de quiconque ou de quoi que ce soit – mais cela ne voulait pas dire qu'elle n'existait pas.

— Elle est plus forte qu'elle ne le semble.

— En es-tu sûr ?

— Pourquoi cette inquiétude soudaine à son sujet ?

Jason voyait tout, mais préférait garder ses distances par rapport à ceux qu'il observait. L'ange ne répondit pas.

— J'ai des nouvelles en provenance du territoire de Neha.

L'Archange de l'Inde était puissante et, depuis l'exécution de sa fille, elle était au bord de la folie.

— Est-ce quelque chose dont il faut s'inquiéter ?

— Non. Cela ne semble pas lié.

Il suivit du regard un hélicoptère venant se poser sur un toit hors du territoire de la Tour.

— Un ange semble avoir disparu. Sorti du Refuge depuis à peine deux ans.

Dmitri fronça les sourcils.

— Il est impossible qu'elle sache quoi que ce soit à ce sujet.

Les anges aussi jeunes que cela étaient généralement placés sous les ordres d'un vampire ou d'un autre ange plus âgé.

— Non. Le vampire qui avait sa charge, Kallistos, a supposé que le petit jeune était retourné au Refuge.

Ce qui n'était pas suspect en soi et n'éveillait pas de soupçon envers le vampire. Ceux qui avaient de l'expérience et appartenaient à la cour d'un Archange avaient beaucoup de choses à traiter et il n'était pas inhabituel pour un jeune ange de détaler pour rejoindre la sécurité de la citadelle angélique, après leur première découverte du monde.

— Tu as alerté le Refuge ?

— Aodhan et Galen sont en train d'enquêter, répondit l'ange aux ailes noires, nommant deux membres des Sept.

Dmitri acquiesça. On surveillait toujours les jeunes, indépendamment des frontières territoriales.

— J'en parlerai aux autres seconds au sein du Cadre, pour voir s'ils peuvent éclairer le sujet d'une manière ou d'une autre.

— Les anges ne disparaissent pas ainsi.

— Non, mais il m'est arrivé de rencontrer des jeunes qui devenaient un peu fous après avoir quitté le Refuge pour la première fois.

Jason avait principalement affaire à des anges plus âgés, Archanges compris, mais Dmitri continuait à avoir des contacts avec les plus jeunes parce qu'il aimait jeter un coup d'œil à quiconque pénétrait sur le territoire de Raphael.

— J'ai une fois traqué un jeune mâle jusqu'à une île dédiée à la fête en Méditerranée. (Il secoua la tête à ce souvenir.) Le garçon était assis dans un arbre, observant les fêtards – il n'avait jamais imaginé un tel degré d'hédonisme.

— Une telle innocence. (Jason fit un pas jusqu'à l'extrême bord du balcon.) Astaad, dit-il, il y a quelque chose à creuser de ce côté-là. Maya n'a pas été capable d'obtenir des détails, mais elle y travaille.

Astaad était l'Archange des Îles du Pacifique et il semblait ne pas prendre part aux jeux politiques.

— Je pensais que son comportement était lié au réveil de Caliane.

Il y avait toujours des effets secondaires lorsqu'un Archange revenait à la conscience, et la mère de Raphael était l'une des plus anciennes parmi les Anciens.

— Ce n'est peut-être rien, juste des rumeurs lancées par une autre source. (Les yeux posés sur la ville, éblouissante sous le soleil, il ajouta :) Tu es plus vieux que moi, Dmitri.

— Seulement de trois cents ans.

Une plaisanterie entre deux hommes qui avaient vécu plus longtemps que la plupart des gens ne pouvaient l'imaginer.

— J'ai demandé à Elena à quoi cela ressemblait d'être mortel. Elle m'a dit que le temps était précieux à un point que ne concevrait jamais un Immortel.

— Elle a raison. (Dmitri avait été les deux, et s'il avait pu remonter le temps, détruire Isis avant même qu'elle ne pût s'approcher de lui et des siens, il l'aurait fait sans hésiter une seconde, même si cela signifiait mourir quelques décennies plus tard.) J'ai ressenti plus de choses dans ma vie de mortel qu'au cours des siècles qui ont suivi.

— M'aimeras-tu lorsque je serai grosse et encombrante, avec notre bébé ?

Il posa la main sur la courbe de son ventre, posa ses lèvres sur les paupières de la jeune femme, sur le bout de son nez, ses lèvres.

— Je t'aimerai même lorsque je ne serai plus que poussière dans le vent.

Honor regardait Dmitri avancer pour se tenir aux côtés de l'ange aux ailes noires et laissa échapper son souffle quand elle se rendit compte de sa dangereuse proximité avec le rebord, le vide. Contrairement à l'ange, il n'avait pas d'ailes en cas de chute, et pourtant, il se tenait là en toute confiance, sans s'inquiéter le moins du monde de cette éventualité.

Un mouvement d'air dans son dos.

Faisant volte-face, elle découvrit sur le seuil le vampire avec les lunettes intégrales.

— Dmitri est dehors.

Il pénétra sur le balcon sans un mot, à l'instant où l'ange aux ailes noires en décollait. Ces ailes incroyables disparurent pendant un moment avant qu'il ne s'élève à une vitesse étourdissante. N'importe quel autre jour, elle aurait suivi la trajectoire de son vol, mais ce jour-là, son attention était rivée sur Dmitri – dont le visage se fit de pierre après avoir entendu ce que l'autre vampire avait à lui dire.

Il entra dans la pièce d'un pas vif.

— Laissez ça. Nous sortons.

Un ordre arrogant, mais elle pouvait sentir la tension dans l'air et faire le lien.

— Avez-vous trouvé le reste du corps ?

Tout en parlant, elle retirait la carte mémoire de son ordinateur portable au cas où elle ne pourrait pas revenir immédiatement le récupérer.

— Oui.

Le téléphone de Dmitri sonna quand ils entrèrent dans l'ascenseur, mais visiblement le réseau y fonctionnait car il eut une rapide conversation.

Pendant ce temps, l'autre vampire se tourna pour regarder Honor. Il ne dit rien, et ses lunettes réfléchissantes empêchaient de se faire une opinion sur lui.

— Porter des lunettes de soleil la nuit est devenu ringard à la même époque que les permanentes, dit-elle pour se distraire alors qu'elle était enfermée dans une cage d'acier avec deux prédateurs mortels.

Il lui lança un sourire toutes dents dehors – mais non ses crocs.

— Crois-moi, tu ne veux pas voir ce qu'il y a derrière les verres, mon cœur.

Ce dernier mot était une moquerie empreinte d'affection qui lui fit dresser tous les poils du corps en une mise en garde défensive.

— Venin.

Le vampire se tourna pour de nouveau faire face à la porte, mais les coins de sa bouche continuaient de se relever.

— Tu veux que je conduise ?

— Non. Nous prendrons la Ferrari. Prends une autre voiture, comme ça je pourrai te laisser sur place.

— Cela pourrait être plus rapide à pied et cela me donnera une chance d'observer la foule sans que personne s'en rende compte.

— Vas-y.

Se retrouver dans la lumière artificielle d'un garage souterrain n'avait jamais semblé si agréable à Honor – elle était pratiquement sûre que, sans Dmitri pour le tenir en laisse, Venin lui aurait montré ses crocs d'une autre manière.

— Maintenant, je sais que vous êtes important, dit-elle en apercevant la Ferrari décapotable, garée à l'emplacement le plus proche de l'ascenseur.

— Si cela vous a pris autant de temps, Honor, vous êtes plus stupide que vous n'en avez l'air.

Cette raillerie n'était que moyennement énervante, surtout qu'il paraissait clair que Dmitri ne lui prêtait pas pleinement attention. Se laissant glisser sur le siège passager en cuir doux comme du beurre, elle regarda dans la direction que Venin avait prise pour sortir du garage.

— C'est quoi cette histoire de lunettes de soleil ?

— Vous n'en avez pas entendu parler ? Cela fait suffisamment longtemps qu'il est en ville pour être entré en contact avec un certain nombre de chasseurs.

— Je ne travaillais pas beaucoup dans le pays... avant. (Elle prit sa première réelle inspiration depuis ce qui lui avait semblé durer une heure tandis que Dmitri les conduisait hors de la zone sécurisée de la Tour, au son de la musique de Manhattan : klaxons, insultes hurlées, et un millier de conversations téléphoniques se tenant au même moment.) Je n'avais aucune raison de communiquer avec le personnel de la Tour lorsque je me trouvais en ville.

— Dans ce cas (un ton amusé), je laisserai à Venin le soin de vous surprendre.

Plus ils s'éloignaient de la Tour, plus le bruit de la ville augmentait. New York l'avait impressionnée la première fois qu'elle y était venue – fraîchement débarquée d'un bus en provenance du Dakota du Nord. Ce n'était pas son foyer – aucun endroit ne l'était vraiment – mais au moins, la Guilde se trouvait là. Ashwini et Sara y vivaient. Ainsi que Demarco, Ransom et Vivek. Des amis qui l'avaient recherchée avec un acharnement jamais démenti, qui seraient morts pour elle s'il avait fallu en arriver là. C'était quelque chose. Et cela lui donnait un ancrage lorsque tout le reste tournoyait, hors de contrôle.

— Où ont-ils trouvé le corps ?

— À Times Square.

L'incrédulité fut suivie par une soudaine connexion mentale.

— Le même endroit où Raphael a puni ce vampire ?

L'affaire était devenue légendaire. L'Archange avait brisé chaque os du corps du vampire, puis l'avait laissé au centre de Times Square pendant trois longues heures. Froid, calculé, brutal, un châtiment que personne n'oublierait jamais.

À cette époque, elle avait éprouvé de la pitié. Maintenant, elle savait exactement combien les presque-Immortels pouvaient se montrer sadiques, et quelles horreurs dépravées et déshumanisantes ils étaient capables d'imaginer. Maintenant, elle comprenait que la punition infligée par Raphael pouvait bien n'avoir été qu'une mise en garde.

— Suffisamment près.

Faisant un écart pour dépasser un camion de livraison, Dmitri ignora le juron lancé par un chauffeur de taxi – qui ravala sa tirade à mi-chemin – et fixa du regard une cadre supérieure en tailleur sur le point de traverser en dehors du passage piéton. Elle se figea sur place, son café tombant sur l'asphalte sans qu'elle le remarque.

— L'état dans lequel se trouvent les parties du corps montre qu'il n'a pas été lâché depuis les airs, dit-il après qu'ils eurent dépassé la femme à toute allure. Donc, il a fallu transporter les morceaux.

Parties. Morceaux.

Ce n'était pas vraiment surprenant, compte tenu de la tête décapitée.

— Surveillance ? demanda-t-elle alors qu'ils arrivaient à la lisière de ce pays merveilleux, plein d'enseignes lumineuses lançant des éclairs et d'humanité compressée, qu'était Times Square.

— Elle a été désactivée.

Se garant au milieu de la rue qui avait été bloquée, sans se préoccuper du panneau qui l'interdisait, il sortit de la voiture. La foule se pressait contre le cordon de la police. Toute personne se trouvant à moins de trente centimètres de lui recula… et poursuivit ce mouvement tandis qu'il avançait vers la scène de crime.

Honor suivit son sillage, vit les yeux des gens s'attarder sur le couteau attaché à sa cuisse. Leurs expressions tendues disparurent, pour être remplacées par des sourires prudents. Les chasseurs étaient généralement estimés par le commun des mortels, car les gens savaient que si cela tournait mal et que les vampires se livraient à un bain de sang dans les rues, la Guilde viendrait à la rescousse. Même les vampires les plus faibles dans la foule avaient des signes de tête amicaux à son intention – les citoyens respectueux des lois n'avaient rien à craindre de la Guilde.

Une minute plus tard, elle passait sous le ruban de la police pour observer une scène qui aurait mieux convenu à un abattoir qu'au centre vivant et tumultueux de l'une des villes les plus connues au monde. Un millier d'odeurs autour d'elle – celle, si douce, du sucre venant du chocolatier de l'autre côté de la rue ; celle du café, amère et riche, de la boutique qui faisait l'angle ; la fumée de tabac et celle des pots d'échappement mêlée à l'odeur aigre de la sueur humaine – mais aucune d'entre elles ne pouvait couvrir l'odeur humide et nauséabonde de la chair putréfiée.

Chapitre 7

La police avait laissé la majorité des morceaux du corps dans les grands sacs de sport où ils avaient été découverts, mais même un rapide coup d'œil à la partie supérieure du torse – qui semblait être tombé du sac, probablement quand quelqu'un s'était montré curieux – prouvait que le vampire avait été démembré à l'arme blanche par le même type de coups que ceux qu'elle avait remarqués le long de la nuque.

— Soit quelqu'un était vraiment en colère, soit il n'en avait juste rien à faire.

Dmitri s'accroupit près du torse.

— N'essayez pas d'attribuer des motivations humaines à cela, Honor.

Des souvenirs de claques qui avaient fendu ses lèvres quand elle était enfant, des coups précautionneusement donnés là où enseignants et travailleurs sociaux ne pourraient voir les bleus, le tranchant de sa lame dans une chair flasque alors que sa porte de chambre s'ouvrait tard dans la nuit.

— Les humains peuvent aussi être vicieux.

Elle ne regrettait pas ce qu'elle avait fait quand elle était enfant pour se protéger et protéger les autres. La première fois qu'un « père » de famille d'accueil l'avait regardée d'une manière dont aucun homme ne devrait regarder un enfant, elle avait décidé qu'elle ne serait jamais une victime sans défense.

Et elle ne l'avait pas été… jusqu'à ce sous-sol et ce rire doucement moqueur pendant que des mains élégantes, manucurées, parcouraient son corps nu.

Qu'ils aillent se faire foutre, pensa-t-elle, la colère qui s'était éveillée en elle la nuit précédente s'enflammant encore plus. Quoi qu'il advienne, elle ne donnerait pas la satisfaction à ces bâtards de se recroqueviller et de se laisser mourir.

— Oui, dit Dmitri pendant qu'elle laissait ce vœu l'imprégner jusqu'à la moelle, mais ceci est la patte d'un Immortel.

Ses cheveux avaient un éclat noir de jais sous le soleil, une invitation sensuelle. Les doigts d'Honor en étaient à mi-chemin avant qu'elle se rende compte de ce qu'elle était en train de faire.

Le visage la brûlait. Elle retira sa main, serra le poing. Qu'est-ce qui clochait chez elle ? Alors qu'ils se trouvaient en public, à la vue de tous ; et qu'elle le savait capable de lui faire des choses qui feraient passer le sous-sol pour une aire de jeux pour enfants.

Et pourtant, elle voulait le toucher, au point de pouvoir presque sentir la soie froide de ses cheveux glissant entre ses doigts.

— N'avez-vous jamais rien vu de semblable auparavant ? demanda-t-elle, se donnant à elle-même une dure claque mentale pour casser net le séduisant fil de sa pulsion.

— Le démembrement n'a rien de nouveau, dit-il avec le froid pragmatisme d'un homme qui avait vécu à travers les âges sombres des mortels et des Immortels. Mais il ne s'agit pas de la manière dont le corps a été déchiqueté – ça, je pense, c'était une question de commodité.

Plus facile à transporter, à laisser dans un tel lieu public.

— Donc, c'est pour le spectacle.

Dmitri opina, des mèches de ses cheveux glissant sur son front.

— En partie, et pour le défi. Autrement, pourquoi prendre la peine de déposer le corps ici, au cœur du territoire de Raphael ?

Elle comprit alors le sens de cette mise en scène, semblable aux morceaux d'une langue ancienne venant s'assembler dans son esprit pour former une phrase parfaite.

— Mais il est de notoriété publique que Raphael n'est pas là en ce moment, Dmitri. Vous par contre, vous êtes là.

Il s'immobilisa d'une manière tout à fait impossible pour un humain. Comme si chaque partie de son corps se faisait calme. Il ne respirait pas, ne cillait même pas.

— Très bien, Honor. Il semble que c'était une bonne idée de vous garder dans les parages.

Peut-être était-ce une raillerie. Ou peut-être simplement l'arrogance d'un presque-Immortel qui avait vécu des siècles, vu des empires s'élever puis s'effondrer, lutté sur des champs de bataille que le sang détrempait, et vu un million, un milliard de vies s'éteindre sous la marche inexorable du temps. C'était une pensée à la fois fascinante et déconcertante. Peu sûre de savoir pourquoi elle était si… perturbée par l'idée, elle se redressa pour examiner d'autres morceaux du corps du mieux possible – elle n'était pas légiste, mais comme tous les chasseurs, elle avait reçu dans ce domaine une formation de base.

La chair avait commencé à se décomposer. Des asticots rampaient sur plusieurs tronçons du corps.

— Pas conservé au frais, même s'il semble que le corps ait été démembré peu après la mort, dit-elle. Si ce largage était planifié – et cela doit avoir été le cas, pour que tant de morceaux aient été laissés ici en une fois – je me serais attendue à ce que le ou les meurtriers en aient pris un plus grand soin.

— Pourquoi ? (Se redressant, Dmitri retira les gants qu'il avait pris à un flic et les jeta.) Le but essentiel était de créer le spectacle. Je suis plutôt sûr que des bouts de chair humaine couverts d'asticots ont eu l'impact désiré.

Il avait raison. Il n'était pas difficile de deviner que l'odeur de décomposition avait été décisive dans la découverte précoce des restes – et cela parlait non pas en faveur d'une folie rampante mais d'un genre d'intelligence rusée.

— J'aimerais qu'on m'informe si le légiste trouve d'autres marques.

Plus elle aurait de texte à sa disposition pour travailler, et plus le processus de décodage serait facile.

— J'arrangerai cela. (Il sortit un téléphone portable.) Voulez-vous la peau ou des photos suffiront ?

Un mâle si beau. Une question si impitoyable.

— Les photos suffiront pour le moment, dit-elle en se demandant si cette créature faite pour la séduction et aiguisée par le sang était encore capable d'éprouver la force brute des émotions humaines. Mais ils devraient préserver la peau le plus possible.

— Ce sera fait.

Peu de temps après, il la conduisit à l'Académie.

— Vos quartiers sont ici ?

Elle secoua la tête.

— J'ai déménagé ce matin.

Un autre pas hors de la fosse, un autre « allez vous faire foutre » destiné aux bâtards qui l'avaient fait souffrir.

Le sourire de Dmitri était lent, dangereux.

— Bien.

Son cerveau reptilien hurla une mise en garde tandis que son ventre se serrait en une prise de conscience viscérale et sensuelle.

— L'immeuble dispose d'un service de sécurité.

Il haussa un sourcil.

Ouais, elle ne pensait pas non plus que cela l'arrêterait.

Descendant de la voiture, elle saisit l'image qu'il donnait, un être superbe, sexy, la peau embrassée à la perfection par le soleil, le bleu étonnant de sa chemise formant un contraste exotique.

— Vous ressemblez à un riche play-boy.

Si les play-boys étaient des requins.

— Et ?

— Et les play-boys préfèrent les femmes du genre top model, exubérantes, au lit comme dans la rue. C'est une règle.

— Quand vous serez à la bibliothèque, recherchez une peinture intitulée *Endormie*, de Gadriel, dit-il en ajustant une paire de lunettes de soleil sur ses yeux. C'est mon idée de la femme parfaite.

Bien sûr, elle s'empressa d'aller voir cela. Et elle sentit un redoutable courant électrique la traverser et lui chauffer le sang lorsque l'écran de l'ordinateur afficha l'image d'un couple nu endormi dans un lit, l'homme sur le dos, la femme allongée sur lui, et sa main à lui refermée sur ses abondants cheveux ébène. Il y avait une profusion de draps froissés, mais pas un ne couvrait la peau couleur miel de la femme. Ses seins lourds étaient écrasés contre la poitrine de l'homme, la main libre de ce dernier, exprimant la possession, était posée sur ses fesses charnues, son corps tout en courbes et en douceur.

La silhouette d'une chasseuse était plus musclée que cela, mais mis à part ce détail il aurait pu s'agir d'une peinture d'Honor.

Dmitri retourna à la Tour en imaginant à quoi Honor ressemblerait à la place du modèle de Gadriel. Il prit le chemin de son bureau.

— Qu'as-tu trouvé ? demanda-t-il à Venin lorsque le vampire revint de sa mission – la surveillance du retrait et du transport des morceaux du corps.

Pourtant la question n'avait rien à voir avec la découverte du matin même.

— Les vampires qui ont enlevé Honor ont été intelligents, répondit Venin, retirant ses lunettes de soleil pour révéler des yeux qu'aucun humain ne posséderait jamais, *jamais*. Ils ont utilisé des vamps plus jeunes, plus faibles, pour faire le sale boulot, et c'était ces vamps que les chasseurs ont coincés lorsqu'ils ont donné l'assaut.

Dmitri décida qu'il devait se fendre d'une visite personnelle. C'était sa chasse dorénavant.

— Continue de t'en occuper.

Sa ligne privée sonna au moment où Venin partait. Il répondit pour entendre Dahariel, le second d'Astaad, à l'autre bout de la ligne.

— Quelles sont les nouvelles de Caliane ? interrogea l'ange. (La requête n'était pas inhabituelle, car la plus âgée des Archanges ne permettait qu'à Raphael et à ceux qu'il considérait comme les siens de traverser le bouclier autour de la ville d'Amanat qui se dressait de nouveau.)

— Elle est occupée à aider son peuple à faire la transition du sommeil au réveil. Ces habitants, mortels et même, comme on l'avait découvert, Immortels pour un certain nombre d'entre eux, avaient dormi pendant plus d'un millénaire auprès de leur déesse dans une ville de pierre grise qui scintillait maintenant sous la lumière d'un soleil étranger.

D'après ce que Raphael lui avait dit lors de leur dernière conversation, les résidents d'Amanat étaient satisfaits de recréer l'époque où ils s'étaient endormis et d'y vivre, fleurissant les jardins et remplissant les fontaines. Ils ne voulaient pas entendre parler des choses modernes, n'avaient pas la curiosité d'explorer une nouvelle terre montagneuse bien éloignée de l'endroit où ils avaient marché pour la dernière fois.

— *Elle les maintient sous son emprise, avait dit Raphael de sa mère. Mais elle ne les a pas entraînés là-dedans par son chant – leur dévotion est sincère.*

— Espère-t-elle un plus grand territoire ? demanda Dahariel d'un ton que certains taxeraient d'impassible mais que Dmitri reconnaissait comme étant froidement pragmatique.

— Non. Les terres, semble-t-il, n'ont jamais été la source de la folie de Caliane.

L'Archange avait par son chant entraîné la population de deux cités dans la mer afin de protéger le monde de la guerre, créant *un silence si profond, qu'il retentit à travers l'éternité* – les mots que Jessamy avait inscrits dans ses chroniques du règne de Caliane.

— J'ai parlé à Jessamy, reprit Dahariel, faisant étrangement écho aux pensées de Dmitri. Il n'y a jamais eu un Éveil tel que celui-là.

Et donc personne ne connaissait les règles du jeu.

— Nous sommes Immortels, Dahariel. Le temps n'est pas notre ennemi. (Mieux valait attendre, découvrir la vérité sur la santé mentale de Caliane – ou sur sa démence – avant de se préparer pour une guerre qui submergerait le monde de sang, teinterait les rivières de rouge, ferait de la mer un cimetière silencieux.) Comment va Michaela ? (Le second d'Astaad était l'amant de l'Archange, un conflit de loyautés qui poussait Dmitri à se demander qui Dahariel servait exactement.)

— Certaines femmes, répondit ce dernier du même ton dépourvu de la moindre touche d'humanité, rentrent si profondément sous la peau d'un homme qu'il est impossible de les en retirer sans vous faire saigner.

En raccrochant, Dmitri s'interrogeait sur la nuance de violence contenue dans la phrase de Dahariel. Il savait ce que c'était que d'aimer une femme, mais, douleur ou non, il n'avait jamais pensé à arracher Ingrede de son cœur. Favashi, elle, n'avait jamais atteint une place aussi profonde en lui. Quant à Honor… oui, il l'avait dans la peau, mais c'était un désir irrésistible qui prendrait fin le jour où il l'aurait dans son lit, qu'elle y serait nue, en train de se tortiller sous lui.

Mais d'abord, il devait tenir sa promesse, étendre à ses pieds les restes sanglants et hurlants de ses assaillants. La vengeance, comme il le lui avait dit, pouvait en effet avoir un goût apaisant.

— Je te donnerai ta liberté. Je ne regarderai plus jamais dans ta direction. (Elle tentait d'avoir un comportement royal alors même que ses yeux tombaient sur la lame qu'il tenait à la main.) Je te donnerai une fortune qui dépassera ton imagination.

Ce qu'il voulait, Isis ne pourrait jamais le lui rendre.

— La seule chose que je désire, murmura-t-il, touchant de la pointe de son arme la peau au-dessus de son cœur, c'est t'entendre supplier d'avoir la vie sauve. Alors, supplie.

Le couteau se fraya un chemin vers sa destination.

Il était juste un peu plus de 20 heures, le monde se drapait d'une obscurité froide, quand, habillé d'un jean, d'un tee-shirt et d'un long manteau noir qu'il avait depuis des années, il pénétra dans la propriété de l'ange Andreas, au sein de *L'Enclave des Anges*. Andreas avait été chargé de l'interrogatoire et de la punition des vampires que les sauveteurs d'Honor avaient trouvés vivants.

— Dmitri. (Les ailes d'Andreas – un ambre sombre strié de gris – se déployèrent derrière lui alors qu'il accueillait le vampire devant sa maison, toute de verre et d'angles durs, inhabituelle pour un ange plus âgé.) Pourquoi cet intérêt soudain pour ces deux-là ?

Parce que c'était personnel, maintenant.

— Nous parlerons après que j'aurai discuté avec eux.

Les lignes aristocratiques du visage d'Andreas n'exprimèrent rien face à l'affront. L'ange était puissant, mais Dmitri l'était plus encore. La seule raison pour laquelle Dmitri ne régnait pas sur un territoire était qu'il préférait travailler à la Tour… et dans l'ombre. Son rôle en tant que second de Raphael n'avait jamais été ennuyeux jusque-là.

Au cours de ce qu'il considérait comme son « adolescence », alors qu'il était colérique et désespéré, il était parti une fois travailler pour Neha. Sa décision n'avait pas plu à l'Archange de l'Inde quand, à la minute où il avait terminé son engagement à sa cour, il était retourné à ce qui avait été les débuts de la première Tour de Raphael. Mais elle avait souri.

— *Vous deux, si sauvages. (Une secousse de la tête, ses yeux marron profond contenant l'amusement d'un Archange qui avait vécu un millénaire.) Bien sûr, tu trouves ma cour trop douce à ton goût. Vas-y, alors, Dmitri, mais si tu souhaites une compagnie civilisée, les portes de cette cour te seront toujours ouvertes.*

Neha était alors une reine affable, avec son consort, Eris, à ses côtés. Il y avait du rire dans son regard pour ce qu'elle pensait être la folie de la jeunesse. Maintenant, on n'avait plus vu Eris depuis des centaines d'années et l'exécution de sa fille Anoushka avait fait de la Reine des Serpents et des Poisons une créature au sang froid, du même genre que ses animaux de compagnie.

— Par là.

Andreas le laissa passer devant lui.

Comme ils traversaient le cœur central de la maison, un espace ouvert, Dmitri vit un bel homme, bien que maigre, d'origine asiatique, en train de travailler à un petit bureau dans un coin. Son regard se rétrécit.

— Est-ce Harrison Ling ?

Andreas s'arrêta.

— Oui. Tu le connais ?

— C'est le beau-frère d'Elena.

Cet idiot avait tenté d'échapper à son Contrat et avait été traîné jusqu'à son maître par Elena elle-même. Dmitri doutait qu'Harrison ait compris quelle énorme faveur elle lui avait faite – Andreas n'était pas connu pour sa miséricorde envers ceux qui brisaient leur Contrat. Plus longtemps Harrison serait resté porté disparu, plus le prix qu'il aurait eu à payer aurait été élevé.

— Harrison, dit Andreas avec un sombre écho dans la voix, a très bien réussi à apprendre le sens de la loyauté.

L'homme leva les yeux à ce moment-là et la peur, visqueuse et lisse, se lisait dans son regard. Dmitri n'éprouvait aucune sympathie pour lui. Contrairement à lui-même, Harrison avait choisi de devenir un vampire – et il avait fait ce choix sans savoir si la femme qu'il disait aimer serait capable de le suivre. Il s'avéra que Beth, la sœur d'Elena et femme d'Harrison, était incompatible avec la toxine qui transformait les humains en vampires ; elle mourrait alors qu'Harrison resterait jeune à jamais.

— Les prisonniers, dit-il, écartant le misérable vampire de son esprit.

Andreas le conduisit dehors, jusqu'à un petit bosquet d'arbres à feuilles persistantes derrière sa maison. Les créatures nues qui pendaient aux branches de deux arbres émirent des lamentations de terreur à l'instant où ils entendirent le bruissement des ailes angéliques.

Holly… Sorrow avait eu la même réaction primaire. Elle pouvait bien baratiner Dmitri, essayer de jouer à des jeux de pouvoir qui lui donnaient l'illusion de contrôler les choses, mais placez-la dans une pièce en compagnie d'un ange et elle devenait proche de la catatonie. Elle refusait de parler de ce qu'Uram lui avait fait, mais Dmitri avait vu le carnage dans l'entrepôt, les membres déchiquetés et le sol glissant de sang, les bouches béantes emplies d'organes dodus et suintants, les yeux fixes, aveugles.

— Ont-ils toujours leur langue ? demanda-t-il à Andreas, remarquant que les deux hommes avaient été émasculés, leurs pénis et testicules tranchés à l'aide de lames émoussées. Ils étaient vampires. Ces parties de leur corps repousseraient – et ce serait à ce moment-là qu'Andreas ordonnerait qu'elles leur soient de nouveau retirées. Sans anesthésie.

— J'avais prévu qu'on les leur coupe à nouveau demain.

Dmitri n'éprouvait aucun dégoût pour la violence de la punition en cours, pas quand il avait une excellente idée des horreurs que ces mâles avaient infligées à Honor pour leur propre satisfaction sexuelle.

— Laisse les choses en l'état pour l'instant. Je pourrais avoir besoin de les interroger de nouveau. (Andreas inclina la tête.)

— Souhaites-tu quelque intimité ?

— Oui.

Attendant que l'ange ait disparu à travers les arbres, il se tourna vers le vampire le plus proche.

— Donc, murmura-t-il, tu aimes prendre par la force ce qui ne t'appartient pas ?

Chapitre 8

Les lamentations de l'homme devinrent panique sauvage lorsqu'il reconnut la voix de Dmitri. Comme il n'avait plus que d'énormes trous noirs à la place des yeux, l'ouïe était la seule chose qu'il lui restait.

— Je ne sais rien ! Je vous parlerais sinon !

Dmitri le croyait – le vampire était faible, aurait craqué au premier signe de douleur. Mais il y avait une chance pour qu'il ait aperçu quelque chose sans le savoir.

— Dites-moi tout, dit-il, s'adressant aux deux. Depuis le premier moment où vous avez été approchés. Si ces informations s'avèrent utiles, peut-être que je ne me chargerai pas de votre punition.

La terreur les rendit incohérents pendant plusieurs minutes. Dmitri se contenta d'attendre. Favashi avait un jour déclaré qu'il avait le cœur plus dur que la pierre. Mais puisqu'elle était une salope qui avait seulement voulu l'utiliser, ses mots n'avaient aucune valeur. Malgré tout, l'accusation était vraie – sa conscience le troublait rarement, et jamais lorsqu'il fallait châtier ceux qui avaient brutalisé des femmes ou des enfants.

— Assez, lança-t-il hargneusement alors qu'ils continuaient de supplier.

Le silence, pendant qu'ils s'étouffaient en essayant de réprimer leurs sanglots. Presque trente secondes plus tard, celui auquel il s'était adressé en premier ouvrit la bouche.

— Je travaillais comme agent de sécurité quand j'ai reçu un appel un jour. L'homme à l'autre bout du fil a dit qu'il m'avait vu à une grosse fête, avait aimé le travail que j'avais fait, et m'a demandé si je voulais gagner de l'argent en extra avec un boulot au noir.

— Quelle fête ?

— Il n'a jamais précisé, mais nous travaillions essentiellement lors de premières. Pour des vamps friqués.

Cela n'apprenait rien de neuf à Dmitri, mais il demanderait à quelqu'un de vérifier de nouveau la liste des invités des soirées auxquelles l'homme avait travaillé.

— Et ?

Lançant brutalement sa jambe en avant lorsque quelque chose de gros et noir atterrit sur sa chair exposée, le vampire se tordit violemment.

— C'était une telle somme d'argent que j'ai accepté, bien s… sûr. (Il déglutit.) Puis j'ai demandé à Reg si cela l'intéressait d'en être, comme le client avait dit qu'il cherchait deux personnes.

Reg, un blond mince, pleurait encore, mais silencieusement.

— Putain, j'aurais préféré dire non.

C'était maintenant qu'il pensait cela, se dit Dmitri. Il n'avait eu aucun problème avec cette affaire lorsqu'il s'agissait de martyriser la chair d'Honor, lorsqu'il l'avait touchée d'une manière dont aucun homme n'était autorisé à toucher une femme sans son consentement. S'avançant vers le blond, Dmitri lui envoya un coup derrière la tête, suffisamment violent pour que quelque chose s'y brisât dans un craquement audible.

— Crois-tu vraiment que j'en ai quelque chose à foutre ? demanda-t-il d'une voix calme et contenue. Maintenant, réponds à la question que j'ai posée.

Crachant une dent au sol, le vampire parla dans un gargouillement.

— Leon avait le contact. J'ai juste fait ce qu'il disait.

Leon commença à parler avant que Dmitri ne puisse lui rappeler pourquoi ce n'était pas une bonne idée de le faire attendre.

— Toujours par téléphone. (Haletant.) Jamais de contact *de visu*. L'argent était déposé sur mon compte et je donnais sa part à Reg. (Dmitri resta silencieux.) Le client, poursuivit Leon en butant sur les mots, a dit qu'elle était sa petite copine, que c'était un genre de fantasme stupide qu'elle avait, d'être kidnappée et... (Son cœur battait à tout rompre et sa peau frissonnait, comme s'il avait conscience de manière effrayante de ce que Dmitri aimerait lui faire.) Il a dit que c'était son fantasme.

Dmitri entendit le chevrotement derrière le geignement irritant.

— Quel a été le premier indice vous montrant que ce n'était pas le cas ?

Reg fut celui qui répondit.

— Lorsqu'elle a brisé le nez de Leon ! Je lui ai dit que quelque chose n'allait pas, mais il était furieux, alors il l'a frappée, l'a mise K-O.

Dmitri étendit la main, faisant fléchir ses doigts.

— Tu es plus âgé, Reg. Pourquoi ne l'as-tu pas arrêté ? demanda-t-il d'un ton aussi doux que la neige fraîchement tombée.

Reg commença à avoir des haut-le-cœur.

Dmitri ne dit rien, jusqu'à ce que les spasmes se calment. Il avança alors pour aller caresser de la main le visage du vampire.

— Réponds à ma question.

La sueur ruisselant sur ses tempes, le blond ravala sa salive.

— L'argent. Je voulais l'argent.

— Bien. (Il tapota la joue du vampire, le laissant tremblant pour se diriger vers Leon, qui était en train d'essayer de libérer ses poignets de ses liens, dans un effort dérisoire pour s'échapper, marionnette brisée. Mettant la main à la poche intérieure de son manteau, Dmitri en sortit un couteau de boucher et appuya le métal froid sur la nouvelle peau rose devant lui.) Raconte-moi le reste.

Il trancha une ligne profonde au milieu de la poitrine de Leon.

Le sang, rouge sombre, s'écoulait de la coupure pendant que le vampire pleurnichait.

— Nous n'étions pas supposés l'abîmer et je lui ai fait un œil au beurre noir. Alors nous l'avons attachée et laissée là où on nous en avait donné l'ordre, puis nous nous sommes tirés.

— Vous n'êtes pas restés hors du jeu.

Une autre entaille, celle-ci horizontale, et suffisamment profonde pour effleurer les organes internes de Leon.

Mais l'autre vampire continuait de parler, parce qu'il savait que Dmitri pouvait faire bien pire que ça.

— Sept semaines plus tard, le client a de nouveau téléphoné, m'a donné une adresse, et a dit que peut-être nous aimerions nous joindre aux festivités.

Dmitri tourna la lame, l'enfonça plus avant, atteignant le poumon.

— Continue de parler.

Les vampires de l'âge de Leon n'avaient pas besoin de respirer… beaucoup.

— Nous y sommes allés – tentatives dures, haletantes, pour prendre de l'air –, à part la chasseuse il n'y avait personne, mais il était évident que plus d'un vampire s'était nourri d'elle. Le client nous avait laissé une note nous disant d'en profiter. Ce papier a disparu. Je l'ai jeté.

Dmitri retira le couteau.

— Et cela a été le cas ? Vous en avez bien profité ? (Question purement rhétorique – ces deux-là avaient été découverts avec Honor une semaine plus tard, son sang tachant leur bouche.) Vous avez invité des amis, aussi, n'est-ce pas ? (Les deux vampires tués pendant l'assaut mené pour sauver Honor avaient travaillé pour la même compagnie de sécurité.) Qui d'autre ?

— Personne, répondit Leon. Je le jure. Juste nous quatre.

Ils étaient trop terrifiés pour mentir et Dmitri accepta leur réponse.

— Bien.

Le hurlement cessa lorsqu'il leur retira les cordes vocales. Mais il les laissa vivants. Raphael lui avait dit quelque chose, il y avait longtemps de ça. Quelque chose que sa mère, Caliane, lui avait expliqué.

— *Trois jours dans une vie humaine peuvent paraître trente ans.*

La mère de Raphael avait beau être une Ancienne devenue folle, sur ce point, Dmitri était totalement d'accord avec elle. Il s'assurerait donc qu'Andreas ne laisse pas mourir Reg et Leon. Quant aux autres… ils espéreraient la mort chaque nuit durant les deux siècles à venir une fois qu'il les aurait trouvés.

Deux mois, après tout, étaient bien plus longs que trois jours.

Neuf heures du soir, et Honor ne savait pas ce qu'elle faisait là.

— Désolée d'avoir annulé nos autres rendez-vous. Merci de me recevoir si tard.

Anastasia Reuben sourit, ses cheveux gris acier tirés en chignon.

— Cela fait vingt ans que je travaille avec des chasseurs, Honor. Je sais qu'aller voir un thérapeute est pire que de se faire arracher les dents.

Honor rit, ou du moins essaya. Le son d'un grincement gênant.

— Donc, comment ça marche exactement ?

— Il n'y a pas de règles, pas de pression ici, dit le Dr Reuben, le regard doux. Si vous souhaitez seulement parler du dernier épisode de *La Proie du Chasseur,* alors c'est ce que nous ferons.

Honor eut le sentiment que cet exemple n'avait pas été pris au hasard et que ce cas avait déjà dû se présenter.

— Je suis venue parce que... (Secouant la tête, elle sauta sur ses pieds, l'adrénaline courant à travers chaque cellule de son corps.) Je suis désolée de vous avoir fait perdre votre temps.

La thérapeute se leva à son tour.

— Je suis heureuse que vous soyez venue. (Elle ouvrit une armoire pour en sortir un petit livre recouvert d'or et de circonvolutions blanches.) Certains chasseurs ne parlent jamais, mais j'ai appris que coucher des mots sur le papier pouvait aider.

Honor prit le carnet de notes, sans aucune intention de l'utiliser.

— Merci.

— C'est pour vous uniquement. Brûlez-le ensuite, si vous le souhaitez.

Elle opina, puis sortit à grands pas du petit bureau discret qui se trouvait à deux rues du quartier général de la Guilde.

Ce ne fut pas avant qu'elle soit de retour à son appartement, une fois l'ordinateur ouvert sur le dossier consacré au tatouage, qu'elle s'autorisa à s'interroger sur la raison de sa visite chez le Dr Reuben. Peut-être était-ce la colère se réveillant lentement en elle, une chose froide, lumineuse, aux rebords dentelés et brillants. Peut-être était-ce le désir, stupide ou non, de vouloir goûter au sombre péché que représentaient les lèvres de Dmitri. Ou peut-être étaient-ce les cauchemars.

Tout au long de sa vie, elle s'était sentie seule, sans racines. Même maintenant, alors qu'elle avait des amis, loyaux et forts, il y avait profondément enfoui en elle un énorme vide – comme si elle avait perdu quelque chose de terrible et de précieux. Quand elle était enfant, elle avait pensé qu'il devait s'agir d'un jumeau, que sa mère en avait gardé un et donné l'autre. Quoi que ce fût en réalité, une fois adulte, elle reconnut ce sentiment de perte comme une chose *autre*, en dehors d'elle-même. Cette étrange et intense solitude n'était jamais plus vivace qu'après un cauchemar – éveillée ou endormie.

— Ça suffit, marmonna-t-elle, il est temps de se remettre au travail.

Et c'est ce qu'elle fit, jusqu'à ce que la ville commençât à battre d'un pouls plus calme. Le ciel prit son impénétrable teinte entre minuit et l'aube. Elle n'aurait pas dû se laisser aller à dormir, mais elle était fatiguée, et ses yeux la piquaient après ce défilé de nuits sans sommeil. Elle s'endormit sans même s'en rendre compte.

Ce furent les hurlements d'une femme, sans fin, hachés, qui l'arrachèrent au sommeil. Son corps était roulé en boule sur le sofa, qui portait des traces de pleurs séchés. L'écho prolongé du tourment de la femme forait des trous dans son âme. Incapable de supporter cela, elle vacilla jusqu'à la salle de bains et aspergea d'eau glacée son visage ravagé par une angoisse si profonde qu'elle n'en avait jamais éprouvé de semblable. Comment était-ce possible ? Elle avait été torturée et brisée... Mais cette désolation, elle venait d'ailleurs. Elle était tellement profonde qu'elle n'avait pas de nom.

Ravalant la brûlure dans sa gorge avant que la tristesse ne la rattrape de sa poigne douloureuse, elle se débarrassa de ses vêtements et se glissa sous la douche. Il était à peine cinq heures du matin mais les trois heures de sommeil de cette nuit étaient une amélioration comparée à la seule heure de la précédente. Se nettoyant de sa transpiration, elle appuya la tête contre les carreaux et laissa simplement l'eau couler sur son corps.

Elle avait toujours aimé l'eau. Elle était venue à Manhattan en partie parce que le lieu était entouré d'eau. Elle avait longuement réfléchi avant de postuler à l'Académie. Elle voulait étudier les langues anciennes et savait que la Guilde couvrirait ses frais d'inscription si elle signait un contrat pour travailler pendant au moins quatre ans pour eux après l'obtention de son diplôme.

Les quatre années étaient passées, mais elle n'avait jamais envisagé de partir. Non seulement les autres chasseurs étaient devenus sa famille, mais son expérience en cultures et langues anciennes était une compétence constamment sollicitée, compte tenu du fait que leur monde était gouverné par des Immortels. Sa pensée revint à la Tour et au vampire qui avait toujours été sa faiblesse la plus sombre et la plus secrète.

Fermant les robinets de la douche, elle en sortit pour se sécher, obligeant son cerveau à se concentrer sur la tâche qui lui avait donné une migraine horrible la nuit dernière. Quelle qu'ait été la chose tatouée sur le visage du vampire – et à l'arrière de son épaule droite, si l'on se fiait aux photos envoyées par le médecin légiste –, c'était si inhabituel que cela paraissait défier toute explication logique. Et pourtant il devait bien y en avoir une. Même sans prendre en compte la manière dont cette tête s'était retrouvée entre les mains de Dmitri, le cadavre à lui seul était un message immanquable.

Vêtue d'un jean et d'un tee-shirt blanc uni, elle prit le chemin du coin cuisine, qui était dans le prolongement du salon, pour se préparer un thé. La vue depuis ce côté de l'appartement était partout la même : la Tour. Brillante de lumières contre les cieux sombres du matin, elle attirait l'œil comme l'étoile polaire.

Avançant jusqu'à la baie vitrée, thé à la main, elle observa un ange solitaire venu s'y poser. Il n'était qu'une silhouette à cette distance, mais même ainsi, sa grâce était extraordinaire. Pas un ange « normal », pensa-t-elle. C'était quelqu'un comme celui aux ailes noires avec qui Dmitri avait parlé sur le balcon de son bureau.

On frappa à sa porte. C'était si inattendu qu'elle ne sursauta pas, se contentant de fixer l'entrée des yeux. Lorsqu'on recommença, elle posa sa tasse, tira son arme et avança silencieusement jusqu'au judas. Le vampire qui se tenait de l'autre côté était un prédateur raffiné sur lequel elle aurait dû tirer au premier coup d'œil. Au lieu de quoi, elle lui ouvrit.

— Dmitri.

Portant un jean noir, un tee-shirt de la même couleur et un manteau de cuir souple qui lui descendait jusqu'aux chevilles, il ressemblait au fantasme le plus immoral qu'elle eût jamais eu, du genre à laisser une femme fiévreuse, mouillée, prête. Inspirant profondément avec un tremblement, elle perçut dans le parfum du vampire des vrilles d'un plaisir somptueux et d'une tension sexuelle plus tranchante qu'un rasoir.

Ce ne fut pas la cause de sa réaction, même si la dépendance sensuelle que cela engendrait n'aidait certainement pas. C'était une bonne chose qu'elle ne fût pas une véritable chasseuse-née, parce qu'il était puissant.

— Vous faites vos visites à cette heure-là d'habitude ?

— Je passais dans le coin.

Il s'appuya contre l'encadrure, levant sa main qui tenait une grande enveloppe cartonnée.

Les lames dans son parfum se firent plus incisives, se frayant un chemin à travers les sens de la chasseuse avec un érotisme fatal. Brusquement, tout ce qu'elle vit dans son regard était une menace aussi voluptueuse qu'une caresse dans la nuit et aussi mortelle qu'un stylet.

— Qu'avez-vous fait ?

La question échappait à toutes les conventions de politesse.

— Rien qui n'ait besoin d'être fait.

Repoussant la porte lorsqu'elle relâcha sa prise de fer de la poignée, il avança dans l'appartement.

Elle lui tira l'enveloppe des mains à l'instant où la porte fut refermée, rangeant son arme à feu tandis qu'elle s'autorisait à profiter de l'odeur redoutable et belle qu'il dégageait.

— De nouvelles photos des tatouages de la victime ?

— Non.

Elle ouvrit l'enveloppe et en retira plusieurs feuilles de papier, accompagnées d'agrandissements photographiques. Au début, elle ne comprit pas ce qu'elle regardait, puis elle saisit, et son sang se mit à bouillir.

— C'est mon rapport médical.

Plus spécifiquement, celui dressé après l'examen humiliant mené à la suite de son sauvetage. Le docteur et l'infirmière avaient tous les deux été doux, prévenants, mais dans cette chambre d'examen il n'y avait plus eu moyen de prétendre que tout cela n'était jamais arrivé, qu'elle n'avait pas été transformée en…

Repoussant le flot de ses souvenirs, elle se concentra sur l'instant présent, sur la colère si incandescente qui brouillait son regard.

— Où avez-vous eu ça ?

Ses mains tremblaient du besoin de le blesser, ce vampire qui s'amusait avec elle comme si elle n'était qu'un jouet.

Flânant vers la fenêtre où elle s'était tenue seulement quelques instants plus tôt, il dit :

— Ce n'est pas vraiment la question.

Non, ça ne l'était pas.

— Salaud ! dit-elle en lui jetant tout ce qu'il y avait sur la table basse. (La pointe de plaisir qu'elle avait éprouvée à son arrivée avait été effacée par le ton glacial de sa voix. Un rappel inoubliable qu'il n'était *pas humain*, qu'il n'avait pas de conscience comme elle.) De quel droit envahissez-vous ma vie privée ?

— Je voulais les images qu'ils avaient prises, dit-il sans se retourner.

L'estomac d'Honor fit des bonds.

— Je savais que vous aimiez la souffrance, mais je ne m'étais pas rendu compte que vous preniez votre pied avec la torture.

Un coup d'œil par-dessus son épaule.

— Celles des marques de morsures, Honor.

Son nom sonnait comme la plus décadente des tentations, touché par cette sensualité qui était aussi naturelle que de respirer pour le mâle dans son appartement… même lorsqu'il arborait cette froideur glaciale qu'elle reconnut tardivement comme étant de la fureur contenue et mortelle.

Marques de morsures.

Sa propre colère refroidit devant celle de Dmitri. Elle attrapa la pile de papiers et de photos, la feuilleta jusqu'aux pages qui listaient les morsures sur son corps, avec les images qui leur étaient associées.

— Il n'y a rien là-dedans qui vous permette d'apprendre quoi que ce soit.

À la fin, ils l'avaient déchiquetée comme si elle était un morceau de viande, la mettant en lambeaux, la déchirant.

— Vous seriez surprise.

Pivotant sur ses talons, il se débarrassa de son manteau d'un haussement d'épaule et le jeta sur le dos d'un canapé pour révéler des bras musclés, ne portant aucune arme… mis à part la longue et fine lame recourbée, dans un fourreau en travers de son dos. D'une certaine manière cela ne la surprenait pas qu'il fût un homme d'épées. Mais le pistolet qu'il portait à un holster de cheville lui prouvait aussi qu'il n'avait pas de problème avec les armes modernes.

Elle ne recula pas lorsqu'il vint à ses côtés, bien que la force qu'elle mit à serrer les mâchoires envoyât une onde de douleur jusqu'à son os. Plus jamais de peur, jura-t-elle, même en sachant que cela ne pouvait pas être aussi simple, l'instinct primal de son cerveau lui intimant de fuir – ou de se battre, tirer, couper, frapper.

La chaleur insistante de son corps contre la peau d'Honor, Dmitri montra du doigt une série de trois morsures qui étaient petites et espacées de manière égale. Elles avaient survécu à la violence finale à cause de leur emplacement. Par chance, elles avaient cicatrisé sans laisser de marques, et Honor n'avait pas à se rappeler constamment comment elles étaient arrivées là.

— À l'arrière de ma cuisse gauche…

— … à quelques centimètres au-dessus du genou, termina Dmitri.

Des mains petites, aux doigts fins, sur son corps, des crocs délicats creusant encore et encore à cet endroit.

— Rubis Sang, murmura-t-elle. La vampire portait toujours ce parfum, Rubis Sang. (Cette fragrance à la mode avait été une cage luxueuse autour de ses sens, et elle lui montait encore à la gorge lorsqu'elle croisait, dans la rue, dans une boutique, une inconnue qui la portait… Elle en captait une bouffée et la bile envahissait sa bouche tandis qu'une sueur froide couvrait son corps.) Je rêvais de lui trancher la gorge et de la voir s'effondrer à mes pieds pendant que je la noierais dans ce truc.

Les yeux de Dmitri – sombres, tellement, *tellement* sombres – rencontrèrent les siens.

— Aimeriez-vous lui rendre visite ?

Chapitre 9

Le silence. Dans son esprit. Dans son âme. Une immobilité sans fin.

— Vous l'avez déjà vue se nourrir auparavant.

Les mots firent éclater ce calme, tomber les papiers qu'elle tenait à la main. Ils flottèrent jusqu'à la moquette avec une grâce sereine, étrange.

— Elle a cinq cents ans – les habitudes bizarres ont la vie dure. Se nourrir à l'artère fémorale de la cuisse n'est pas inhabituel. (Une pause dangereuse.) Pas entre des amants, corrigea-t-il. (Honor se demanda si c'était comme cela qu'il préférait boire.) Mais de l'arrière ? Il y a les muscles.

— C'est douloureux, dit Honor, ne sachant pas pourquoi elle l'admettait. C'est pour cela qu'elle le fait. Cela fait mal à chaque fois. (Baissant le regard sur le pistolet qui d'une manière ou d'une autre s'était retrouvé de nouveau dans sa main, elle reprit :) M'arrêterez-vous si je lui tire dessus ?

— Non. (Pas même la plus légère hésitation.) Mais vous pourriez attendre que j'aie fini de l'interroger – il serait rageant de devoir patienter jusqu'à ce que la blessure guérisse.

Une partie d'elle n'était pas sûre qu'il soit en train de plaisanter, mais elle avait bien lu la colère tranchante de son regard. Elle savait que cela n'avait rien à voir avec elle. Non, ce qui l'avait rendu prêt à infliger la punition la plus brutale était qu'un vampire âgé, en lequel il avait probablement confiance pour maintenir l'ordre, avait joué à des jeux vraiment ignobles. Honor ne se souciait pas de ses motivations si cela lui permettait de se retrouver à distance suffisante pour tuer l'une des créatures qui avaient fait d'elle leur « poupée de sang » pendant deux interminables mois.

Ils s'arrêtèrent devant les portes d'une propriété dans Englewood Cliffs, pile quand l'aube stria le ciel de pastels pêche, rose et bleu doré. Dmitri avait rangé l'ordinateur d'Honor dans le coffre de la Ferrari et décapoté la voiture. Elle trouva une liberté bienvenue dans le fouettement vif du vent, utilisant le temps du trajet pour rassembler ses forces, pour se préparer à l'odeur, épaisse jusqu'à l'écœurement, de Rubis Sang.

Les hautes portes, ornées, couvertes d'un lierre vert sombre, s'ouvrirent avec une grâce seigneuriale à l'instant où le garde vit la voiture. L'allée était tachetée d'ombre et de lumière par les chênes qui la bordaient, et la maison, lorsqu'elle apparut, parlait d'un autre siècle – lourd et ostentatoire.

— Pas un vampire qui souhaite vivre avec son temps.

— Non. (Dmitri amena la voiture jusque devant les marches basses qui menaient à l'entrée.) À certaines époques, c'était la chose à faire pour garder votre « troupeau » à portée de main. Valeria perpétue cette pratique, bien qu'elle soit considérée comme archaïque par ses contemporains.

Valeria.

Ses mains voulaient se saisir de l'énorme couteau de chasse qu'elle portait dans un fourreau à sa cheville et se précipiter à travers la porte, éviscérer la vampire, mais elle se força à attendre que son pouls ne batte plus qu'au rythme d'un seul mot : vengeance.

— Le troupeau était-il volontaire ?

— Il y en a toujours pour l'être.

Il ouvrit sa portière et se leva pour retirer son manteau, révélant le coton noir de son tee-shirt.

Honor pensa à Carmen, à la manière dont la blonde s'était rabaissée devant Dmitri, au point qu'Honor avait eu honte pour elle.

— Vous n'avez jamais eu aucun problème.

Dmitri ne répondit pas avant qu'ils ne se rejoignent devant la voiture.

— Il existe différents genres de problèmes.

Elle vit quelque chose d'inattendu se produire en lui à ce moment-là, une chose calme et sombre, aussi crue et douloureuse que celle qui vivait en elle.

— Dmitri, commença-t-elle à l'instant où la porte de la maison s'ouvrait pour révéler une bonne dans un uniforme noir et blanc.

— C'est le moment.

Son corps tout entier se fit chaud puis froid à ses mots. Puis elle monta les trois larges marches avec lui. La bonne s'effaça sur le côté alors qu'ils se rapprochaient.

— La maîtresse de maison est dans son boudoir, monsieur.

Honor n'avait aucune idée de ce qu'était un boudoir, mais Dmitri eut un court hochement de tête.

— Nous n'aurons pas besoin de vous. Prenez un jour de repos. La Tour vous contactera demain.

La bonne pâlit, puis dit seulement :

— Oui, monsieur. La cuisinière est là aussi.

— Dites-lui que ce n'est pas nécessaire. Le troupeau de Valeria ?

— Dans la maison des invités.

— Faites-les sortir. Vous avez cinq minutes.

— Oui, monsieur.

Baissant la tête, elle décampa le long du couloir.

Honor se rendit alors compte qu'elle avait aperçu un croc.

— C'était une vampire.

Pourtant, elle n'éprouvait aucune peur ; l'autre femme était visiblement bien plus faible qu'elle, son vampirisme mis à part.

— Jeune, répondit Dmitri en refermant doucement la porte. Servant dans le cadre de son Contrat. Je dirais, première décennie.

— Pas étonnant qu'elle ait l'air si humaine.

— Certains parmi les faibles ne perdent jamais cette part d'humanité.

Sur ces mots, il la conduisit le long du couloir – il était recouvert d'une moquette d'un profond bordeaux, les murs tapissés d'un papier peint des plus exquis, couleur crème, et gaufré d'un motif subtil. La presque-immortalité donnait bien du temps aux Transformés pour devenir riche, mais Honor avait connu des vamps vieux de plusieurs centaines d'années qui n'avaient jamais atteint ce niveau d'aisance. Soit Valeria avait hérité de ces biens, soit elle les avait acquis grâce à une combinaison de puissance et de détermination impitoyable.

Dmitri passa un seuil sur la droite, une ombre en noir.

— Dmitri, chéri, appela une voix enfumée qui emplit le corps d'Honor d'une terreur froide.

Puis elle saisit l'odeur musquée, sombre, de Rubis Sang. Glacée, le dos collé au mur proche de l'entrée, elle essayait de réguler ses tremblements, de contrôler la nausée qui menaçait de lui faire rendre son thé, seule chose qu'elle avait avalée ce matin-là.

— Valeria, répondit Dmitri en faisant traîner sa voix, pendant qu'il jumelait des vrilles d'un chocolat délicieux et d'une riche liqueur autour des sens d'Honor.

La puissance de ces dernières prit le pas sur le parfum qui servait de signature à la vampire, permettant ainsi à Honor de reprendre son souffle. Dmitri poursuivit avant que la vampire ne puisse lui répondre :

— T'ai-je tirée du lit ?

Un petit rire, intime.

— Tu seras toujours le bienvenu pour ça.

Un autre choc écœurant. Honor n'avait jamais pensé à demander à Dmitri s'il avait couché avec cette femme. La colère talonna brutalement l'horreur de cette supposition. C'était une morsure dure, malsaine, qui lui donnait envie de poignarder son dos musclé. La puissance de sa réaction était une nouvelle claque, l'écrasant une fois de plus. Essuyant la paume de ses mains sur son jean, elle dégaina son arme.

Dmitri sembla sentir l'instant où elle s'immobilisa, car il se redressa et ajouta :

— Je t'ai amené un visiteur.

— Oh ?

Une marque de curiosité alors que Dmitri s'écartait pour permettre à Honor d'avancer.

Valeria était allongée sur une ottomane couleur crème installée devant une fenêtre, vêtue d'une robe d'intérieur d'un satin carmin qui s'arrêtait à mi-cuisse – la ceinture suffisamment lâche sur sa taille pour que la courbe d'un de ses seins parfaits soit artistiquement exposée. Elle avait incliné la tête afin que la lumière matinale l'éclaire idéalement pour mettre en valeur ses traits déjà époustouflants. De longs cheveux d'un marron doré s'enroulaient sur ses épaules et tombaient en cascade sur ses tétons, durcis et mûrs sous le satin.

L'invitation ne pouvait pas être plus claire.

Puis ce regard bleu quitta son appréciation du corps de Dmitri pour tomber sur Honor. Soudain, les membres de la vampire se mirent en action ; elle se leva d'un bond, la peau crémeuse de son visage rougie par la haine – mais pendant une demi-seconde la jeune femme aperçut sous la fureur une faim malsaine. Valeria était en train de se rappeler la manière dont elle avait utilisé Honor, dont elle l'avait rabaissée. Et elle voulait recommencer.

— Bien… (Un calcul dans ses yeux étonnants, d'une beauté immortelle.) Tu m'as apporté un encas. Tu as toujours été attentionné.

Honor vit Dmitri se raidir et – sans y réfléchir – elle tendit la main pour lui toucher le dos sans que Valeria puisse voir le geste. *Pas encore*. La tension contenue, les muscles contractés, il ne frappa pas, ce beau prédateur qui avait la mort dans le regard.

— C'est un joli salon que tu as là, préféra-t-il murmurer de cette voix soyeuse qu'Honor ne voulait jamais, jamais entendre dans le noir.

Des lignes vinrent marquer la douceur du front de Valeria.

— Quoi ?

— Mais les fenêtres sont petites, continua Dmitri, son dos fléchissant légèrement sous la main étendue d'Honor. (Étonnée de se rendre compte qu'elle le touchait encore, elle la retira.) Ce qui signifie, ajouta-t-il, qu'il n'y a une qu'une sortie.

Honor avait toujours su que Dmitri était sans pitié, mais ce ne fut qu'en voyant le brouillard de la peur frémir sous le lac bleu du regard de Valeria qu'elle comprit exactement où il se situait dans la chaîne alimentaire. La vampire jetait des coups d'œil tout autour d'elle. Ses yeux étaient empreints de sauvagerie lorsqu'elle les reposa de nouveau sur eux.

— C'était juste pour s'amuser, Dmitri. Tu sais ce que c'est.

— Humm. Dis-moi.

Valeria sembla prendre le lent ronronnement pour un encouragement.

— La vie peut devenir si ennuyeuse après des siècles d'excès. C'était une vilaine petite excitation que d'avoir la chasseuse à notre disposition.

Avançant vers Dmitri, ses cuisses douces et affriolantes visibles à travers le satin carmin, elle ignora Honor pour aller caresser la poitrine de Dmitri, lentement et avec un plaisir non dissimulé.

Les doigts de la chasseuse serrèrent son arme plus fermement. Garder son contrôle et ne pas coller une balle entre ces deux yeux bleus si grands et séduisants ne fut possible qu'en serrant les dents.

Dmitri leva simplement la main et la referma sur celle de la vampire.

— Un jeu fascinant, dit-il en abaissant la voix tandis qu'il tirait Valeria encore plus près de lui, ses lèvres frôlant son oreille, et les seins de la jeune femme rougissant tout contre lui. Je ne t'aurais pas crue si créative.

Il empoigna les cheveux de la brune de sa main libre. Valeria avait les yeux fermés. Son corps tremblait au contact de celui de Dmitri.

— Je m'en attribuerais bien le mérite – un murmure rauque – mais tu finirais par me démasquer.

Le rire de Dmitri donna envie à Honor de lui enfoncer une lame dans le ventre et de prendre la fuite aussi vite qu'il soit humainement possible de le faire. Mais Valeria sourit, ouvrit les yeux.

— J'ai reçu une invitation. (Un regard avide détaillant Honor.) Sa peur était si puissante quand je suis arrivée, mais elle ne voulait ni crier ni supplier. Pas pendant des semaines.

Dmitri tira brusquement le visage de Valeria vers le sien, sans ménagement.

— Tu as gardé l'invitation, n'est-ce pas ?

— Oui, c'était une note. (Ses lèvres suivaient la mâchoire du vampire.) Est-ce que tu l'as amenée pour moi, Dmitri ? Est-ce que je peux l'avoir rien que pour moi ?

Honor posa de nouveau sa main sur le dos du vampire, ne sachant pas pourquoi elle croyait cela utile, ne sachant même pas pourquoi elle croyait pouvoir comprendre ce vampire, si vieux et si puissant que cela lui faisait mal rien que d'y penser.

— D'abord, dis-moi avec qui tu l'as partagée, murmura-t-il, ignorant le fait que Valeria avait ouvert la ceinture de sa robe d'intérieur pour exposer une peau crémeuse. Je veux connaître ceux qui ont les mêmes goûts que toi.

— Mais je la veux pour moi. (Irritabilité.)

— *Valeria.*

La femme frôla l'orgasme à l'ordre contenu dans cette voix pleine de lames de couteau et de hurlements nocturnes.

— On dit que tu rends la chose douloureuse, Dmitri.

En réponse, il utilisa la poigne qu'il avait sur ses cheveux pour tirer la tête de Valeria en arrière si violemment que des larmes apparurent dans les yeux de la vampire. Elle se lécha les lèvres, ne fit aucun effort pour dissimuler le téton d'un rose sombre, exposé par le glissement du satin sur sa peau.

— Tommy. J'ai vu Tommy une fois là-bas, un jour où j'avais dépassé mon temps avec elle.

Honor se souvenait de ce jour, de l'élégante voix féminine se disputant avec celle, plus grave, d'un homme. Elle se rappelait Valeria tentant d'amadouer ce dernier pour qu'il l'autorise à rester.

— *Nous jouerons ensemble. (Le bruit de vêtements frottant les uns contre les autres, l'humidité d'un lent baiser.) Tu sais que tu aimes ma manière de jouer.*

L'homme – Tommy – avait finalement cédé. Ensemble, ces deux-là avaient... Ils avaient fait hurler Honor. Sa main serra le tee-shirt de Dmitri lorsqu'il déplaça la sienne pour la poser autour de la gorge de Valeria.

— Juste Tommy ?

— Il y en avait d'autres, mais je ne les ai jamais vus. Nous avions nos heures.

Sa poitrine se soulevait et s'abaissait, ses lèvres s'ouvrirent.

— L'invitation, Valeria. (Un ordre brut.) Parle-moi de l'invitation.

La vampire parcourut le torse de Dmitri de ses mains possessives, qu'Honor aurait voulu briser en un millier de morceaux.

— Dans ma chambre, dans le tiroir du haut de la petite table de nuit. (Ses doigts se dirigèrent vers le bas pour soulever le tee-shirt, révélant une peau tannée, sombre et chaude.) Je te montrerai lorsque nous irons à l'étage. (De nouveau, son regard se porta sur Honor.) Je la veux.

Alors Dmitri sourit, fit de nouveau ployer la nuque de Valeria... et lui trancha la gorge avec autant d'émotion qu'un chat ayant attrapé sa proie. La lourde lame en argent brilla dans la lumière matinale.

Comme la femme tentait de porter les mains à sa gorge, il l'attrapa par cette même gorge et l'épingla contre le mur, avec la lame plantée dans le cou.

— Ne la retire pas, ordonna-t-il alors que Valeria s'apprêtait justement à le faire. Ou je te trancherai les mains.

Honor avait sorti son pistolet à la première coupure, mais maintenant ses yeux rencontraient ceux de Dmitri et il haussa un sourcil. Elle secoua la tête.

— Je ne peux pas lui tirer dessus maintenant.

Pas quand la vampire était clouée comme un insecte, le satin rouge de son vêtement d'une teinte plus riche et plus humide, sa peau crème ensanglantée.

Dmitri se déplaça vers Honor, et elle se rendit compte que, excepté la main avec laquelle il avait agrippé la gorge de Valeria, il s'était débrouillé pour éviter la moindre trace de sang sur lui malgré le jet artériel – ce qui menait à la terrifiante conclusion qu'il avait déjà fait cela auparavant.

— Vous, dit-il en lui touchant le menton de ses doigts propres, avant de sortir les roses d'un vase et de le pencher pour laver ceux qui étaient ensanglantés, vous êtes trop humaine.

Oui. C'était un choc bienvenu, une confirmation qu'elle avait gardé le noyau d'elle-même intact malgré l'horreur de ce sous-sol obscur où Valeria, Tommy et leurs amis monstrueux l'avaient utilisée jusqu'à réduire son esprit en miettes. Dépassant Dmitri pour venir faire face à la vampire, elle demanda au monstre aux grands yeux bleus :

— Rien d'autre dont vous aimeriez nous faire part au sujet de mon kidnapping et de mon agression ?

Dmitri s'assit sur une chaise, tendant la main pour choisir un chocolat dans un bocal de cristal qui se trouvait sur une table proche. Lorsque Valeria montra les dents à Honor, refusant de répondre à sa question, il lui tira dans la cuisse, à l'endroit précis où la vampire aimait à se nourrir.

Elle hurla, un cri haut perché.

Honor comprenait que les punitions utilisées pour les Immortels n'étaient pas les mêmes que pour les mortels, leur corps étant capable de se remettre de graves blessures. Mais elle ne s'était jamais retrouvée confrontée à la dure réalité que cela représentait.

— Cela ne vous dérange même pas un tout petit peu ? demanda-t-elle à Dmitri lorsque les hurlements de Valeria s'éteignirent et laissèrent place à des sanglots.

Il haussa les épaules, ces dernières bougeant avec une grâce tout en muscles sous le fin coton du tee-shirt.

— Non. (Déposant son arme près du bol de cristal, il reprit :) Valeria, sois une bonne hôtesse et réponds à la question d'Honor.

Puis il fit tomber un chocolat dans sa bouche.

— Je ne sais rien d'autre, sanglota la vampire, les yeux rougis par les larmes. Seulement… Tommy.

— Oh, ne vous inquiétez pas, dit Honor, se souvenant que Valeria avait bu ses larmes à elle, qu'elle avait gloussé lorsqu'Honor avait hurlé à s'en brûler la gorge, nous aurons Tommy.

Elle ne sut pas ce que Valeria entendit dans sa voix, mais la vampire prit soudain un air effrayé qu'Honor ne se serait jamais attendue à voir chez un vampire de son âge et de sa puissance.

— C'est lui qui a tout fait, tu te souviens ? demanda Valeria, levant de nouveau les mains vers sa gorge, alors que la blessure commençait à cicatriser autour du lourd couteau de chasse.

— Je ne ferais pas ça à ta place, dit calmement Dmitri en mangeant un autre chocolat.

Laissant retomber ses mains dans un spasme de peur, Valeria continua à s'adresser à Honor, les yeux brillants de larmes.

— C'est lui qui vous a fait du mal – je voulais juste me nourrir.

Oui, Tommy l'avait blessée, comme seul un homme pouvait blesser une femme. Mais uniquement parce que Valeria l'y avait poussé. Avant cela, ses agressions physiques avaient été relativement minimes dans l'ensemble – le bâtard avait apprécié son sang plus que tout autre chose. Valeria, quoi qu'il en fût, avait toujours été très inventive lorsqu'il n'y avait qu'elle et Honor dans l'obscurité.

— *Oh, est-ce que ça fait mal ? (Un rire doux comme un murmure.) Vilaine que je suis. Mais une fille doit bien se nourrir.*

— Dmitri, dit Honor, j'ai changé d'avis.

Et elle tira sur l'autre cuisse de Valeria.

Chapitre 10

— Son absence d'hésitation l'inquiétait un peu, mais cette femme qui criait maintenant que sa propre chair était en jeu l'avait *torturée*. Qui d'autre qu'elle pouvait décider de ce qui l'aiderait à se sentir foutrement mieux… parce que bon Dieu, tirer cette balle sur Valeria avait été un soulagement.

— J'en ai fini.

Plus jamais cette créature pathétique ne viendrait la poursuivre dans ses rêves.

— Allez voir si vous pouvez trouver l'invitation. (Dmitri se leva.) Valeria et moi devons parler en privé.

Remettant son arme dans son holster, elle se tourna vers lui.

— Ne la tuez pas. Ce serait trop rapide, et insuffisant.

Et d'après ce que Valeria lui avait fait, et l'expérience qu'elle avait pour infliger certaines douleurs, Honor savait qu'elle était loin d'être la première victime de la vampire.

Un sourire paresseux lui fit dresser tous les cheveux à l'arrière de la nuque.

— Faites-moi confiance.

Étrangement, c'était le cas. Peut-être que cela faisait d'elle une idiote qui se berçait d'illusions, mais cela n'y changeait rien. Le laissant avec la vampire terrifiée, qui était déjà en train de pleurnicher et de tenter d'amadouer cet homme qu'aucune volonté féminine n'influencerait jamais, elle sortit de la pièce et grimpa les escaliers.

L'élégance opulente se retrouvait partout dans la maison ; des œuvres d'art disposées avec goût dans des cadres dorés, des tapis faits main dans des tons qui s'accordaient à l'ensemble de la décoration, une remarquable rampe taillée dans le marbre bordait l'escalier en colimaçon jusqu'au premier étage. Dans la chambre, un imposant lit à baldaquin, d'un bois sombre, et dont les rideaux étaient parfaitement tirés aux coins, occupait tout l'espace. Les draps, du coton égyptien le plus fin, étaient restés en désordre depuis le réveil matinal de Valeria.

Lorsqu'elle ouvrit le tiroir de la table de nuit, un premier hurlement résonna à travers la maison, si aigu qu'Honor ne put s'imaginer ce que Dmitri faisait à la vampire. La pitié frémit en elle, mais elle serra la mâchoire et poursuivit sa tâche. Parce que si Dmitri faisait preuve de miséricorde ce jour-là, alors d'autres vampires commenceraient bientôt à se laisser aller à leurs désirs les plus sombres et le monde se changerait en bain de sang.

Là.

L'invitation était une carte argentée pliée en deux.

L'ennui est une telle plaie, n'est-ce pas, Valeria ? Des mots écrits à l'encre noire d'une main gracieuse qui pouvait aussi bien être celle d'une femme que celle d'un homme. *J'ai un divertissement à te proposer qui devrait satisfaire même tes appétits blasés.*

En dessous se trouvait une adresse, une liste de trois dates et heures et une note précisant : *Souhaiterais-tu y céder, viens à ces mêmes heures, ces mêmes jours dans les semaines qui viennent.*

Il n'y avait pas de signature et, bien qu'Honor eût tenu le papier avec soin, elle savait qu'il y avait peu de chances d'y trouver des empreintes. Malgré tout, elle descendit à la cuisine, accompagnée d'un autre hurlement glaçant, et y trouva un sac plastique. Pas un Albal, mais cela ferait l'affaire pour l'instant. Elle y déposa la note et retourna dans le boudoir. Les couloirs étaient remplis d'un silence persistant, seulement troublé par les gémissements de Valeria.

Elle entra et ne trouva pas une seule petite tache de sang sur le corps ou les vêtements de Dmitri. Ses bras musclés attiraient son œil pendant qu'il rangeait son arme dans un holster de cheville avec le geste peu pressé d'un homme qui se savait la chose la plus dangereuse dans la pièce, et de loin. Valeria, par contraste, était d'une manière ou d'une autre… diminuée.

— Je l'ai, dit Honor.

— Bien. (Il pencha la tête en direction de l'allée.) Illium va surveiller Valeria jusqu'à l'arrivée des hommes d'Andreas.

La vampire émit un faible son de supplication quand Honor regarda par la fenêtre – pour avoir la vision étonnante d'un ange avec des ailes bleues embrassées d'argent venant se poser sur le vert luxuriant de la pelouse.

— Il est…

Elle laissa échapper son souffle. Elle avait pourtant déjà vu des photos et même des images télévisées de l'ange aux ailes bleues, mais aucune d'entre elles ne lui rendait justice. Aucune ne le pouvait.

L'effet était encore plus saisissant de près. Le fixant du regard en arrivant près de la voiture, elle admira ces yeux d'un or vénitien, ces cheveux noirs moirés de bleu scintillant, son visage si pur qu'il aurait dû être trop beau. Il ne l'était pas. Il était tout simplement la créature la plus masculine qu'elle ait jamais vue de sa vie.

Rencontrant son regard, il se présenta :

— Je suis Illium.

Elle faillit sourire devant la curiosité sans complexe qu'on lisait dans ses yeux dorés :

— Honor.

Dmitri, ayant répondu à un rapide appel sur son téléphone portable, ouvrit la portière côté conducteur.

— Valeria tentera n'importe quoi, informa-t-il Illium. Tranche-lui les bras.

L'ange aux ailes bleues ne semblait pas perturbé le moins du monde par cet ordre. Si l'on ajoutait la confiance que Dmitri lui portait, cela rendait clair que, beauté ou pas, Illium n'était pas un joli bibelot. Même si, en repérant l'intelligence vive sur son visage pendant qu'il discutait avec Dmitri, Honor pensa qu'il était tout à fait capable d'utiliser son apparence avenante à son avantage.

— Elena et Raphael sont en route, disait-il maintenant. Ils devraient atterrir vers 6 heures.

Acquiesçant rapidement, Dmitri se glissa dans la voiture.

— Honor. Arrêtez de flirter avec Illium. Cela ne fait qu'encourager sa vanité.

— Il a raison. (Illium fit le tour de la Ferrari pour ouvrir la portière d'Honor.) Je suis aussi un gentleman, pas comme certains.

En entrant dans la voiture, leurs regards se croisèrent et elle se demanda qui était cet Illium avec ses ailes bleues, derrière ce charme et cette beauté surprenante.

— Merci.

Le regard qu'il lui offrit en retour était évaluateur… presque doux.

— Vous n'êtes pas comme les autres.

— Comment ça ?

Dmitri fit rugir le moteur avant que l'ange n'ait une chance de répondre. Lorsqu'elle jeta un regard en arrière, elle le vit en train de les observer avec une expression pensive sur le visage, ses ailes déployées pour saisir la lumière du petit matin. Des mèches argent scintillaient, le transformant en un mirage vivant.

— Je pensais, dit-elle après qu'il disparut de leur vue, que les anges étaient plus hauts dans la chaîne alimentaire que les vampires.

Et pourtant, Illium avait pris ses ordres de Dmitri.

— Il est l'un des Sept, la garde d'élite de Raphael, lui apprit Dmitri alors qu'ils dépassaient le portail. Je suis à leur tête.

Le second de Raphael. La raison expliquant ce titre était soudain plus claire.

— Je n'ai jamais fait la connaissance d'un ange comme Illium.

Son apparence frappante mise à part, il avait semblé plus « humain » que tous les autres Immortels qu'elle avait rencontrés.

Un regard dur.

— Flirtez avec lui si cela vous chante, Honor, mais vous êtes mienne.

Ces mots catégoriques étaient un choc… sans vraiment l'être.

— Je ne sais pas ce qu'*il y a* entre nous, dit-elle, reconnaissant ainsi l'existence de ce feu sombre qui brûlait entre eux depuis le début, mais ce que je sais en revanche avec certitude, c'est que pour le bien de ma santé mentale, j'ai besoin de rester très, très éloignée de vous.

— Dommage.

Un mot énoncé avec la même absence d'émotion que celle dont il avait fait preuve en tirant sur Valeria.

Cela l'effrayait. Une réaction saine. Ce qui ne l'était pas, c'était son désir à elle de tendre la main et de caresser l'angle brutal de sa mâchoire, d'adoucir cet être d'une manière ou d'une autre. Impossible.

— Si jamais cela doit arriver, je mourrai pour conserver ma liberté, lui dit-elle alors que le vent balayait les cheveux sur son visage. Je ne serai plus jamais prisonnière, de vous ou de qui que ce soit d'autre.

C'était un serment qu'elle avait prêté alors qu'elle gisait comme une poupée désarticulée sur son lit d'hôpital, un serment qu'elle tiendrait quitte à répandre le sang d'un cœur.

Dmitri passa les vitesses avec la facilité d'un homme habitué au pouvoir.

— Je n'ai pas l'intention de vous briser, Honor. (Son côté dur remplacé par de la soie noire, tentante et alléchante, pendant que la riche odeur du chocolat s'infiltrait au plus profond des os de la jeune femme.) J'ai l'intention de vous séduire.

Une explosion de chaleur dans son corps, une attraction compulsive qui ne suivait aucune règle rationnelle… et une obsession contre laquelle elle ne pouvait lutter.

— Est-ce qu'une femme vous a déjà dit non, Dmitri ?

— Une fois. (Il se tourna avec un sourire qui donnait envie à la chasseuse de prendre son visage dans ses mains et de fondre ces superbes lèvres aux siennes.) Je l'ai épousée.

Dmitri n'était pas sûr de savoir pourquoi il avait dit ça à Honor, alors qu'il ne parlait d'Ingrede à personne. Seul Raphael savait, et l'Archange respectait son vœu de silence à ce sujet, sur cette blessure qui n'avait jamais cicatrisé.

— Tommy, dit-il pour détourner la conversation alors qu'Honor ouvrait la bouche pour lui demander si c'était la seule femme dans toute sa longue vie qui ait jamais détenu son cœur. Il s'agit de Thomas Beckworth le Troisième.

Le regard d'Honor se posa lourdement sur le vampire, mais elle comprit son intention.

— Tommy est un nom répandu.

— Valeria a confirmé.

Lorsqu'elle s'était rendu compte que supplier et plaider sa cause n'allait pas marcher, la vampire avait tenté de garder pour elle cette information. Quelques os brisés avaient suffi à la faire changer d'avis. Dmitri s'était assuré que ces fractures correspondent à celles à demi guéries qu'il avait vues sur les radios prises après le sauvetage d'Honor.

— *S'il te plaît, Dmitri,* avait crié Valeria. *Ne deviens pas un monstre à cause d'une mortelle.*

Cela l'avait fait sourire, d'un amusement non feint.

— *Chère Valeria, j'étais déjà un monstre avant que tu ne viennes au monde.*

Il en était devenu un à l'instant où le cottage avait brûlé, emportant la meilleure part de lui-même.

— Selon une recherche que Venin a menée pour moi pendant que vous étiez à l'étage, dit-il en détournant son esprit d'un souvenir qu'il le hanterait pour l'éternité, il semble que Tommy se terre quelque part.

Un murmure de senteurs, des fleurs sauvages épanouies, qui fit remuer Honor sur son siège.

— Il ne peut pas savoir que nous sommes après lui.

Son parfum à elle enroulé autour de lui, l'atteignant à un niveau auquel il n'avait jamais autorisé une femme à parvenir.

— Non, répondit-il, la main serrée sur le volant chromé, mais il a suffisamment de contacts pour s'être rendu compte que vous travaillez pour moi.

Honor aperçut les lignes de tension autour de la bouche du vampire, et dut fermer le poing pour stopper son désir de les effacer d'une caresse. Cette folie pourrait bien finir par la tuer.

— Nous irons chez Tommy, poursuivit-il sans qu'elle l'interrompe, voir ce que nous pouvons découvrir.

Cette maison se révéla aussi vulgaire à l'intérieur que celle de Valeria avait été élégante. Des volutes ornées sur les moulures, du papier peint si horrible qu'il avait dû être acheté pour son prix plutôt que par goût, des meubles clinquants et recouverts d'un tissu floral aussi hideux – et sans aucun doute aussi cher – que le papier peint.

Mais c'était la chambre qui surpassait tout le reste.

— Waouh, dit Honor, regardant fixement l'énorme lit circulaire couvert de draps de satin rose et de milliers d'oreillers bordés de fourrure blanche. Je ne pensais pas que les gens avaient vraiment des lits comme ceux-là en dehors des plateaux de films pornos sous stéroïdes. (Incapable de s'en empêcher, elle leva les yeux.) Un plafond en miroir. Je suis choquée.

Dmitri se mit à rire, et c'était un son sauvage, beau, qui fut rompu durement et abruptement.

— Honor, quittez cette chambre.

Un ordre enrobé de glace.

L'estomac de cette dernière se serra. Il aurait été si facile de tourner les talons, de lui permettre de la protéger – et c'était ce que tentait de faire cette dangereuse créature qui ne serait jamais humaine – mais agir ainsi serait revenu à se rendre aux salauds qui avaient essayé de la détruire.

— Je ne me déroberai plus, dit-elle, conservant un ton calme dans un effort de volonté brutal. Montrez-moi.

Un moment tendu, des yeux sombres, si sombres, l'examinant.

— Honor.

— Il y a certaines batailles, dit-elle doucement en soutenant le regard de Dmitri, ce regard empli de secrets tellement *anciens*, qu'une femme doit mener elle-même.

Ses pommettes tranchèrent contre sa peau lorsqu'il dit :

— Derrière vous.

L'agrandissement d'une photo en noir et blanc couvrait le mur entier qui faisait face au lit. Il s'agissait d'une femme nue, suspendue par de lourdes chaînes, les jambes écartées et attachées au sol. Sa tête était baissée, ses cheveux tombaient autour de son visage, un côté de son sein saignait là où un vampire s'était nourri.

Il s'agissait d'Honor.

Avançant vers cette image qui menaçait de la propulser en arrière dans un cauchemar, elle sortit une lame et lentement, méthodiquement, commença à découper la photo en morceaux.

— J'avais oublié, dit-elle en ravalant la rage qui menaçait de la submerger, qu'il prenait des photos.

Clic. Clic.

Le bruit l'avait humiliée à nouveau quand elle s'était pensée endurcie à tout ce que ses agresseurs pouvaient lui faire.

— Puis il a apporté la caméra.

Ce qui signifiait qu'il y avait des enregistrements d'elle quelque part, des enregistrements où elle essayait de ne pas hurler pendant que Tommy la faisait souffrir. C'était pour cela qu'elle avait occulté cet épisode – parce qu'elle ne pouvait supporter la honte de savoir que d'autres, peut-être ses amis, la verraient piégée, impuissante, dégradée… mais bien sûr, elle n'avait jamais *vraiment* oublié.

— Nous trouverons les fichiers originaux de ces images et de ces enregistrements. (Dmitri commença de se déplacer dans la chambre avec une rage calme, concentrée, arrachant les tiroirs, vidant les étagères.) Il les aura gardés pour lui, comme un secret, parce qu'il savait qu'aussitôt qu'ils seraient sortis, je lui aurais tranché la gorge.

— Vous ne pouvez pas en être sûr. (Une douleur si intense, si lourde, dans sa poitrine.)

Dmitri vint la rejoindre pour l'aider à arracher le dernier morceau, l'observa en silence pendant qu'elle le déchirait en lambeaux encore plus petits.

— Qu'importe le reste, dit-il lorsque les derniers bouts voltigèrent jusqu'aux pieds d'Honor comme un millier de mites noires et blanches, ces images ne verront jamais la lumière du jour.

Dans ses yeux, elle lut une glaçante prophétie de mort.

Tommy n'était pas le plus intelligent des hommes – ils trouvèrent les cartes mémoires renfermant les photos et les vidéos dans un coffre-fort mural. Dmitri ne dit rien lorsqu'elle disparut dans la voiture – avec son ordinateur – pour vérifier que les images n'apportaient pas d'indices qui pourraient mener à l'identification d'autres membres de ce petit groupe de malades.

— Je vais les détruire, lui dit-elle lorsqu'il sortit, n'ayant rien trouvé d'utile dans la chambre.

C'était des preuves, elles devraient être maniées avec soin. Mais il s'agissait d'*elle*. Nue, attachée, déshonorée. Que cela soit rationnel ou pas, elle voulait que ces images disparaissent, afin que personne d'autre ne puisse les voir.

Faisant le tour de la voiture pour atteindre le coffre, Dmitri ouvrit ce dernier pour y attraper un petit marteau dans une boîte à outils. Elle l'utilisa pour écraser les cartes mémoires et les réduire en poussière, puis elle prit les pinces qu'il lui tendait pour couper les composants métalliques en minuscules, minuscules morceaux. Dmitri regarda la scène d'un air détaché, mais ce détachement était émoussé quand ils eurent fini de fouiller la maison – Tommy n'avait laissé aucun indice quant à l'endroit où il se trouvait.

— Honor. (Dmitri se tourna vers elle tout en arrêtant la Ferrari devant le quartier général de la Guilde. Soutenant le regard de la jeune femme, il tendit la main jusqu'à une mèche bouclée de ses cheveux qui s'était échappée de la barrette à la base de sa nuque, tout en prenant soin de ne pas effleurer d'autres parties de son corps.) Si douce, murmura-t-il. Féminine, belle et dure à briser.

L'horrible douleur dans sa poitrine ne s'affaiblissait pas. Mais à cet instant, elle aurait pu l'embrasser. Il n'était pas humain, n'était même pas quelqu'un de bien, mais il venait de lui rendre un peu de la fierté que l'immonde Tommy lui avait volée.

— Je vous appellerai dès que j'aurais trouvé quelque chose, dit-elle.

Et cela sonnait presque comme une promesse.

Plutôt que de monter voir Sara, une fois entrée dans l'immeuble de la Guilde, elle descendit aux Caves. Cette bonne planque souterraine avait une double utilité – elle offrait un lieu de repli pour les chasseurs lorsqu'une situation devenait trop tendue, et servait d'abri pour les systèmes sophistiqués de surveillance et pour les bases de données de la Guilde.

Et tout cela était supervisé par un esprit brillant piégé dans un corps broyé lors d'un accident d'enfance. Vivek ne ressentait rien en dessous des épaules, mais si quelqu'un pensait que cela l'empêchait d'être le meilleur foutu « analyste d'informations », autrement dit espion, des opérations mondiales de la Guilde, alors cette personne pouvait se préparer à recevoir une belle surprise un de ces jours.

— Honor, dit-il lorsqu'elle eut passé les protocoles de sécurité pour entrer dans le bunker qui abritait les ordinateurs depuis lesquels – selon les rumeurs de la Guilde – il régnait sur le monde. Dmitri en a déjà après toi ?

Chapitre 11

Étonnée, elle le regarda... et perçut des marques d'inquiétude sur son visage.

— Je ne suis pas en train de me cacher de Dmitri.

— Oh, bien. Mais si tu l'énerves suffisamment pour en arriver là, essaie de ne pas lui tirer dessus en plein jour. Sara ne l'a pas encore pardonné à Elena.

Honor avait entendu parler de cet incident ; elle avait même jeté un œil sur les reportages en ligne consacrés au sujet.

— Je pense qu'une blessure par balle pourrait l'affaiblir pendant un moment, mais je suis presque certaine qu'il est trop âgé pour en mourir, même si tu lui emportes le cœur.

Vivek lui fit un clin d'œil.

— Ooh, Elena ne sait pas ça. (Faisant pivoter sa chaise à l'aide d'une commande vocale, il roula jusqu'aux écrans de l'ordinateur principal pour étudier une alerte.) Donc, tu es descendue ici pour ma joyeuse compagnie ?

Une déclaration sarcastique, mais Honor avait passé son enfance dans la solitude – elle comprenait cette émotion mieux que la plupart des gens.

— Je suis désolée de ne pas être venue te voir, répondit-elle. En vérité, je n'aurais probablement toujours pas quitté l'Académie si Sara ne m'y avait pas obligée.

Il semblait impossible qu'elle ait été cette créature faible et abattue, mais cela avait été le cas et c'était une vérité qu'elle ne pouvait ignorer. Parce que plus jamais elle ne connaîtrait cet état.

Vivek lui lança un regard pénétrant.

— C'est rassurant, n'est-ce pas ? Les gens ne comprennent pas ce besoin.

Elle pensa à lui, ici dans ce bunker, protégé d'un monde qui l'avait désavoué lorsqu'il était devenu moins que parfait. Sauf que...

— Tu as bien plus de courage que je n'en aurai jamais, V.

Abandonné dans une institution par sa famille, il s'était construit à travers le refus obstiné, absolu, de laisser tomber.

— J'étais un gosse quand c'est arrivé, dit-il, la voix blanche. J'ai eu un bout de temps pour surmonter mon apitoiement pendant que je pourrissais sur ce lit d'hôpital. Alors ne me couvre pas de lauriers que je ne mérite pas.

Honor secoua la tête mais resta silencieuse. Puis, elle lui demanda ce qu'elle était venue chercher, malgré l'horreur qui pesait comme une brique sur sa poitrine.

— J'ai besoin que tu fasses une recherche. (La colère, la panique et la nausée remuèrent son estomac.) D'images ou de vidéos de moi.

Les yeux de Vivek s'enflammèrent d'une fureur si profonde qu'elle aurait pu en être surprise si elle n'avait su qu'il était chasseur-né – cloué à sa chaise roulante ou pas, il avait les mêmes instincts que les autres membres de la Guilde. Alors, se détournant pour se concentrer sur ses ordinateurs, il commença à lancer des commandes vocales si rapidement et à travers tant d'écrans différents qu'elle ne pouvait les suivre.

Une goutte glacée roula le long de son épine dorsale tandis qu'elle regardait les fenêtres s'afficher les unes après les autres. Ravalant la bile qui lui brûlait la gorge, elle se containt et attendit la fin de la recherche.

Image après image, les écrans s'emplirent.

Elle scruta chaque page de résultats, pendant que Vivek opérait une double vérification.

— C'est tout ?

— Oui. J'ai creusé aussi loin que possible, utilisé des termes de recherche multiples et à large spectre.

Tremblante, elle se laissa tomber sur une chaise.

— Ce sont toutes des photos officielles communiquées lorsque j'ai disparu ou des photos prises sur le vif après mon sauvetage.

Vivek continua de parler à ses ordinateurs pendant les dix minutes suivantes pendant qu'il vérifiait et vérifiait de nouveau.

— Le Net est propre, Honor. Quelles que soient les images que ces salauds ont prises, ils ne les ont pas mises en ligne. (Une lueur dans son regard.) Je dirai qu'ils sont trop effrayés par la Tour.

— Et ils ont bien raison.

Elle aurait dû être contente, mais trouver Valeria et découvrir l'identité de Tommy l'avaient seulement confortée dans l'idée que ceux qui l'avaient traitée comme un bout de viande étaient dehors, se moquant d'elle, vivant leur vie en toute insouciance.

— Je ne m'arrêterai pas, dit-elle si bas que Vivek ne l'entendit pas. (Elle serra son poing sur sa cuisse.) Et Dmitri non plus.

Un rappel qu'elle avait de son côté quelqu'un d'infiniment plus dangereux et impitoyable que n'importe lequel des amis tarés de Valeria.)

— Je n'ai pas l'intention de vous briser, Honor. J'ai l'intention de vous séduire.

Bien sûr, cet homme voulait aussi prendre une part d'elle. Et pas des moindres. Non, Dmitri ne serait satisfait que par une capitulation totale et charnelle.

Neuf heures après avoir vu Honor pour la dernière fois, la nuit recouvrait le monde et Dmitri venait juste de finir de parler à Galen par connexion satellite quand Venin entra dans la pièce à grandes enjambées.

— Sorrow a échappé à ses gardes. (Le vampire n'avait pas eu de problème à passer au nouveau nom d'Holly – peut-être parce que lui-même avait un jour embrassé une nouvelle identité.) Il y a au moins une heure.

Dmitri ne proféra pas un seul juron.

— Je la trouverai.

Il aurait aussi une discussion avec les gardes, parce que Sorrow avait beau être très intelligente et pas complètement humaine, elle était âgée de moins d'un quart de siècle, ce n'était rien comparé à leurs deux cent cinquante ans et plus.

Venin secoua la tête, ses cheveux tombant sur son front.

— Écoute, dit-il en les balayant en arrière d'une main impatiente, tu t'occupes déjà de l'autre problème. Je…

— Non. Elle est sous ma responsabilité. (Elena l'avait suivie à la trace, mais c'était lui qui avait réussi à la tirer hors de cette minuscule cahute de gardiens où elle s'était cachée, son corps tout entier maculé de sang.) Je connais les endroits où elle va.

Venin ne changea pas d'avis. Sa volonté de tenir tête aux autres membres des Sept était en partie la raison pour laquelle il avait été accepté au sein du groupe.

— Tu t'impliques trop, Dmitri. Si… (Les pupilles noires du vampire se contractèrent, points durs contre le vert incandescent de l'iris.) Si elle a plus d'Uram en elle que d'humanité, l'exécution pourrait devenir nécessaire.

— Ce ne sera pas un problème.

Après tout, il avait brisé le cou de son propre fils.

— *Ça va aller, Misha. Je te le promets. (Il prononça ce mensonge avec un sourire, embrassa son fils sur le front, cette peau de bébé fine et douce, si chaude contre ses lèvres.) Papa va faire en sorte que tout aille bien.*

La Ferrari s'attira plusieurs sifflements d'admiration de types qui traînaient sur le trottoir lorsqu'il la gara sur une place interdite au stationnement, devant un petit immeuble minable dont l'enseigne lumineuse indiquait *L'Antre du Sang*. Comme la plaque d'immatriculation affichait clairement que la voiture appartenait à Dmitri, il ne se souciait pas de tels avertissements. Quiconque d'assez stupide pour toucher à sa voiture méritait ce qui lui arriverait.

Un videur aux yeux écarquillés, qui pesait cent kilos de plus que Dmitri – et qui ne serait pas capable de l'arrêter plus d'une seconde si Dmitri se sentait contrarié –, ouvrit la porte du club avant que le vampire ne l'atteigne.

— Une femme d'origine asiatique, d'environ un mètre soixante, dit-il à l'homme au crâne rasé. Cheveux noirs avec des mèches roses, yeux marron – pour le moment en tout cas –, peau assez pâle. (Sorrow fuyait le soleil, non pas parce qu'il lui faisait du mal, mais parce qu'elle pensait qu'elle était une créature qui appartenait à l'obscurité.)

— J'ai remarqué une nana qui est allée dans un box avec un type quand je suis sorti faire une pause, dit le videur. Ça pourrait être elle.

Avançant à grands pas vers l'une des alcôves que le videur avait indiquée, il en ouvrit la porte et découvrit un homme d'une vingtaine d'années, le pantalon sur les chevilles. La main sur sa queue turgescente, en train de se branler, le regard vitreux.

Sorrow, assise sur le banc qui lui faisait face, sourit de ses lèvres couleur carmin.

— Venu te joindre à la fête ?

Une question moqueuse qui n'avait rien de sexuel, même si la jeune femme était vêtue d'une robe moulante noire à bretelles minces qui se terminait haut sur ses cuisses, ses jambes couvertes de bottes d'un noir liquide.

Sans dire un mot, Dmitri gifla l'homme. Ce dernier cilla, baissa les yeux, puis les releva.

— Qu'…

— Sors de là.

Dmitri tenait la porte ouverte.

Débandant rapidement, l'homme remonta son pantalon et partit en trébuchant dans sa précipitation à quitter la pièce. Dmitri ferma la porte et s'y adossa. Il regarda Sorrow pendant que cette dernière sifflait le fond de ce qui semblait être de la tequila avant de faire claquer le verre sur la table avec un regard dégoûté.

— Sais-tu que je ne peux même plus me saouler convenablement ?

— Modification de ton métabolisme.

Et de bien d'autres choses.

Un rire amer.

— Ouais, et je peux faire en sorte que les hommes se branlent devant moi. Génial comme super-pouvoir, hein ?

Et effectivement, ça l'était. De même que ce cercle d'un vert captivant autour de ses yeux, et qu'une éventuelle folie meurtrière, Sorrow avait gagné la capacité d'hypnotiser les gens. Jusqu'à présent, elle ne pouvait obtenir d'eux que des actes qu'ils étaient prédisposés à commettre, mais Dmitri ne pensait pas que cela resterait ainsi pour longtemps. Depuis le moment où Uram l'avait mordue, l'avait *infectée*, les changements en Sorrow progressaient à une vitesse phénoménale.

L'absence de colère de Dmitri la frustrait, il en était conscient. Il la regarda se lever de son siège, gracieuse comme un chat, et venir se presser contre lui.

— Pourquoi ne m'as-tu jamais saignée ou baisée, Dmitri ? (Des yeux scintillants. Des mots durs.) Pas assez bonne pour toi ?

— Je ne couche pas avec les petites filles.

Elle rejeta brutalement la tête en arrière, ses yeux lourds de maquillage se plantant dans les siens.

— Je ne suis pas une enfant.

Dmitri ne se donna même pas la peine de discuter ce point. Au lieu de cela, il la prit par la main et ouvrit la porte.

Elle résista.

— Je…

— Assez, dit-il d'un ton calme qui trancha à travers la musique battante comme si elle n'existait pas. J'ai prélevé des morceaux précis, petits, d'un vampire aujourd'hui. (Honor ne s'était pas rendu compte qu'il manquait une partie de son cœur à Valeria sous son vêtement quand elle était revenue dans la pièce.) Je planifie de faire bien pire à un autre. Donc, si j'étais toi, je ne chercherai pas à jouer avec moi.

Sorrow expira bruyamment, mais n'ajouta pas un mot avant qu'ils ne soient dans la rue, la tardive brise printanière suffisante pour faire apparaître la chair de poule sur ses bras.

— Combien de temps cela prend-il ? demanda-t-elle d'une voix tremblante.

— Quoi ?

— De devenir… Inhumain ?

— Trois mois après ma Transformation complète.

C'était le temps durant lequel Misha avait hurlé et sangloté dans les chaînes qui l'immobilisaient, le temps durant lequel les cendres de Caterina avaient été exposées aux éléments aux côtés de celles de sa mère.

— *Je suis désolé, Ingrede. (Se tenant aux côtés de la carcasse brûlée du cottage, le corps de son fils mort bercé dans ses bras, le plus précieux des fardeaux.) Pardonne-moi.*

Avançant rapidement vers la Ferrari, il ouvrit brusquement la portière côté passager.

— Monte.

Sorrow obéit, sa méfiance réduite au silence par l'humeur massacrante du vampire. Soudain, elle avait l'air jeune à fendre le cœur, mais Dmitri n'allait pas pour autant se montrer indulgent. Cela faisait plus d'un an qu'elle en profitait.

— Utiliser des capacités vampiriques sur des mortels sans leur accord peut te faire condamner à être mise en terre.

La punition impliquait d'être enterré vivant dans un cercueil, avec juste assez de sang pour survivre.

Sa lèvre inférieure trembla.

— Mon manteau est à l'arrière.

En se contorsionnant, elle le tira sur elle, et se blottit au fond de son siège.

— Tu vas me mettre en terre ?

— Non. Cette sanction particulière a été retirée des livres. (Raphael l'avait fait pour Elena, cadeau d'un Archange à son affiliée.) On m'a chargé de trouver une peine de remplacement.

Sorrow tint le manteau plus serré contre elle.

— Je suis désolée.

Les mots hésitants, effrayés, de la petite fille qu'elle était.

Il poussa un soupir et continua de rouler, traversant Harlem River, coupant à travers Manhattan pour franchir le pont de Washington, avant d'arrêter la voiture sur un promontoire qui faisait face à Manhattan. Le paysage urbain était un déploiement de gemmes contre le noir du ciel, que les anges traversaient comme des ombres chinoises.

— Je te place sous Contrat, Sorrow. (C'était la seule manière de lui enseigner la discipline.) Peu importe que tu aies été Transformée sans ton consentement, tu ne seras pas libre avant que je ne décide que tu ne représentes plus un risque.

Ayant défait la fermeture de ses bottes et retiré ces dernières pendant le trajet, elle ramena ses jambes sous elle sur le siège. Petite comme elle l'était, cela ne lui demanda pas un grand effort.

— M'enseigneras-tu ce que je dois savoir ?

Une prière.

— Non. Venin s'en chargera.

La jeune femme commençait à devenir dépendante de lui.

— *J'ai froid.*

— *Je sais, Misha. Tu es un petit garçon très courageux.*

— *Ils ont fait du mal à Maman et à Rina. (Vaillantes tentatives de lutte contre les sanglots.) Papa, ils ont fait du mal à Maman et à Rina.*

Les pleurs de Misha le hantaient encore. Il ne voulait pas, ne pouvait pas, ajouter d'autres pleurs à ceux-là.

— Venin va aussi commencer à t'apprendre comment contrôler ton talent. (Sorrow ne le savait pas, mais la capacité de Venin à hypnotiser les gens surpassait la sienne de très loin.) J'attends de toi que tu suives ses ordres.

— Je le ferai. (Une pause remplie de choses non dites après ce calme acquiescement.) Que suis-je en train de devenir ? finit-elle par demander.

Il aurait pu lui mentir, lui donner de faux espoirs, mais cela ne la mènerait qu'à la mort. Se tournant, il tendit la main pour glisser derrière son oreille une mèche de cheveux d'un noir corbeau, striée d'une couleur volée à la nuit. Elle frémit et il sut qu'elle avait senti la froide lame de sa colère.

— Personne ne le sait. Mais il y a une chose que je ne te permettrai pas de devenir, c'est un problème. Tu comprends ?

Sa gorge bougea lorsqu'elle avala sa salive.

— Oui. (Un murmure avant qu'elle ne tourne son visage dans la main qui continuait d'effleurer sa joue.) J'ai peur, Dmitri.

— *Papa, j'ai peur.*

Sorrow n'était pas Misha, petit et sans défense, mais elle aurait aussi bien pu l'être. Et donc, malgré son vœu de garder ses distances, il ne lui répondit pas qu'elle *devrait* être effrayée, que tout le monde pensait que ses chances de survie à cela étaient plus que limitées. Au lieu de quoi, il caressa la soie noire de ses cheveux et pensa aux douces boucles noires qu'il avait autrefois senties sous sa paume, pendant que son fils gisait dans ses bras, secoué par les convulsions.

— *S'il vous plaît ! Non ! Stop !*

Honor repoussa les draps et roula hors du lit, le cœur battant à tout rompre. Un coup d'œil à l'horloge lui apprit qu'à peine trois heures s'étaient écoulées depuis qu'elle s'était effondrée, après avoir travaillé sur le tatouage jusqu'après minuit. Le problème, c'était qu'elle n'arrêtait pas de se rappeler ce que Valeria, Tommy et leurs amis lui avaient fait.

Sauf que ce cauchemar… elle aurait pu parier qu'il n'avait rien à voir avec le sous-sol. Peut-être était-ce un écho de ses terreurs nocturnes enfantines, raison pour laquelle elle n'avait jamais été adoptée, bien qu'il y ait toujours une demande pour des nourrissons.

Apparemment, elle criait, criait, criait, jusqu'à l'épuisement – pour ensuite recommencer dès qu'elle se réveillait. Les hurlements avaient continué jusqu'à ses quatre ou cinq ans, après quoi elle avait eu tendance à se réveiller d'elle-même lorsqu'ils commençaient et à garder l'œil ouvert le reste de la nuit, luttant contre le sommeil.

Problèmes liés à l'abandon, avait déclaré un pédopsychiatre. Honor n'en était pas si sûre. Ce qu'elle avait éprouvé en sortant de ces cauchemars enfantins avait été si énorme, si vaste, une obscurité terrible remplie de pure désolation. La même chose qui rendait maintenant sa gorge si épaisse et son cœur si affolé qu'elle en éprouvait de la douleur. Frottant sa poitrine de la main pour dissiper cette impression, elle prit le chemin de la douche.

Une fois vêtue d'habits propres, elle décrocha son téléphone et composa un numéro qu'elle n'aurait jamais cru utiliser à quatre heures d'un matin froid et printanier, le ciel d'un noir fumeux, obstrué par une constellation de bureaux, encore éclairés dans les gratte-ciel.

Une voix sombre et masculine se fit entendre, lui demandant de laisser un message.

Raccrochant, elle frotta ses paumes sur son visage et alla déployer les agrandissements des photos des tatouages sur la petite table près de la fenêtre. Elle avait fait une avancée, ou pensait en avoir fait une, juste avant de tomber d'épuisement dans son lit. Maintenant, l'esprit plus clair en dépit des cauchemars, elle commençait à reprendre le fil de son raisonnement.

Oui, c'était définitivement ça. La clé. Ou une partie de la clé.

Elle ne savait pas depuis combien de temps elle travaillait, mais elle avait noirci plusieurs pages de notes lorsque quelqu'un frappa à la porte. Fronçant les sourcils, elle jeta un coup d'œil à l'horloge murale.

4 h 30.

Son corps se tendit d'une étrange anticipation parce qu'il ne pouvait s'agir que d'une personne. Elle attrapa son arme et regarda à travers le judas.

Chapitre 12

Elle écarta le pistolet – étrange, compte tenu de la personne qu'elle s'apprêtait à laisser entrer – et ouvrit la porte.

— Vous avez appelé ?

Dmitri portait une chemise blanche ouverte au col et un pantalon de costume noir. Ses cheveux étaient juste assez ébouriffés pour qu'Honor pense qu'il venait d'y passer les doigts.

Ses propres doigts se crispèrent dans ses paumes.

— Entrez, dit-elle.

Une vive image de lui, dans un lit, paresseux et comblé, se forma dans les moindres détails dans son esprit. Bien qu'elle sût que Dmitri était probablement de ces amants qui prennent un contrôle total lors de la plus intime des danses, son esprit s'entêtait à le représenter étendu sur le dos, un sourire taquin sur les lèvres – de la manière dont un homme pourrait regarder une maîtresse familière.

L'idée était si tentante qu'elle dut se forcer à l'ignorer, à se rappeler la vérité de son être, un vampire sophistiqué qui avait goûté à tous les péchés – et qui ne resterait pas avec une femme au-delà du temps nécessaire pour que sa curiosité soit satisfaite.

— *Je l'ai épousée.*

Une femme au moins avait éveillé en lui plus qu'une attraction sexuelle fugace. Honor avait le plus insatiable désir de tout savoir sur *elle*, voulait poser des centaines de milliers de questions. En tout cas, l'une d'entre elles n'avait pas besoin de réponse : il était évident que Dmitri avait prononcé ses vœux de mariage très, très longtemps auparavant. Cet homme-là n'existait plus dorénavant, et n'existait probablement plus depuis des siècles.

— J'ai quelque chose à vous montrer, dit-elle, incapable de comprendre l'étrange douleur qu'elle éprouvait.

Il la suivit jusqu'à la table et l'écouta en silence.

— Je suis presque certaine, dit-elle après avoir expliqué le processus par lequel elle était parvenue à sa conclusion, qu'il s'agit d'un nom. (Elle toucha un groupe particulier de symboles.) L'échantillon que j'ai pour travailler est si petit qu'il est possible que je sois loin de la vérité, mais je *pense* que cela se prononce Asis ou Esis.

Dmitri se fit très calme.

— Isis.

Honor eut l'impression qu'une main de mort se refermait sur sa gorge.

— Parlez-moi d'elle. (Le visage de Dmitri était d'une dureté terrible lorsqu'elle leva les yeux vers lui après avoir énoncé sa demande, et son regard était si lointain qu'elle n'y trouva que le vide et l'éternité.) Dmitri.

D'une manière ou d'une autre, sa main s'était retrouvée sur l'avant-bras du vampire. Il avait la peau chaude à travers le fin tissu de sa chemise, les muscles contractés.

Son visage, malgré tout, restait vide de toute expression.

— Vous feriez mieux de ne pas me toucher à la minute présente, Honor.

Elle recula brusquement sa main, mais la peur qu'elle éprouvait n'avait rien à voir avec lui. Elle était inscrite dans ses os mêmes, ramenée à la vie par un nom qui ne signifiait rien… et qui pourtant provoquait non seulement de la peur mais une colère au-delà de la rage, de la fureur.

— *Expliquez-moi.*

La voix de Dmitri resta étonnamment neutre lorsqu'il lui répondit :

— Isis était l'ange qui m'a Transformé. Je l'ai poignardée au cœur et coupée en morceaux pour avoir agi ainsi.

Un sentiment de plaisir, malsain et primaire, entremêlé à un désespoir lancinant, gronda en elle. Choquée, elle laissa tomber le crayon qu'elle avait utilisé pour expliquer son raisonnement et recula en vacillant.

Les yeux de Dmitri ne lâchèrent pas Honor quand elle tira ses cheveux en arrière pour les libérer de leur chignon négligé et prit le chemin de la cuisine à pas incertains.

— *C'est là que j'ai vu ce code.* (Sur le bureau d'Isis – au début, lorsqu'elle l'avait emmené dans ses appartements.) *Elle l'appelait son petit secret, mais ses courtisans et ses amis le connaissaient parce qu'elle leur écrivait des mots en l'utilisant.*

Des Immortels trop nombreux pour privilégier quelqu'un parmi eux, mais il ajouterait cette piste à l'enquête en cours.

Mais à la minute présente, c'était Honor qui retenait son attention.

Pendant qu'il l'observait, elle commença à préparer du thé avec les mouvements méthodiques d'une femme qui avait souvent accompli cette tâche – et qui maintenant prenait soin de chaque étape du processus. Le genre de choses qu'Ingrede faisait lorsqu'elle avait besoin de se calmer.

— Que savez-vous d'Isis ? murmura-t-il en s'appuyant au banc qui séparait le coin cuisine des autres pièces à vivre.

Cet espace était ouvert des deux côtés, il ne pouvait donc pas l'y bloquer, mais Honor, toute nerveuse qu'elle était, ne semblait pourtant pas vouloir lui échapper. En ce moment précis, elle remplissait une théière d'eau bouillante, le teint très pâle, et ne semblait lutter que contre elle-même.

— Rien, répondit-elle, reposant la bouilloire et trempant le thé rouge orange pour qu'il infuse. Et pourtant, je veux danser sur sa tombe.

L'émotion nue dans sa voix trouva un écho en Dmitri.

— Il n'y a pas de tombe, dit-il, plongeant son regard dans ces yeux d'un vert profond empli de secrets. Nous nous sommes assurés qu'il ne reste rien d'elle.

Sauf qu'apparemment quelque chose *avait* survécu, quelque morceau putride tentant maintenant de prendre racine.

— Nous ?

Il ne vit pas de mal à partager la vérité – cette partie de l'histoire n'avait jamais été un secret.

— Raphael était là. Nous avons tué Isis ensemble.

Le lien noué dans cette salle baignée de douleur sous le donjon, et dans le sang et les viscères d'Isis, était tel que rien ne pourrait jamais le défaire.

Honor s'arc-bouta contre le plan de travail. Elle rencontra alors le regard de Dmitri et posa une question à laquelle il ne se serait jamais attendu venant de la femme effrayée qui avait d'abord franchi le seuil de son bureau.

— Qui étiez-vous avant Isis, Dmitri ?

— Je l'ai cassé.

Un murmure inconsolable.

— Laisse-moi voir.

— Tu le diras à Maman ?

— *Ce sera notre secret. Voilà, c'est réparé.*

— *Dmitri, Misha, qu'est-ce que vous trafiquez ?*

— *Des choses secrètes, Maman !*

Un rire, doux, féminin et familier, suivi des pas tranquilles d'Ingrede. Enceinte de plusieurs mois, elle embrassa d'abord son fils qui gloussait, puis son mari souriant.

— J'étais un autre homme, dit-il.

L'attirance puissante qu'il éprouvait pour Honor le rendait nerveux. Il pouvait bien avoir mené une vie de débauche après que son monde eut été réduit en cendres, pouvait bien avoir terni son âme et s'être livré à tous les vices dans un effort pour atténuer sa douleur, mais il n'avait jamais, jamais trahi Ingrede de la seule manière qui importait. Son cœur était resté intact, enfermé dans une chape de pierre.

— *Je t'aimerai même lorsque je ne serai plus que poussière balayée par le vent.*

Cette chasseuse totalement anéantie avait peu de chances de lui faire rompre cette promesse… mais il ne pouvait nier qu'il y avait en elle des profondeurs cachées. Des profondeurs qu'il avait envie d'explorer.

— Vous êtes une excellente tireuse, dit-il.

Un haussement d'épaules.

— Je m'entraîne. Et Valeria n'était pas vraiment ce qu'on peut appeler une cible mouvante. (Des rides vinrent s'inscrire sur son front.) Je devrais me sentir mal d'avoir profité du fait qu'elle était épinglée comme un papillon, mais il n'en est rien. Qu'est-ce que cela fait de moi ?

— Une humaine. Imparfaite.

— Étrange la manière dont cela me soulage en réalité.

Elle tendit la main pour ouvrir un placard en hauteur. Le mouvement tira son sweat-shirt gris contre sa poitrine pleine, mais pas assez pour dévoiler ce corps dont Dmitri était certain qu'il était fait pour cela.

Hummm.

Tournant les talons, il commença à rôder dans l'appartement. Lorsqu'il s'avança en direction de ce qu'il devinait être la chambre, elle dit :

— C'est privé, Dmitri.

Il l'ignora. Entendit une série de jurons derrière lui.

Mais il avait déjà atteint son placard le temps qu'elle le rattrape.

— Qu'est-ce que vous croyez faire, là ?

— Voir qui vous étiez avant Valeria et Tommy. (Il sortit une robe rouge écarlate, très courte, avec un décolleté plongeant et un dos nu.) Ça, j'*aime*.

Honor, les joues aussi rouges que la robe, lui prit le cintre des mains.

— Pour votre information, je n'ai jamais porté cette tenue. C'est un cadeau.

Son enthousiasme se refroidit.

— C'est le genre de robe qu'un homme achète.

— Ou une copine qui aime secouer ma laisse, marmonna-t-elle en rangeant la robe dans le placard. Maintenant, sortez.

Au lieu de cela, il tendit la main pour en retirer un certain nombre d'autres vêtements et les jeta sur le lit. Des chemises et des hauts simples, pour la plupart, mais tous près du corps. Rien à voir avec les tee-shirts informes et les sweat-shirts qu'elle s'était mis à porter.

— Habillez-vous correctement et je vous montrerai quelque chose que vous n'avez jamais vu.

Lui lançant un regard furieux, elle commença à ranger les vêtements.

— Il se trouve que je suis en train de travailler – le reste du tatouage ne va pas se décoder tout seul.

Une froide brûlure de rage envahit les veines de Dmitri au souvenir d'Isis. Il ferma les portes du placard avec un soin délibéré.

— D'après ce que j'ai pu voir, dit-il d'une voix contrôlée, vous tournez en rond.

Elle souffla.

— Je l'ai presque. Je l'ai là, au bout de la langue.

— Une pause ne fera pas de mal.

Pendant qu'elle s'habillerait, il passerait quelques coups de fil, dont un à Jason. Si quelqu'un essayait de faire revivre Isis ou de la révérer de quelque manière que ce soit, Dmitri voulait le savoir. Ainsi, il pourrait écraser cette abomination.

Un mouvement, Honor avançant vers la coiffeuse pour y attraper une brosse.

— Où allons-nous ?

— Vous le découvrirez lorsque nous y serons.

Son regard se fit plus étroit.

— Sortez, que je puisse m'habiller.

— Ne soyez pas trop longue.

Allongeant le pas sous son regard furieux, il commença à passer ses coups de fil. Jason n'avait pas entendu ne serait-ce qu'un murmure en rapport avec un ange appelé Isis, mais promit d'alerter son réseau. Dmitri contacta aussi Illium, lui donnant pour instruction d'informer le reste des Sept. Son dernier appel fut pour Raphael.

La réponse de l'Archange fut simple.

— Tu en es certain ?

— Oui, dit-il. Je m'en occuperai.

Isis était son cauchemar.

Raccrochant, il regardait un Manhattan encore drapé dans le baiser de la nuit grisonnante, avec la Tour dominant la ligne d'horizon, lorsque l'odeur de fleurs sauvages prêtes à éclore se fit plus forte. Cela réveilla des émotions enfouies en lui depuis longtemps. Ce parfum lui rappela le mortel qu'il avait été, tant d'années auparavant, que des civilisations entières s'étaient dressées puis éteintes durant le temps de sa vie.

— Allons-y.

Il se tourna pour voir Honor vêtue d'un jean ample et d'un grand tee-shirt blanc.

— J'ai dit « correctement habillée ». (Il savait parfaitement ce qu'elle faisait avec ses vêtements informes et cela le rendit impitoyable.) Ce n'est pas parce que les prédateurs ne peuvent pas avoir un bon aperçu de vous qu'ils ne vont pas vous considérer comme de la chair fraîche.

La rage imprima des points rouges en haut de ses pommettes.

— Allez vous faire foutre, Dmitri.

— Tout de suite ? (Il lui offrit délibérément un sourire moqueur.) Alors viens là, chérie.

Il vit sa main bouger, savait qu'elle luttait contre le besoin urgent de se saisir de son arme et de lui percer un trou dans le cœur.

— Vous savez quoi ? dit-elle. Je crois que je vais plutôt rester seule ici. Sortez.

— Pathétique, Honor, répondit-il, conscient que les boutons qu'il pressait étaient douloureux. Valeria – si elle a encore sa langue, ce dont je doute – rirait en voyant ce qu'elle a fait de vous.

Honor se figea.

— Je crois que je commence à vous haïr.

— Cela ne me dérange pas. (Il y avait de la puissance dans la haine. C'était pour cela qu'il avait survécu à ce donjon.) Cela rendra les choses encore plus douces lorsque je vous aurai nue et humide pour moi.

Ne répondant pas, elle repartit rageusement vers sa chambre. Dix longues minutes plus tard, elle en ressortait. Cette fois-ci, les cheveux tirés en arrière en une queue-de-cheval serrée, elle portait un jean moulant, des bottes noires lui montant aux genoux, assorties à son tee-shirt près du corps par-dessus lequel elle avait enfilé une veste de cuir de la même teinte qui lui arrivait à la taille. Il avait raison – ses seins étaient généreux, son corps parfait.

Avançant pour venir s'arrêter à quelques centimètres d'une silhouette féminine que la fureur faisait quasiment vibrer, il tendit la main pour la toucher, une pulsion irrésistible. Un mouvement fulgurant, un coude dans sa poitrine, ses jambes balayées, et d'un coup il s'écrasa au sol, les yeux levés vers une Honor qui n'était plus victime.

Dmitri éclata de rire.

Honor ne savait pas à quoi elle s'était attendue, mais pas à ce rire, profond, masculin et profondément *sincère*. Lorsqu'il leva une main vers elle, elle l'ignora… bien qu'elle fût troublée par son propre désir de s'asseoir à califourchon sur ce corps superbe et de se pencher pour aller embrasser ces lèvres sensuelles, rieuses – comme s'il ne venait pas à l'instant de trancher en elle avec la lame sans pitié de sa voix.

Son rire mourut en un sourire qui était très, très masculin.

— Venez là.

Au lieu de cela, elle prit le chemin de la porte… Mais elle n'était pas bien sûre que la prochaine fois que cette folie s'emparerait d'elle, une folie qui portait le nom de Dmitri, elle en sortirait vainqueur.

Honor se figea lorsque Dmitri arrêta la voiture à l'arrière d'un immeuble discret de Soho.

— Salaud, dit-elle, la voix si basse qu'elle n'était pratiquement pas audible.

L'Érotique était le club de choix pour les vampires de plus haut rang. Ses hôtes et hôtesses – la plupart humains, mais avec de temps en temps un « nouveau » vampire dans le lot – étaient entraînés pour savoir quel comportement adopter avec les plus âgés des presque-Immortels. Certains appelaient les danseuses qui se trouvaient derrière ses murs exclusifs les geishas de l'Ouest.

Posant le bras derrière le siège d'Honor, Dmitri lui lança un regard qui semblait sombrement amusé... Si vous ne regardiez pas au fond de ses yeux, froids et brutaux.

— Il y a de grandes chances, dit-il d'une voix qui était comme du satin noir contre les seins de la chasseuse, que certains des vampires que vous rencontrerez ici ce soir vous aient déjà goûtée

— *Allez, chasseuse. Crie un peu plus. Le sang a meilleur goût quand tu cries.*

Des points devant ses yeux, sa respiration s'étranglant dans sa poitrine. Son pistolet était dans sa main et pointait la tête de Dmitri avant qu'elle n'ait eu conscience de le retirer de son holster.

— Je m'en vais.

Dmitri bougea à la vitesse de l'éclair, et soudain l'arme d'Honor se retrouva dans sa main, son visage sensuel à un centimètre de celui de la jeune femme.

— Narguez-les avec votre survie, Honor. Ou fuyez comme un petit lapin effrayé. À vous de voir.

La violence contenue dans le corps de la jeune femme avait besoin d'être évacuée – elle voulait frapper Dmitri, le faire saigner.

— Pourquoi vous en souciez-vous ? (C'était un chuchotement dur.) Je ne suis qu'un nouveau divertissement pour vous.

— C'est vrai. (Touchant sa joue de la pointe de l'arme.) Mais je ne trouve aucun amusement à jouer avec quelqu'un qui est déjà à moitié mort. (Il déposa l'arme sur les genoux d'Honor et ouvrit sa portière pour descendre de voiture.) Étrange, murmura-t-il en claquant la portière, comme vous me la rappelez par moments, alors que vous n'avez même pas une lueur de son esprit.

Elle fixa sa silhouette qui se dirigeait vers l'entrée arrière du club, la laissant seule dans la voiture aux allures de panthère, avec l'arme lourde qu'elle rangeait dans son holster. Les mots du vampire avaient été pesés pour provoquer une réaction, mais ils la frappaient encore. Durement.

Tu n'es plus drôle maintenant, chasseuse. Je m'attendais à plus de résistance dans ce jeu.

Sautant hors de voiture, elle suivit Dmitri. Il jeta un coup d'œil par-dessus son épaule, attendit qu'elle le rejoigne.

— Essayez de ne tirer sur personne. (Un doux ronronnement qui caressa les sens de la jeune femme avec une intimité aussi riche que le parfum tortueux de roses de minuit.) Nous avons besoin que les gens parlent.

Ils avaient atteint la porte, que le videur leur tenait déjà ouverte.

— Monsieur, dit-il en mettant un point d'honneur à ne pas regarder Honor.

— Il a eu l'air surpris, dit-elle une fois qu'ils eurent atteint le couloir du fond. Ce n'est pas là que vous vous montrez d'habitude ?

— Non. (Il pencha la tête vers elle tandis qu'ils tournaient en direction du chant rauque d'une chanteuse de jazz.) Ils penseront que je vous ai dans mon lit.

Chapitre 13

De plus près, la voix de la chanteuse se mêlait à la musique douce des conversations. Les voix étaient élégantes, cultivées... exactement comme celles qu'Honor avait entendues dans le sous-sol.

— Je sais, dit-elle, déterminée à ne pas se laisser ramener à l'obscurité, mais comme vous avez la réputation d'aimer la douleur, je suis sûre qu'ils ne seront pas surpris si je me laisse aller à l'envie de vous poignarder.

Une lueur d'amusement dans ces yeux si sombres et âgés, mais Dmitri ne dit rien alors qu'ils franchissaient le seuil pour entrer dans ce qui se révéla être un bar très distingué, impression complétée par la chanteuse habillée d'une robe verte scintillante et installée sur une scène basse sur le côté. La lumière était tamisée, la disposition des tables intimiste, la clientèle habillée avec soin.

— Un peu tôt pour des cocktails.

— Ou très tard, répondit Dmitri. Le temps signifie peu de choses ici.

Tous les hommes et les femmes dans la ligne de mire d'Honor étaient suffisamment âgés pour que le vampirisme ait opéré sa magie, affinant leurs traits à un niveau de beauté seulement atteint par de rares mortels.

— Je m'attendais... (En vérité, elle n'avait jamais pensé plus que cela à *L'Érotique,* mais ce qu'elle avait entendu à ce sujet se rapportait à un aspect qui manquait ici.) Les danseuses ?

— Dans une autre section, lui apprit Dmitri. Il y a un étage entier en dessous, ainsi qu'un certain nombre de salles plus tranquilles, similaires à celle-ci.

— Dmitri. (Une femme époustouflante dans une robe noire moulante, qui descendait jusqu'aux chevilles et soulignait ses atouts avec une élégance sensuelle, traversa la pièce à pas rapides.) Je ne savais pas que vous veniez, sinon j'aurais prévu une pièce privée pour vous et votre invitée.

— Trouve-nous une table d'angle, Dulce. (La voix du vampire était celle d'un homme qui s'attendait à être immédiatement obéi.) Champagne. Et amène-moi Illium.

Le plus léger frémissement de... quelque chose sur les traits parfaits de Dulce, disparut aussi vite qu'il était apparu.

— Oui, bien sûr.

Honor vit le couple déjà installé à la table en question se lever en toute hâte lorsqu'ils se rendirent compte que l'hôtesse venait dans leur direction. Il y avait plus qu'un peu de peur dans leurs mouvements. Consciente que les vampires d'un certain âge avaient une ouïe surdéveloppée, elle se pencha pour parler à l'oreille de Dmitri. Dans ce même endroit avec n'importe quel autre homme, n'importe quel autre vampire, elle aurait été près de vomir... mais l'alchimie inexplicable qui existait entre eux lui permit de respirer dans son parfum et de dire :

— Vous les effrayez à dessein ?

Sa main ne fit que frôler les reins de la jeune femme.

— C'est pour en avoir moins à exécuter.

Elle n'ajouta rien jusqu'à ce qu'ils soient assis et que Dulce se soit fondue dans le décor une fois le champagne servi.

— Dulce n'est pas humaine.

C'étaient ses yeux qui l'avaient trahie. Un violet profond intense, joyau lumineux contre ses cheveux noir corbeau. Aucun humain n'avait des yeux d'une telle couleur – et les lentilles de contact capables de copier ce genre de beauté surnaturelle n'étaient pas près d'être inventées.

— En effet. Elle dirige *L'Érotique* depuis dix ans. (Un sourcil relevé.) Vous ne pensiez tout de même pas que j'allais être accueilli par rien de moins que le directeur des lieux, Honor ?

Elle ne mordit pas à l'hameçon.

— Pourquoi sommes-nous ici ?

— Regardez dans le coin opposé au nôtre, en diagonale.

Suivant son regard, elle vit un grand vampire aux cheveux couleur paille, une brune pulpeuse sur ses genoux. Aucun des deux n'avait remarqué l'arrivée de Dmitri – et la raison en était évidente. La pâle main du vampire reposait sur la longue robe argentée de la femme, dangereusement proche des courbes pleines de ses seins ; ses lèvres parcouraient la longue ligne de sa gorge. Ils s'immobilisèrent tous deux un instant plus tard, et le vampire commença à se nourrir, les muscles de son cou s'activant, alors que la brune rejetait la tête en arrière en un orgasme silencieux.

La main d'Honor serra la flûte à champagne devant elle. Étudiant la pièce du regard, elle se rendit compte que plus d'un vampire était en train de se nourrir – et il ne s'agissait pas que de mâles. Une charmante femme éthérée aux traits hispaniques faisait courir ses mains en une caresse dans les cheveux blonds d'un homme mince. Le bleu cristal de ses ongles tranchait violemment contre sa peau pendant qu'elle lui baissait la tête pour planter ses crocs juste au-dessus du pouls dans la nuque de son partenaire.

— Je pensais, dit Honor, la gorge sèche, qu'il s'agissait d'un club, pas d'une orgie de nourriture.

Le rire de Dmitri était une corde de fourrure autour de ses sens.

— Si innocente, Honor. (Il avala une gorgée de champagne.) Certains vampires viennent ici parce qu'ils savent qu'ils trouveront un partenaire consentant s'ils le souhaitent, un partenaire qui sait à quoi s'attendre. Mais la plupart des autres sont des amants se laissant aller à un petit exhibitionnisme inoffensif.

Remarquant son regard porté sur la femme vampire, il ajouta :

— C'est Amalia. Elle les aime jeunes – mais il a l'âge légal. Il est suffisamment âgé pour faire un choix.

Il y avait quelque chose dans cette déclaration, quelque chose d'ancien, d'enfoui et de *tellement* fâché.

— Vous regardez le vampire avec la belle brune, dit-elle, sachant que même si Dmitri finissait par la mettre dans son lit, cela ne serait que ça – du sexe. (Sensuel, immoral, dangereux, mais rien au-delà d'un accouplement physique. Aucun secret ne serait partagé, aucun lien noué.) Pourquoi ?

— Il s'agit d'Evert Markson. Le meilleur ami de Tommy.

Elle releva brutalement la tête.

— Vous saviez qu'il serait ici ?

— Evert a l'habitude plutôt déplaisante de venir se nourrir à *L'Érotique*.

Il était difficile de ne pas fixer Markson du regard, mais elle garda son attention posée sur Dmitri.

— Vous venez juste de me dire que les vampires viennent ici pour cela.

— Seulement de temps à autre, lorsqu'ils n'ont pas d'amants ou de donneurs réguliers. S'ils n'habitent pas en ville et qu'ils sont de passage par exemple. (Il posa sa coupe de champagne sur la table.) La raison pour laquelle Evert a besoin de se nourrir à *L'Érotique* est qu'il blesse ses maîtresses si violemment que même les pires des groupies n'oseraient l'approcher. Les hôtesses le tolèrent seulement à la condition qu'il boive en public, là où il peut être surveillé.

La gorge serrée, Honor regarda de nouveau la femme dans les bras de Markson, voyant ce dont elle ne s'était pas aperçue auparavant – le souffle court, les rides de crispation qui encadraient ces lèvres pleines.

— Elle n'est pas en train d'avoir un orgasme, n'est-ce pas ?

Le besoin urgent de se lever et d'arracher le vampire de cette femme tendit chaque muscle de son corps.

— Il fait en sorte que ce soit douloureux.

— Dmitri (relâchant le pied de sa flûte avant de le casser), s'il est le meilleur ami de Tommy, alors…

— Oui, exactement. (Son regard se porta vers le seuil de la pièce.) Campanule est ici.

Les filaments d'argent dans les ailes d'Illium attrapèrent la lumière quand il entra. Les femmes dans la pièce – et même quelques hommes – s'immobilisèrent pour observer son avancée, les yeux remplis d'émerveillement et de *désir*.

La colère, aiguisée, lumineuse, continuait de jouer sa chanson pénétrante dans les veines d'Honor, mais elle salua l'ange.

— Bonjour, Illium.

Il attrapa une chaise à une autre table et la fit pivoter pour s'asseoir dessus à califourchon. Ses ailes incroyables venaient effleurer le sol.

— Bonjour, Honor St Nicholas. (Ses yeux, ces beaux yeux dorés soulignés par les cils les plus incroyables qui soient, se verrouillèrent au regard de la jeune femme.) On dirait que vous voulez utiliser votre couteau pour faire couler le sang.

— Oui, reconnut-elle, mais je dois attendre.

Illium lui vola son champagne, en avala une gorgée et frissonna.

— J'ai jamais aimé ce truc. (Reposant la flûte sur la table, il se tourna vers Dmitri.) À ce qu'il paraît, Tommy s'est planqué parce qu'il a peur de quelqu'un. C'était avant qu'Honor ne soit envoyée à la Tour, donc, ce n'est pas de toi.

Les yeux de Dmitri ne quittaient pas Evert Markson.

— Rends-moi un service. Vole jusque chez Evert et vois si tu trouves quelque chose.

L'ange aux ailes bleues partit sans pousser plus loin la conversation.

Aux côtés d'Honor, Dmitri sourit, très froidement. Elle sut à qui ce sourire était adressé avant de tourner la tête et de voir Evert. Ce dernier déglutit nerveusement tandis qu'il repoussait sans ménagement la brune de ses genoux et que ses yeux passaient de Dmitri à Honor. La panique dans son regard était une poignante confirmation que Tommy avait fait entrer son meilleur ami dans le jeu.

Puisque Dmitri ne fit rien pour empêcher le vampire de partir, la jeune femme se leva. Il agrippa son poignet.

— Laissez-le mijoter dans sa peur, Honor. (Le murmure de Dmitri était un effleurement de soie contre les sens de la chasseuse.) Evert n'est pas aussi intelligent que Tommy. Je sais où il va.

Il était dur de se rasseoir et de regarder s'échapper l'un des hommes qui l'avaient torturée.

— Vous pourriez vous tromper.

Un pouce bougeant sur sa peau.

— Ce n'est pas le cas.

Elle baissa les yeux, surprise de se rendre compte qu'il était en train de la toucher… et qu'elle n'éprouvait aucun besoin urgent de reculer.

— Est-ce qu'il n'y a que ce truc du parfum que vous sachiez faire, Dmitri ? demanda-t-elle, sentant une chaleur langoureuse envahir son corps. Ou avez-vous d'autres moyens de coercition à votre disposition ?

— Je vous laisse le soin de trouver la réponse. (La caressant une fois de plus, il se leva.) Allons jouer avec notre proie.

Honor se tut jusqu'à ce qu'ils soient en route à travers les dernières ombres de la nuit, qui peignaient les cieux d'un gris brumeux. Le vent mordant était annonciateur de pluie.

— Je ne veux pas devenir aussi froide. (Et perdre son humanité.) Je ne veux pas prendre plaisir à la douleur des autres.

Passant les vitesses avec une aisance impitoyable, Dmitri commença à se diriger vers le pont de Manhattan.

— Parfois, il n'y a pas le choix.

La très vieille obscurité de ses mots s'enroula autour de la chasseuse. Elle s'était déjà dit qu'il était du genre à ne jamais partager ses secrets, mais elle ne pouvait pas *ne pas* demander, ne pas tenter de voir sous la surface sophistiquée, fatale, de Dmitri.

— Que vous a fait Isis ?

L'instinct – primaire, viscéral – lui dictait que c'était là que remontait la genèse de ce qu'il était devenu – un prédateur prêt à franchir toutes les lignes morales.

Les cheveux de Dmitri furent balayés par le vent alors qu'il les menait sur le pont, la voiture ronronnant, fuselée et dangereuse au-dessus de l'énorme travée.

— Je ne suis pas beau comme Illium, mais je suis un homme que les femmes veulent dans leur lit.

Oui, pensa-t-elle. Regarder Dmitri, c'était penser au sexe. Des yeux sombres, enveloppants, des cheveux noirs, la peau d'une teinte chaude, tentante comme du miel brun, des lèvres promettant plaisir et douleur, un corps qui évoluait avec une grâce mortelle et qui incitait à fantasmer sur la manière dont il pouvait bouger avec, ou dans, une femme.

— Mais vous n'êtes pas un homme que l'on peut posséder. (Essayer serait idiot et dangereux.) Vous choisissez vos maîtresses.

— Isis ne pensait pas ainsi. (Aucun changement dans son expression.) J'étais mortel alors, faible. Elle me voulait, et lorsque j'ai refusé, elle m'a pris.

— Qui que ce soit qui vous ait prise, chasseuse – (un long et lent coup de langue à l'intérieur de sa cuisse) – je lui dois des remerciements.

Ses doigts se serrèrent en un poing.

— Elle vous a blessé.

Pas de réponse.

Vingt minutes peut-être s'étaient écoulées lorsqu'il arrêta silencieusement la voiture dans une rue où se trouvait une maison moderne, derrière une petite haie de verdure. Elle était peinte en ce qui semblait être un noir chic ; ses montants de fenêtres et son toit étaient d'un rouge profond, visible même dans les ombres ternes d'avant l'aube.

— Il ne peut s'agir de la maison d'Evert.

Il portait une montre en platine et un costume italien. Pas le genre d'homme à se satisfaire d'une petite maison comme celle-ci, même à la mode.

— Elle appartient à son ancienne maîtresse, répondit Dmitri en sortant de la voiture et en se dirigeant vers l'habitation. Evert croit que Shae a toujours un faible pour lui. (Il sortit une clé.) Il se trompe. (Il ouvrit la porte, entra à pas silencieux.)

Honor suivit, tendant la main pour refermer la porte en un clic. Le couloir était plongé dans le noir mis à part la lueur voilée d'une petite lampe murale près de la cage d'escalier, mais la maison n'était pas aussi calme qu'elle aurait dû l'être à cette heure matinale. Dégainant son pistolet, elle le tint le long de son corps pendant qu'ils montaient les marches, Dmitri avec la grâce d'une panthère, elle, avec une démarche qui révélait sa condition mortelle.

— ... je suis sûre. (Une voix féminine apaisante.) Assieds-toi, Evert chéri.

— Il regardait *droit sur moi*. (Des mots hachés, prononcés dans un souffle.) Et la chasseuse était avec lui.

Cette *voix*. Honor le reconnaissait maintenant, se souvenait exactement de ce qu'il avait fait, de son rire haut perché qui aurait mieux convenu à une adolescente.

— Quelle chasseuse ?

— Tommy a promis qu'elle était cuite, bonne pour la poubelle. Qu'elle ne savait rien. Ce salaud m'a menti.

— Ce n'est pas possible. C'est ton meilleur ami. (Un bruissement, comme si Shae s'était levée.) Pourquoi ne l'appelles-tu pas ?

— Tu crois que je n'ai pas essayé ?

Un cri grinçant, suivi par le claquement caractéristique de la chair rencontrant la chair.

La fureur, chaude comme du sang, brouillait la vision d'Honor.

Shae, elle, ne semblait pas apeurée lorsqu'elle reprit :

— Je suis sûre qu'il s'agit d'un malentendu. Si Dmitri avait voulu te faire du mal, il l'aurait fait, même dans un lieu public.

— Oui, oui, tu as raison. (Soulagement, le jaillissement d'un rire de petite fille.) Peut-être qu'il baise juste cette garce. Elle a un joli petit cul.

Honor enleva le cran de sûreté de son arme. Dmitri secoua la tête, et elle se souvint qu'elle n'avait pas senti la moindre trace d'une réelle puissance en Evert Markson. Lui tirer dans le cœur pouvait le tuer – et ils avaient besoin qu'il parle. Se forçant à prendre du recul – peu importait combien il aurait été satisfaisant de transformer le cœur de ce salaud en bouillie –, elle suivit Dmitri en silence lorsqu'il entra dans la chambre.

Seulement vêtue d'une culotte en dentelle rose et d'un tee-shirt blanc près du corps, une femme de petite taille à la peau café au lait, les cheveux formant une tempête de bouclettes, se tenait face à l'entrée de la pièce. À l'instant où elle les vit, elle courut s'enfermer dans la salle de bains derrière elle, privant Evert d'un otage. Se retournant, le vampire hurla et se jeta sur Dmitri, les mains tendues comme des serres.

Honor lui tira dans le genou.

Dmitri jeta un coup d'œil à cette dernière alors que le vampire, pâle comme la mort, s'effondrait dans un jet de sang et d'os.

— Je n'avais pas besoin d'aide, mon cœur.

Une déclaration douce.

— Je sais. (Les blessures que Markson lui avait infligées avaient causé des dommages internes dont les médecins étaient venus à bout en six mois – le voir hurler n'était pas suffisant pour effacer les souvenirs, mais c'était déjà quelque chose. Et… il avait essayé de blesser Dmitri. Honor ne le permettrait pas. *Pas Dmitri*.) Les voisins ont probablement entendu le bruit.

— Non. Evert a fait insonoriser cette maison, pas vrai, Evert ?

— Je ne sais rien, je le jure.

Des mots sanglotants, la morve coulant de son nez.

Dmitri sourit, aussi doux qu'une dague s'enfonçant entre deux côtes.

Et Evert plia.

— Il a cette cabane en bois dans le haut de l'État – dans les Catskills. Personne ne penserait à le chercher dans un endroit pareil. (Essuyant ses larmes, il lutta pour se mettre en position assise contre le lit, ses blessures commençant déjà à guérir.) Mais il ne répond pas au téléphone.

— Le numéro ?

Evert le communiqua dans un râle, ses yeux noisette trop innocents pour appartenir à cette créature passant rapidement d'Honor à Dmitri.

— Je pensais que vous en étiez, murmura-t-il, frottant son nez sur sa veste de costume. Je pensais que vous aviez donné votre accord.

Chapitre 14

Même avant d'avoir appris ce qu'Isis avait fait à Dmitri, Honor n'avait jamais – pas un seul instant – envisagé cette possibilité. Et ne le faisait pas plus maintenant. Parce que si elle avait compris une chose, c'était que Dmitri ne partageait pas ce qui était sien.

— Pourquoi ? demanda-t-elle. Qu'est-ce qui pouvait vous faire penser ça ?

— Lorsque Tommy m'a invité, répondit Evert, sa respiration désormais plus hachée, ses yeux inondés de larmes, il a dit que c'était un nouveau jeu auquel tous les vamps de haut rang se livraient.

— Si tu pensais que j'en étais, demanda Dmitri dans un murmure soyeux, pourquoi t'es-tu enfui du club ?

Les yeux roulaient dans leurs orbites, les larmes se mêlaient à la sueur coulant sur son visage. Plus de mots. Plus de mensonges. Soudain, Honor se moquait complètement de ce qui lui arriverait – il était trop pathétique.

— Faites ce que vous avez à faire, dit-elle à Dmitri, s'avançant suffisamment près pour qu'il ait à se pencher afin qu'elle puisse murmurer à son oreille. (La chaleur masculine et le péché originel qu'il représentait se faufilèrent dans ses poumons pour infuser son sang.) Mais il ne vaut pas le quart de votre âme. Ne lui donnez pas ça.

Le souffle de Dmitri chuchota sur les joues de la chasseuse, ses mots un murmure grave qui l'enveloppa dans une intimité luxuriante, la faisant se sentir étrangement protégée... en sécurité.

— Vous êtes sûre que j'ai une âme ?

— Elle est peut-être en morceaux et effrayée, mais elle est là. (Beaucoup la traiteraient de folle pour oser croire cela, mais il n'y avait rien de rationnel en elle quand il était question de Dmitri.) Alors ne la gaspillez pas pour ce minable.

Reculant, elle avança vers la porte de la salle de bains et y frappa.

L'ex-maîtresse d'Evert l'ouvrit immédiatement. Ayant enfilé un peignoir en éponge blanc, elle suivit Honor dans les escaliers jusqu'au rez-de-chaussée avant de passer devant elle pour la conduire dans une petite cour pavée à l'arrière de la maison.

— Je suis Shae.

— Honor.

— Evert m'a brisé la mâchoire une fois. (La jolie femme s'assit sur l'une des chaises d'extérieur placées autour d'une table en bois carrée.) Par jeu.

Agrippant le siège opposé, Honor se concentrait sur l'horrible marque marbrée qui se formait sur la peau impeccable de Shae.

— Pourquoi rester avec lui ?

Un haussement d'épaules.

— Je n'avais que soixante-dix ans lorsque je l'ai rencontré.

Un frisson parcourut l'échine d'Honor lorsqu'elle se rendit compte que Shae, menue et avec ses yeux de femme blessée, était une vampire.

— L'attrait des hommes plus âgés, sans doute ? demanda-t-elle en se forçant à rester détendue.

Shae n'était pas une menace. Sa puissance était si faible qu'elle était négligeable – raison pour laquelle son corps n'avait pas encore récupéré des dégâts causés par la claque brutale d'Evert.

— Oui. (La femme secoua la tête, ses boucles se prenant dans le tissu-éponge.) Stupide mais bon, nous le sommes toutes de temps à autre. (Un regard pénétrant.) Dmitri, hein ? Ne le prenez pas mal, mais en termes de stupidité...

Oui, c'était vrai. Probablement la pire erreur de sa vie – mais se détourner n'était pas une option. Plus maintenant. Si cela avait jamais été le cas.

— Vous semblez bien sûre du fait que nous soyons proches.

— Oh alleeez, comme dirait ma petite-nièce.

Shae repoussa ses cheveux des deux mains, soit parce qu'elle était agitée par les événements du matin, soit parce qu'elle était physiquement incapable de tenir en place.

Si jeune, pensait Honor, si vulnérable, et c'était une pensée curieuse à l'égard d'une femme plus âgée qu'elle de plus d'un demi-siècle. Mais le temps n'était pas tout. Dmitri avait été une force avec laquelle compter peu de temps après sa Transformation. Shae serait toujours la proie, et non le chasseur.

L'éternité, pensait Honor, était un temps bien long à passer en tant que victime.

— Que savez-vous de Tommy ?

— Le trou du cul d'ami d'Evert. Il a quatre cents ans et toujours cet air suant, doucereux, qui dit qu'un homme aimerait vous avoir nue – et pas d'une manière agréable. (La vampire resserra son peignoir sur son corps.) Evert ne mentait pas au sujet de la cabane. Ils m'y ont emmenée une fois.

Son silence était lourd de secrets trop terribles pour être révélés.

Aucune d'entre elles ne parla pendant un long moment. Le calme était seulement troublé par les joyeux cris des oiseaux se houspillant mutuellement, leur journée commencée depuis longtemps.

— J'ai si peur, reprit Shae alors que les oiseaux s'éparpillaient dans un chœur radieux et que de fines lignes se serraient autour de sa bouche, de devenir ainsi avec l'âge. Dépravée, trouvant du plaisir seulement dans l'humiliation et la souffrance des autres. (Un regard d'inquiétude non dissimulée.) Même Dmitri… il est à la limite de cette ligne. Vous le savez, n'est-ce pas ?

— Oui. (Il n'était pas un innocent, et ne le serait jamais.) Dites-m'en plus sur Tommy.

— Il est doué avec l'argent. Du coup il a d'importants moyens financiers, mais sinon, il est faible. (Ses doigts jouant avec les revers de son peignoir, puis avec les bouts de la ceinture à sa taille.) Ils aiment jouer les durs, mais lui et Evert ne sont tous deux que des moutons.

— Oui. (La voix profonde de Dmitri derrière Honor alors qu'il sortait dans la cour depuis la cuisine.) Ils n'étaient que des pions dans cette histoire.

Pour la première fois depuis qu'elle l'avait rencontré, Honor ne se décala pas pour l'avoir dans sa ligne de mire. Au lieu de cela, elle lui permit de venir derrière elle, de placer sa main sur le dos de la chaise en bois où elle était assise, d'effleurer de son pouce la peau de sa nuque.

La terreur en elle, viscérale. Son cœur pris comme un lapin entre ses côtes.

Grinçant des dents, elle ne bougea pas, petite rébellion, minuscule retour à celle qu'elle avait été avant le sous-sol.

— Pas de hurlements, dit-elle, la voix rauque.

— J'avais mes ordres. (Continuant de faire jouer son pouce sur cette peau qui maintenant transpirait de frayeur, il s'adressa à l'autre vampire.) Evert ne vous ennuiera plus à l'avenir. Quelqu'un va venir le chercher dans environ vingt minutes.

Shae frémit.

— Je… ferai… (Ses yeux se posèrent sur Honor, pas Dmitri.) Vous allez rester ? S'il se réveille…

— Oui, dit-elle, sensible à l'ironie de la situation : Shae recherchant la sécurité auprès d'une femme qui luttait elle-même pour ne pas s'étouffer au goût rance de sa propre terreur.

Dmitri tira une minuscule boucle des cheveux de la jeune femme sur sa nuque.

— Levez les yeux, Honor.

Illium était un tableau éblouissant contre le ciel éclairé. Ses ailes balayaient les airs avec une grâce qui lui donnait l'apparence d'un rêve à moitié oublié. Lorsqu'il atterrit dans la cour, elles se déployèrent pendant un instant. Il était alors très viril, sur le plan physique et sexuel, mais demeurait un fantasme inatteignable.

Elle ne se voyait pas tomber pour un homme aussi beau. Non, il semblait que ses goûts fussent plus sombres, plus durs, plus tranchants. Mais elle pouvait l'admirer… et pouvait s'interroger sur la part d'ombre au-delà de l'or, ombre qui faisait résonance avec quelque chose de caché en elle.

— Campanule, dit-elle en se souvenant du surnom entendu à *L'Érotique*. Un joli nom.

— J'appelle Dmitri le Sombre Suzerain.

— Shae, intervint Dmitri, et la vampire sauta sur ses pieds pour rentrer rapidement. Maintenant, joli Campanule. (Une autre caresse langoureuse sur la peau d'Honor) Raconte au Suzerain ce que tu as découvert.

Souriant, Illium se percha sur la table en bois, l'une de ses ailes à quelques centimètres à peine d'Honor.

— J'ai trouvé ceci. (Il fit passer une enveloppe beige.) Elle était sur la table de nuit, déposée là par la femme de chambre. Arrivée ce soir.

Honor tendit la main pour attraper l'enveloppe avant Dmitri, et fit courir son doigt sous le rabat pour l'ouvrir. À l'intérieur se trouvait une seule feuille d'un papier épais avec un message très simple.

La seconde chasse commence bientôt. J'espère que vous trouverez cette proie aussi délicieuse que la première – la Guilde a le personnel le plus appétissant qui soit.

Honor posa la lettre sur la table. En découvrant son contenu, Illium et Dmitri se mirent à parler, mais leurs voix semblaient étouffées par le tonnerre grondant sous le crâne de la jeune femme.

— Personne d'autre, murmura-t-elle. (C'était un serment.) Ces salauds n'auront personne d'autre.

La réponse de Dmitri fut un simple : « Cela n'arrivera pas. » Sa main s'arrondit autour de la nuque d'Honor… et elle n'eut aucun mouvement brusque pour y échapper.

Dix minutes plus tard, après qu'il eut fini de discuter avec l'un de ses hommes postés dans les environs des Catskills, Dmitri reçut un appel de Sorrow.

— Je crois que j'ai fait une bêtise, Dmitri.

Des instincts depuis longtemps endormis se réveillèrent en entendant la peur contenue dans la voix de la jeune femme. Il les écrasa – il ne pouvait se permettre de penser à elle comme à Misha et Caterina.

— Où es-tu ?

— Le parc près de chez moi, près du grand bassin pour oiseaux. (Des mots hésitants, un esprit près de lâcher.) Je suis désolée d'être sortie en douce. Je voulais juste aller marcher, c'est tout.

— Reste où tu es, dit-il, ces vieux instincts enfouis tentant de nouveau de remonter à la surface, âpres et usés, conséquence de siècles d'abandon. Illium va voler jusqu'à toi – il ne se posera pas, ajouta-t-il en sentant sa panique à travers les ondes téléphoniques. (Il n'était pas salaud au point de la terroriser d'une telle manière.) J'arriverai juste après lui.

Illium s'éleva dans les airs aussitôt que Dmitri lui eut donné les détails. Le vampire appela ensuite les gardes de Sorrow pour leur dire où la localiser.

— Ne l'approchez pas.

— Shae, dit Honor lorsqu'il raccrocha. Elle a peur.

Il lut la compassion dans ces yeux de la couleur d'une forêt à minuit, et fut ébranlé par sa capacité à éprouver cette émotion, preuve de sensibilité. Mais il n'était pas comme elle – tout ce qui était bon en lui avait brûlé en même temps que le petit corps de son fils, dans les ruines du cottage qu'il avait construit pour sa jeune épouse. Misha avait disparu si vite, si incroyablement vite. Le craquement des flammes, le sifflement du vent, rien n'avait couvert l'écho des derniers mots que son fils lui avait dits.

— *Ne laisse pas tomber, Papa.*

— Bien, dit-il, repoussant les souvenirs dans la boîte d'acier qui ne parvenait plus à les contenir, la peur l'empêchera d'agir bêtement. (Traversant le salon à grands pas pour se diriger là où Shae se rongeait les sangs, il attrapa le menton de la vampire.) Dis un mot sur ce que tu as appris ici cette nuit, et tu rejoindras Evert chez Andreas.

La vampire devint blanche comme un linge.

— Je, je, je ne fe..., ferais jamais ça.

— *Dmitri.*

Il relâcha Shae parce qu'elle avait compris la leçon, et sortit au moment où l'équipe d'extraction arrivait, une Honor furieuse à ses côtés.

— Il n'était pas nécessaire de la terroriser.

Un parfum de fleurs sauvages l'assaillit violemment tandis qu'il s'installait à la place du conducteur dans la

Ferrari, ferraillant contre la blessure à vif qu'était le souvenir du bûcher funéraire de Misha.

— C'est une victime.

Honor claqua sa propre portière.

Se sentant d'humeur cruelle, il ne se préoccupa pas d'enjoliver son opinion pendant qu'il suivait la courbe de la route.

— Elle est faible. C'est un parasite. Dans un an, peut-être moins, elle aura trouvé un autre Evert pour la faire souffrir.

— Vous êtes en train de parler d'une femme qui porte des traces de sévices, argumenta Honor, accrochée à sa croyance, si semblable à une autre femme qui avait autrefois lutté contre lui, d'une voix passionnée. Il lui faudra du temps pour briser ce cycle.

Il entendit ce qu'elle ne disait pas – que cela lui avait pris des mois à elle pour ramper hors de cette fosse sombre dans laquelle on l'avait jetée.

— Shae, dit-il en poussant la voiture à plus grande vitesse, a eu le temps d'une vie humaine pour s'endurcir. Elle ne l'a pas fait et ne le fera jamais.

Honor ravala son souffle.

— C'est brutal.

— C'est lié au territoire. (Il s'était tenu devant le cadavre d'une élève de lycée pas si longtemps auparavant, et avait rabattu le drap mortuaire sur son petit visage innocent.) Les vampires qui ne craignent pas les conséquences de leurs actes provoquent des carnages.

— Je sais – je ne suis pas née d'hier.

Tendant les mains en arrière, elle resserra sa queue-de-cheval.

Il voulait empoigner ces luxuriants cheveux ébène et lui faire perdre cette mauvaise humeur d'un baiser. La seule autre femme avec qui il eut jamais tenté d'agir ainsi l'avait mordu profondément à la lèvre en lui disant qu'il le méritait. Plus tard, une fois sa colère calmée, elle s'était tournée vers lui dans le lit et l'avait embrassé, hésitante et douce, sa femme nouvellement épousée, qui était trop timide pour faire le premier pas.

Une caresse de fleurs sauvages, le passé et le présent se télescopant comme bien trop souvent depuis qu'Honor était entrée dans sa vie. Mais ces souvenirs… ils faisaient partie des bons.

— Racontez-moi ça, demanda-t-il, parce qu'il avait senti dans sa voix qu'il y avait une histoire derrière cela, et il éprouvait le besoin d'en apprendre un maximum sur Honor St Nicholas.

Un long silence froid.

Il se surprit à sourire.

— Illium vous a mise en garde : je ne suis pas un gentleman.

Un grognement féminin, mais elle se mit à parler.

— L'une de mes premières chasses concernait un vampire plus âgé. Il n'était pas sous Contrat, ce n'était pas donc pas de ça qu'il s'agissait.

Une infraction commise par un vampire qui avait servi son Contrat était traitée habituellement comme une affaire interne. Dmitri, intrigué, demanda :

— Qu'avait-il fait ?

— Volé quelque chose à son ange – un vieil artefact. (Elle remit derrière son oreille une mèche de cheveux qui s'était échappée, ce geste si familier que Dmitri pensait l'avoir vue faire des milliers de fois.) L'ange n'avait personne près du petit village où il savait que le vamp s'était caché. Je n'étais pas très loin, alors la Guilde m'a demandé de garder l'œil sur lui jusqu'à ce que ses hommes arrivent.

Dmitri ne dit rien lorsqu'elle se tut. Il pouvait presque toucher les ténèbres qui teintaient le ton de sa voix, et qui faisaient un contraste saisissant avec les bleus vibrants et l'or blanc du matin, la touche de pluie s'étant évanouie sur l'Atlantique.

— L'un de ses amis, reprit-elle, l'avait prévenu qu'il était chassé. Il a passé sa rage sur les villageois. Le sol était trempé de sang lorsque je suis arrivée, et l'air si saturé de fer que je pouvais à peine respirer. Il avait massacré tout le monde – les hommes, les femmes, les enfants, les *bébés*. (Elle secoua la tête.) C'est la première fois que j'ai compris que les vampires n'étaient pas humains, même s'ils avaient commencé leur vie en tant que tels.

Dmitri se souvenait du cas. Il n'avait pas eu lieu sur le territoire de Raphael mais sur celui d'Elijah, l'Archange qui régnait sur l'Amérique du Sud.

— Ce vampire a été trouvé avec plusieurs impacts de balles dans la poitrine et cloué au sol à l'aide de couteaux.

Il avait été puissant, numéro deux dans l'une des cours qui dépendaient d'Elijah.

— Je n'avais pas de puce de contrôle sur moi, dit Honor, faisant référence à l'arme qui immobilisait les vampires. Et il était en route pour un autre village lorsque j'ai retrouvé sa trace. Le seul moyen de l'arrêter était de déchiqueter son cœur, et, pendant qu'il était au sol, de lui planter tant de couteaux qu'il ne puisse avoir le temps de tous les retirer avant que les renforts arrivent. (Elle se frotta le visage.) J'ai vidé cinq chargeurs – il n'arrêtait pas de revenir à la vie avant que j'aie suffisamment planté de couteaux, et puis, après, j'ai dû encore tirer car je pensais qu'il allait ôter les lames.

— Belle et mortelle, murmura-t-il en arrêtant la voiture près du parc où Sorrow attendait. Je trouve que c'est là une combinaison enivrante.

Honor sortit, adoptant le même pas que lui alors qu'il prenait la direction du parc.

— Tous les hommes que j'ai croisés depuis mon agression tressaillent à l'idée d'avoir prononcé quelque chose qui pourrait être considéré comme une allusion grivoise, et vous, vous dites continuellement des choses de ce genre.

— Certaines personnes, dit Dmitri, survivent. D'autres non. Vous y êtes parvenue.

Il le savait, car il savait aussi ce que c'était que de se tenir dans un lieu au-delà de la désolation.

Un bleu sauvage tremblota à travers les feuilles devant eux à ce moment-là, et les priorités de Dmitri changèrent. Faisant un pas dans la petite clairière, il saisit toute la scène d'un seul coup d'œil. Illium, venant se poser hors de vue de Sorrow. La jeune femme elle-même assise sur une vieille souche d'arbre, prostrée, les yeux détournés du corps qui gisait dans l'herbe devant elle.

La braguette de l'homme était ouverte, ses parties génitales à l'air libre. Sa tête reposait dans un angle qui apprit à Dmitri qu'elle avait été énuquée avec force ; sa bouche était figée dans une expression proche de celle d'un poisson rouge.

— Que s'est-il passé ? demanda-t-il à Sorrow pendant qu'Honor s'accroupissait près de la victime.

— J'étais en train de marcher… (un ton rapide, saccadé, comme si elle avait ressassé les mots) et ce dont je me souviens ensuite, c'est de me tenir ici, observant ce corps allongé sur le sol. (Ses yeux, qui trahissaient le monstre qui l'avait Transformée, rencontrèrent ceux de Dmitri.) Je suis en train de devenir comme lui. Un boucher. (L'odeur de sa peur était immanquable, mais elle soutint son regard, cette femme qu'était devenue Sorrow.) Tu dois le faire, Dmitri. (Un murmure.) Mets fin à ma vie.

Chapitre 15

— Pas maintenant.

Les yeux de Dmitri se portèrent sur le pénis exposé de l'homme, flétri et ratatiné dans la mort. Un homme normal ne se baladait pas le sexe à l'air. Mais les souvenirs de Sorrow étant un trou noir, il n'y avait aucun moyen de savoir si elle l'avait aguiché ou hypnotisé afin qu'il se rapproche suffisamment pour l'assassiner ou si elle avait agi en légitime défense.

Ce fut alors qu'Honor se redressa, un large sourire sur le visage.

— Je pense le reconnaître.

Elle passa son smartphone à Dmitri.

Il jeta un coup d'œil à l'article de journal qu'elle y avait affiché et qui concernait un certain Rick Hernandez, violeur en liberté conditionnelle. Sa photo d'identité judiciaire avait été diffusée dans le cadre de la politique du journal visant à alerter les habitants sur les délinquants violents vivant dans le voisinage. Un autre article numérisé montrait que les deux femmes qu'il avait agressées étaient de constitution fragile et d'origine asiatique.

Tendant le téléphone à Sorrow, Dmitri la vit se mettre à trembler.

— Je vais m'occuper de ça. (Il posa une main sur ses cheveux et sentit quelque chose de fondamental se casser en lui, et se remodeler.) Venin va te conduire chez toi.

— Venin n'est pas là, mais moi oui, dit Honor. Donnez-moi les clés de votre voiture.

— Sorrow n'est pas humaine.

— Le fait qu'elle ait brisé la nuque d'un homme de deux fois sa taille a été mon premier indice. (Bras croisés, mais sans agressivité aucune dans ses yeux emplis de mystères. Dmitri y lut plutôt une force tranquille et une tendresse inexplicable qui s'enroulèrent autour de son cœur comme un fil barbelé.) Je suis armée et elle est jeune.

— Restez avec elle jusqu'à l'arrivée de Venin.

Dmitri lui lança les clés.

Au lieu de contourner le cadavre de l'assaillant de Sorrow, elle s'avança suffisamment près du vampire pour que le dos de leurs mains s'effleure. C'était la première fois qu'elle faisait un effort conscient pour le toucher peau contre peau.

Le corps de Dmitri s'enflamma.

Le trajet jusqu'à la maison de Sorrow ne prit pas longtemps.

— Venez, dit-elle à la jeune femme qui était assise calme et tremblante, telle une marionnette aux fils rompus. Honor se vit en elle, dans l'état qui avait été le sien avant l'appel de Sara… avant Dmitri. La chaleur sauvage de sa peau s'attardant sur la sienne ; elle se demanda s'il comprenait ce que cela signifiait pour elle de savoir que son besoin de l'atteindre était plus profond que les cicatrices laissées par son enlèvement.

— Entrons et préparons-nous un thé.

— Je n'en ai pas. (Une pause, son regard vitreux, morne, s'éveillant légèrement, comme si elle était en train de lutter pour sortir de son état de choc.) J'ai du café.

— Ce sera très bien.

Les mouvements de Sorrow étaient encore saccadés et un peu confus au moment d'entrer dans la maison. La jeune femme se mit à préparer le café avec des gestes rapides, inégaux.

— Uram, dit-elle sans prévenir. J'étais l'une de ses victimes. (Les grains moulus dans la cafetière, le réservoir à eau se remplissant.) Il nous a enlevées alors que nous nous rendions au cinéma.

Selon les médias, l'Archange Uram s'était rendu à New York pour tenter de prendre le territoire de Raphael. Mais si les souvenirs d'Honor étaient bons, il y *avait eu* des rumeurs étouffées disant qu'il était lié aux disparitions en série survenues en ville plus ou moins au même moment. Mais les bruits s'étaient tus à l'instant où un suspect plus probable avait été trouvé. Personne ne voulait croire à une telle folie chez un Archange.

— Tu es la seule survivante, devina-t-elle.

— Oui. (Un rire aussi amer que le café passant dans la machine sur le plan de travail.) Bien que je ne sois pas sûre qu'on puisse appeler ça survivre. Je n'ai pas toujours été Sorrow. (La cafetière s'éteignit sur ce commentaire troublant. Emplissant une tasse, elle fit glisser cette dernière vers Honor avant de s'en servir une pour elle.) Je n'avais jamais tué un homme auparavant.

Honor avala une gorgée du liquide chaud avant de répondre, se sentant plus âgée de plusieurs siècles que cette fille, bien que leur réelle différence d'âge fût probablement de six ou sept ans.

— Cela prend quelque chose en toi, dit-elle, parce que Sorrow n'avait pas besoin de mensonges, quelque chose que tu ne retrouves jamais.

La première personne qu'Honor avait poignardée n'était pas morte, mais la sensation de son couteau s'enfonçant dans la chair et le gras, la violente odeur de fer dans l'air, c'était quelque chose qu'elle n'oublierait jamais.

— Mais, poursuivit-elle, certaines personnes doivent être tuées.

Cet homme avait eu l'intention de la blesser – elle l'avait vu dans son sourire jauni à l'instant où le travailleur social avait quitté la pièce.

Il avait eu le culot d'appeler les flics ensuite, leur hurlant de l'arrêter, elle. Sauf que le détective qui fumait comme un pompier avait surtout remarqué que la « victime » avait été poignardée à trois heures du matin dans la chambre d'une jeune fille. Parfois, le système fonctionnait.

Un coup frappé à la porte, juste pour la forme, puis des pas affirmés dans la maison – le vampire qu'elle n'avait jamais vu sans ses lunettes de soleil, vêtu d'un autre costume noir élégant, cette fois-ci assorti à une chemise d'un gris métallique.

— Te voilà, Sorrow. (Un commentaire presque doux, avec une pointe de moquerie des plus fines.) On dirait bien que je vais devoir te surveiller de plus près.

Rengainant son arme dans son holster d'épaule, Honor le regarda tandis qu'il retirait ses lunettes de soleil. Fendus dans toute leur hauteur et d'un vert clair, ses yeux étaient ceux d'une vipère.

— D'accord, dit-elle sans lutter contre le besoin irrépressible de le regarder, ça, je ne m'y attendais pas.

Ils devaient être vrais. C'était la raison pour laquelle il portait des lunettes de soleil. Mais même en sachant cela, son cerveau avait du mal à analyser cette vision, si étrange.

Un lent sourire, sa peau sombre comme la cannelle produisant une chaleur qui contredisait ses yeux de créature à sang-froid. Les mots qu'il adressa à Sorrow furent sans pitié.

— La prochaine fois que tu échappes à ton gardien, je te trouverai un logement sympa et confortable dans une cellule quelconque. À moins qu'une cage ne fasse mieux l'affaire.

La jeune femme serra les lèvres. Puis elle jeta sa tasse à moitié remplie à la tête du vampire.

— Va te faire foutre, Venin.

Évitant le missile d'un brusque mouvement reptilien, le vampire siffla quand la tasse heurta le mur et se brisa en morceaux, aspergeant son beau costume de café. À cet instant, il n'y avait rien d'humain en lui – il n'était qu'un prédateur en chasse. Honor le tenait en joue avant même qu'il ne se redresse de la position agenouillée où il était tombé pour éviter le projectile.

— Assez, dit-elle, s'adressant à Venin et Sorrow. Sorrow, nettoie ce bazar. Venin, sortez.

Le vampire, des mèches de cheveux noirs tombant sur son visage, étonnamment beau dans son *altérité* étrange, eut un petit sourire en coin.

— Un jouet comme celui-là ne vous servira à rien.

Soudain il fut face à elle, ses doigts longs et forts se refermant sur sa cage thoracique avant même qu'elle l'ait vu ciller.

C'était trop.

Elle pressa la détente.

Le son fut énorme dans l'espace clos, le hurlement de Sorrow le répercutant en écho. Venin tomba à terre, serrant fermement sa cuisse. Rangeant de nouveau son arme dans son holster, Honor reprit sa tasse de café, surprise de son propre calme.

— On ne me touche pas. Jamais.

Le vampire grimaça, s'assit de lui-même contre le mur, sa main appuyée sur sa cuisse d'où le sang s'échappait à une vitesse qui aurait été fatale pour un mortel.

— Savez-vous combien coûte ce putain de costume ?

De l'autre côté du plan de travail, Sorrow s'appuya contre l'évier, des couleurs vives aux joues.

— Je veux apprendre à faire cela, dit-elle en regardant Honor. Me défendre moi-même.

Le vampire émit un grognement. Il commençait déjà à guérir.

— J'ai entendu dire que tu avais fait un sacré bon boulot d'autodéfense aujourd'hui, mon chaton. (Le grondement de Sorrow emplit l'air.) Tu aurais dû lui arracher les noisettes avant de le tuer, tu sais, dit Venin d'un ton songeur. Cela lui aurait fait un mal de chien.

Les lèvres d'Honor eurent un spasme.

— Bon conseil.

Reposant son café, elle observa Sorrow qui s'était mise à ranger le désordre qu'elle avait causé, lançant un regard furieux à Venin lorsqu'il attrapa un morceau brisé pour le lui tendre.

— Ce n'était pas conscient, dit la jeune femme après un moment. Je ne sais pas comment j'ai fait – je suis juste une fille stupide et seule.

Aucune femme ne devrait être sans défense.

La pensée vint du plus profond d'elle-même.

— Je t'apprendrai, dit-elle.

Et c'était une décision à laquelle elle n'avait pas eu besoin de réfléchir.

Venin poussa sur ses mains pour se remettre debout, bien qu'il continuât à s'appuyer sur une jambe.

— Vous êtes sûre de vouloir y consacrer du temps ? Sorrow ici présente pourrait bien avoir une espérance de vie très courte.

Laissant tomber dans la poubelle les éclats qu'elle avait ramassés, Sorrow lança à Venin un regard étrange à sa manière, une fine ligne verte luisant autour du marron sombre de son iris.

— Un jour, dit-elle d'une voix aussi sereine qu'un lac de haute montagne, je te briserai le cou. Puis je le scierai avec une scie à métaux pour mieux prendre mon temps.

Le sourire de Venin creusa ses joues.

— Je savais que tu avais ça en toi, chaton.

Dmitri avait réglé le problème Hernandez et se trouvait dans son bureau au moment où Honor garait la Ferrari dans le parking de la Tour. Il la regarda entrer dans la pièce, tout en puissance féminine et en force fascinante ; il ne parvenait plus à s'imaginer la femme paralysée par la terreur qu'elle était lors de leur première rencontre. Pourtant, cette terreur vivait en elle – il en avait goûté la laideur qui flottait dans l'air quand il avait caressé de son pouce la peau de la jeune femme ce matin-là.

— Sorrow ?

— Elle s'en sort mieux que je ne pensais. (Un regard inquisiteur.) Venin est extrêmement intelligent.

— Il ne fait pas partie des Sept pour rien. (Déployant une série d'impressions sur le bureau, il les dirigea vers elle.) Je viens juste de recevoir un e-mail de l'homme que j'ai envoyé enquêter sur la cabane de Tommy.

Les images parlaient d'elles-mêmes.

Le corps d'Honor frôla celui de Dmitri quand elle vint se mettre à ses côtés. Il se demanda si elle oserait rester aussi près si elle savait quel effort il faisait pour ne pas pencher la tête et embrasser la peau délicate de sa nuque. Elle devait avoir le goût salé des fleurs sauvages, mêlé à une féminité primitive qui lui faisait l'effet d'un chant de sirène.

— Son assaillant, dit-elle, concentrée sur la photo de la tête de Tommy épinglée comme un trophée de chasse à la porte d'entrée, voulait vraiment lui clouer le bec.

— Au sens littéral. (Se satisfaisant de l'idée qu'il l'*aurait*, il déplaça son regard de sa peau si vulnérable et si proche, et tapota le cliché.) Ils lui ont coupé la langue.

Le corps d'Honor s'appuya légèrement contre celui du vampire quand elle se pencha pour attraper une autre photo.

— L'endroit est un bain de sang.

Tramer autour d'elle une volute de péché, riche comme le brandy et tout autant grisante, lui était aussi naturel que de respirer.

— J'ai une équipe en train de l'examiner.

— Dmitri. (Un reproche appuyé, mais sans trace de colère.) Je vais me préparer à aller…

— Vous êtes épuisée. (Il prit la mesure des cercles noirs sous ses yeux, de sa pâleur, et éprouva la glace d'une colère impitoyable.) Si vous vous trouviez face à l'un d'entre eux aujourd'hui, vous finiriez de nouveau comme leur esclave de sang.

Des taches de couleur sur ses pommettes.

— Vous pouvez bien donner des ordres aux gens qui vous entourent, mais n'essayez même pas avec moi.

Certains hommes aiment les femmes qui savent se soumettre ; d'autres, les femmes qui luttent en retour. Dmitri n'avait pas de préférence. Cela reviendrait à se soucier d'une femme au-delà d'une brève connexion sexuelle. Pourtant, avec Honor, il voulait la mettre à nu de plus d'une façon, découvrir le mystère qu'elle représentait pour lui.

— Un seul coup de téléphone, murmura-t-il, son regard s'attardant sur les courbes pleines des lèvres de la jeune femme en une provocation délibérée, et Sara vous déclarera inapte au service.

Cette bouche s'abaissa.

— Vous pensez que cela m'arrêterait ?

— Non. Mais ignorer où se trouve la cabane de Tommy le fera. (Ses lèvres s'incurvèrent lorsqu'il saisit le calcul auquel elle se livrait. Honor avait un visage si expressif qu'elle ne serait jamais capable de cacher quoi que ce soit à un homme sachant lire en elle.) Ne prenez pas la peine de demander à Vivek de dénicher l'information pour vous, à moins que vous ne souhaitiez le voir devenir un invité permanent de la Tour.

— Des menaces, maintenant, Dmitri ?

C'était quelque part une question intime, son nom prononcé avec un accent si parfait qu'il en devenait une caresse.

— Vous avez toujours su que je n'étais pas un homme gentil, dit-il, voulant entendre cette voix dans son lit, dans le doux silence d'une nuit submergée par le plaisir. Rentrez chez vous. Dormez. Soyez une gentille fille. (Il se pencha suffisamment pour que leurs souffles se mêlent, pour que l'embrasser ne demande qu'une inclinaison de la tête.) Et je vous laisserai venir en hélicoptère demain matin.

— Si ce que vous m'avez dit sur Isis n'était pas des foutaises, dit Honor, la voix vibrant sous la force de ses émotions, alors, vous savez *exactement* ce que j'éprouve à la minute présente. Vous le savez.

La réponse de Dmitri fut sans pitié.

— Je sais aussi que si ces salauds vous glissent entre les mains parce que vous êtes trop faible, le regret vous fera saigner bien plus qu'aucune autre blessure.

Croisant les bras, Honor avança à grands pas vers la fenêtre.

— Vous aviez pu dormir ?

Il ne s'agissait pas de se montrer rationnelle, raisonnable.

— Non, dit-il en venant se tenir derrière elle, dangereux, musclé, imperturbable. Mais je n'étais pas mortel.

Aucune émotion dans sa voix.

Isis, pensa Honor, avait fait bien pire à Dmitri que le Transformer de force et le mettre dans son lit.

— Je suis venue vous dire, reprit-elle, éprouvant une colère profonde, inexorable, qui n'avait rien à voir avec leur querelle mais tout avec un ange mort depuis longtemps, que j'ai compris le tatouage en revenant de chez Sorrow.

Se retournant, elle regarda ce visage sensuel qui la hantait depuis la première fois qu'elle l'avait vu. Elle savait qu'il n'y avait aucun moyen de le protéger de ce qu'elle allait lui révéler. Pourquoi elle éprouvait le besoin désespéré d'essayer jusqu'à en pleurer de douleur, elle n'en savait rien.

— Il signifie : « Pour se souvenir d'Isis. Un présent de la grâce. Pour venger Isis. Une rage de sang. » Quelqu'un est là pour venger la mort d'un monstre.

Honor ne monta pas à son appartement lorsqu'elle arriva à son immeuble. Ses émotions étaient un kaléidoscope de morceaux éparpillés - de la colère, de la douleur, cette étrange et intense désolation... et un *besoin* qui semblait se faire toujours plus fort. Elle pensa qu'Ashwini pouvait être encore en ville, et elle alla frapper à la porte de la chasseuse, qui l'invita pour une glace et un film.

— Hepburn, annonça Ashwini en plongeant dans le pot de glace à la menthe et aux copeaux de chocolat qu'elle avait menacé de défendre jusqu'à la mort avec sa cuillère si Honor ne faisait même que regarder dans sa direction. Un classique.

La frustration liée au fait qu'elle était obligée d'attendre pour poursuivre la chasse tordait le ventre d'Honor, mais, bien que cela l'exaspérât, Dmitri avait raison. Son corps était fatigué et son esprit confus après des jours de cauchemars. Alors, elle fouilla le frigidaire d'Ash à la recherche de la glace au beurre de cacahuète qui était sa préférée, et, ses bottes abandonnées à l'entrée, elle s'étala sur le fauteuil confortable que son amie avait depuis qu'elle la connaissait.

— On l'a déjà vu celui-là.

— Je l'aime bien.

— Pourquoi es-tu en pyjama ? (La chasseuse était vêtue d'un vieux tee-shirt gris et d'un bas de pyjama en polaire tout passé sur lequel étaient imprimés des moutons en train de danser.) Il est 14 heures.

— Je suis en vacances aujourd'hui.

Aucun bruit, à part celui de la glace sérieusement entamée et des répliques à l'écran. Beaucoup de gens auraient été surpris de voir combien Ashwini pouvait être quelqu'un de tranquille. Beaucoup n'avaient jamais vu la jeune femme sans son armure émotionnelle hérissée de piquants qu'Honor avait reconnue à la minute où elles s'étaient rencontrées dans un bar de la Guilde en Côte d'Ivoire. Ces personnes ne comprenaient pas qu'elle était l'une des personnes les plus tolérantes qu'Honor ait jamais connues. Failles, cicatrices, rien de tout cela ne lui faisait peur.

Soulevant plus de menthe et de chocolat, Ash dit :

— Tu ne croiras pas ce que Janvier a fait cette fois.

— Ça ne doit pas être trop moche puisque tu n'es pas en train de m'inviter à ses funérailles.

Ashwini et le vampire de deux cent et quelques années avaient une relation compliquée.

Tendant la main vers la desserte, Ashwini y attrapa une petite boîte et la fit passer à Honor. Elle s'avéra contenir un pendentif, avec un saphir carré époustouflant serti de platine, un cadre un peu dentelé, légèrement décalé du centre... comme si la personne qui l'avait commandé savait que rien ne serait trop doux, ni trop parfait pour Ash.

— *Un point pour toi, le Cajun*. Vas-tu le porter ?

— Cela ne ferait que l'encourager.

— Oh, donc ça ne pose pas de problèmes si je lui demande de sortir avec moi ? la taquina-t-elle. Il est sexy comme tout, *ma chère*.

— Très drôle. (Ash la frappa avec sa cuillère.) Parle-moi de Dmitri.

Bien sûr, sa meilleure amie avait deviné.

— Je me sens comme un insecte attiré par une flamme.

Le contact blesserait, pourrait s'avérer fatal, et pourtant, elle ne pouvait s'arrêter. Obsession ou envie irrésistible, elle n'en savait rien, mais elle savait qu'avant que tout ceci ne se termine, soit elle finirait dans le lit de Dmitri… soit l'un d'entre eux saignerait du rouge le plus sombre.

Chapitre 16

Dmitri enveloppa Elena de mèches de whisky et de roses éclosant dans la nuit, riches et séduisantes, alors que la Chasseuse de la Guilde entrait dans la bibliothèque de la maison qu'elle partageait avec Raphael dans *L'Enclave des Anges*, les extrémités dorées de ses ailes effleurant la moquette.

La ligne de sa mâchoire s'affermit, ses yeux pâles se firent plus étroits.

— Un effort médiocre, Dmitri.

C'était vrai, son attention était portée sur une autre femme.

— Je me montrais simplement poli.

Elena était plus sensible à sa compétence qu'aucun autre chasseur qu'il eût jamais rencontré, probablement un résultat du massacre horrible qui avait mis un terme à son enfance.

Dmitri aurait mis à l'abri et protégé l'enfant qu'elle avait été, mais il ne pouvait et ne voulait pas avoir pitié de l'adulte – parce qu'il n'était pas le seul vampire à pouvoir la leurrer avec son parfum. Les autres membres du Cadre n'hésiteraient pas à utiliser la vulnérabilité d'Elena contre elle comme la plus insidieuse des armes. Et Elena était le cœur de Raphael.

— J'ai appris au sujet de H…, Sorrow. (Une expression solennelle, des mots calmes.) Comment va-t-elle ?

— Instable. (Le futur de la jeune fille demeurait incertain, plus fragile que jamais.) Elle a agi pour se défendre aujourd'hui, mais elle semble incapable d'exploiter ou de canaliser sa violence.

Elena tourna la tête vers la porte un instant avant que Dmitri ne sente Raphael approcher. Déployant ses ailes de minuit et d'aube derrière elle, elle avança pour venir poser sa main sur la poitrine de Raphael. Quelque chose de silencieux et de puissant passa entre l'Archange et son affiliée.

La manière dont Elena, un ange pourvu d'un faible cœur de mortelle, avait réussi à tisser un tel lien avec Raphael restait incompréhensible pour Dmitri. Mais il avait prêté serment et il défendrait ce lien jusqu'à son dernier souffle.

— Sire, dit-il lorsqu'ils se séparèrent, je voudrais vous parler. *Il s'agit d'Isis*.

Il ne savait pas exactement ce que l'Archange avait raconté à son affiliée.

Je vois.

Des yeux d'un bleu intense, infini, rencontrèrent ceux de Dmitri avant d'aller se poser sur Elena.

— Excuse-moi.

Elena fit passer son regard de l'un à l'autre, perspicace.

— Je dois téléphoner à Evelyn, dit-elle, parlant de sa plus jeune sœur. Je vais le faire du solarium.

— Attends. (Dmitri et Elena s'accordaient sur peu de choses, mais il n'avait jamais remis en cause sa loyauté à l'égard des siens.) Tu ferais bien de discuter avec Beth aussi. Il semblerait qu'Harrison a été forcé de rechercher un autre logement. (Andreas l'avait mentionné lors de leur entretien après que Dmitri eut parlé à Leon et Reg.)

Elena serrait maintenant les lèvres.

— C'est une bonne chose que Beth l'ait mis à la porte. (Une pause.) Merci.

Dmitri resta silencieux jusqu'à ce qu'elle quitte la pièce.

— Elle ne sait pas.

Il ne trouvait pas cela surprenant le moins du monde. Raphael était bien engagé dans son second millénaire d'existence. Un être si âgé avait beaucoup de souvenirs.

— Elle saura avant que la nuit ne finisse. Je ne la laisserai pas vulnérable. (L'Archange sortit avec Dmitri sur la pelouse dont le vert s'étendait jusqu'à la falaise et à la ruée immuable de l'Hudson, teinté d'un rouge or par le soleil couchant.) *Je ne parlerai pas de ce qu'il t'appartient de dire.*

Je sais. Il était d'accord avec la décision de Raphael d'informer Elena, car s'il ne pouvait accepter la faiblesse qu'elle représentait dans les défenses de l'Archange, il comprenait qu'une fois qu'un homme avait choisi une femme, sa tâche consistait à la protéger. Dmitri y avait failli, avait failli à son Ingrede, et c'était une faute qu'il ne se pardonnerait jamais.

— A-t-elle vraiment sauvé votre vie contre Lijuan ? demanda-t-il, arrachant son esprit à la brutale agonie du passé et au souvenir d'une femme aux yeux en amande marron qui lui avait fait confiance pour la garder en sécurité.

— N'aie pas l'air aussi désabusé, Dmitri.

— Cela me paraît simplement impossible. (Et pourtant, c'était bien la vérité, et il l'ajouterait donc à ce qu'il savait d'Elena.) Isis… Il semble que nous ayons laissé une pierre non retournée.

Il donna à l'Archange tous les détails sur le vampire démembré, sur le tatouage.

— Audacieux et stupide à la fois.

Ses ailes blanches striées d'or se déployèrent légèrement.

Dmitri fit un pas en arrière, examina les plumes.

— Vos ailes, l'or s'y étend.

Ses premières plumes étaient presque totalement devenues couleur métal. Le soleil jouait sur leurs filaments, en étincelles scintillantes.

— Oui, dit Raphael, des mèches de cheveux se soulevant de son visage sous la brise du début de soirée. C'est devenu visible la nuit après que je me suis confronté à Lijuan. Elena pense que je suis en train d'évoluer. Nous verrons.

La dernière fois qu'un Archange avait évolué, elle avait fait se lever les morts. Mais Raphael n'avait jamais commis les atrocités qui tachaient les mains de Lijuan, et il était le fils de deux Archanges. Son évolution était imprévisible.

— J'ai compilé une liste de tous ceux qui sont restés fidèles à Isis jusqu'à la fin, reprit Dmitri en même temps qu'il évaluait les avantages tactiques à occulter la vérité sur les raisons pour lesquelles les ailes de Raphael changeaient de couleur. Jason est en train de les localiser.

On n'avait vu personne entrer dans le pays, mais cela ne signifiait rien.

— Je lui parlerai. J'ai maintenu une surveillance discrète sur certaines personnes au fil des siècles. (Un regard d'un bleu inhumain.) Tout comme toi, Dmitri.

— Aucun d'entre eux n'aurait pu faire cela. (Il s'en était déjà assuré.) Quoi qu'il en soit, les jeux, si vicieux soient-ils, sont une chose à laquelle j'excelle. (Même si ces jeux tentaient de réveiller le fantôme d'une ange qui n'avait pas mérité la mort rapide qu'ils lui avaient donnée.) C'est la seconde affaire qui est devenue plus critique.

Raphael écouta en silence pendant que Dmitri exposait les faits concernant la « chasse » mortelle.

— Cette Honor, dit l'Archange d'un ton glacé par la colère une fois que Dmitri eut fini, est-elle compétente ?

— Oui.

Esprit brillant, cœur humain, yeux âgés.

— Elena est une meilleure traqueuse.

Un argument irréfutable, puisque Elena était chasseuse-née, un véritable limier pour retrouver les vampires.

— Cette compétence n'est pas nécessaire pour le moment. (Et il s'agissait de la chasse d'Honor, comme Isis avait été celle de Dmitri.) Nous faisons sortir les serpents de leur nid, nous ne les chassons pas.

— Une analogie appropriée. (Ses ailes bruissèrent alors qu'il les pliait fermement contre son dos. Il se tourna pour regarder Dmitri droit dans les yeux.) Beaucoup pensent qu'une telle dépravation correspond exactement à tes goûts personnels.

Dmitri le savait, comprenait très bien qu'il se tenait au bord d'une ligne qui ne pouvait être franchie.

— Il semble que même moi je ne sois pas encore dégénéré à ce point.

Tu ne ferais jamais de mal à une femme d'une telle manière, Dmitri. La voix de l'Archange dans sa tête, sa pureté presque douloureuse. *Nous le savons tous deux. C'est pour cela que je t'autorise à provoquer Elena comme tu le fais et que je tuerais s'il s'agissait d'un autre que toi.*

Certains diraient que vous me faites trop confiance, Sire.

Et d'autres feraient remarquer que tu gâches ton talent en tant que second alors que tu pourrais régner sur ton propre territoire.

Il semble qu'aucun de nous deux ne se préoccupe beaucoup des opinions des autres.

Ensemble, ils reprirent le chemin de la bibliothèque puis avancèrent dans le couloir qui menait à l'entrée principale.

— Venin va devoir quitter la ville bientôt, dit Raphael. Galen est fort, mais je veux qu'il y ait un autre des Sept avec lui au Refuge. Naasir doit rester à Amanat.

Dmitri laissa échapper un souffle.

— Aodhan est sérieux lorsqu'il parle de venir à New York ?

— Oui.

— Il provoquera le chaos.

Avec ses yeux de verre cassé et ses ailes brillantes comme des diamants, Aodhan était un être à part, même parmi le genre des Immortels.

— Il est capable de voler si haut que les mortels apercevront seulement une ombre fendant la lumière.

Dmitri acquiesça. Aodhan ne supportait pas de toucher et d'être touché, ce que Dmitri comprenait. Il s'était trouvé au Medica lorsque l'ange y avait été emmené, deux cents ans auparavant. Raphael avait porté dans ses bras le corps exsangue et recouvert de crasse de l'ange, l'avait allongé avec le plus grand soin afin de ne pas écraser ses ailes qui n'étaient plus que des tendons d'argent pendant de ses os.

Ç'avait été la dernière fois, pensait Dmitri, que quelqu'un avait tenu Aodhan de quelque manière que ce soit.

— Je m'occuperai du transfert. (Il se gratta la mâchoire.) J'ai besoin de quelqu'un pour Sorrow et Aodhan ne fera pas l'affaire.

— Janvier.

— Oui. (Le Cajun bonimenteur n'était dorénavant plus sous Contrat mais il avait offert sa loyauté à Raphael et celle-ci était sincère.) Je le contacterai lorsque la date du transfert approchera.

— Dmitri.

— Sire.

— Tu vas bien ?

Le vampire savait quel était le sens de cette question.

— Isis est morte et enterrée. Cet adorateur est irritant, mais c'est tout.

Les fantômes qui le hantaient étaient bien plus doux... et tranchaient en lui si profondément qu'il saignait sans répit.

Ce rêve n'était pas un cauchemar. Cela étonna suffisamment Honor pour qu'elle manquât de se réveiller, mais le plaisir, oh, le plaisir était trop grand pour qu'elle puisse y résister.

Un puissant corps masculin sur le sien, une main à la peau dure sur sa gorge tandis que l'homme l'embrassait avec une patience paresseuse qu'elle savait susceptible de devenir exigeante sans mise en garde. Mais aujourd'hui, aujourd'hui il voulait jouer. Et elle était son jouet consentant. « Ouvre », murmura-t-il et elle écarta les lèvres, le laissa faire, le laissa glisser sa langue dans sa bouche.

C'était un geste pervers et décadent, qu'elle lui avait autorisé tôt durant sa cour ; sa résistance avait été aussi légère que de la fumée. Sa récompense pour un tel péché avait été un plaisir qui lui avait ravi le souffle ; le goût qu'elle avait de lui était devenu une dépendance. Maintenant, cette superbe bouche explorait la sienne avec une possessivité on ne peut plus claire pendant qu'il poussait sa cuisse entre les siennes, la poussait jusqu'à la frotter contre la partie la plus douce de sa féminité.

Elle laissa échapper un cri en sentant les poils rêches de sa jambe, la flexion dure du muscle. La peau nue comme elle l'était – il l'avait fait se déshabiller pour lui, lentement, la dévorant uniquement des yeux, les seuls qui l'aient jamais vue ainsi –, aucune partie de son corps n'était à l'abri de la chaleur de son toucher tyrannique. Bougeant la main avec laquelle il tenait sa gorge, il la fit descendre jusqu'à un sein qui s'était fait plus lourd et plein depuis le printemps dernier, et le pressa. Pas trop fort pour sa chair sensible. Juste assez.

— S'il te plaît, chuchota-t-elle, sachant qu'il n'aurait pas de pitié pour elle ce soir-là.

Un gloussement rauque qui se répercuta dans le corps de la jeune femme.

— Nous venons juste de commencer.

Tirant sur son téton, le tordant légèrement. Elle se rua sur lui ; la peau de l'homme était glissante et humide là où elle s'appuyait contre elle. Baissant sa main, il l'introduisit entre sa cuisse et la chair gonflée de la jeune femme.

— C'est cela que tu veux ?

Une chiquenaude sur la petite bosse chaude au faîte de ses cuisses.

— Oh ! (C'était un cri de frustration alors qu'il faisait glisser ses doigts à travers ses replis sensibles avant de les en retirer.) Plus encore.

Lui souriant dans l'obscurité musquée, il porta ses doigts à ses propres lèvres au lieu de répondre à sa demande, et les suça longuement. Le ventre de la jeune femme se serra car il utilisait cette bouche pécheresse pour lécher sa chair la plus intime de la même manière lorsqu'il s'en sentait d'humeur. Mais ce soir-là, il semblait se contenter de la clouer à leur petit lit et de la titiller jusqu'à la fièvre absolue, de ses mains calleuses qui connaissaient chacun de ses secrets, de ses fantasmes – il l'avait amenée à les lui chuchoter à l'oreille durant l'hiver passé, pendant que le monde dormait autour d'eux. Et il lui avait ensuite confié les siens.

Lorsque sa bouche descendit sur le sommet raide de son sein, elle sanglota presque de soulagement. Il fit rouler son téton dans sa bouche, le mordit un instant pour lui rappeler qu'il était le maître du jeu… avant de le sucer si fort qu'elle se frotta contre sa cuisse en un besoin frénétique, toute timidité disparue. Juste quand elle allait jouir, qu'elle allait trouver cet endroit secret qu'il lui avait montré dans un champ doré par le soleil trois étés plus tôt, il retira sa cuisse.

Elle frissonna.

— Tu es bestial.

Il avait été si délicat avec elle ce jour-là, si doux, alors même qu'il séduisait le plus grand nombre de filles et les poussait à s'allonger avec lui dans l'herbe. Sa main l'avait caressée sous sa robe, pour la toucher de manières dont personne ne l'avait jamais fait.

Elle avait été choquée du plaisir brut qu'il avait su tirer d'elle avec ses mains dures et marquées par une vie sculptée par la terre, sa peau tannée par le soleil. Il avait bu ses larmes, l'avait caressée à travers son tremblement, et il avait ensuite relevé sa robe et l'avait dénudée dans le soleil, dans le baiser de son regard... de sa bouche. Oui, il était une bête.

Sa bête.

Maintenant, souriant toujours, il baissa la tête jusqu'à son sein délaissé, et en même temps la poussa vers le haut avec sa cuisse musclée, pour écraser sa chair délicate de la manière la plus exquise qui soit. Oh, oui. *Agrippant la soie noire des cheveux de son amant, elle s'arqua pour atteindre sa bouche alors que son corps tremblait et se brisait dans une explosion de chaleur liquide.*

— Là, murmura-t-il contre sa bouche quand elle put voir de nouveau, quand elle put entendre de nouveau, bien qu'elle continuât de haleter, maintenant, tu vas bien te tenir, n'est-ce pas ?

Caressant d'une main sa barbe de trois jours, elle le tira vers elle.

— Embrasse-moi, époux.

« Époux. » Honor s'éveilla avec le mot sur les lèvres, les images du rêve aussi vives que les spasmes minuscules dans le bas de son corps. Elle grogna en se rendant compte qu'elle avait joui, ses cuisses serrées autour d'un oreiller. Mais au lieu de le repousser brutalement, elle se frotta contre ce dernier, essayant de retenir les vestiges d'un songe plus érotique qu'aucune expérience réelle qu'elle eût vécue – un songe qui lui redonnait la sensation d'un plaisir sexuel qu'elle pensait envolé à jamais.

— *Maintenant, tu vas bien te tenir, n'est-ce pas ?*

Ses tétons se raidirent presque douloureusement. Des répliques ondulaient entre ses jambes.

Oh, mon Dieu.

Ce qui était étrange, c'est qu'elle n'avait jamais été attirée par les hommes dominants au lit. Elle ne se serait pas attendue à trouver ce rêve si excitant – particulièrement après son agression. Si jamais elle devait avoir un jour une nouvelle expérience sexuelle, elle avait supposé que ce serait avec un homme doux et patient envers ses peurs.

Un visage beau d'une manière brutale, des yeux sombres avec une pointe de menace.

Oui, Dmitri n'était en aucun cas quelqu'un de doux, mais il ne servait à rien de nier l'énergie sexuelle qui circulait entre eux. Elle devait bien l'admettre, il était la probable source d'inspiration pour l'amant sans visage de son rêve. Sa main se serra en poing sur les draps au souvenir du poids de cet amant sur elle, si lourd et dur, la sensation de sa main calleuse malaxant sa poitrine, la cruauté subtile de sa bouche, l'arête d'une érection massive se pressant contre elle.

Les muscles du bas de son corps se crispèrent, affamés de cette chaleur épaisse en elle.

— C'est le moment pour une bonne douche froide, marmonna-t-elle, repoussant les draps pour s'apercevoir qu'elle était nue. La panique surgit et elle tendit la main vers le pistolet sous son oreiller – avant de voir ses vêtements jetés sur le sol, comme si elle les avait mis là pendant la nuit. En riant, elle commenta :

— Quel rêve.

Un de ceux qu'elle aimerait bien voir se reproduire, pour être honnête. Être tourmentée jusqu'à l'orgasme par un homme en qui son moi endormi avait visiblement confiance... ouais, c'était bien mieux que de se souvenir de ce sous-sol obscur seulement rempli de douleur.

L'horloge indiquait qu'elle avait dormi longtemps – il était 5 h 30 et elle s'était couchée à 6 heures la veille. Elle se doucha, s'habilla, sans oublier ses armes, et était sur le point d'appeler Dmitri lorsque son téléphone sonna.

Elle décrocha pour entendre à l'autre bout de la ligne le second de Sara, Abel.

— Il y a un problème à Little Italy, dit-il. Peux-tu aller voir ?

Tout son corps la poussait vers les Catskills, mais elle était une chasseuse et cela voulait dire quelque chose.

— La communication va être coupée dans l'ascenseur, répondit-elle. Je te rappelle quand j'en sors.

Une fois arrivée au rez-de-chaussée de l'immeuble, elle prit la direction de la rue.

— Alors, des détails ?

— Ouais, pas plus que ça, répondit Abel. Les flics sont sur place. Personne n'est vraiment sûr de ce qui s'est passé, mais si tu penses que c'est pour nous, rappelle-moi et je confierai la tâche à quelqu'un – ton contrat avec la Tour est prioritaire. Voilà le nom de la rue.

Il lui lut.

— C'est bon, dit-elle en hélant un taxi et se glissant à l'intérieur. Je te rappellerai une fois que j'aurai jeté un coup d'œil sur place.

Le taxi se mit en route.

— En chasse ?

Elle acquiesça et lui donna l'adresse. Cela lui semblait étrangement réconfortant d'être cataloguée comme chasseuse, car pendant les mois qui avaient suivi l'enlèvement, cela n'avait pas été le cas.

— Aussi vite que possible.

Les yeux du chauffeur scrutèrent le rétroviseur, se baissèrent, y revinrent de nouveau.

— Hé, vous ne seriez pas cette chasseuse qui avait disparu ?

Son ventre se retourna.

— Si.

Il y avait cette fois des hypothèses épouvantables dans le regard du chauffeur.

— J'ai entendu dire que vous étiez entrée à l'hôpital couverte de morsures de vampires.

La Guilde avait fait tout ce qui était en son pouvoir pour tasser les ragots après son retour, mais il n'y avait rien eu à faire concernant le personnel médical qui n'appartenait pas à leurs troupes. Ajoutés à cela les nombreux tests qu'elle avait dû subir pour savoir si les salauds qui l'avaient prise avaient laissé en elle autre chose que des bleus, des morsures, un corps en état d'inanition, ainsi que plusieurs os fracturés et de nombreuses blessures internes, elle avait été vue par des dizaines de personnes.

La plupart d'entre elles avaient été bonnes et gentilles. D'autres s'étaient comportées comme son chauffeur de taxi.

Les yeux brillants de ce dernier, ses lèvres entrouvertes, menaçaient de la renvoyer dans le trou, ces mains atroces, inquisitrices, la violant jusqu'à ce qu'il ne reste rien d'elle. Un mois plus tôt, elle se serait repliée sur elle-même et n'aurait rien dit. Un mois plus tôt, elle n'avait pas tiré sur deux de ses assaillants.

— Les langues de vampires, dit-elle en faisant glisser avec précaution son doigt sur la lame qu'elle avait tirée de sa gaine à la cuisse, repoussent quand on les tranche.

Les humains, malheureusement, n'ont pas cette capacité.

Il gémit et baissa la tête. La sueur dégoulinait le long de ses tempes lorsqu'ils arrivèrent à destination, et il ne parvenait même pas à articuler pour lui demander la somme due. Passant sa carte de crédit dans l'appareil, elle paya et descendit de voiture.

Plus jamais personne ne l'attirerait dans l'obscurité.

Chapitre 17

— Nicholas !

Levant les yeux en entendant son nom, Honor vit un imposant flic noir avec une barbe poivre et sel de trois jours, mais qui semblait être installée sur ses joues en permanence.

— Santiago, répondit-elle. (Elle avait travaillé avec lui sur une affaire quelques années plus tôt ; l'une des rares fois où elle avait eu à intervenir à Manhattan.) De quoi est-il question ?

— De ça.

Il passa sous la bande jaune délimitant la scène de crime pour venir s'accroupir aux côtés d'un corps qui gisait à moitié sur le trottoir. Levant la bâche qui couvrait la victime, il fit un signe de tête à Honor pour qu'elle jette un coup d'œil.

— On dirait qu'il a été attaqué par un chien.

Le cou du jeune homme était déchiqueté, comme s'il avait été rongé.

Santiago eut un grognement.

— Ouais, sauf que les seuls endroits où il a été mordu sont le cou et l'intérieur de la cuisse.

La carotide et l'artère fémorale.

Elle se pencha plus près pour examiner les deux blessures. Le pantalon de la victime était tassé autour de ses chevilles, mais il avait encore ses sous-vêtements, ce qui prouvait que le sang était le but de l'attaque – bien que l'assaillant en ait gâché beaucoup d'après ce qu'elle pouvait voir autour du corps.

— Je ne suis pas légiste, mais il me semble que la blessure est trop abîmée pour déterminer si un vampire en est à l'origine.

Les marques de crocs avaient été effacées dans le désordre de la chair.

— L'un des chasseurs-nés pourrait sentir la peau, dit-elle, voir s'il y saisit une odeur vampirique. Ransom est en ville, je ne suis pas sûre en ce qui concerne Elena – j'appellerai la Guilde pour demander si l'un d'eux peut passer. (Rien ne collait dans cette scène de crime. L'aide d'un autre chasseur serait la bienvenue.) Les éclaboussures de sang montrent clairement qu'il a été tué ici, murmura-t-elle après avoir passé son coup de fil. Plutôt à découvert, même la nuit.

— Ouais mais cette rue est animée presque uniquement en journée. Il n'y a pas de restaurants et seulement un boui-boui, fit remarquer Santiago, ses sourcils parsemés de gris sur ses yeux d'un marron passé. Le personnel a nettoyé et puis est parti à 3 h 30, d'après le gérant que je viens juste de réveiller. Le lavomatic au bout de la rue ouvre à 6 h 30. Compte tenu de l'heure de l'appel de notre informateur anonyme, je parierais que cela s'est passé entre quatre et cinq heures.

— Avant que le jour se lève, acquiesça Honor. Sinon, il y a probablement quelques types qui sont passés par là pour atteindre l'entrée du métro.

— Ouais, j'enverrai mes hommes prospecter le quartier demain matin, voir si l'on peut attraper l'un des habitués de la marche à pied.

Il leva les yeux comme une ombre passait au-dessus d'eux en les balayant.

Un instant plus tard, un ange se posait à leurs côtés, ses ailes du noir le plus étonnant, passant du bleu de minuit à l'indigo jusqu'à une teinte chatoyante qui rappelait l'aube à Honor, pour devenir sur ses plumes primaires un or blanc scintillant. Grande, avec une silhouette aux muscles élastiques, Elena avait le genre de grâce qu'on acquiert seulement en apprenant à bouger face à des opposants plus forts et plus rapides.

Honor avait vu des photos, bien sûr, mais la réalité d'une consœur chasseuse dotée d'ailes était stupéfiante.

— Je sais que je suis en train de te dévisager, dit-elle dans le silence qui avait suivi l'atterrissage de l'ange, mais Elena, tu as des *ailes*.

Elena rit, ses yeux paraissant argentés dans cette lumière, ses cheveux humides, presque blancs, tirés en un chignon serré.

— Je m'en étonne encore moi-même certains matins, dit-elle, son visage perdant de son éclat lorsqu'elle se tourna vers Santiago. Je vais vérifier l'odeur.

Ces ailes incroyables se déployèrent dans la rue sale quand elle se mit à genoux sur l'asphalte.

Elena ne sembla pas s'en soucier, repoussant en arrière la bâche pour examiner le cou, puis la blessure à la cuisse.

— Aucune odeur sur lui qui pourrait appartenir à un vampire. (Sa voix était décidée.) Je m'attendrais à quelque chose de fort, compte tenu du temps que l'assaillant a dû passer avec sa victime. (Elle leva les yeux vers Honor, un froncement de sourcils venant gâcher l'or profond de sa peau.) Celui-là est bizarre. Un humain avec des dents limées, peut-être ?

Des dents limées.

C'était l'indice qu'il fallait au cerveau d'Honor pour se remémorer un court article dans le journal de la Guilde, qu'elle avait lu lorsqu'elle était à l'hôpital.

— Santiago, pourrait-on le bouger juste pour que je puisse voir l'arrière de son épaule droite ?

— Ouais, pas de problème.

Plaçant ses mains gantées sous le corps, il le souleva sur le côté. Elena enfila prestement des gants, elle aussi, afin de pouvoir aider à tenir le corps pendant qu'Honor en faisait le tour pour repousser le tee-shirt de la victime. Ni le flic ni la chasseuse ailée ne dirent mot, mais sous la tension qui l'envahissait, Honor sentit sa bouche devenir sèche.

Décidant d'ignorer ce qui était clairement un problème d'ordre privé, elle se débrouilla pour dénuder l'épaule de l'homme.

— Bon Dieu, je ne pensais pas vraiment que j'allais le trouver.

Deux têtes se tournèrent pour examiner sa découverte. C'était un petit tatouage : la lettre V dans un cercle avec une aile en sortant de chaque côté. Elena prit un air renfrogné.

— Je n'avais jamais vu ça.

— Cette édition de la lettre d'information de la Guilde est sortie pendant que tu étais absente, en train de faire pousser tes ailes.

— Tu lis vraiment cette lettre ? Je pensais que les gens comme toi étaient des légendes urbaines.

— Disons plutôt que je l'ai parcourue vite fait, dit-elle avec un sourire qui semblait naturel. Ce « mouvement » – elle tapota le tatouage – vient apparemment de Londres. On dirait bien qu'il a franchi l'Atlantique.

Reposant le dos de la victime, Santiago se redressa, ses articulations craquant comme des vieilles poutres.

— Racontez-moi ça.

Honor se releva à son tour, tandis qu'Elena repliait ses ailes contre son dos.

— Mon info n'est plus d'actualité, mais c'est une mode underground que des ados et des jeunes adultes ont lancée. Ils imitent le « mode de vie des vampires ». (Secouant la tête, elle baissa les yeux vers la bosse sous la bâche, attristée par la perte d'une vie qui avait à peine commencé.) Il s'agit surtout d'un prétexte pour avoir des relations sexuelles.

— N'est-ce pas le cas de la plupart des choses à cet âge-là ? marmonna Santiago.

Honor n'avait jamais été jeune de cette manière, ne pouvait imaginer une telle innocence.

— Oui, c'est assez inoffensif – sauf que certains des membres ont franchi un pas supplémentaire et boivent mutuellement leur sang.

— Vous vous foutez de moi, dit Santiago.

— J'ai bien peur que non.

— Les vampires peuvent boire le sang de n'importe quel donneur parce que leur corps élimine n'importe quelle toxine contenue dans ce dernier, dit Elena, son air renfrogné assombrissant ses yeux en un gris de tempête. Ces gosses déconnent avec on ne sait quelle maladie.

— S'ils parviennent même à le digérer, intervint Honor, incapable de voir l'attrait d'une vie gouvernée par le sang.

Santiago repoussa sa veste, les mains sur les hanches.

— Vous êtes en train de dire qu'on devrait chercher du vomi ?

Elena se chargea de répondre.

— Cela dépendrait de la quantité ingérée, mais ouais.

— Super, ça va ensoleiller la journée d'un type en uniforme.

— Il se pourrait que certains de ces gamins commencent à penser qu'ils *sont* des vampires, ajouta Honor pendant que Santiago faisait signe à un jeune officier de police qui grimaça à l'annonce de la tâche qui lui était confiée mais commença à graviter autour de la scène de crime. J'inspecterais les lieux où les amis de ce garçon se trouvaient. D'après moi, il jouait le rôle du donneur pour un autre dans celui du vamp, et les choses ont dégénéré.

— D'après l'emplacement des morsures, dit Elena, je parierais qu'il y a un peu de sexe dans l'histoire.

Santiago se frotta le visage d'une main, sa barbe râpant contre sa paume.

— Du bon vieux sexe et de la violence.

Honor était sur le point d'acquiescer quand son téléphone vibra pour signaler un message.

— Excusez-moi.

Elle s'éloigna de quelques pas, mais pouvait encore entendre Santiago et Elena.

— J'ai le harnais[1], dit le flic avec une sorte de courtoisie bourrue.

Une pause avant qu'Elena ne réponde.

— Je ne m'y attendais pas, moi non plus.

— Ouais, bon. (Le bruissement d'un vêtement, le raclement d'une chaussure sur l'asphalte.) Je suppose qu'il s'agit de s'adapter – certains vieux singes sont capables d'apprendre de nouvelles grimaces.

La réponse d'Elena fut calme.

— Merci.

Une pause plus longue avant que Santiago ne reprenne son ton normal.

— Cette affaire est la dernière chose dont j'ai besoin. Nous avons déjà ce tueur en série qui agit sur plusieurs juridictions et qui nous pompe tous nos hommes.

— Celui qui cible des jeunes femmes métisses ?

— Ouais. Aucun cadavre mais je sens au fond de moi qu'elles sont mortes.

Lorsque Honor les rejoignit, la tension avait disparu pour être remplacée par une familiarité prudente – deux personnes ayant souvent travaillé ensemble et tentant

1. Voir *Chasseuse de vampires* – 3 *La compagne de l'Archange*.

de trouver un nouvel équilibre. Son regard passant de l'un à l'autre, elle annonça :

— Je dois me rendre à la Tour.

Le message de Dmitri avait été simple. *J'ai entendu dire que vous étiez réveillée. Moi aussi. Allons-y.*

La cabane était située au milieu d'un bois épais, une construction presque mièvre faite de rondins, et qu'un rocking-chair sous le porche venait compléter. Ce dernier était maintenant immobile, et les bois si silencieux que pas une seule feuille ne semblait s'agiter. C'était comme si les arbres eux-mêmes connaissaient l'horreur qui s'était déroulée à ce charmant emplacement sorti tout droit d'une carte postale.

À l'automne, pensait Honor, le sol serait couvert de feuilles de teintes innombrables, mais c'était le printemps et elles étaient d'un vert vif au-dessus de sa tête. Bien plus haut, l'or scintillait, mais l'épaisse voûte filtrait la lumière avant qu'elle n'atteigne le sol, ce qui ajoutait au gris sinistre de l'atmosphère.

— Lorsque j'étais enfant, raconta-t-elle au vampire qui marchait à ses côtés, je rêvais de partir en vacances dans un endroit comme celui-ci. Cela me semblait être le genre de choses que les familles faisaient.

Dmitri lui jeta un coup d'œil, les ombres sur son visage plus dures, plus nettes dans cette lumière.

— Avez-vous jamais essayé de retrouver vos parents ?

— Non.

Lorsqu'elle avait eu les ressources nécessaires pour se lancer dans une telle quête, elle avait su que rien de bon n'en sortirait, pas de *happy end* qui remplacerait la solitude de son enfance, qui effacerait toutes ces pièces de théâtre à l'école et ces jours de sport où elle avait regardé les parents des autres enfants applaudir et les féliciter alors qu'elle se tenait à côté et faisait semblant de s'en moquer.

La décision de ne pas entreprendre cette recherche n'avait pas comblé le vide en elle, mais cela l'avait laissée libre de vivre sa vie sans être paralysée par la pensée de ce qui aurait pu être différent.

— Vous souvenez-vous encore de vos parents ? lui demanda-t-elle alors qu'ils atteignaient la cabane.

Dmitri contourna les taches de sang sur les marches où le corps maltraité de Tommy avait dû être traîné, et jeta un coup d'œil au rocking-chair, lui aussi maculé.

— Quiconque ayant exécuté Tommy, murmura-t-il, l'a assis là, l'a interrogé, après avoir clairement établi qu'une attitude de défi le conduirait à la souffrance.

C'était ce que Dmitri aurait fait avec un trou du cul plein de suffisance comme Tommy – le vampire avait beau avoir survécu pendant quatre cents ans, c'était seulement parce qu'il était resté hors du chemin des prédateurs, jouant au gros bras au sein d'une coterie d'amis aussi nazes que lui.

— C'est à se demander ce qui a fait de lui une cible.

— Il a peut-être fait entrer Evert dans le groupe sans permission, dit Honor, fixant des yeux la porte à laquelle la tête de Tommy avait été épinglée, une lame épaisse fourrée dans la bouche et ressortant à l'arrière du crâne. J'ai l'impression que le jeu était censé être sur invitation uniquement.

— Donc, en dépit de la deuxième invitation, nous avons probablement sauvé la vie d'Evert. (Mais il ne pensait pas que le vampire serait reconnaissant pour les longues années qu'il vivrait aux bons soins d'Andreas.) Le souvenir de mes parents, reprit-il en poussant la porte, est aussi clair dans mon esprit que si je les avais vus hier. Peut-être est-ce un effet de l'immortalité, mais certains visages ne s'effacent jamais.

— Dmitri ! (Un rire, des mains repoussant sa poitrine.) Tiens-toi tranquille ou tu vas réveiller Misha et le bébé.

Des yeux d'un vert profond plongèrent dans les siens alors même qu'un marron doux s'attardait dans ses souvenirs. Un impact bien plus viscéral qu'il n'aurait dû l'être.

— Je vois tant de douleur en vous, chuchota Honor, tant de perte.

Il n'était pas homme à avoir l'habitude qu'on lise en lui.

— Ne vous bercez pas d'illusions à mon sujet, Honor. (Il avait bien l'intention de la posséder, mais il ne voulait pas y parvenir par de fausses promesses.) La partie humaine de mon être est morte depuis longtemps. Ce qui reste n'est pas si différent que ça de Tommy.

Enjambant le seuil, il prit la mesure des éclaboussures de sang qui décoraient les murs, les tapis, le plancher verni.

— Après qu'il – ou elle – l'eut questionné, dit Honor dans le dos de Dmitri en attrapant un PDA qui avait l'air d'avoir été écrasé par une lourde botte, son assaillant a emmené Tommy ici, à l'intérieur, et a joué avec lui.

Joué.

Oui.

Pour une simple exécution, la cabane entière ne serait pas maculée de ce rouge coagulé en noir. Et des empreintes de mains ne strieraient pas le sol et les murs.

— On lui a fait croire qu'il pourrait s'échapper.

La peur panique du vampire avait dû être encore plus grande lorsqu'on l'avait tiré en arrière.

Dmitri attendit de voir s'il éprouvait une quelconque pitié. Non.

— Tenez, dit-il en sortant de sa poche un petit boîtier en plastique où Honor déposa l'appareil abîmé. Copiez la carte mémoire. Mes hommes analyseront les données.

Elle la glissa dans son jean.

— Je ferai de même. Mon esprit sait bien distinguer les motifs d'ensemble. (Elle analysa la chambre du regard.) La violence semble faite au hasard, mais elle a été structurée pour infliger une terreur maximum.

— Les vampires qui ont abusé de vous, demanda-t-il, apercevant ce qui paraissait être un ongle encastré dans le mur, est-ce que l'un d'entre eux a fait preuve de ce genre de comportement ?

Tournant les talons, Honor sortit et descendit les marches menant aux arbres. Refermant la porte de la cabane derrière lui, Dmitri la suivit à une allure plus lente. Elle se dirigea vers le doux bruit de l'eau. Il se retrouva sur le rivage couvert de galets d'un petit ruisseau – la jeune femme se tenait seulement à quelques dizaines de centimètres de lui, sur la gauche.

Ce jour-là, elle avait assorti une chemise kaki, près du corps, et dont les manches lui arrivaient aux coudes, à un jean qui épousait ses formes, bien enfoncé dans ses bottes. Simple, forte et belle. Mais même la plus forte des femmes avait des cauchemars qui ne pouvaient être vaincus en un jour ou même en une année.

Il resta silencieux et s'accroupit sur les cailloux. Il en attrapa un et le fit rouler entre ses doigts. L'eau était claire, l'air vif et empli de l'odeur de centaines de milliers de feuilles. Le pan de ciel d'un bleu virulent au-dessus du ruisseau était suffisamment large pour laisser passer la lumière claire. Un endroit charmant pour envisager la violence la plus indescriptible.

— Isis, dit-il, accédant à une partie de sa mémoire qui s'était faite poussiéreuse avec le temps, avait l'habitude d'être adorée, considérée comme l'une des femmes les plus exquises au monde.

Et ce n'était pas un mensonge. Avec une peau couleur crème, les cheveux d'un or brillant, et des yeux d'un bronze ravissant, Isis avait incarné l'idée même que les mortels se faisaient de la race angélique. Les hommes tout comme les femmes avaient accouru pour la voir lorsqu'elle s'était arrêtée dans le village de Dmitri lors d'un voyage mûrement réfléchi pour se venger de Raphael. Il ne s'en était rendu compte que bien plus tard.

— Connais-tu mon crime, Dmitri ? (La voix de Raphael, se répercutant sur la pierre froide de la pièce sous le donjon.) On m'a entendu lorsque j'ai déclaré que je préférerais avoir un serpent dans mon lit plutôt qu'Isis.

Vaniteuse et dotée d'une intelligence cruelle, Isis ne s'était pas simplement contentée de capturer et torturer Raphael pour ce qui n'avait été qu'une réflexion désobligeante en passant. Non, elle avait eu l'intention de corrompre les amis mortels de ce dernier jusqu'à ce qu'ils se joignent à elle pour blesser l'ange ; elle avait choisi Dmitri parce que l'amitié entre l'Archange et sa famille datait de plusieurs générations.

Puis elle avait vu Dmitri.

— Au début, elle a pris avec bonne humeur mon refus poli à son offre. Elle pensait que je jouais, que je voulais être courtisé. (Il laissa tomber le galet mais resta accroupi.) Cela l'amusait et la ravissait que je sois apparemment si fier. Cadeaux de viandes exotiques, d'épices précieuses, de tapisseries telles que personne n'en avait vu dans mon petit village, ils arrivaient l'un après l'autre, jour après jour.

Chapitre 18

Honor l'avait rejoint pendant qu'il parlait, jusqu'à venir se tenir à ses côtés, suffisamment proche pour que l'épaule de Dmitri touchât sa jambe.

— Je les renvoyais tous, mais elle n'en prenait pas offense. (Isis avait cru qu'il en voulait plus, qu'il pensait valoir plus.) Des morceaux d'or pur, des épées serties de bijoux, une cascade de trésors qui auraient rendu un dragon fier commencèrent à atterrir sur le seuil d'une maison simple depuis laquelle je labourais mes terres.

— Dmitri, je n'aurais jamais imaginé de si belles choses.

Il leva les yeux, vit la peur à l'état brut dans ces yeux familiers du marron le plus sombre.

— Ingrede, tu es ma femme. Isis ne l'est pas.

La colère à l'idée qu'elle puisse douter de lui rendait son ton dur.

— Je sais que tu ne briserais pas nos vœux de mariage, époux. (Des mains tremblantes bordant la couverture du bébé.) Mais j'ai peur de ce que cet ange fera pour te posséder.

Il avait repoussé d'un haussement d'épaules l'inquiétude d'Ingrede, parce que, après tout, il était un fermier, personne d'important.

— Je pensais qu'elle finirait par se lasser de mes refus et passerait à autre chose. (Il avait été idiot, naïf à un point qu'il ne pouvait comprendre à présent.) Mais comme Michaela, dit-il, parlant de l'Archange que beaucoup de gens considéraient aujourd'hui comme étant la plus belle femme au monde, Isis avait l'habitude d'obtenir tous ceux qu'elle voulait, et tout ce qu'elle voulait aussi.

Ses vampires l'avaient enlevé alors qu'il revenait des marchés, une friandise pour Misha dans une poche, un joli ruban pour sa femme dans l'autre. Pour le bébé, une si petite chose encore, il avait acheté un morceau de bois de senteur avec lequel faire un hochet. Il avait vu les créatures d'Isis venir, avait eu le temps de donner sa sucrerie à Misha, de caresser la joue de sa fille endormie, et de dire au revoir d'un baiser à sa femme forte.

Il n'oublierait jamais les mots qu'elle lui avait adressés ce jour-là, l'amour dont elle l'avait enveloppé – tout en sachant qu'il serait bientôt dans le lit d'une autre femme, commettant une trahison terrible aux vœux qu'il avait prononcés un lumineux matin de printemps, au tournant des saisons, avant la naissance de Misha.

— *Me pardonneras-tu, Ingrede ? Pour ce que je dois faire ?*

— *Tu livres une bataille. (Sa main touchant la joue de Dmitri.) Tu le fais pour nous protéger. Il n'y a rien à pardonner.*

— Si j'avais dit oui au tout début, disait-il à présent, ravalant la fureur et la souffrance qui n'avaient jamais disparu, je pense qu'Isis m'aurait utilisé, puis m'aurait laissé tomber. J'aurais pu rentrer chez moi. (Vers la seule femme qu'il eût jamais aimée, vers son fils, sa fille.) Mais parce que j'avais montré que je ne voulais pas d'elle, elle a joué avec moi comme un chat avec une souris.

D'abord, elle l'avait pris dans son lit, méchamment ravie de savoir qu'il ne pouvait dire non.

— *Tu as des enfants si beaux, Dmitri. Si jeunes... si fragiles.*

Plus tard, une fois qu'elle en avait eu assez, il avait été traîné jusqu'aux profondeurs froides, couvertes de moisissure, de son immense château, où elle le Transforma avec un soin méthodique. Ce ne fut qu'une fois la conversion complète, lui plus fort et désormais capable de faire face aux lésions, qu'elle le déshabilla entièrement et l'enchaîna, écartelé, chaque partie de son corps exposée.

— Elle a commencé avec un fouet aux pointes métalliques en forme de rasoir.

— Arrêtez, Dmitri. (Une main se refermant sur ses cheveux.) Je ne peux le supporter.

Il entendit ses larmes, en fut sidéré. Honor avait presque été réduite à néant dans ce trou à rats où elle avait été détenue pendant huit semaines interminables, mais selon ses dossiers psychologiques, elle n'avait pas pleuré une seule fois durant les mois qu'elle avait passés à l'hôpital. *Pas une seule.* Ses médecins s'en étaient beaucoup inquiétés, craignant qu'elle n'intériorise ses émotions et qu'elle ne finisse par craquer. Mais alors qu'elle se mettait à genoux sur les pierres et prenait son visage entre ses mains d'une façon qu'il n'avait permise à aucune femme depuis un millier d'années, ses yeux étaient inondés d'eau.

Tendant la main, il suivit le chemin d'une larme le long de la joue de la jeune femme, sur sa mâchoire, où il attrapa la goutte, la porta à sa bouche. Son sel en était étrange, inconnu. Dmitri non plus n'avait pas pleuré. Pas après le jour où il avait brisé la nuque de son fils.

— À mon époque, dit-il, on croyait aux sorcières. Êtes-vous une sorcière, Honor, pour me faire dire ces choses-là ?

Elle l'avait amené à rouvrir des blessures qui étaient restées prudemment sous leurs croûtes pendant si longtemps que, la plupart du temps, il s'était débrouillé pour oublier qu'elles existaient.

Les mains d'Honor, tellement, tellement douces, continuèrent à tenir le visage de Dmitri alors qu'elle le tirait vers elle jusqu'à ce que leurs fronts se touchent.

— Je ne suis pas une sorcière, Dmitri. Si je l'étais, je saurais comment vous guérir.

Une chose si étrange à déclarer alors qu'elle était celle qui avait été brisée.

Peut-être aurait-il dû être en colère face à son arrogance, mais ses émotions envers cette chasseuse étaient tout sauf simples.

— Racontez-moi.

Un ordre.

Elle laissa retomber ses mains, se remit debout et avança jusqu'au bord du ruisseau. L'eau embrassait ses bottes alors qu'elle remontait la légère pente qui s'enfonçait plus profondément dans les bois. Il se leva aussi, pour venir à ses côtés. Honor attendit un long moment avant de se mettre à parler, mais lorsqu'elle commença, son récit ramena Dmitri à une époque où il ne vivait que pour son épée.

Il avait appris à combattre avec Raphael, simple homme du terroir devenu quelqu'un qui connaissait seulement la sombre caresse de la mort. Rien d'autre n'allait étancher la rage en lui, pas pendant des décennies, des siècles. Sa seule chance avait été d'être Transformé en un temps de batailles sanglantes entre Immortels. Sa lame ne manquait jamais de matière à trancher. Cette époque était depuis longtemps révolue, mais Dmitri n'avait perdu aucune de ses compétences mortelles.

— Il y avait un homme, commença Honor, le regard perdu au-delà de l'eau mais ne voyant rien du bois vert printanier dans la lumière dorée. Le chef. (Les yeux bandés, la seule chose qu'elle avait retenue de lui était la senteur de pin de son après-rasage... et l'horreur de sa présence.) Il me provoquait en me faisant miroiter la possibilité que je puisse peut-être le convaincre de me laisser partir.

Au lieu de la fermer, elle avait pris la décision de continuer à parler car sa voix était la seule arme à sa disposition.

— Lorsqu'il est sorti le premier jour, il m'a envoyé une claque si violente que mes oreilles en ont bourdonné. (Elle avait été surprise par le coup inattendu, l'intérieur de sa joue saignant dans sa bouche.) Je ne l'ai pas vu ensuite pendant peut-être une journée entière.

Elle l'avait passée nue et attachée sur le sol en ciment, liée à un cercle de métal planté dans le béton.

D'une détermination acharnée, elle avait tenté toute la journée de libérer juste une de ses mains, avait même fait le choix d'essayer de se briser le poignet. Mais ses liens étaient trop serrés, trop bien faits.

— La fois suivante, il s'est excusé, a un peu desserré mes chaînes après m'avoir pendue par les bras une fois de plus ; et il m'a apporté quelque chose à boire. (Elle l'avait avalé avec une avidité concentrée, consciente qu'elle avait besoin du moindre avantage si elle devait survivre à tout cela.) Il voulait me conditionner pour que je commence à être reconnaissante envers lui de me laisser en vie.

Mais Honor avait suivi le cours obligatoire et rigoureux sur les guerres psychologiques à la Guilde, avait été préparée à l'éventualité de se retrouver elle-même otage.

Cela aurait pu se révéler insuffisant, compte tenu de la longueur de sa captivité. Mais elle avait aussi grandi dans une trentaine de familles d'accueil différentes.

Certaines avaient été bonnes, la plupart vivables, d'autres horribles. L'expérience en tout cas lui avait appris une chose – toujours, toujours regarder sous la surface pour voir le vrai visage de quelqu'un.

— Je ne sais pas combien de jours il a conservé cette tactique. J'ai perdu la notion du temps assez rapidement.

Comme on ne pouvait atteindre sa prison que par un escalier interne, elle n'avait pas pu compter sur un éclat de lumière lorsque la porte s'ouvrait afin de s'orienter.

— J'ai essayé de jouer le jeu, mais il a compris que j'étais en train de le manipuler.

Elle s'obligea à dire le reste à Dmitri. C'était la première fois qu'elle parlait de son calvaire à quelqu'un, et c'était à Dmitri... mais peut-être qu'il devait en être ainsi depuis toujours.

— Il s'est nourri de moi, à ma gorge. Sa main... il m'a touchée. (Dans une infâme parodie des caresses d'un amant, la douceur de son toucher n'en faisant pas moins un acte de viol.) Après, il m'a chuchoté qu'il savait qu'il était mon premier. (Cela aussi, c'était vrai. Elle avait toujours éprouvé de la répulsion à l'idée de permettre à quelqu'un de se nourrir d'elle. Cela n'avait pas été un simple dégoût, mais une horreur profonde, totale de l'acte, dont l'intensité était inexplicable.) Je pense que c'est pour cela qu'il m'a choisie.

— La planification, dit Dmitri d'une voix glaciale, et la patience pour la mener à bien. Ajoutez à cela sa connaissance des appétits de Valeria, de Tommy et des autres, et cela veut dire que nous recherchons un vampire puissant, âgé d'au moins trois cents ans. N'importe qui de plus jeune aurait eu des difficultés à gagner leur confiance.

— Oui. (Le côté pragmatique de Dmitri rendait les choses plus faciles, la faisait se sentir chasseuse et non pas victime.) J'ai eu cette impression d'après sa façon de parler – elle était moderne la plupart du temps, mais il utilisait parfois des mots ou des tournures de phrases désuets.

— Comment était-il habillé ?

Les entrailles d'Honor se serrèrent alors que son esprit lui rappelait la sensation de son assaillant se pressant contre elle, son corps excité, lui donnant envie de vomir le peu de nourriture qu'elle avait avalé.

— Costumes croisés.

Elle pouvait encore sentir les boutons coupant sa peau.

— Il semblerait que cela élimine plusieurs vampires âgés de l'équation (pas une touche d'émotion) – mais je ne les mettrai pas tout de suite de côté.

— Oui, il est intelligent, il pourrait avoir modifié son style habituel. (Apercevant le plumage rayé d'un épervier chevauchant un courant aérien au-dessus de leurs têtes, elle suivit sa progression à travers les arbres.) La maison où l'on m'a découverte, elle se trouvait au milieu d'un projet immobilier abandonné, à peu près à une heure de Stamford.

— J'ai lu le dossier.

Elle se déplaça pour lui faire face... et trébucha presque en arrière à la vue de la rage non dissimulée qui brûlait d'une flamme noire dans ses yeux sombres.

— Dmitri.

Il n'eut pas de réaction. Ses cheveux se soulevaient dans la brise qui agitait les arbres, exposant les lignes brutales d'un visage d'une telle beauté sensuelle qu'elle comprenait qu'un ange ait eu le désir ardent de le posséder. Mais cet ange l'avait *blessé* – cette idée forma une rage incandescente dans l'âme d'Honor, si profonde qu'elle semblait faire partie d'elle depuis le jour de sa naissance.

— Je dois retourner à Manhattan, finit par dire Dmitri, se tournant pour reprendre la direction de la clairière où l'hélicoptère attendait.

Il avait l'air plus que distant à ce moment-là, un homme qui ne suivait pas d'autres règles que les siennes. Mais il l'attendit à la lisière du bois, raccourcissant ses pas pour qu'ils s'accordent à ceux de la jeune femme. Elle ne fit pas l'erreur de penser que cela lui donnait quelque droit que ce soit sur lui. Ce qui les poussait l'un vers l'autre était une construction délicate, presque fragile.

Dmitri lui-même était tout sauf cela ; un homme qui avait été formé dans des rivières de sang.

Pourtant, il avait autrefois vécu dans un petit village, avait tiré ses revenus de la terre. Une vie simple, mais une vie pour laquelle il avait refusé les offres d'une ange réputée pour sa beauté. La plupart des hommes auraient accepté une telle invitation, ne serait-ce que pour l'attrait de la nouveauté. Peut-être avait-il été trop fier pour être le jouet éphémère d'une ange… ou peut-être son cœur appartenait-il déjà à une autre.

Un chatoiement sur sa peau, un sentiment de *justesse* indiscutable.

Elle ravala la question qu'elle avait sur le bout de la langue – sur la femme dont le souvenir avait amené une cadence intime dans sa voix, la seule et unique fois où il l'avait mentionnée. Pas uniquement parce que ce n'était ni le bon endroit ni le bon moment pour cela, mais parce que, quelle que soit la réponse, ce ne pouvait être rien de bon. Pas quand Dmitri avançait seul.

— Rien de neuf sur le tatouage ? préféra-t-elle demander.

— Les trois maîtres tatoueurs que nous avons consultés étaient d'avis que, malgré la complexité de la surface, il s'agissait d'un travail d'amateur.

— Merde. (Cela rendrait celui qui l'avait fait bien plus difficile à identifier.) Et ceux qui pourraient être loyaux à Isis ?

— Son nom semble oublié. (Se tournant pour faire face à la jeune femme, il s'arrêta à l'ombre d'un arbre aux branches fines ployant sous leurs feuilles tremblantes, les lieux autour d'eux relativement dégagés.) Qui que soit celui qui cherche à la ressusciter, il a gardé ses intentions secrètes.

— Par dévotion ? (Ses yeux captèrent ceux du vampire, et en eux elle vit des milliers de secrets, puissants et drapés d'ombres de velours, de violence et de douleur.) Si il – ou elle – révère Isis depuis si longtemps, il doit la considérer comme sa déesse.

Trop précieuse pour être souillée par le regard curieux de ceux qui pourraient la voir d'un autre œil.

— Peut-être.

Sans rompre le charme de leurs regards, Dmitri toucha le visage de la jeune femme.

Cela n'était plus étrange dorénavant, plus déplacé, la chaleur brute de sa peau contre la sienne. Les battements de son cœur s'accéléraient, mais comme ceux de n'importe quelle femme sous la caresse d'un homme l'attirant de manière immorale. Instinctivement, elle prit le visage du vampire entre ses mains ; une pluie érotique de chocolat amer et d'or liquide cascada sur ses sens et il inclina la tête pour appuyer ses lèvres contre celles de la jeune femme.

Un battement de ténèbres, de néant… et elle se tenait de l'autre côté de la clairière. Baissant les yeux sur la lame qu'elle empoignait, puis les levant vers Dmitri, elle retint un cri.

— À quel point vous ai-je coupé ?

Une question rude, vrillée par la colère, le désespoir et un sentiment d'échec dévastateur.

Il leva une main peinte en rouge par la coupure en travers de sa paume.

— Rien de grave.

La même blessure aurait pu coûter à un mortel l'usage de sa main. Rengainant le couteau après l'avoir essuyé sur des feuilles au sol, elle enfonça ses doigts dans ses cheveux libres, sa poitrine se soulevant et s'abaissant comme si elle avait couru un kilomètre.

— Eh bien, ça c'est une réponse, n'est-ce pas ?

La division entre les rêves et la réalité était un gouffre béant.

Une unique et épaisse goutte de sang courut le long de ses doigts pour aller frapper le sol en un silence carmin, Dmitri haussa un sourcil.

— Cela me dit simplement que j'ai besoin d'être plus rapide.

Le rire d'Honor était haché, amer.

— Vous *êtes* rapide. (Un vampire de cet âge et de cette puissance pouvait lui briser la nuque avant même qu'elle ne le voie venir.) Vous m'avez laissée vous blesser.

— Non, Honor. Je ne laisse personne me blesser. (Soie noire sur la peau de la jeune femme.) Je regardais vos lèvres, et non le couteau dans votre main. La prochaine fois, je vous enlèverai d'abord vos armes.

La pure arrogance de cette déclaration trancha à travers la laideur barbelée de ses émotions pour infuser une chaleur langoureuse dans ses veines.

— Ah ouais ? Eh bien, peut-être que la prochaine fois, je vous couperai cette main, dit-elle, bien que la vue de son sang lui ait fait quelque chose, ait donné naissance à une répugnance viscérale.

Il se rapprocha. Son doigt effleura la lèvre inférieure de la jeune femme. Elle sentit comme une fumée sur son corps, semblable au toucher d'un amant la caressant à des endroits sensibles.

— Tant que vous comprenez qu'il y aura une prochaine fois.

Honor ne sut pas ce qu'elle aurait répondu à cette déclaration car une violente bourrasque les balaya à cet instant, précédant un ange aux ailes d'un or blanc qui se posa à moins d'un mètre d'eux. Son cœur eut un sursaut – la plupart des mortels qui rencontraient l'Archange de New York finissaient par succomber.

Des yeux d'un bleu absolu, implacable, tombèrent sur elle, beaux au-delà du supportable… et absolument sans pitié. Le temps resta suspendu, et elle sut qu'il était en train de la juger. Sa mort, pensa-t-elle, ne signifierait pas plus pour lui que celle d'un insecte. *Mon Dieu.* Comment Elena pouvait-elle appeler cet être inhumain son compagnon, et l'accueillir dans son lit ?

— Raphael.

L'attention de l'Archange se déplaça sur Dmitri, ses plumes glissant les unes contre les autres alors qu'il repliait ses ailes.

— Il y a eu un deuxième incident.

Honor inspira lentement pour adoucir sa poitrine douloureuse, et tourna vivement la tête vers Dmitri lorsque celui-ci demanda :

— Un autre lieu public ?

— Non. La victime a été laissée dans un entrepôt dirigé par un vampire qui a encore dix ans de Contrat à remplir.

— Aucune chance pour que le corps ne soit pas immédiatement signalé à la Tour. (Dmitri parlait à l'Archange avec une familiarité qui rendait évident le fait que leur relation n'était pas simplement celle d'un seigneur et de son vassal.) Vous auriez pu me contacter sans voler jusqu'ici.

Raphael jeta un coup d'œil à Honor.

— Laissez-nous.

Personne auparavant ne lui avait jamais parlé sur ce ton.

— Je pourrais peut-être aider, dit-elle, sans savoir d'où lui venait le culot de défier cet être qui avait fait se dresser le plus infime poil de son corps en une alarme instinctive.

L'Archange de New York la regarda pendant un long moment glaçant.

— Peut-être. Mais ce n'est pas à vous d'en décider.

Les lèvres de Dmitri s'étirèrent légèrement vers le haut en lisant l'expression sur le visage de la jeune femme.

— Allez-y, Honor. Je m'assurerai que vous puissiez examiner le corps.

Il était vexant pour elle de se faire renvoyer ainsi, enfant excessivement ambitieuse, mais elle était suffisamment intelligente pour savoir qu'il n'y avait là rien de personnel. Raphael avait beau avoir pris une chasseuse pour affiliée, il n'était pas et ne serait jamais rien qui s'approchât d'un mortel. Tournant les talons, elle prit la direction du ruisseau une fois de plus. Quant à Dmitri – elle lui réglerait son compte plus tard.

Chapitre 19

Raphael suivit Honor des yeux.

— Attention, Dmitri. Elle a plus d'esprit que toutes tes autres femmes réunies.

Dmitri observa ce corps athlétique, mince, qui disparaissait entre les arbres, sa puissance encore plus attirante car née une nouvelle fois des cendres de la brutalité.

— Me pensez-vous en danger, Sire ?

— Non. Mais bon, je ne pensais pas non plus m'y trouver. (Permettant à ses ailes d'effleurer le tapis de feuilles, il revint au sujet qui l'avait amené là.) Cette fois-ci, le message n'était pas dissimulé.

Dmitri l'avait deviné.

— Dites-moi.

— L'homme était marqué par un glyphe. Le soleil cachant un croissant de lune.

— *Comme ça, mon amant. Tu ne m'oublieras jamais.*

Les muscles de sa poitrine se contractèrent.

— Nous avons été incapables de confirmer l'identité de sa victime précédente, dit-il, étranglant le souvenir. Est-ce que celle-ci fait partie des nôtres ?

— Non. *Dmitri.*

Je peux supporter de voir le corps. Le souvenir était cruel, mais il ne le paralysait pas.

— Et les crocs ?

— Presque translucides.

— Un rapport est arrivé du labo tôt ce matin, dit Dmitri en se tournant vers le ruisseau. Il y avait un problème avec le sang du premier vampire. *Honor devrait entendre cela*.

Raphael se mit à son pas comme ils avançaient vers elle.

— Parle-moi de ta chasseuse.

— J'ai le sentiment que vous savez déjà.

Un léger sourire.

— Tu es protecteur avec elle.

Dmitri repensa à la dernière fois où il avait éprouvé ce sentiment à l'égard d'une femme. C'était des siècles plus tôt. Si longtemps auparavant qu'il n'avait pas reconnu l'émotion avant que Raphael ne la pointe du doigt.

— Il semblerait.

Ce n'était pas une sensation qu'il accueillait à bras ouverts, à cause des liens que cela impliquait, bien au-delà de l'aspect physique et cru du sexe.

S'enfoncer dans le fourreau chaud, humide, d'une femme, jouer avec sa partenaire de lit jusqu'à ce qu'elle gémisse et supplie, c'était du divertissement. Le plaisir et la souffrance, le sexe ou le sang, aucun d'entre eux ne touchait le noyau calme, caché de son cœur, où il continuait à honorer les vœux faits à sa femme.

— Je peux m'occuper de cette affaire, Dmitri.

— Non. (Certes, ils avaient tué Isis ensemble, mais l'ange avait été le cauchemar personnel de Dmitri.) Le message m'était adressé. J'en trouverai l'auteur.

La silhouette d'Honor apparut au-delà des arbres à la fin de cette déclaration. Elle se tenait légèrement tournée dans leur direction, comme si elle les avait sentis approcher, et les considérait froidement.

— Le sang du premier vampire, lui dit Dmitri, intrigué en voyant qu'elle lui mijotait des représailles, n'était pas normal.

— Le sang vampirique est distinctif. (Des lignes altérant son front.) Qu'est-ce qui ne va pas avec celui-là ?

Dmitri ne pouvait lui parler de la toxine qui se développait dans le corps des anges et était utilisée pour Transformer des humains en vampires. C'était un secret si enfoui qu'Illium s'était fait arracher les plumes pour l'avoir confié à une mortelle, une femme retournée à la poussière depuis longtemps. Mais il pouvait donner le résultat à Honor.

— Le processus de conversion n'était pas complet.

Quand Honor inclina la tête, les mèches d'acajou dans ses cheveux captèrent la lumière.

— Une tentative d'amateur qui aurait mal tourné ?

Il enroulerait ces cheveux autour de ses poings quand il la prendrait.

— Oui.

Impliquant un ange qui ignorait que la toxine dans son sang n'avait pas encore atteint le seuil nécessaire à une Transformation réussie.

— Je peux parler aux autres chasseurs, voir s'ils ont entendu des choses similaires. (Croisant les bras, elle baissa les yeux vers les galets, avant de les relever.) Le truc, c'est que le corps jeté à Times Square, la boucherie, ce n'est pas quelque chose que l'on fait dès la première fois. Il doit y avoir des traces de ses précédentes tentatives.

— Nous sommes en train de parler d'Immortels, fit remarquer Raphael. Son entraînement a pu s'étaler sur des siècles.

— Particulièrement, ajouta Dmitri, s'il était un disciple d'Isis.

Un disciple auquel il ne permettrait pas de vivre. La garce ne reviendrait jamais à la vie, pas même en tant que déesse qu'on se remémore.

— Certes, argumenta Honor en déployant une force tranquille qui fascinait Dmitri, mais le fait qu'il n'ait pas maîtrisé le processus de Transformation indique qu'il n'est pas familier avec cet aspect des choses, même s'il l'est avec la violence.

— C'est juste. (Dmitri fronça les sourcils, se souvenant de ce qu'un autre membre des Sept lui avait dit.) *Sire, êtes-vous capable de joindre Jason ?*

Non, il est hors de portée.

Sortant son téléphone portable, Dmitri regarda Honor, et caressa des yeux ces lèvres qu'il voulait débaucher et corrompre.

— Essayez de ne pas vous faire tuer pendant que je passe ce coup de fil.

Les yeux de la jeune femme lancèrent des flammes, remuant des parties de lui qu'il croyait enterrées dans ce champ de fleurs sauvages, mémorial d'Ingrede et de leurs enfants.

Honor vit l'ombre qui traversa le visage de Dmitri avant qu'il ne s'éloigne pour passer son coup de téléphone. Elle voulait tendre la main et l'effacer. Un besoin douloureux en elle. Non seulement elle n'en avait pas le droit, mais en plus elle était observée par un homme dont le visage était si parfait qu'il était presque insupportable à regarder.

— J'ai vu Elena ce matin, lui dit-elle, se demandant comment elle s'était retrouvée à faire la conversation à un Archange.

— Mon affiliée a le chic pour débusquer les ennuis. (Les cheveux de Raphael, noirs comme la nuit, brillaient sous la lumière de la forêt.) Dmitri vous aide dans votre quête de vengeance.

— Je pense plutôt qu'il en a après ces vampires qui brisent les règles.

Se méprendre sur la motivation de Dmitri ne ferait que rendre une chute éventuelle plus dure.

— Peut-être. (Il la rejoignit au bord de l'eau, ses ailes à peine à quelques centimètres d'elle, leurs filaments d'or chatoyant sous le soleil.) La Guilde est importante pour l'équilibre du monde. Ses chasseurs ne doivent pas devenir des proies.

— Et si cela avait été un autre mortel, se retrouva-t-elle à demander, bien qu'il eût été plus sûr de garder ses pensées pour elle-même, un mortel qui n'aurait pas été lié à la Guilde ?

— Les mortels ont aussi un rôle à jouer dans le monde.

Elle ne savait pas comment interpréter les mots de cet être meurtrier, capable de briser chaque os du corps d'un homme et de l'étaler comme une poupée macabre. Elle aperçut Dmitri qui revenait. Sombre et dangereusement intelligent, avec un corps façonné jusqu'à une pureté étincelante par des siècles de bataille, et une balance morale qui était indubitablement faussée, il n'en était pas moins inhumain que l'homme qu'il appelait Sire.

Peut-être était-il même pire.

Là où Raphael était isolé, retiré de l'humanité, la violence faisait partie intégrante de Dmitri, fredonnait sous la surface de sa peau sophistiquée. Le sang et la souffrance, pensa-t-elle, conduisaient Dmitri. Pourquoi cela engourdissait-il son cœur d'une peine acharnée, c'était une question à laquelle elle n'avait pas de réponse.

Le corps gisait sur le sol en ciment de l'entrepôt, les bras et les jambes du jeune homme tordus dans un angle qui n'avait rien de naturel. Un jean couvrait ses jambes, mais le haut de son corps était dénudé, pour mieux exposer la marque cautérisée sur sa poitrine aux muscles encore peu développés.

Dmitri avait désavoué la même marque dans une violence baignée de sang, utilisant un couteau qu'il avait pris dans la maison d'Isis. Cela convenait parfaitement à l'occasion, avait-il pensé en enlevant sa chemise rugueuse et en s'adossant contre l'une des poutres qui avaient survécu au feu qui lui avait tout pris.

La pointe de la lame était si aiguisée qu'une gouttelette sanglante apparut à l'instant où il la posa contre sa peau.

Grinçant des dents, il commença à couper, poussant suffisamment en profondeur pour exciser le tissu cicatriciel. Il était un vampire maintenant. La peau guérirait, saine et sans marque.

Mais les vampires éprouvaient la douleur.

L'obscurité l'engloutit quand il eut parcouru moins d'un quart du chemin autour de la marque. À la minute où il reprit conscience, il attrapa la lame qui lui était tombée des mains et que son sang avait rendue glissante, et il recommença. Encore. Et encore. Jusqu'à ce qu'il n'y ait plus la moindre trace d'Isis sur son corps et que son cœur soit devenu si faible qu'il pouvait entendre la mort lui murmurer un doux et sombre mot de bienvenue.

Une ombre d'ailes, un bleu implacable.

— Dmitri. Qu'as-tu fait ?

— Laissez-moi.

Ce fut la seule chose qu'il eut la force de dire.

— Non. (Un poignet sous son nez, sa tête poussée sur le côté par une main inflexible.) Bois.

Dmitri résista. Raphael utilisa la même lame pour se couper une veine, et poussa la chair saignante vers les lèvres de Dmitri sans prévenir. Une simple goutte et le prédateur nouvellement éveillé en lui prit le dessus.

Il se nourrit.

Il n'avait pas guéri ce jour-là, ni durant ceux qui avaient suivi. Il était un Transformé trop jeune, raison qui expliquait aussi pourquoi Raphael avait été capable de le dominer si facilement. Mais il finit par guérir. Du moins en apparence.

— Si jeune, dit Honor, s'accroupissant aux côtés du jeune homme, sa tristesse tel un fil poignant dans sa voix.

Cette intonation le sortit de ses pensées, il l'observa poser une main gantée sur la mâchoire du protovampire et ouvrir sa bouche.

— Nous savons déjà pour les crocs.

— Non, je cherche autre chose. (Se penchant en avant, une main continuant à maintenir ouverte la mâchoire de la victime, elle tira de l'autre un petit cylindre de sa ceinture.) Pourriez-vous tenir la lampe de poche que je puisse voir dans sa bouche ?

Il s'agenouilla à ses côtés, plus attentif à elle qu'à l'homme au sol. Les lignes du visage de la jeune femme étaient élégantes, ses yeux pas plus amers ou plus durs malgré ce qu'elle avait supporté. Elle avait survécu et son âme était restée intacte, encore capable d'éprouver de la compassion pour la perte d'une vie.

Dmitri ne pouvait pas dire la même chose de lui. Les lambeaux de son âme avaient brûlé sur le bûcher funéraire de son fils. De telles flammes autour de son garçon, un feu si ardent pour un si petit enfant. Cela lui convenait bien, avait pensé Dmitri alors que le dernier morceau de son cœur se consumait, cela convenait à son Misha, à son rire profond et à sa soif de découvertes.

— Dmitri.

Levant les yeux, il lut une trop grande compréhension dans ceux, d'un vert mystérieux, qui l'observaient, trop de tendresse.

— Vous ne savez pas garder vos distances, Honor ?

Il était un prédateur, frapperait là où elle était faible, prendrait chaque avantage qui se présenterait.

Une légère secousse de la tête, ses boucles échappant à la tresse serrée qu'elle s'était faite pendant le vol.

— Je pense qu'il est trop tard pour ça. (Elle détourna la tête à ces mots.) Vous voyez ?

Dmitri suivit son regard.

— Il n'a pas ses dents de sagesse.

Bien qu'il ne s'agisse pas d'un indicateur d'âge extrêmement fiable, associée à un visage d'allure juvénile, cette information signifiait que ces vampires étaient Transformés en dehors de toute structure reconnue – le Cadre avait déclaré, il y avait longtemps de cela, qu'aucun mortel âgé de moins de vingt-cinq ans ne pouvait être Transformé.

— Il était vulnérable, dit Honor, repoussant avec soin les cheveux que la victime avait dans les yeux. Une cible qui pouvait être contrôlée une fois qu'elle avait été ferrée par l'appât de l'immortalité.

Une fois encore, Dmitri regarda le visage de la victime. Il n'était pas complètement sans cœur – il déplorait la mort du jeune homme – mais cet homme-enfant avait été suffisamment adulte pour faire ses propres choix. À son âge, Dmitri travaillait aux champs et courtisait une femme au sourire ensoleillé et aux yeux qui lui disaient qu'il était beau sans avoir besoin de prononcer un mot.

— Laissez-le, dit-il en se remettant debout. Il n'y a rien que vous puissiez faire pour découvrir son identité.

Les techniciens de la Tour prendraient les empreintes digitales et analyseraient le corps.

Mais Honor ne se leva pas.

— Est-ce que quelqu'un a regardé son dos ?

— Cela importe peu.

Mais il s'accroupit de nouveau pour soulever les épaules de la victime du sol pour elle.

— Rien, dit-elle, sa déception apparente. J'espérais trouver un autre tatouage. Cela aurait pu nous fournir plus d'indices.

Debout, Dmitri attendait qu'elle se joigne à lui. Ils restèrent silencieux jusqu'à leur sortie de l'entrepôt. La structure métallique scintillait sous le soleil de la fin d'après-midi, à la chaleur douce comparé aux ombres de l'intérieur.

— Il n'y avait aucun besoin d'un autre tatouage, Honor. La marque sur son torse est suffisante.

Entendant le froid brutal dans la voix de Dmitri, un fouet cruel prêt à frapper n'importe qui dans son entourage, Honor demanda malgré tout :

— M'en parlerez-vous ?

Il était bien trop tard pour reculer, être rationnelle.

— Non. (Un simple mot, sec, un soudain rappel que l'intimité brute de ces moments passés près de la musique calme du ruisseau avait été une aberration.) Je pense qu'il est temps que vous rentriez chez vous.

Elle aurait dû laisser couler, mais sa réaction fut instinctive, née du même noyau sombre, sauvage, que ses émotions envers lui.

— Vous pensez vraiment pouvoir me mettre de côté quand je deviens gênante ?

— Vous êtes sous contrat avec la Tour et c'était un ordre.

Sur ce, il tourna les talons et reprit le chemin de l'entrepôt pour y entrer.

Furieuse de constater qu'elle avait été exclue pour la deuxième fois ce jour-là, elle se retourna avec l'intention de se confronter à lui… lorsqu'elle se rappela la carte mémoire dans sa poche. Elle ne doutait pas que la Tour ait les meilleurs experts à ses ordres – mais la Guilde avait le meilleur de tous, et, contrairement au personnel de la Tour, ni l'attention de Vivek ni celle d'Honor ne seraient détournées par d'autres preuves.

Vivek était d'humeur massacrante lorsqu'elle arriva. Il lui tira brutalement la carte des mains pour l'insérer dans l'ordinateur et ne dit rien pendant les vingt minutes suivantes. Puis :

— J'ai cassé le cryptage. Les données vont s'inscrire sur l'écran à ta gauche.

Elle fit pivoter sa chaise et commença à faire défiler les informations. La plupart semblaient liées à des affaires commerciales, prouvant que Tommy travaillait bien de temps à autre, quand il n'était pas à ses jeux dépravés. Pas énormément, malgré tout. Rien d'intéressant *a priori*. De nombreux vampires plus âgés avaient accumulé tant de richesses qu'ils passaient la majorité de leur temps à des excès complaisants. Cette idée fit frémir la peau de la jeune femme. Quel était l'intérêt de la presque-immortalité si c'était pour ne pas en profiter ?

— Il *est* poli, marmonna Vivek, de remercier quelqu'un après qu'il a accompli une tâche pour vous.

Clignant les yeux, elle leva la tête pour le voir en train de scruter ce qui semblait être des images de surveillance de mauvaise qualité.

— Quoi ? Oh. Je pensais que je pourrais te faire à dîner quand tout cela serait terminé.

Lorsqu'elle pourrait laisser ce cauchemar derrière elle et dormir en sachant que ses tortionnaires ne blesseraient plus jamais personne.

Vivek déplaça sa chaise roulante pour lui lancer un regard furieux.

— On se sent désolée pour l'infirme. Je vois.

— Laisse tomber, V. (N'étant pas d'humeur elle non plus, elle lui renvoya son regard.) Si nous devons comparer notre droit à nous apitoyer sur nous-mêmes, je pense que je te bats.

— J'ai été abandonné par ma famille.

— Au moins tu en as eu une pendant un temps. J'ai été abandonnée presque à l'instant où j'ai quitté le ventre maternel.

— Je ne peux pas marcher.

— J'ai été torturée pendant deux mois et je ne peux pas supporter qu'un homme me touche, même si je le trouve incroyablement attirant. (Au point qu'elle ait le goût de lui, érotique, décadent, dans chacune de ses inspirations.) Bien que ce ne soit pas une bonne idée.

— C'est Dmitri, n'est-ce pas ?

Vivek rapprocha son fauteuil roulant dans un grincement.

Reportant son attention aux données, elle laissa le silence parler pour elle.

— D'abord Elena, et maintenant toi. (Une expiration comme un ballon crevé.) Je veux te montrer quelque chose. (N'attendant pas sa réponse, il alla à un autre ordinateur et lança une vidéo sur le large écran mural devant les consoles.) Regarde.

Chapitre 20

Elle regarda parce que Vivek, quelle que soit son humeur, ne lui ferait jamais perdre son temps, pas quand il savait combien ce dernier était précieux pour elle. La vidéo s'avéra être un reportage sur le trafic automobile de l'une des chaînes de télévision locale – quand soudain la journaliste, une blonde pétillante, se mit à hurler à son cameraman de zoomer.

Lorsqu'il s'exécuta, la première chose que vit Honor, ce furent les cheveux brillants et presque blancs d'une femme en train de courir dans les rues. De longues jambes, une grâce extraordinaire. Un instant plus tard, la raison de sa fuite apparut dans le champ : une silhouette à ses trousses, masculine, sensuelle, aussi rapide et impitoyable qu'une panthère, la chemise éclaboussée d'un rouge sang violent.

Honor se trouvait hors du pays lors de la chasse tristement célèbre à travers Manhattan, et, bien qu'elle ait beaucoup lu sur le sujet, elle n'en avait jamais vu les images. À l'écran, Elena sortait un pistolet et se tournait comme pour tirer sur Dmitri, quand une élégante moto noire s'arrêta dans un crissement de pneus au coin de la rue, à quelques mètres.

Sautant en selle, la chasseuse se tint fermement au chauffeur pendant que la moto s'éloignait rapidement du danger. Dmitri, sa poitrine se soulevant à peine malgré l'intensité de la poursuite, se tenait au coin de la rue... et envoya dans les airs un baiser à Elena.

— Voilà, dit Vivek avec une inquiétude solennelle, l'homme pour lequel tu craques. Ellie dit qu'elle lui a tranché la gorge et qu'il a aimé ça.

La chair de poule lui couvrait le corps, une sueur glacée se faisait sentir le long de son dos.

— Parfois, dit-elle en pensant à la violence dont elle avait été témoin en Dmitri, à sa cruauté désinvolte, la logique ne fonctionne pas.

Les lèvres de Vivek s'entrouvrirent, puis il sembla y repenser à deux fois avant de prendre la parole.

— Simplement, fais attention. Et si jamais tu as besoin de disparaître, tu n'as qu'à demander. (Il se dirigea vers l'un des ordinateurs avant qu'elle puisse répondre.) Je suis en train de copier les données ici aussi. Je lancerai des algorithmes de recherche à travers le dossier complet en utilisant des mots clés pendant que tu passes les e-mails en revue.

Vingt minutes plus tard, Honor découvrit quelque chose. Une conversation par mails dissimulée parmi toutes celles concernant des affaires commerciales. L'objet était un nom de projet anodin. Elle avait seulement lu cet échange parce qu'il datait du début de sa période de captivité.

Le premier message disait : « As-tu obtenu une invitation ? »

La réponse était simple. « Je vais t'appeler. »

Deux jours plus tard : « Je ne me suis pas senti aussi vivant depuis un siècle. »

La réponse : « J'avais oublié ce que c'était que de poursuivre ma proie. »

Sauf que ces lâches ne s'étaient livrés à aucune chasse. Ils avaient seulement profité d'une femme piégée, livrée à leur plaisir dégueulasse. Son sang battait à ses tempes. Elle vérifia l'adresse mail de l'ami de Tommy. Cela ne la surprit pas le moins du monde de pouvoir identifier l'auteur du mail.

— Ils n'ont jamais imaginé que quelqu'un viendrait regarder.

Après tout, Honor n'était pas supposée quitter ce trou. Jamais.

— Leon et ses amis ne sont pas aussi sophistiqués que mes invités. (Un long baiser qui retourna son estomac vide.) Il sera intéressant de voir ce qu'il restera après qu'ils se seront gorgés de vous. Mais d'abord...

Des jets d'eau glacée la frappant, provoquant bleu après bleu. L'odeur prégnante de la Javel dans la pièce, le jet se déplaçant vers le sol de ciment pendant de longues minutes. Sa bouche qu'on ouvrait brusquement.

— Maintenant, à ton tour d'être nettoyée. Je ne voudrais pas que ton corps me trahisse lorsqu'on le trouvera dans une poubelle.

Cela ne demanda que quelques minutes à Vivek pour trouver une adresse et une biographie correspondant à l'e-mail qu'elle avait trouvé.

— Jewel Wan, dit-il, affichant à l'écran la photo d'une femme d'origine chinoise. (Les siècles de vampirisme avaient gommé de son visage toute trace d'humanité. Elle ressemblait à une sculpture étonnante, taillée dans la glace. Ses yeux brillaient comme les diamants noirs qu'elle portait autour du cou.) Elle est intégrée dans la société, poursuivit-il. Elle passe du temps de manière significative avec les humains.

Des cheveux raides, brillants, contre sa peau alors que des mains féminines caressaient ses côtes.

— Tant de muscles, même maintenant. (Un genre de voix douce, intrinsèquement féminine.) Les garçons sont si brutaux, n'est-ce pas ? (La touchant avec une délica-

tesse qui cherchait à apaiser.) Je m'assurerai que cela ne fasse pas mal.

Mais cela avait été douloureux.

Honor ne savait pas qu'il était possible de lutter contre le plaisir d'une morsure de vampire avant son enlèvement, mais elle avait appris à le faire dans cette chambre des tortures après les trois premières fois où l'artisan de sa capture lui avait procuré un orgasme qui l'avait fait vomir ensuite, le viol n'étant pas moins atroce pour avoir été commis par le sang.

Jewel Wan n'avait pas été contente de son attitude de défi.

Un rire, doux et vicieux.

— Je vais prendre du plaisir à te briser. Et lorsque j'en aurai fini, tu m'appelleras maîtresse et tu me supplieras de te toucher.

Une chose froide, froide, glissant à travers ses veines, s'emparant de sa poitrine.

— Donne-moi son adresse.

Vivek fit tourner son fauteuil.

— Elle a quatre cent cinquante ans, Honor. (Une inquiétude non dissimulée dans la voix.) Pas très puissante pour cet âge-là, mais bien assez pour te rompre les os, malgré sa taille.

Une pression tranchante contre son flanc, des ongles s'y enfonçant jusqu'à percer la chair. Des doigts se refermant autour d'une de ses côtes.

— Maintenant (un murmure malveillant) – qui est ta maîtresse ?

Sa côte l'élança là où Jewel Wan l'avait fracturée. Le trou dans son flanc avait guéri, la cicatrice était si petite qu'elle ne la remarquait généralement pas, mais ce jour-là, elle la brûlait comme une plaie ouverte.

— Je chercherai moi-même.

Ce ne serait pas difficile, compte tenu du statut social de la vampire.

— Non, attends, voilà. (Vivek lui remit l'adresse.) S'il te plaît, ne sois pas stupide.

L'esprit d'Honor lui hurlait de s'arrêter, de réfléchir, mais le souvenir physique de ces cheveux de soie liquide et de ces mains aux ongles pointus, la touchant, la blessant, écrasait tout le reste. La bile lui monta à la gorge mais elle s'astreignit à la ravaler, mémorisa l'adresse et partit. Vivek lui cria après, mais elle n'écoutait pas, le grondement en elle tel un violent tonnerre.

Jewel Wan vivait dans une propriété de l'Hudson Valley, ce qui signifiait qu'Honor aurait besoin d'une voiture. Mais quand elle descendit pour en réquisitionner une, on lui répondit que son droit d'accès aux ressources de la Guilde avait été suspendu.

Vivek.

Ne cherchant pas à discuter, elle sortit à grandes enjambées dans le trafic dense mais néanmoins fluide qui précédait l'heure de pointe. Cela ne lui prit que quelques secondes avant de héler un taxi pour se rendre directement chez le loueur de voitures le plus proche. Elle fit glisser sa carte de crédit, remplit les documents administratifs avec impatience, et quinze minutes plus tard, elle était en route vers la sortie de la ville dans un petit 4 × 4 facile à manœuvrer.

Sois rationnelle, Honor. Si tu vas là-bas, elle te tuera.

Cette pensée avait eu à peine le temps de se former qu'une autre partie de son esprit rétorquait, *pas avant que je ne l'aie criblée de quelques trous*.

Qu'en est-il des autres ? demanda la minuscule partie d'elle encore cohérente. *Ceux que tu ne trouveras pas parce que tu seras morte ?*

— Je la trouverai bien, *elle*, putain !

Les voix se firent silencieuses, submergées par une brume rouge d'une fureur si violente qu'Honor n'avait pas su avant ce moment qu'elle pouvait haïr à un tel degré d'intensité.

Deux heures et cent coups de téléphone ignorés plus tard, elle avait les yeux rivés sur la ligne droite de la route, déserte et rendue grisâtre par la nuit, quand un hélicoptère se posa en travers de son chemin.

— Non. *Non !*

Elle pila, ouvrit brutalement sa portière et avança à grands pas pour intercepter l'homme qui marchait vers elle. Vêtu de noir, il se fondait dans la nuit tombante, mais sa poitrine était bien réelle quand elle la frappa de ses mains.

— Retirez cette chose de mon passage !

Dans les yeux de Dmitri couvait une colère calme quand elle croisa son regard.

— Je pensais que vous aviez un cerveau, Honor.

— Ouais, eh bien, on dirait que non.

Voyant son expression inflexible, elle retourna d'un air furieux vers la voiture. Il y avait d'autres routes pour arriver à la maison parfaite de Jewel Wan.

Sauf que Dmitri claqua la portière avant qu'elle ne puisse l'atteindre.

— Jewel laisse des chiens d'attaque rôder librement dans sa propriété et elle dispose d'une garde permanente de quatre hommes qui portent tous une artillerie conséquente.

— Retirez votre main de la porte. (Elle sortit son arme et braqua le canon contre le cœur de Dmitri suffisamment fort pour lui causer un bleu.) À cette distance, dit-elle en retirant d'une chiquenaude le cran de sûreté, je ferai suffisamment de dégâts pour vous mettre à terre quelques heures.

— Pourquoi celle-là ? (Une question calme qui la coupa comme un couteau, détruisant la glace qui l'avait emmenée jusque-là.) Vous avez fait face à Valeria avec un calme surnaturel. Et Jewel vous rend complètement folle.

Les muscles d'Honor eurent des spasmes. Détournant brusquement le pistolet avant de tirer sur Dmitri accidentellement, elle remit le cran de sécurité en place et se retourna pour regarder la route qu'elle avait parcourue quelques minutes plus tôt seulement. Lorsqu'il vint se mettre derrière elle, elle sut qu'il le faisait pour empêcher le pilote de la voir. Cette petite attention l'anéantit.

— Elle ne m'a pas fait mal. (Un chuchotement dur.) Pas avant la toute fin.

— Pourtant la haine que vous éprouvez à son égard est si forte qu'elle vous aveugle.

Il toucha de ses mains les avant-bras nus de la chasseuse, et elle fut surprise de n'avoir aucun geste de rejet. Lorsqu'elle lui permit d'appuyer sa poitrine contre son dos, la chaleur masculine du vampire s'immisça jusqu'au plus profond de ses os.

Cela ne suffit pas à balayer la honte et l'humiliation qui avaient noué son estomac, mais cela fit fondre les derniers morceaux de glace, la laissant excessivement exposée, vulnérable.

— Excepté le chef et ses jeux du début, les autres, dit-elle, tremblant d'un froid qui n'avait rien à voir avec la température, qu'importe ce qu'ils faisaient, ils essayaient seulement de me forcer au plaisir avec leurs morsures.

Dmitri lui frottait doucement les bras pour la réchauffer, son souffle tiède contre sa tempe.

— Tout le reste, continua-t-elle, plongeant dans sa chaleur, était une question de pouvoir, de domination. (Quand ils ne parvenaient pas à la casser psychologiquement, ils s'amusaient à la faire crier à la place.) Mais Jewel, elle m'a injecté quelque chose… et puis elle m'a touchée. Si délicate, si douce, si horrifiante.

Il lui était presque impossible de faire parvenir l'air à ses poumons maintenant. Sa respiration était hachée, son pouls irrégulier. Mais elle prononça les mots parce que la honte était trop grande pour la garder en elle plus longtemps.

— Elle m'a fait jouir. Encore et encore.

La trahison de son corps avait rompu quelque chose en elle, avait pris la dernière parcelle de fierté qui lui restait.

Les mains de Dmitri serrèrent ses bras.

— Les hommes ne sont pas les seuls, dit-il, la voix rigidement contrôlée, à pouvoir être excités contre leur volonté.

Frissonnante, elle se retourna pour blottir son visage contre sa poitrine. Mis à part les accolades d'Ash, c'était la première fois qu'elle autorisait quelqu'un à l'étreindre depuis son enlèvement, la première fois qu'elle était capable de le supporter. Peut-être parce que son humiliation était si forte qu'elle n'avait plus de place pour la peur... et peut-être parce qu'il comprenait comme personne d'autre ne le pourrait jamais.

— Je la *hais,* Dmitri. (C'était une chose dure, irrégulière en elle, cette haine.) Plus que quiconque.

Dmitri lui caressa les cheveux, penchant la tête pour lui murmurer une sombre promesse à l'oreille.

— Je peux lui faire ce qu'elle vous a fait. (Du satin noir autour des sens d'Honor.) Rien de plus facile que de la briser jusqu'à ce qu'elle ne soit plus qu'une larve pleurnicharde et rampante.

Sa réponse fut immédiate – et violente.

— *Non.* Vous ne touchez pas cette salope. (Puis, peut-être parce qu'elle était à moitié folle, elle ajouta une menace.) Vous le faites et je jure que je vous explose les mains avec mon arme.

Il était sien, et elle se moquait de son obsession qui s'exprimait, se moquait de s'être dit à elle-même de ne pas le revendiquer. Dmitri était *sien.*

Une vibration contre sa poitrine. Le rire de Dmitri.

Il conduisit le reste du chemin, même si l'hélicoptère les aurait emmenés plus rapidement – ils décidèrent que le temps supplémentaire permettrait à Honor de se calmer. Ce qui s'avéra impossible, mais elle parvint à contenir ses émotions. Elle n'était plus aveuglée par sa réaction stupide et irréfléchie à l'idée de la confrontation qui s'annonçait.

Lorsqu'ils entamèrent la dernière portion de route – dépourvue d'éclairage public –, le téléphone d'Honor sonna de nouveau. Cette fois-ci, elle décrocha.

— Vivek.

— Honor, tu vas bien ?

— Tu me demandes ça après avoir lancé Dmitri à mes trousses ?

Un rire tendu.

— Pas de ma faute si tu as des amis flippants.

— Je vais bien. (Il lui avait sauvé la vie, elle n'allait pas se montrer ingrate.) Merci.

Il essaya de dissimuler son soulagement, mais elle le perçut malgré tout à sa voix.

— Ouais, eh bien, maintenant tu me dois deux dîners. (Un bip.) Ne quitte pas. (Puis :) Jewel Wan s'est mise en mouvement. J'ai pénétré dans le système de sa compagnie de sécurité, et j'ai accès aux caméras placées dans son domaine. On dirait bien qu'elle est en train de faire ses valises et de se tirer dans sa Dodge.

— Des gardes ?

— Deux dans la première voiture, et deux avec elle, d'après ce que je peux voir. L'image n'est pas si claire que ça, donc il pourrait y en avoir plus.

Elle raccrocha et rapporta l'information à Dmitri.

— Est-ce la seule route pour quitter son domaine ?

Sa réponse fut un sourire glaçant.

Suivant son regard, elle vit les feux d'une voiture lancer des éclairs dans l'obscurité puis disparaître comme le véhicule prenait un virage. Un second éclair se fit voir à la suite du premier. Elle ne dit rien pendant que Dmitri garait la voiture de location en travers de la route. Elle se glissa hors du véhicule en même temps que le vampire.

Ils s'étaient fondus dans l'épaisse obscurité des arbres qui bordaient la route lorsque la première voiture s'arrêta. Un pistolet apparut à la fenêtre. Dmitri cria :

— Je ne ferais pas ça à votre place.

Sa voix calme trancha à travers la nuit.

L'arme hésita, mais ne se retira pas, bien qu'il fût évident que le vampire ne savait pas dans quelle direction viser.

— Je vous aurai prévenu.

Sur ces mots, Dmitri disparut, une ombre dans l'obscurité.

Pendant qu'elle le couvrait, il brisa la vitre de la voiture de tête pour en extirper le chauffeur. Il le projeta au sol avec une telle force que son crâne se fracassa. Son partenaire ouvrit le feu. Malheureusement, il visait là où Dmitri ne se trouvait déjà plus. Honor était en train d'écarter d'un coup de pied l'arme du vampire inconscient quand elle entendit le *crac* distinct d'une nuque qu'on brisait.

Tout cela se passa si vite que la deuxième voiture commençait à peine à faire marche arrière dans un crissement de panique après que les deux premiers vampires eurent été neutralisés. Ramassant la mitraillette qu'elle avait envoyée sur le côté, Honor visa la berline de luxe, explosa les pneus puis le pare-brise.

Le verre vola en éclats, de la fumée s'éleva, et la voiture s'encastra dans les arbres qui tremblèrent sous la force de l'impact mais ne cédèrent pas.

Dmitri était déjà sur le toit de la voiture ; il l'arracha dans un déchaînement de puissance qui prouvait qu'il n'était pas humain. Les gardes qui se trouvaient à l'intérieur, le corps criblé de balles, ne firent aucune tentative pour protéger leur cargaison. Tirant par les cheveux une Jewel Wan hurlante du siège arrière, Dmitri la laissa tomber sur la route éclairée par les phares de la berline accidentée.

Chapitre 21

— Que ceux qui souhaitent s'en sortir vivants, dit-il d'une voix calme après avoir ordonné à Jewel de la fermer, s'en aillent d'ici pour aller attendre dans la propriété. Si vous voulez me faire vraiment plaisir, essayez de vous enfuir.

Les gardes s'extrayaient du véhicule en vacillant et allèrent vérifier l'état des deux autres vampires. Ils laissèrent celui dont Dmitri avait brisé la nuque, ce qui signifiait qu'il était trop jeune pour avoir survécu, mais sortirent le chauffeur pour l'éloigner des lieux en le tirant. Le tout dans un silence absolu. Jewel Wan, dans le même temps, repoussa ses cheveux en arrière et se mit sur pied, son équilibre instable, ses genoux saignant sous son étroite robe de soie noire, ses paumes égratignées par sa chute.

Rien de cela ne diminuait son élégance altière.

— Vous voilà donc, murmura-t-elle en direction d'Honor. Un si mignon morceau.

Honor voulait tellement lui tirer dessus que son corps entier tremblait. Mais elle se contint.

— Je ne vais pas vous tuer, ce serait trop facile, dit-elle, s'obligeant à avancer et à s'asseoir sur le coffre de la berline dorénavant dépourvue de toit, ses phares brillant sous elle. Dmitri ? (Lorsqu'il se déplaça pour s'appuyer d'une main contre le coffre, le corps tourné vers la jeune femme, elle reprit :) Pas un seul morceau de votre âme.

Proche de lui comme elle l'était, sa joue effleurant celle, légèrement rugueuse, du vampire, elle le vit sourire… et vit aussi la terreur qui avait remplacé l'élégance de Jewel Wan. Mais la vampire était une femme d'affaires.

— Je peux vous donner des informations.

— Tu dis ça comme si c'était un marché qui valait le coup d'être passé. (Dmitri s'appuya contre la berline de luxe, dans un roulement de ses épaules musclées, le péché pernicieux de son parfum emplissant chacune des respirations d'Honor.) Nous savons tous deux que tu me diras tout ce que je veux savoir avant que ceci ne soit terminé.

Les crocs de Jewel lancèrent des éclairs.

— Je suis une vampire de quatre cent cinquante ans. Tu as l'intention de sacrifier une telle expérience pour, quoi, un petit amusement mortel ? Je l'ai eue, et elle n'est pas si…

Dmitri vint frapper d'un revers la vampire, si durement et rapidement qu'elle s'écrasa contre un arbre et s'écroula au sol, le nez en sang, une coupure profonde à la lèvre.

— Maintenant, dit Dmitri d'un ton si posé qu'il en fit se dresser les cheveux sur la nuque d'Honor, dis-moi tout. Et peut-être que je n'ordonnerai pas à Andreas de t'accorder une attention toute particulière.

Une supplication accablée de la part de cette femme qui avait l'air pacifique, fragile. Sauf qu'Honor savait que ce n'était pas vrai. Jewel serait toujours un monstre. Qui avait simplement la capacité de paraître inoffensif. Lui offrir une quelconque miséricorde reviendrait à condamner une autre victime à l'horreur à laquelle Honor avait à peine survécu.

— Dmitri, dit-elle, parce que la créature meurtrière était maintenant sienne, qu'est-ce que je vous ai dit ?

— Désolé. (Il sourit, et il était choquant de voir combien il était beau même entouré par l'odeur rance de la peur et du sang.) Je me suis laissé entraîner par le moment. (Il reporta son attention sur Jewel.) Pourquoi ne parles-tu pas ? dit-il d'une voix qui semblait médiocrement intéressée – de la même manière qu'un lion n'était que moyennement attentif à la proie qu'il avait prévu d'éventrer lorsqu'il aurait faim.

— J'ai reçu une invitation, dit la vampire, le sang dégoulinant. Elle est dans mon bureau, à la maison. Sur la table de travail. (Elle leva la main pour essuyer le sang qui coulait de son nez, laissant de sombres taches sur sa peau de porcelaine.) Tommy était l'un d'entre eux. Il a laissé entendre quelque chose lors d'une fête, et je l'ai fait suivre. Les idiots ne prennent jamais de précautions.

Ce qui était la raison pour laquelle l'invitation de Tommy avait été annulée de manière permanente, pensa Honor.

— Vous ne nous dites rien que nous ne sachions déjà.

Les yeux de la vampire se reportèrent brutalement sur elle.

— La ferme, mortelle.

Dmitri revint vers la voiture pour s'appuyer contre le coffre et regarder Honor.

— Est-ce que je peux la toucher juste un peu ? (Son sourire lorsqu'il regarda Jewel était purement sexuel – si on aimait le sexe avec une *bonne* dose de souffrance... si on aimait hurler jusqu'à en avoir la gorge irritée.) Ta peau, Jewel, tellement douce, murmura-t-il.

Et bien qu'il n'y eût rien d'ouvertement menaçant dans ses mots, s'il avait parlé sur ce ton à Honor, elle l'aurait criblé de balles et aurait fui à vitesse grand V.

Il sortit alors son couteau.

Jewel se colla contre l'arbre et commença à bafouiller.

— Evert devait savoir. Lui et Tommy faisaient tout ensemble, mais ils n'appartenaient pas au noyau dur. Celui qui a organisé cela, il s'est assuré de garder son identité secrète, mais, selon une rumeur qui circule dans certains cercles, il aurait travaillé à la Tour autrefois. Comment sinon pourrait-il connaître les appétits de tant de gens ?

— Certains cercles, dit Honor, posant sa main sur l'épaule de Dmitri pour lui rappeler que Jewel ne valait pas une once de son âme. Lesquels ?

Un seul sourire de Dmitri et la vampire lâcha trois noms.

Quinze minutes d'interrogatoire plus tard, il était évident qu'elle n'en savait pas plus. Bien que Dmitri n'ait pas posé un autre doigt sur elle, elle était si pétrifiée que ses dents claquaient et que son regard fuyait de tous côtés.

Pendant un instant, Honor éprouva de la pitié.

— Cela suffit, Dmitri.

Se déplaçant à une vitesse surnaturelle, il frappa brutalement la nuque de Jewel avant même que la vampire n'ait le temps de crier.

— Elle n'est pas morte. À ce niveau de puissance, elle se relèvera à moins que je ne la décapite. Venin peut l'emmener chez Andreas avec l'hélicoptère.

Choquée par la rapidité brutale de la punition, elle dit :

— Je pensais que cela me ferait me sentir mieux, l'idée qu'elle soit torturée, mais ce n'est pas le cas.

— La pitié n'a pas sa place ici. (Les mots d'un homme qui avait vu des siècles passer, et des rivières de sang tremper la terre.) À l'instant où la rumeur selon laquelle nous faisons des exécutions propres se propagerait, les Transformés perdraient la peur qui garantit qu'ils n'osent pas faire de telles choses plus souvent. (Il envoya un message à Venin tout en parlant.) Pour les plus vieux, la mort n'est pas une menace. Mais la douleur... tout le monde craint la douleur.

Elle comprenait ce qu'il était en train de dire, n'éprouvait certainement pas de compassion pour Jewel, et pourtant...

— Cela semble si...

— Inhumain ? (Un sourire grimaçant.) Nous ne sommes pas mortels, Honor. Nous ne le serons jamais.

Elle se demanda s'il lui adressait une mise en garde. Si tel était le cas, ce n'était pas nécessaire.

— J'ai toujours su qui vous étiez, Dmitri.

Elle avait beau penser qu'il y avait plus en lui, cette veine d'obscurité faisait aussi partie intégrante de sa nature, et ne pouvait être ignorée ou conjurée par un simple souhait.

Les pales de l'hélicoptère se firent entendre à cet instant, et bientôt Venin posait l'engin. Le vampire siffla lorsqu'il vit le carnage, mais ne dit rien. Il attrapa le corps de Jewel Wan et l'arrima avec tout le soin dont on peut faire preuve envers un sac de patates.

— Vous voulez que je vous emmène ?

— Non, nous prendrons la voiture.

Venin plissa des yeux et évalua Honor du regard, mais ne dit rien et remonta dans l'hélicoptère. Il décolla dans un formidable tourbillon d'air.

Laissant les berlines là où elles se trouvaient, Dmitri et la jeune femme retournèrent à la voiture de location. Quelques coups de téléphone plus tard, Dmitri avait mis en place une équipe de nettoyage pour les véhicules et pour les gardes.

— Que va-t-il leur arriver ? demanda Honor.

— Rien, en ce qui concerne les deux qui n'ont pas pointé leur arme sur moi, tant qu'ils prouvent qu'ils n'avaient pas connaissance des activités de Jewel.

L'autre sera puni. (Ses yeux rencontrèrent ceux de la jeune femme pendant une seconde.) En me désobéissant, il a désobéi à Raphael. Cela ne peut être permis.

L'instant où ce serait le cas, nombre de Transformés briseraient leurs liens, se laisseraient aller à la soif de sang et commenceraient à donner la chasse à des proies vivantes, Honor le savait.

— Les trois noms qu'elle a donnés, vous les connaissez ?

— Oui. Ils font partie du même milieu que Jewel et les autres.

— Elle est suffisamment garce pour avoir glissé le nom de quelqu'un qui ne fait pas partie du groupe, par simple méchanceté.

— Nous le découvrirons bien assez tôt – j'ai envoyé des instructions pour qu'ils soient surveillés. Ils seront emmenés à la Tour pour interrogatoire demain matin.

Expirant longuement, elle dit :

— Je veux juste en finir avec tout cela.

Et avancer dans la vie qu'elle avait décidé de vivre.

— Vous y arriverez.

Assise sur le siège passager avec Dmitri l'enveloppant de fourrure, de chocolat et de péché, luxuriants et irrésistibles, Honor regardait défiler les kilomètres. Le mouvement, apaisant, l'endormait… la poussait aux rêves.

— Tu es ma femme.

— Et tu es un homme jaloux. (Repoussant ses cheveux de ses mains, elle laissa échapper son souffle.) Si quelqu'un a des raisons d'être jaloux, c'est moi.

— Tu sais que je ne toucherais jamais une autre femme.

— Et tu penses que je toucherais un autre homme ?

Un silence, son visage dur sous le jeu des ombres.

— D'autres hommes te convoitent.

Secouant la tête, elle leva la main pour poser sa paume contre sa joue mal rasée.

— *Je ne suis pas une grande beauté.*

Les doigts de l'homme se refermèrent sur son poignet, son autre main venant se placer sur sa taille.

— *Tu ne la perçois pas, mais je suis un homme. Et je la vois.*

Parfois, elle se demandait ce qu'elle faisait avec lui, cette créature superbe que chaque femme du village regardait avec des yeux admiratifs. C'était comme si elles savaient comment il bougeait à l'intérieur d'une femme, comment il pouvait jouer de son corps pour qu'elle se rende à tous ses désirs. Sauf qu'il n'en était rien, elle en était certaine. Parce qu'il l'avait attendue, elle, bien que son corps ait dû réclamer satisfaction, et que des offres aient dû sans aucun doute se présenter venant de femmes qui n'honoraient pas leur mari.

— *Tu es mon cœur, dit-elle, illustrant son propos en prenant la main de l'homme pour la placer sur son cœur à elle. Un autre homme pourrait bien me faire un millier de promesses, c'est à toi que j'appartiens.*

— *Toujours ?*

— *Toujours.*

— Honor.

Ignorant la voix masculine qui essayait de la faire revenir dans le monde éveillé, elle luttait désespérément pour s'accrocher à son rêve – parce que la femme qu'elle était dans cette vision floue était aimée, si profondément aimée que c'en était un peu effrayant.

— *Honor*.

Une caresse d'orchidées et d'or, décadente, luxuriante, séduisante.

Elle se redressa brutalement sur son siège pour découvrir qu'ils étaient dans le parking sous son immeuble.

— Je me suis endormie.

Dans une voiture. Avec un homme. Avec un vampire.

— Vous étiez en train de sourire.

— Juste un rêve. (Si réel qu'elle pouvait presque sentir la barbe de trois jours de son amant sous sa paume.) Vous arrive-t-il de rêver ?

Après avoir arrêté la voiture, il tendit la main et caressa sa joue d'un doigt, là où elle pouvait sentir les lignes que le sommeil avait inscrites sur son visage.

— Dans le sommeil, les souvenirs reviennent, je me rappelle des époques révolues depuis longtemps.

Elle attrapa sa main contre sa joue, eut un sentiment désorientant de *déjà-vu*[1].

— De bons souvenirs ? demanda-t-elle, la sensation s'effaçant dans un scintillement, aussi rapidement qu'elle était apparue.

Ses cils noirs s'abaissant, puis se relevant de nouveau.

— Par moments, même les bons souvenirs ne sont pas les bienvenus.

Des mots distants, mais il ne retira pas sa main.

Des phares traversèrent le garage derrière eux un instant plus tard, détruisant l'intimité de ce moment… et pourtant, aucun d'entre eux ne bougea.

— Montez avec moi.

C'était une invitation qu'elle n'aurait même pas envisagé de lancer quelques semaines plus tôt. Mais elle était alors une autre femme.

Dmitri frotta le menton d'Honor du pouce avant de laisser tomber sa main, mais elle n'avait pas besoin de mots pour lire la chaleur sombre de son expression, ses lèvres soudainement plus douces, plus tentantes. Le pouls d'Honor battait à coups de marteau dans sa gorge, elle sortit de la voiture et le conduisit vers les ascenseurs, consciente qu'il jumelait des fines mèches d'un parfum exotique autour d'elle. Elle n'y était pas suffisamment sensible pour que cela la force à quoi que

1. En français dans le texte. (*N.d.T.*)

ce soit, mais elle s'autorisa à s'abandonner avec délices à la sensation.

Dmitri reçut un appel juste avant qu'ils n'entrent dans l'appartement. Elle ne fut pas capable de comprendre de quoi il s'agissait en entendant la moitié de la conversation, mais il lui fournit les détails une fois qu'il eut raccroché.

— Venin a confirmé la mise sous surveillance de deux des trois personnes dont Jewel nous a parlé. Il est en train de donner la chasse au troisième. (Il déposa son téléphone sur la table basse d'Honor, avant de reprendre :) Il vaudrait mieux garder l'œil sur eux pour le moment.

Précipiter les choses aurait été satisfaisant, mais une surveillance continue faisait sens.

— J'ai appelé Sara après avoir découvert la deuxième chasse. Tout le personnel de la Guilde a été mis en garde.

Honor avait personnellement envoyé un message à Ashwini et avait été soulagée d'apprendre que son amie travaillait pour le moment sur un cas avec Demarco. Deux chasseurs seraient bien plus durs à attraper.

Dmitri opina.

— Je m'assurerai que Venin tienne la Directrice de la Guilde au courant. (S'affalant sur le canapé, il replia son doigt et lui fit signe.) Venez là.

Envoyant valser ses chaussures et ses chaussettes, elle cambra son dos en un étirement langoureux – à la fois pour assouplir ses muscles tendus et pour apprécier le regard que Dmitri posait sur elle, voilé, sombre, et porteur d'une franche appréciation. Son étirement terminé, elle lui rendit la pareille. Et il y avait quantité de choses délicieuses à admirer. Un jean noir, une ceinture en cuir tanné, un simple tee-shirt noir – la teinte sévère accentuait la sensualité brute de son allure de manière encore plus vive.

Aucune femme, pensait-elle, ne le jetterait hors de sa maison, et encore moins de son lit.

Avançant à pas feutrés sur la moquette, elle vint se tenir entre ses jambes.

— Je suis sur le point de flipper, dit-elle.

Ouais, cela blessait sa fierté de l'admettre – mais la seule autre option était de se cacher et Honor avait dépassé le stade du lapin, comme Dmitri l'avait surnommée.

Il montra du doigt son holster d'épaules et les gaines de ses couteaux.

— À retirer.

Elle portait une arme à tout moment du jour et de la nuit depuis l'attaque – sous son oreiller, cachée sous le côté de sa table de nuit, à l'arrière de la tête de lit. L'idée de se dévêtir elle-même de ses armes avec un vampire aussi puissant que Dmitri ? Cela accélérait les mouvements de son cœur contre sa cage thoracique. Elle sentit sa bouche devenir aussi sèche que la poussière et sa gorge se remplir de sable.

— On désire garder un couteau ?

La question était formulée à voix basse.

Honor considéra sérieusement l'offre tout en retirant son pistolet et son holster, et en faisant un pas en arrière pour les déposer sur la table. Le fourreau étroit et la lampe torche accrochés dans son dos ; une lame fine comme un rasoir coincée à sa ceinture vinrent ensuite. Elle déposa le tout, ceinture incluse, à côté de l'arme à feu. Dmitri lui lança un regard intrigué lorsqu'elle fit courir sa main le long de son dos pour sortir un long couteau d'un fourreau caché. La lame était aussi fine que la largeur d'ongle de son petit doigt. La seule arme blanche qui restait était dans le fourreau qu'elle portait en haut du bras.

Elle passa sa main dessus, en regardant l'homme dangereux et sensuel sur son canapé. Elle imagina le couper de nouveau… et fut frappée par un sentiment de rejet si profond qu'il l'aurait fait trembler si elle n'avait pas déjà été surprise par tant de réactions inexplicables concernant Dmitri.

— Pas d'armes, dit-elle en déposant son dernier couteau sur la table. Donnez-moi les vôtres.

Vampire ou non, Honor était suffisamment futée pour retourner celles de Dmitri contre lui.

Il commença à les lui tendre. Ce fut à son tour d'observer.

Une fois qu'ils eurent tous deux fini, la pile de couteaux et de pistolets sur la table basse laissait penser qu'ils avaient dévalisé une armurerie.

— Je pense que nous avons un problème, Dmitri.

— Je n'ai pas terminé.

Il défit sa ceinture, puis la retira.

Elle baissa le regard. Peut-être était-ce parce qu'elle avait eu les yeux bandés pendant que Tommy et les autres la torturaient, mais elle n'avait aucun problème à admirer un beau corps masculin. Et celui de Dmitri… Vraiment aucun.

— C'est la même que la mienne ? demanda-t-elle en le caressant du regard, le tee-shirt du vampire épousant fermement des abdos durs comme de la pierre.

— Regardez.

Prenant la ceinture, elle vit le mince fil incorporé au cuir. Il pouvait en être retiré d'un simple mouvement pour être utilisé comme un garrot à l'efficacité fatale.

— Intelligent.

— Illium me l'a offerte il y a quelques années.

— Je ne le croyais pas comme ça (elle fit courir ses pouces sur le cuir assoupli par une utilisation constante) – mais j'ai connu mon lot de chasseurs qui paraissaient tout aussi inoffensifs.

— Posez cette ceinture, Honor. (Un sourire sexy.) À moins que vous ne prévoyiez de l'utiliser.

Son ventre se serrant, elle laissa tomber la ceinture et revint entre les jambes écartées du vampire.

— J'avais le sentiment que vous donniez dans les ceintures et les cordes.

Lorsqu'elle se pencha en avant et releva le tee-shirt de Dmitri, il conserva sa position affalée. Un pacha attendant d'être servi. Sa peau était de la même teinte sombre sur son ventre que sur son visage.

— Est-ce que votre peau est de cette couleur sur tout votre corps ?

— Il n'y a qu'une seule solution pour trouver la réponse à cette question.

Chapitre 22

Levant le regard, elle vit des yeux aux paupières tombantes, des lèvres juste assez recourbées pour lui apprendre qu'il s'amusait... et une sensualité aussi meurtrière que les armes sur la table derrière elle. Pas un homme qui serait tendre avec une femme dans son lit.

— Retirez ce tee-shirt.

Il le fit en quelques gestes – pour dévoiler des épaules musclées, des abdos qu'elle avait envie de lécher, et une fine ligne de poils menant jusqu'à l'intérieur de son pantalon.

— Des ordres déjà ? murmura-t-il en laissant tomber son tee-shirt sur la moquette. Peut-être aimeriez-vous brandir un fouet ?

— Peut-être bien, oui...

Un sourire pervers.

Faisant un pas en arrière, elle poussa les jambes de Dmitri pour les rapprocher l'une de l'autre et s'avança pour venir le chevaucher. Il la laissa faire selon ses souhaits, et elle savait pourquoi. Si Dmitri la voulait allongée sur le dos par terre, elle s'y retrouverait avant de l'avoir vu bouger. Mais il ne s'agissait pas de force ou de douleur. C'était quelque chose de complètement différent. Quoi, elle ne le savait pas vraiment, mais elle était en revanche convaincue que c'était important.

Sous elle, il lui donna l'impression d'être la quintessence de la masculinité, ses muscles durs comme le roc, son corps chaud la caressant avec une intimité langoureuse si lente et si tranquille qu'elle ne lutta pas – même si elle savait que rien n'était aussi simple que cela avec Dmitri. C'était un homme qui prendrait avantage de toute vulnérabilité.

Le touchant le plus légèrement possible du bout des doigts, elle commença à explorer cette créature sombrement sexuelle qui aurait dû mener son cœur à la peur – et qui l'effrayait parfois par son inhumanité brutale – mais qui, pourtant, la faisait se sentir en sécurité d'une manière qu'elle ne parvenait pas à expliquer. Si irrationnel que cela pût paraître, elle avait confiance en Dmitri.

Lorsqu'elle fit courir un doigt sur la bande supérieure de ses muscles abdominaux, il frissonna, très légèrement. Mais elle s'en aperçut. Alors, elle recommença – et le vit esquisser un sourire aussi dangereux que sensuel.

— Une telle patience, dit-elle en se penchant en avant, les avant-bras appuyés sur sa poitrine. Je devine que l'immortalité donne à un homme le temps d'apprendre beaucoup de choses.

Le regard du vampire s'attarda sur la bouche de la jeune femme.

— Embrasse-moi.

Elle suivit le contour de ses lèvres du bout du doigt, s'attardant sur la courbe plus charnue de sa lèvre inférieure. Elle avait vu cette bouche froide de colère, retroussée par l'amusement et la raillerie. Plus que tout, elle voulait y goûter. Il y avait juste une chose.

— Ils se sont nourris à ma bouche.

Ces sombres yeux chocolat devinrent soudainement d'une teinte d'un noir mortel, mais il se contenta de dire :

— Inefficace.

— Oui.

Ils avaient voulu la lacérer de leurs crocs, lui faire mal.

Dmitri se déplaça légèrement, ses muscles ondulant dans un rappel de sa force, mais, de nouveau, il la laissa choisir le mouvement suivant. Elle ne fit pas l'erreur de prendre cela pour un acte de tendresse de sa part. Non, Dmitri était un prédateur – et elle était celle qui était chassée. Lentement, avec facilité et détermination.

— Ne bouge pas, dit-elle, se penchant jusqu'à ce que leurs souffles se mêlent.

Le visage du vampire resta impassible, à tel point qu'elle aurait pu penser que cela ne lui faisait rien, si elle n'avait été capable de percevoir la tension dans ce corps fait pour la damnation des femmes.

Le premier contact des lèvres d'Honor contre la ferme chaleur des siennes était à peine un soupir. Son cœur tambourinait, et ce n'était pas de panique. Alors, elle suça légèrement la lèvre supérieure de Dmitri avant de la relâcher et de faire courir sa langue sur la lèvre inférieure, se laissant tenter par cet homme qui était son aphrodisiaque personnel.

La poitrine du vampire se levait et s'abaissait sous les mains de la chasseuse, sa respiration dorénavant moins calme. Le cœur d'Honor trembla d'excitation. Elle n'avait pas besoin de pouvoir lire dans le passé pour savoir que Dmitri avait goûté à tous les actes sensuels imaginables, s'était abandonné avec délices à chaque péché décadent... et pourtant, elle lui faisait de l'effet. La réaction, elle le savait, n'était pas feinte – Dmitri n'était pas le genre d'homme à se soucier de faire semblant.

Son sang déferlant dans chacune de ses veines, elle ouvrit la bouche sur la sienne, le goûtant en profondeur tout en faisant glisser ses mains pour venir prendre son visage en coupe.

Elle avait toujours ce geste-là, pensait Dmitri, se souvenant de la manière dont elle avait caressé sa joue de ses longs doigts experts, durant le baiser avorté dans la forêt – et plus tôt, près du ruisseau. À une seule autre femme il avait autorisé cette tendre intimité.

— *Pourquoi m'embrasses-tu de cette manière, Ingrede ? Comme si j'allais me briser ?*

Un rire, rauque et familier.

— *Je ne suis pas en train de t'embrasser, époux. Je suis en train de t'aimer.*

Les mains d'Honor s'appuyèrent un petit peu plus alors qu'elle faisait courir sa langue sur le bord des lèvres du vampire et dans sa bouche. Dmitri pouvait sentir ses muscles se tendre jusqu'à devenir douloureux – être passif dans une situation sexuelle n'était pas une tâche facile pour un homme qui était toujours dominateur. Mais tenter une telle chose avec Honor serait la perdre… Il restait donc immobile, patient comme un loup en chasse. Elle serait sienne bien assez tôt, et alors, il jouerait.

Ce fut à ce moment-là que la langue d'Honor effleura l'un de ses crocs.

Son sexe, déjà raide, grossit à en devenir affreusement dur… et Honor se figea.

— Je veux, murmura-t-il d'un ton calculé pour la prendre dans des fantasmes aussi sombres que les parfums dont il caressait son corps, faire de telles choses avec ta bouche, des choses qui te feraient rougir.

— Je ne rougis pas.

Un doux chuchotement, ses muscles se détendant.

— Ah oui ?

Il dévoila l'un de ses plans en des détails délicieusement érotiques, s'y complaisant autant qu'elle.

De la chaleur contre sa peau, mais ce n'était pas parce qu'elle rougissait.

— Je veux faire ça.

En frissonnant, elle lécha délibérément son autre croc. Le corps de la jeune femme s'était de nouveau tendu, mais ses muscles n'étaient pas aussi raides, et lorsqu'elle mit fin au baiser pour reprendre son souffle, l'émotion qui faisait briller son regard n'avait rien à voir avec la peur.

— Toi, dit-elle de ce ton calme, intime, qui existe entre deux amants, tu as un goût qui me rend folle.

Il glissa l'une de ses mains sur sa hanche.

— Ça compensera le fait que tu n'es pas aussi sensible à l'appât du parfum que tu devrais l'être.

Un rire rauque qui se mêla à l'un des plus vieux souvenirs du vampire.

— Ça ne serait pas vraiment un combat équilibré.

Laissant échapper un sourd et profond gémissement de plaisir à la caresse de fourrure dont il la taquinait, elle le surprit avec un second baiser, celui-là moins hésitant. Ses seins s'appuyèrent, pleins et fermes, contre la poitrine du vampire, ses tétons des points durs qu'il voulait mordiller pendant qu'il caressait sa chair douce.

Quand elle cessa de l'embrasser, gardant en bouche le goût de la lèvre qu'elle venait de téter, sa respiration était devenue hachée. Celle de Dmitri n'était pas vraiment calme non plus – mais il s'y était attendu, compte tenu du désir violent qu'il éprouvait pour elle depuis l'instant même où elle était entrée dans son bureau. S'il avait eu ne serait-ce qu'un tout petit peu moins de contrôle, et si elle avait été un peu moins terrifiée, il lui aurait arraché son jean et l'aurait plaquée contre la porte de son bureau avant même de connaître son nom, son sexe enfoui en elle, ses crocs plongeant dans son cou.

Bientôt.

Il laissa tomber sa tête en arrière sur le canapé alors qu'elle baissait la sienne pour venir couvrir sa gorge de baisers. Il savourait le poids délicieux d'Honor sur ses cuisses, la douceur humide de sa bouche sur une partie de son corps qui était merveilleusement sensible, et que pourtant il ne permettait jamais à ses maîtresses de caresser. Il ne faisait confiance aux dents de personne aussi près de sa carotide. Puis elle donna avec sa langue une chiquenaude sur le petit creux à la base de son cou.

Il descendit sa main sur la hanche de la jeune femme et serra fermement.

Un mouvement brusque plus tard, et elle était à l'autre bout de la pièce, s'étant débrouillée pour attraper au passage l'un des couteaux sur la table basse.

Il enrageait de voir une telle peur en elle, cette femme forte, sensuelle qui le touchait avec un savoir-faire qui démentait qu'ils étaient de jeunes amants, mais il garda un ton calme, d'une sensualité paresseuse.

— Visiblement, nous aurons besoin de mettre les armes plus loin la prochaine fois.

Ce ne fut qu'après plusieurs longues secondes que le vernis de cauchemar qui avait recouvert les yeux verts tourmentés d'Honor disparut. Regardant fixement la lame qu'elle tenait à la main, elle eut un petit cri et la jeta. Elle alla se ficher dans le mur au-dessus de la tête de Dmitri.

— On laisse tomber si vite ?

Et une fois de plus, il lui fit signe de s'approcher.

Son regard contenait un millier de terreurs sans nom, mais elle avança à grands pas pour reprendre position sur lui, de tout son poids féminin affriolant, de tout son corps fait pour le plaisir masculin… pour le plaisir de Dmitri. Lorsqu'elle fit mine de l'embrasser, il secoua la tête. Levant un doigt, il suivit la ligne tendue de sa mâchoire, les tendons raides de son cou.

— Les femmes, murmura-t-il, peuvent vouloir me blesser à l'occasion, mais aucune n'a jamais dit que m'embrasser était une punition.

Bien qu'il pût faire en sorte que cela en soit une – l'immortalité lui ayant donné un long moment pour parfaire sa capacité à être un salaud.

— Maudits soient-ils. (Honor se laissa tomber contre la poitrine du vampire après cette calme déclaration qui contenait une rage tremblante.) Cela me rend furieuse que Valeria et les autres aient fait de moi cette créature faible et pathétique.

Elle souffla contre sa nuque tandis qu'elle refermait sa main sur l'épaule du vampire, ses ongles s'enfonçant dans sa peau.

La sensation de ses seins généreux se pressant contre lui excita ses plus sombres instincts sexuels, mais l'immortalité lui avait aussi donné la capacité de retarder la satisfaction de ses désirs, de trouver le plaisir à chaque étape de la plus intime des danses entre un homme et une femme. Et la confiance d'Honor était une chose délicieuse à savourer.

Faisant courir sa main dans les cheveux de la jeune femme, il enroula ses douces boucles autour de son doigt.

— Pourtant, dit-il, frottant les mèches entre le bout de ses doigts, tu es sur les genoux d'un vampire qui est leur cauchemar.

Son corps tout entier se fit étrangement immobile.

— Une partie de moi pense que tu m'as influencée d'une quelconque manière, dit-elle, parce qu'il n'est pas logique que je te fasse confiance comme je le fais.

Dmitri démêla une boucle, l'enroula de nouveau à son doigt.

— Lorsque j'ai développé pour la première fois cet appât du parfum, dit-il, j'ai trouvé amusant de séduire les chasseuses-nées. (Son cynisme avait grandi sur les bords déchirés de sa colère.) Je commençais avec le parfum, puis je l'atténuais jusqu'à ce qu'il ne soit plus là. Quand je les prenais effectivement dans mon lit, elles pensaient juste que c'était à cause du parfum – cela les déculpabilisait de coucher avec un vampire, elles pouvaient faire comme si je les poussais à passer à l'acte.

Honor prit plusieurs secondes pour répondre.

— C'est ce que les chasseuses-nées craignent, tomber sous le charme du parfum.

— Personne ne s'en est jamais plaint.

Honor entendit une froide arrogance dans ces mots, et pourtant, le fait qu'il partage cette vérité avec elle montrait qu'il comprenait que, d'une certaine manière, il avait enlevé à ces chasseuses-nées leur capacité à faire un choix, tout du moins au début.

— Pourquoi as-tu arrêté ?

Il continuait de jouer avec ses cheveux de cette manière nonchalante qui donnait envie à Honor de le câliner et de fermer les yeux.

— C'était trop facile. (Un haussement d'épaules.) J'ai découvert que la conquête ne signifiait rien – particulièrement quand certaines chasseuses-nées ont commencé à me rechercher.

— Comme une drogue.

Elle pouvait goûter son érotisme sombre sur sa langue, sur son corps préparé pour le satin, le champagne et la fourrure de ses caresses. Elle comprenait très bien l'envie irrésistible qui avait conduit ces chasseuses à revenir vers lui, encore et encore.

— Cet appât, dit-il, ne rend pas accro.

Non, pensa-t-elle, *mais Dmitri oui.*

Dmitri rêva cette nuit-là d'une femme avec le soleil dans son sourire et l'amour dans chacun de ses souffles.

— *Dmitri. (Un mot timide, ses mains lissant sa jupe.) Tu ne devrais pas être là.*

Il voulait la toucher, l'embrasser, l'adorer. Mais elle n'était pas sienne. Pas encore.

— *Je t'ai amené ceci.*

Ses yeux, ces yeux marron qui s'étiraient vers le haut, emplis d'une joie non dissimulée à la vue des fleurs sauvages pour lesquelles il avait dû escalader toute une montagne. Et pourtant, si elle lui avait demandé de sortir et d'en rassembler davantage, il l'aurait fait sans se poser de questions. Parce que ce sourire était la raison pour laquelle son cœur battait.

Prenant le bouquet, elle avait à moitié ri de ravissement.

— *Merci.*

Un souffle retenu, un air de détermination absolue.

Se précipitant en avant, elle l'embrassa sur les lèvres, ne l'atteignant que parce qu'il se penchait déjà vers elle.

Surpris, il n'eut pas le temps de lever les mains, de la garder contre lui.

Elle avait disparu l'instant suivant, ses jupes fouettant ses jambes dans une explosion de couleurs, son odeur un mélange de soleil et de ces fleurs sauvages qu'elle adorait. Il rêvait chaque nuit d'avoir le droit d'appuyer son nez contre la peau délicate au creux de son cou, de respirer cette odeur tout en se plongeant dans ce goût qu'elle avait, sauvage, féminin.

Comme souvent dans les rêves, les couleurs changèrent sans prévenir. Il ne se tenait plus dans la grange sommaire mais entre les murs de la petite cabane qu'il avait construite de ses propres mains, une adorable femme aux cheveux sombres se tenant face à lui, timide et indécise, son dos contre lui. Il l'avait touchée entre les cuisses jusqu'à ce que sa chair soit humide et rose, prête à l'accueillir. Il l'avait embrassée à cet endroit en dépit de ses petits cris choqués, avait léché le musc exquis de son plaisir… mais il n'avait jamais réclamé ce qu'il mourait d'envie de faire. Une telle chose l'aurait déshonorée.

— Ingrede. (Refermant ses mains sur le haut de ses bras, il la tira contre sa poitrine.) As-tu peur ?

Sa réponse était un murmure. Son corps trembla jusqu'à ce qu'il ne veuille que la caresser, lentement et délicatement.

— Oui.

L'embrassant à la douce courbe de sa nuque à l'emplacement exact qui, il le savait, la rendait flageolante, il se retrouva en train de presser son propre corps excité contre celui de la jeune femme. Le contrôle qu'il avait sur lui-même était réduit à néant. Tentant de s'y accrocher de nouveau, bien qu'il s'agisse au mieux d'une prise précaire, il frotta ses lèvres contre la peau d'Ingrede.

— Je ne te ferai jamais de mal.

Il s'arracherait le cœur avant que de lui faire un bleu.

Elle fit ce petit bruit de gorge qu'il adorait, et bougea la tête de manière à lui donner un accès plus facile.

— Tu connais tant de choses. (Des mots rauques.) Je ne connais que ce que tu m'as appris.

Il frissonna comme elle se poussait contre lui. Ayant perdu le contrôle sur lui-même, il mordit son pouls avant de tendre les mains pour empoigner ses seins avec une audace qu'il n'aurait jamais osée auparavant, dans la crainte de l'intimider. Mais maintenant… maintenant, elle était sa femme, et bien que la peau d'Ingrede se soit enflammée sous la rougeur, elle ne recula pas.

— Tu es si belle.

Il la dessinait à travers le tissu de ses vêtements, se laissant aller d'une manière dont il avait rêvé pendant des années, se réveillant souvent avec son sexe dur entre ses jambes.

— Et je ne connais, dit-il en léchant sa peau car son goût était un plaisir brûlant, que ce que nous avons appris ensemble. (Toucher une autre femme – il n'y avait même jamais pensé, malgré les invitations qu'on lui faisait.) Le reste n'est que simple imagination de ma part.

Ingrede eut un rire surpris, ses seins chauds et lourds sous ses caresses intimes.

— Ton imagination est une chose dangereuse pour une femme.

— Pour toi, corrigea-t-il. Je veux te voir, femme.

Relâchant ses seins uniquement parce qu'il comptait bien s'en repaître lorsqu'il la dénuderait, il commença à dénouer sa robe, conscient que la respiration d'Ingrede se faisait encore plus rapide, son pouls tel un tonnerre battant.

Mais elle ne leva pas un doigt pour l'arrêter, cette petite femme aux courbes bien faites qui avait été son fantasme depuis le jour où il avait posé les yeux sur elle alors qu'il aidait son père aux champs. Il s'était rendu compte qu'il n'était plus un enfant ni elle non plus. Lorsqu'il fit glisser sa robe le long de ses bras, elle finit de l'enlever avec un geste timide, en tirant le tissu sur ses hanches.

Chapitre 23

En quelques gestes, elle fut nue devant lui, son dos toujours pressé contre la poitrine de son mari. Frémissant d'un désir possessif, il caressa les cuisses de la jeune femme, remonta le long de la courbe de son ventre pour venir de nouveau poser ses mains sur ses seins, sa peau crémeuse contre ses doigts burinés.

Des seins pleins, tendus, surmontés de tétons sombres auxquels il avait goûté lorsqu'il l'avait convaincue de lui retirer son haut par un jour d'été torride. Ils provoquaient dans son esprit des idées que les anciens du village qualifieraient sans aucun doute d'inacceptables. Il n'en avait cure. Lorsqu'il s'agissait d'explorer ce qui était bon entre lui et Ingrede, il ne s'en souciait jamais.

— Je rêve, murmura-t-il à son oreille, de me glisser entre tes seins.

Utilisant son avant-bras pour les réunir l'un contre l'autre, il suça son doigt pour le rendre humide avant de l'insérer dans la douce vallée de sa poitrine pour illustrer son propos.

Le ventre de sa femme trembla en réaction, sa main se resserrant sur le bras de Dmitri.

— Ma mère m'a prévenue que tu ne serais pas un mari facile à gérer.

Elle se retourna et se mit sur la pointe des pieds pour l'embrasser de cette manière dont elle avait découvert qu'elle le rendait ivre de joie.

Suçant la langue de son époux, elle eut un mouvement brusque lorsqu'il fit courir sa main le long de ses bouclettes délicates entre ses douces cuisses, mais elle refusa d'écarter les jambes. Ayant joué à ce jeu intime avec elle auparavant, il poussa malgré tout de l'avant, frottant de son doigt cette petite grosseur qu'il voulait téter. Elle avait repoussé la tête de Dmitri la dernière fois, incapable de supporter ce plaisir... mais elle ne serait pas capable d'agir ainsi si elle avait les mains liées.

— Écarte les jambes, lui ordonna-t-il lorsqu'elle mit fin à leur baiser pour reprendre son souffle.

Secouant la tête, elle serra davantage les cuisses, ses pommettes rouge vif.

Le sang de Dmitri grondait comme un tonnerre dans ses veines. Laissant tomber sa tête, il se mit à sucer un téton de la jeune femme sans prévenir, l'aspirant durement et profondément. Elle cria, enfonça ses mains dans les cheveux de Dmitri et écarta instinctivement les cuisses pour conserver son équilibre.

— Victoire, dit-il en relâchant son téton.

Sa réponse contenait un côté malicieux que personne d'autre ne voyait jamais.

— Me feras-tu souffrir ?

— Oh oui.

Elle était chaude et humide à son contact – cela ressemblerait au paradis lorsqu'il plongerait en elle. Mais cela ferait aussi mal à la jeune femme. Il avait introduit ses doigts en elle lorsqu'ils s'étaient allongés seuls et tout excités dans un champ baigné de soleil un jour de fête, et plus tard, dans l'étable de son père, et savait combien elle était étroite.

Son sexe vibra à l'idée du plaisir qui s'annonçait, mais il ne serait pas compromis par la douleur d'Ingrede.

— Allonge-toi sur le lit.

La soulevant avant qu'elle puisse répondre, il l'installa sur leur petit lit, puis – retirant ses propres vêtements – écarta les jambes de sa femme et plongea sa tête entre ses cuisses.

Les doigts de cette dernière accrochèrent les draps, mais elle ne l'arrêta pas quand il écarta ses replis intimes pour l'embrasser avec une férocité lente et préméditée, à laquelle il n'avait pas laissé libre cours avant le mariage. Elle hurla, se tordit, sanglota, mais c'était le plaisir qui colorait ses réactions, un plaisir qui lui faisait tirer les cheveux de Dmitri de ses mains frénétiques.

Au lieu de s'arrêter, il trouva ce petit cœur de chair qu'il avait découvert la première fois qu'il avait glissé sa main sous ses jupes et suça. Les mains de la jeune femme arrachaient ses cheveux, mais il continua le supplice jusqu'à ce que le doigt qu'il avait introduit en elle fût submergé de la chaleur liquide de son besoin.

— Maintenant, murmura-t-il en se soulevant au-dessus d'elle, son sexe d'une longueur turgescente. Tu vas être mienne.

Prenant place contre la soie sauvage de son ouverture, il referma la main sur la courbe de sa hanche.

Entrer en elle fut le plaisir le plus atroce qu'il eût jamais éprouvé. Lorsqu'elle sanglota de douleur, il essaya de s'arrêter, mais il était jeune, avait perdu tout contrôle, et pendant un instant il paniqua à l'idée qu'il la prendrait alors qu'elle ne le voulait pas. Son sang se glaça dans ses veines. Contractant chacun de ses muscles, il essaya de reprendre ses esprits.

Les doigts d'Ingrede sur sa poitrine, sa main sur son épaule, le tirant vers elle pour que leurs bouches se rencontrent.

— Ne t'arrête pas, Dmitri. Ne t'arrête pas.

C'était la seule chose dont il avait besoin. S'enfonçant en elle jusqu'à la garde, les ongles de sa femme plantés dans ses bras, il l'embrassa. Et continua de le faire tout en commençant à bouger dans ce fourreau chaud et humide qui le contenait si étroitement. Elle ne trouva pas de nouveau le plaisir avant que la propre libération de Dmitri tonne à travers lui, le courbant dans un éclair qui le fit se répandre en elle, mais il ne pouvait se maudire pour cela. Pas quand son sang était enflammé par la brûlure liquide du plaisir. Pas quand il se releva pour découvrir sous lui une femme avec un large sourire, prenant son visage amoureusement entre ses mains.

— Maintenant, je suis complètement débauchée, époux, murmura-t-elle.

Dmitri ouvrit les yeux pour voir le mur de son bureau à la Tour. Il dormait rarement – cela lui semblait une perte de temps puisqu'il avait besoin de très peu de sommeil pour survivre. Mais après être revenu de l'appartement d'Honor, il s'était assis à son bureau, son esprit concentré sur la chasseuse qui menaçait de lui faire éprouver des choses qu'il avait depuis longtemps oubliées au fond de son âme. Quelques minutes plus tard, il dormait et rêvait de la seule femme à avoir jamais possédé son cœur.

Bien qu'il l'ait prise comme un homme le fait d'une femme lors de leur nuit de noces, Ingrede avait toujours été sienne, les fermes de leurs familles étant mitoyennes. Ils chahutaient dans la boue ensemble quand ils étaient enfants, se gorgeaient des fruits de l'été durant les jours paresseux dorés par le soleil, et s'apprenaient mutuellement les choses que l'un savait et l'autre pas.

Lorsqu'elle lui avait souri ce jour-là par-dessus les fleurs sauvages, une puissante émotion s'était embrasée en lui. Une émotion qui ne s'était pas éteinte alors que les années passaient, et qu'ils grandissaient. Regardant en arrière, il ne parvenait pas à imaginer qu'il eût jamais été ce garçon innocent qui s'était levé avant l'aube pour escalader une montagne. Sauf que son amour pour Ingrede semblait toujours aussi profond, aussi vrai.

Le rire rauque d'une femme.

Ce n'était pas celui d'Ingrede.

Repoussant son bureau, il marcha vers la baie vitrée derrière laquelle s'offrait le silence de Manhattan pris entre le jour et la nuit, les immeubles d'acier des ombres d'un doux gris plutôt que des remparts scintillants. C'était peut-être le seul moment où la ville était calme, à peine deux heures entre la fin de la vie nocturne et l'agitation délirante de la journée.

Il vivait là depuis des centaines d'années, avait vu cette ville partir de rien pour devenir une mégapole de plusieurs millions de personnes. Il avait pensé partir parfois, l'avait fait lors de son séjour à la cour de Neha, jeune et encore empli d'une colère qui n'avait pas d'issue. Et puis, bien sûr, il y avait eu Favashi. L'adorable et gracieuse Favashi qui était alors une reine en devenir, sa maison remplie de musique, d'art et de chaleur – le piège parfait pour un homme qui recherchait le réconfort depuis des siècles sans l'avoir trouvé.

Pourquoi ne m'avez-vous jamais posé plus de questions sur Favashi ? demanda-t-il à l'ange qu'il pouvait voir venir vers la Tour, le déploiement de ses ailes reconnaissable et ses filaments d'or qui brillaient même dans cette lumière terne.

La réponse de Raphael fut aussi abrupte qu'honnête. *Cela ne semblait pas être un sujet dont tu avais envie de parler.*

Vous auriez pu au moins me traiter d'idiot, rétorqua-t-il au moment où Raphael se posait sur le balcon extérieur, *m'inculquer quelque bon sens*.

— Ce n'était pas nécessaire. (Raphael entra dans la pièce tout en repliant ses ailes contre son dos.) Favashi était un bon choix de compagne pour quelqu'un de ta puissance.

Favashi n'avait jamais voulu d'un compagnon.

— Si je voulais devenir son arme de dissuasion.

— Tu es bien la mienne après tout.

Un léger retroussement de ses lèvres.

— C'est juste un bonus.

Tout en parlant, il se rendit compte que ses ailes n'étaient pas la seule chose à avoir changé en Raphael. L'Archange était son ami depuis des siècles, mais il était devenu un être distant, lointain au cours des deux cents dernières années.

Dmitri n'avait pas vraiment porté attention à la transformation parce qu'il suivait lui-même une route similaire. Mais maintenant, le bleu des yeux de Raphael contenait une touche d'humour et il parlait avec Dmitri comme ils l'avaient fait autrefois sur un champ loin de la civilisation, deux hommes différents qui avaient trouvé un terrain d'entente.

— Elle est venue ici pendant votre absence, dit-il, se demandant ce que révélait de sa personne le fait qu'il ait noté la différence en Raphael mais qu'il y ait aussi réagi.

— Comme elle n'est ni blessée ni morte, j'en déduis que tu t'es contrôlé.

— Sans difficulté.

En vérité, bien que sa fierté ait été piquée par la manière dont Favashi s'était jouée de lui, sa colère envers elle avait toujours été froide. Il prit conscience que si Honor lui faisait quoi que ce soit de semblable, lui parlait mensongèrement d'amour avec un visage aussi doux, il n'y aurait pas de froideur, mais seulement une rage sanglante et mortelle.

Un bruissement d'ailes.

— Comme nous en sommes aux questions, reprit Raphael, j'en ai une. Pourquoi ne m'as-tu jamais reproché l'intérêt qu'Isis te portait ?

— Parce que la folie d'Isis était seulement la sienne. Et si jamais il y avait eu quelque pénitence à faire, vous l'avez faite dans cette pièce sous son donjon.

Enchaîné au mur opposé à celui de Dmitri, on avait obligé Raphael à regarder la Transformation forcée de son ami, à être témoin des autres atrocités d'Isis, à écouter le cri déchirant de Dmitri pendant que l'ange lui murmurait ce qu'elle avait fait à Ingrede et Caterina.

Et il avait été là à la fin, spectateur silencieux, quand Dmitri avait tenu le petit corps de son fils dans ses bras et avait pleuré jusqu'à n'avoir plus une seule larme en lui, jusqu'à n'être plus que l'ombre d'un homme.

— Je pensais que j'étais mort dans cette pièce, dit-il, ses poings se serrant au souvenir des os de Misha, si fragiles que les briser n'avait demandé aucun effort.

L'Archange resta silencieux pendant un long moment. Lorsqu'il reprit la parole, sa déclaration était inattendue.

— Je le pensais aussi.

Le regard de Dmitri rencontra ces yeux d'un bleu impitoyable.

— Pourquoi garder un mort debout, alors ?

— Peut-être parce que je savais ce que tu deviendrais un jour. (La réponse froide d'un Archange.) Ou peut-être parce que tu n'étais pas le seul à avoir fait un vœu dans cette salle des horreurs.

Dmitri repoussa ses cheveux d'une main.

— Vous devriez vous moquer de moi, Raphael. Je vous ai mis en garde contre le fait de vous affilier à une chasseuse, et voilà que je suis moi-même dans une position semblable.

Honor était en train de devenir trop importante, une obsession qui n'était pas seulement sexuelle, pas seulement physique.

— Ce n'est pas une épreuve, répondit Raphael, que d'avoir une chasseuse à ses côtés.

Mais Honor n'était pas seulement une chasseuse. Elle était la femme qui réveillait ses souvenirs d'une vie qu'il avait perdue des siècles plus tôt. Le rire d'Ingrede… cela faisait tellement longtemps qu'il l'avait entendu pour la dernière fois, mais lorsque Honor riait, cela lui donnait le sentiment de pouvoir tendre la main et de toucher sa femme. Une folie étrange et contre laquelle il n'avait aucune volonté de lutter – son cœur était douloureux de ce besoin qui avait survécu à l'immortalité, survécu à chacune de ses dépravations, survécu à sa propre volonté.

— As-tu fait tester son sang ? (La question de Raphael était pragmatique.) Un échantillon devrait être facile à obtenir, puisque la Guilde conserve des transfusions de sang pour tous ses chasseurs.

Ignorant la douleur dans sa poitrine, Dmitri jeta un coup d'œil à l'Archange.

— Vous croyez vraiment ?

Raphael ne répondit pas, parce que aucune réponse n'était nécessaire. Ils ne seraient pas là à avoir cette conversation si Honor n'était pas importante.

— Je ne te laisserai pas perdre une autre mortelle, dit-il à la place.

— Parfois, il n'y a pas le choix.

Il pensait à Illium, qui continuait à être attiré par les mortelles bien qu'il ait perdu la femme qu'il aimait, qu'il l'ait vue épouser un autre homme. L'ange aux yeux bleus avait veillé sur sa famille jusqu'à son décès, puis il avait veillé sur ses enfants, et sur les enfants de ses enfants… jusqu'à ce qu'ils se dispersent à travers le monde, et que le petit village de montagne où son amour était né ait cessé d'exister.

Il y a toujours le choix.

— Non, Raphael, dit Dmitri en réponse à ce ton froid comme la glace dans son esprit. Je me suis tenu à vos côtés pendant des siècles, mais si vous la touchez, cela vous coûtera ma loyauté. *Et je ferai de mon mieux pour vous tuer.*

Un éclat de quelque émotion innommable dans les profondeurs de ces yeux qui avaient vu passer un millénaire et plus.

— Donc, elle n'est pas seulement importante. Elle est tienne.

Se rapprochant de la vitre, Dmitri regarda la ville qui commençait à scintiller d'un argent lumineux dans la lumière de l'aube.

— Je ne sais pas ce qu'elle est. *Mais elle est compatible.*

Il avait obtenu son sang, avait fait le test des jours plus tôt, poussé par un besoin inexplicable. La toxine qui transformait les mortels en Immortels ne la rendrait pas folle ; elle ne ferait pas de la femme fascinante, attirante, qu'elle était aujourd'hui une coquille fêlée.

Tu sais que tu n'as pas à demander. Il n'y aura pas de Contrat pour celle que tu auras choisie.

Je sais. Lui et Raphael avaient lutté au cours des siècles, s'étaient brouillés plusieurs fois, mais ils étaient unis par des liens si forts que les attaches avaient tenu même quand ils étaient devenus encore plus vieux, encore plus inhumains. *Le problème, c'est qu'Honor ne voudra jamais devenir une vampire.*

Un autre silence entre deux hommes qui se connaissaient depuis suffisamment longtemps pour ne pas le craindre. Dmitri fut celui qui y mit fin.

— Qu'a dit Naasir ?

Le vampire, membre des Sept, était actuellement en poste dans la cité nouvellement érigée d'Amanat, autrefois un joyau dans la couronne de l'Archange Caliane, et aujourd'hui son nouveau foyer.

— Que ma mère le choie comme un animal de compagnie. (Le ton de Raphael contenait un sombre amusement traversé par quelque chose de plus dangereux.)

Il semble probable qu'elle se soit rendu compte de ce qu'il était.

— Ce n'est pas un secret. (Bien que les origines et les compétences de Naasir ne soient pas non plus connues au-delà d'un petit cercle.) Au moins, elle l'a accepté. (Et il leur donnait un flot constant d'informations depuis Amanat, sans que Raphael ait besoin d'y être présent.) Et l'ange que Jason a laissé à sa place ?

— Caliane ignore Isabel, ce qui est aussi bien. (Les ailes de l'Archange scintillèrent sous les premiers rayons du soleil.) Tu as toujours été mon bras armé, Dmitri. Dis-moi : aurais-je dû la tuer ?

Dmitri rencontra le bleu inhumain de ces yeux, des siècles d'amitié et de douleur entre eux deux.

— Peut-être, dit-il, son esprit concentré sur une femme dont le visage et le rire rauque hantaient sa mémoire, qu'il existe des deuxièmes chances.

Honor était assise à sa petite table, le cahier que le Dr Reuben lui avait donné maintenant fermé, l'aube miroitant à l'horizon. Quelques immeubles étaient encore éclairés, les lumières des bureaux allumées, mais le jour était en train de venir, le soleil une chaude lueur à l'est. La Tour se découpait contre lui, et semblait d'une certaine manière plus douce dans cet éclairage étrange, fragile.

Dmitri, pensa-t-elle, ne semblerait jamais doux.

Le corps de la jeune femme continuait de se consumer de la lente brûlure de son baiser, de son contact. Ils n'étaient pas allés beaucoup plus loin après son flash-back, mais elle ne pouvait faire taire l'impact de cette soirée. La sensualité du vampire était puissante, aussi brute qu'il était sophistiqué, aussi sombre qu'il était patient.

L'apaisant. La séduisant.

Honor savait parfaitement qu'il se surveillait pendant leurs rencontres, qu'il l'accoutumait à son contact, à ses baisers, à sa force. Cela ne lui posait aucun problème d'explorer sa sensualité avec un homme qui en savait plus sur le plaisir qu'elle ne pouvait l'imaginer ; elle lui faisait confiance au lit. Bien sûr, pensa-t-elle avec un sourire alors qu'elle se levait pour aller préparer son petit-déjeuner, elle n'avait aucune intention de le laisser mener la danse une fois qu'ils seraient réellement devenus amants.

Elle avait fini ses céréales et allait se resservir du thé lorsqu'on frappa au mur de verre qui servait de façade à son appartement. Pivotant sur les talons, elle courut chercher le pistolet enfoui à l'arrière de son jean… et vit des ailes bleues embrassées d'argent éclairées en contre-jour par le soleil levant. Illium fit un geste du pouce par-dessus son épaule pour indiquer la Tour.

Elle opina et le vit se laisser tomber puis balayer la ville dans un spectacle de couleurs à couper le souffle, encore plus éblouissant contre le ciel de l'aube. Lorsqu'il fut rejoint par une paire d'ailes de minuit et d'aube, elle ravala son souffle d'étonnement, encore fascinée par la transformation d'Elena. Plutôt que de voler aux côtés de cette dernière, Illium piqua en flèche, ce qui fit remonter son cœur dans la gorge d'Honor, puis il se retourna pour s'élever de nouveau à la hauteur d'Elena et voler en cercles autour d'elle, une taquinerie qui montrait qu'ils étaient amis.

C'était un réveil dont elle devrait parler à Ashwini, pensa-t-elle avec un large sourire tout en allant se changer pour enfiler un tee-shirt moins chiffonné. Mais lorsqu'elle entra dans sa chambre, elle renonça au tee-shirt au profit d'un haut à manches courtes décolleté qui épousait parfaitement ses formes et qui affichait un panneau stop lumineux. Il ne gênerait pas ses mouvements, ne montrait pas tant que ça son décolleté, mais c'était la chose la plus sexy qu'elle ait portée depuis son agression. C'était agréable. Étalant sur son visage un peu de maquillage, rouge à lèvres couleur coquelicot inclus, elle tira ses cheveux en arrière en une queue-de-cheval serrée et attacha ses armes.

Il faisait trop chaud pour mettre une veste par-dessus le holster, la température étant montée à pic au cours de la nuit. Elle haussa les épaules et partit comme cela.

Il y avait une Ferrari décapotée qui l'attendait au coin de la rue lorsqu'elle sortit de son immeuble.

— Je ne m'étais pas rendu compte que j'avais souscrit au service de voiturier, dit-elle au vampire installé sur le siège conducteur.

Chapitre 24

Habillé d'une fringante chemise blanche ouverte au col et d'un pantalon de costume noir, on aurait dit un cadre au salaire élevé, en chemin pour un petit-déjeuner d'affaires. Ses yeux étaient abrités derrière des lunettes de soleil réfléchissantes qu'elle voulait lui enlever pour pouvoir déchiffrer son regard.

— Je n'ai pas obtenu ce que je voulais de toi jusqu'à présent.

C'était peut-être une blague. Tout comme cela pouvait être l'absolue vérité.

— As-tu mangé ? demanda-t-il en s'insérant dans le trafic.

— Oui. D'ailleurs, en parlant de petit-déjeuner : à qui te nourris-tu ?

— Attention, Honor. (Un ton dans ces mots qui la caressa dans le mauvais sens du poil.) Je pourrais commencer à croire que tu es du genre possessif et jaloux.

Elle ne l'avait jamais été, mais il était le seul homme à être devenu une obsession pour elle. Ce jour-là, durant les premières heures de la journée, elle avait rêvé non pas de son amant fantasmé sans visage, mais de Dmitri, avec ses mains expérimentées et sa manière immorale de la toucher.

— Oui, répondit-elle, sachant qu'elle demandait quelque chose qu'il pourrait bien être incapable de donner, je pense que je le suis.

Faisant un écart pour éviter une berline de luxe qui tentait de se faufiler dans la circulation frénétique, il prit son temps pour répondre.

— Il y avait une blonde particulièrement appétissante qui s'offrait à moi la nuit dernière. Elle m'a appelé après que j'ai quitté ton appartement.

La main d'Honor se crispa sur l'encadrement de la portière, son bras appuyé contre son bord. Elle savait qu'il la provoquait délibérément – il en était d'humeur, ça au moins, c'était clair – et pourtant, elle ne pouvait lutter contre la possessivité primale de sa réponse.

— J'aurais pensé, dit-elle avec un calme étudié, que tu avais retenu la leçon sur les blondes avec Carmen.

Il tourna, les emportant vers le Lincoln Tunnel plutôt que vers la Tour.

— Ah, mais le doux et chaud appel du sang peut masquer les qualités les moins attirantes. (Ne faisant preuve d'aucune impatience avec la circulation soutenue avant le tunnel, il retira ses lunettes de soleil pour les placer dans la boîte à gants.) Honor.

La colère brûlait dans les veines de cette dernière. Elle tourna la tête vers lui et retint son souffle devant sa sensualité grisante. La lumière de l'aube, la circulation, rien n'y faisait pour mettre en sourdine l'intensité de ces yeux sombres, les lignes dures de ce beau visage.

— Je suis possessif aussi, petit lapin. D'une manière fatale, dit-il de sa voix de soie.

La colère d'Honor se transforma en quelque chose de bien plus viscéral.

— Cela ne me fait pas peur, dit-elle, posant sa main sur la cuisse de Dmitri, la puissance brute du muscle fléchissant sous sa paume. Mais j'ai vu comment les vampires de ton âge fonctionnaient.

— Et comment ?

Un doux ronronnement en guise de question, qui aurait aussi bien pu être un stylet coupant à travers sa peau.

— Lunatiques, non ? (Pas de réponse tandis que la voiture accélérait.) Je sais que chez vous, continua-t-elle, les mœurs sexuelles sont bien plus... détendues.

Lors d'une chasse, elle s'était retrouvée une fois dans une orgie. Des membres enchevêtrés dans un abandon sexuel, des cous tendus pour une morsure, et des soupirs chuchotant dans l'air parfumé par le musc du sexe : c'était érotique comme tout, mais elle n'avait pas eu la moindre envie de se joindre au groupe – même quand une paire de jumeaux d'un blond scandinave, tout droit sortis d'un fantasme coquin, le lui avait proposé.

— Ce n'est pas mon genre, dit-elle. (Même si de tels fantasmes étaient sympas, dans la vraie vie, elle se sentait *très* solidement ancrée dans le camp de la fidélité.) Ce qui se passe entre nous a dépassé une limite. (Une limite qui lui donnait le droit de demander ce qu'elle était sur le point de demander.) Je n'accepterai jamais que tu puisses avoir d'autres maîtresses – que ce soit pour le sexe ou pour te nourrir –, et si c'est ce à quoi tu t'attends, alors nous devons arrêter cela ici et maintenant.

S'éloigner de Dmitri détruirait quelque chose de vital en elle, mais il serait pire encore de voir se pencher cette sombre tête sur le cou de quelque autre femme.

— Quel que soit le temps que nous passerons ensemble (et elle n'était pas assez naïve pour penser qu'elle pourrait garder un homme comme Dmitri pour toujours) – cela doit être une relation exclusive.

Alors qu'elle allait retirer sa main de la cuisse du vampire, il la couvrit de la sienne pendant une seconde, la retenant à lui.

— Les blondes, semble-t-il, ont perdu de leur attrait, dit-il alors que la vitesse s'accélérait et que le grondement du moteur diminuait.

— Pas suffisant.

— Personne d'autre pendant que nous sommes ensemble, Honor. (Une promesse sans équivoque… suivie d'une mise en garde.) Pour aucun de nous.

Sa poitrine lui faisait mal, et seulement alors la chasseuse se rendit compte qu'elle avait retenu sa respiration. La relâchant, elle dit :

— Je sais que ce n'est pas juste, car je suis incapable de dire si je te laisserai te nourrir de moi ou non.

Un vampire lui avait dit un jour que le sang pris à la veine était aussi différent du sang stocké que le plus fondant des gâteaux au chocolat l'était d'une simple galette de riz.

Mais Dmitri haussa ces épaules qu'elle voulait voir nues de nouveau.

— Il est assez facile de se passer de sang. (Sortant du tunnel, il les mena vers les banlieues.) Je risque plutôt de mourir du manque de sexe.

Elle enfonça ses ongles dans la cuisse du vampire, s'étranglant de rire. Lorsque les lèvres de ce dernier se retroussèrent en un lent sourire qui la poussa à des pensées dangereuses, elle décida de le prendre à son propre jeu. Déplaçant sa main, elle fit danser ses doigts le long de sa braguette. Il jura, mais réussit à ne pas faire d'écart.

Cela fit quelque chose à Honor qu'il ait durci immédiatement à son contact, et cette réaction la rendit encore plus audacieuse.

— Essaie de ne pas rouler à côté d'un semi-remorque ou d'un pick-up, lui conseilla-t-elle, fermant sa main sur son sexe et le pressant juste suffisamment pour que la mâchoire de Dmitri se fasse de pierre, ou ils profiteront de la vue.

— On s'en fout ! (Il appuya sur un bouton du tableau de bord, et le toit de la voiture se déplia au-dessus d'eux dans un doux fredonnement électronique, se refermant en moins de trente secondes. Une seconde pression et les vitres opaques étaient remontées.)

— Mon Dieu. Combien vaut cette voiture ?

Mettant sa main sur celle de la jeune femme, il la pressa de garder le rythme.

— Tu ne peux pas l'avoir. Pas contre une branlette. Peut-être si tu utilises ta bouche.

Ses orteils se recroquevillèrent ; le désir s'enflamma dans son ventre, liquide et chaud.

— Tu ne peux pas jouir, prévint-elle pendant qu'elle l'astiquait. Ou tu devras refaire tout le chemin en sens inverse pour aller te changer.

Serrant le levier de vitesses entre ses doigts, il laissa échapper son souffle dans un sifflement.

— Je n'oublierai pas ça, Honor.

C'était une menace. Une menace qui fit se raidir les tétons de la jeune femme, les frottant contre la dentelle du soutien-gorge sexy qu'elle avait enfilé sous son haut. Dans tous les cas, elle ne comptait pas arrêter ce qu'elle avait commencé - elle voulait continuer, s'emparer d'une expérience que la femme brisée qu'elle avait été au début de cette chasse n'aurait jamais envisagée.

— Là, dit-elle, il y a l'entrée d'un genre de parc.

De l'herbe verte, quelques tables de pique-nique.

Tournant brutalement le volant, Dmitri s'engouffra sur le petit parking. À cette heure de la journée, il était trop tard pour les propriétaires de chiens et les joggers, et trop tôt pour qui que ce soit d'autre. Détachant sa ceinture de sécurité sans retirer sa main de là où elle se trouvait, Honor défit celle de Dmitri et se pencha pour mordiller son oreille. Lorsqu'il frissonna, elle sut qu'elle avait touché un autre des points sensibles de son corps.

— Je ne pense pas que le pare-brise puisse devenir opaque ?

Sans un mot, il tendit la main pour toucher quelque chose sur le tableau de bord. Le pare-brise était d'un noir fumeux une seconde plus tard.

— Est-ce que ce truc est légal ?

Léchant le lobe de l'oreille de Dmitri, elle insinua sa main libre dans le col ouvert de la chemise de ce dernier pour jouer de ses doigts sur le creux à la base de sa gorge. Elle sentit les muscles du vampire se contracter.

— Les infractions s'accumulent.

Des mots sombres, dangereux.

Ils amenèrent les cuisses de la chasseuse à se serrer, alors que des images de punitions des plus érotiques traversaient son esprit. Dmitri ne serait pas un amant facile – comme l'homme sans visage qu'elle avait vu dans ses rêves, il serait exigeant, contrôlerait et posséderait.

— Toi, murmura-t-elle en débouclant la ceinture du vampire, tu es l'homme le plus sexy que j'aie jamais rencontré.

Il faisait naître en elle de mauvaises pensées par sa simple respiration.

Déboutonnant son pantalon après avoir détaché la ceinture avec succès, elle tira la braguette de Dmitri vers le bas. Et fit glisser sa main à l'intérieur pour la refermer sur sa chair rigide et chaude, recouverte d'une peau douce comme le velours. Il rejeta le chef en arrière contre l'appui-tête, une main encore posée sur le volant, l'autre s'enroulant autour du corps d'Honor pour agripper l'arrière de son tee-shirt. Les lignes tendues de la gorge du vampire étaient une tentation irrésistible. Continuant à le caresser d'une main ferme qui rendait blancs les tendons de Dmitri contre la séduction chaude de sa peau, elle remonta le long de son torse à coups de baisers… et elle le mordit.

La main du vampire s'aplatit sur le dos de la jeune femme en un mouvement brusque avant de saisir de nouveau son haut. Un instant plus tard, ils s'embrassaient. Cette fois-ci, il n'y avait ni léger effleurement, ni exploration tactile. C'était tout en langues et en dents. Une humidité perverse l'envahissait alors que Dmitri l'embrassait à la manière d'un homme qui avait à l'esprit du sexe violent, sale, bestial, et qui se fichait qu'elle le sache.

Reprenant son souffle quand ils se séparèrent, elle l'empoigna, le caressa fermement et rapidement de haut en bas. Une fois. Deux fois. Les yeux de Dmitri brillèrent.

— Si je ne te connaissais pas plus, dit-il, je pourrais jurer que tu as pris des leçons sur la manière de me faire le plus plaisir.

— Je devrais arrêter immédiatement à cause de ce commentaire, mais je t'ai dans la peau, Dmitri.

Ne donnant pas une chance à la peur de ressurgir, elle plongea la tête et le prit dans sa bouche.

— Merde !

Sa main serra plus fort le haut d'Honor mais il n'eut pas un geste pour pousser la tête de la jeune femme ou la diriger de quelque manière que ce soit, comme s'il savait combien la ligne sur laquelle elle avançait était mince.

Dmitri avait goûté à tous les plaisirs sexuels qu'il y avait à goûter. Il avait couché avec des impératrices et des reines, avait roulé hors de lits où il y avait plus d'un corps allongé, avait connu le plaisir donné par les courtisanes les plus expérimentées et les plus dissolues des Immortelles. Pendant un temps court et intense, la dépravation lui avait procuré l'oubli.

Puis c'était devenu un divertissement, de voir jusqu'où il pouvait aller, à combien d'excès il pouvait se livrer sans se détruire. Mais durant les cent dernières années, même l'érotisme avait failli à le satisfaire – il avait joué le jeu, mais avec un calcul froid et peu de chaleur. Pourtant, à cet instant précis, il ne pouvait s'imaginer qu'il ait été consumé par un tel ennui. C'était à ça qu'il pensait pour ne pas empoigner les cheveux d'Honor et lui apprendre exactement ce qu'il aimait.

Garder ses mains là où elles se trouvaient était un exercice de retenue des plus difficiles. Il n'osait pas baisser les yeux, et voir cette superbe bouche le travailler avec une confiance voluptueuse. Honor émit un ronronnement sourd du fond de sa gorge et le corps entier de Dmitri se contracta ; son dos se cambra alors que le plaisir jaillissait de son sexe et parcourait tout son être en une violente décharge.

Elle ne retira pas sa bouche quand il jouit, lapant sa semence avec une gourmandise sensuelle qui le poussa à se demander qui elle serait lorsqu'elle serait complètement libérée, sans plus de craquelures dans son psychisme. Quand ses failles, pensait-il, la poitrine haletante tandis qu'elle retirait lentement sa bouche dans une caresse finale, ne seraient plus que des cicatrices aussi fines que des cheveux.

Se soulevant en s'appuyant des mains sur les cuisses du vampire, Honor fit face à ce dernier. Ses joues étaient empourprées, ses yeux d'un vert profond et passionné, ses lèvres pleines et rouges. Relâchant sa prise sur son haut pour se rhabiller, il la regardait l'observer. À l'instant où il boucla sa ceinture, elle se déplaça pardessus la console entre les sièges pour venir se lover sur ses genoux, la tête sur l'une de ses épaules, sa main traçant des dessins sur l'autre à travers le tissu fin du teeshirt de Dmitri.

Il enroula un bras autour d'elle, plaça sa main libre sur sa cuisse.

— La dernière fois que je l'ai fait dans une voiture, les voitures n'existaient pas.

C'était dans un chariot chargé de légumes. D'une manière ou d'une autre, il avait persuadé sa nouvelle épouse scandalisée d'aller à l'arrière, où il l'avait prise profondément, avec bonheur.

Mais son souvenir préféré était celui d'Ingrede le rejoignant au chariot, toute seule, un jour ensoleillé, une invitation dans ses yeux marron qu'elle n'avait jamais énoncée. Pas à ce moment-là. Plus tard, alors qu'ils étaient ensemble depuis plusieurs années, et que Misha marchait, sa femme avait parfois murmuré à son oreille les propositions les plus pécheresses.

Une autre femme maintenant mordillait son lobe et disait :

— Je veux ta bouche sur moi, Dmitri. (Un ton bas et rauque qui était aussi bon qu'une caresse.) J'en ai rêvé, je me suis réveillée avec les draps enroulés autour de mes jambes et ma main entre mes cuisses.

Caressant cette cuisse de plus en plus haut, il insinua sa main dans l'entrejambe d'Honor. Elle trembla mais ne lutta pas contre lui. Au lieu de cela, elle fit cette chose qui n'appartenait qu'à elle – glissant un bras autour de l'épaule du vampire, elle prit son visage entre ses mains et lui fit baisser la tête vers elle.

Le baiser du vampire fut une lente séduction langoureuse. Il appuyait la paume de sa main vers le haut, poussant la couture de son jean sur le clitoris de la chasseuse. Pas d'autre intrusion. Une simple pression inexorable qui modifia la respiration de la jeune femme, son corps tentant d'onduler contre ce contact.

— Tu veux que je frotte, Honor ? demanda-t-il, diminuant la pression. Sois une bonne fille et dis-le.

Elle lui mordit la lèvre inférieure. Durement. Un sourire étirant sa bouche, il commença de frotter – de minuscules mouvements de haut en bas qui la firent se tortiller, son parfum chaud s'élevant pour infuser l'air dans la voiture. Sensible comme il l'était aux odeurs, il attrapa des touches d'elle pour les jours à venir. Il était pratiquement sûr que sa bite durcirait chaque fois qu'il y penserait.

— *Dmitri.*

La main d'Honor agrippant le cou du vampire, elle s'immobilisa.

Il pouvait presque voir les vagues de plaisir emportant son corps. Il prit note de la regarder jouir quand elle serait nue dans son lit, un jour proche. Lorsqu'elle s'abandonna contre son bras, il appuya ce dernier contre la portière, la laissant s'étaler sur les deux sièges, une longue jambe repliée et appuyée sur le siège passager, l'autre au sol. Les courbes enflammées de ses seins s'élevaient et s'abaissaient en un rythme saccadé qui était la plus puissante des séductions.

Voyant que ses yeux étaient mi-clos et presque noirs de plaisir, il déploya sa main sur son ventre. Pas de tressaillement, pas la moindre trace de peur. Alors il fit glisser cette main pour venir prendre son sein, ne lâchant Honor du regard à aucun moment pour qu'elle sache qu'il s'agissait de lui et de personne d'autre. Une respiration hachée, la main de la jeune femme serrant le flanc du vampire.

— Tu aimes pousser ton avantage, n'est-ce pas ?

— Si je ne le fais pas, ronronna-t-il, se penchant en avant pour l'embrasser pendant qu'il massait son sein d'une main possessive, comment te persuaderai-je un jour de me laisser t'attacher et d'utiliser un fouet sur toi ?

Chapitre 25

Les ongles d'Honor s'enfoncèrent dans la nuque du vampire.

— Un fouet ?

— Un fouet de velours, murmura-t-il, traçant un chemin de baisers le long de sa mâchoire, mais ne descendant pas vers sa gorge. (Elle n'était pas encore prête pour cela.) Je caresserai ta peau si doucement avec, que cela ne provoquera que le plus exquis des plaisirs mêlé de douleur.

Des yeux d'un vert profond emplis d'un sens de l'*âge*, et de la connaissance, qu'aucun mortel ne devrait posséder.

— Tu as toujours été comme ça, n'est-ce pas ?

Fasciné par l'énigme qu'elle représentait, il soutint ce regard hanté tout en la caressant et en la pelotant, afin qu'elle s'habitue à son contact, à son corps.

— Comme ça quoi ?

— Prêt à mélanger un peu de douleur à ton plaisir. (Elle émit un bruit profond de l'arrière-gorge alors qu'il frottait son pouce contre son téton.) Cela n'a rien à voir avec ton vampirisme.

Ces mots éveillèrent un autre souvenir, le tirant brusquement dans un passé qui ne semblait dorénavant plus se contenter de rester enfoui.

— Dmitri...

Un tremblement nerveux dans la voix de la femme nue allongée comme pour un sacrifice devant lui, ses seins tendus vers le haut, ses hanches larges, son corps tout en courbes douces et en tentations – et ses mains attachées aux poteaux du lit qu'il avait construit sachant qu'elle le partagerait avec lui.

— Chhhut. (S'allongeant complètement habillé à ses côtés, il ne la brusqua pas, sa main sur son sein, ses doigts pinçant son téton avec un savoir sensuel glané quand il lui faisait la cour et pendant leur mariage.) Je ne te ferai jamais de mal.

— Je sais. (L'absolue confiance de sa déclaration aurait fait Dmitri sien si elle ne possédait déjà son âme.) C'est juste que... Personne ne parle jamais de telles choses.

Déplaçant sa main vers le bas pour la glisser entre les cuisses de sa femme, pour y découvrir ses replis intimes humides et dilatés pour lui, il la toucha de caresses tranquilles, sentit ses hanches commencer à se soulever et s'abaisser pour lui.

— Es-tu en train de me dire, demanda-t-il, que tu discutes de nos jeux au lit avec les autres femmes ?

La rougeur colora ses joues, mais elle continua de bouger contre sa main, aussi généreuse de sa sensualité qu'elle l'était de son cœur.

— Bien sûr que non. Je ne suis pas sûre que quiconque me croirait.

Il rit et l'embrassa, cette compagne qui était prête à céder à son besoin de se livrer à des jeux qui auraient pu conduire une autre femme à une crise de nerfs avant de la faire s'évanouir. Bien sûr, il n'avait jamais voulu s'y adonner avec qui que ce soit d'autre. Seulement avec Ingrede.

Mêlant sa langue à la sienne, il retira sa main de son entrejambe pour déposer une petite claque joueuse sur cette même chair délicate. Elle gémit... souleva ses hanches pour en avoir plus. Il lui donna. Lui donna tout. Parce qu'elle avait beau être celle qui avait les mains liées, c'était lui l'esclave.

Son esclave.

— Oui, dit-il, répondant à la question d'Honor alors même qu'il enroulait sa main sur sa cuisse. Le vampirisme m'a seulement permis de peaufiner ce penchant, d'en atteindre le degré le plus élevé.

Tandis que les saisons passaient, et que les ruines de la cabane disparaissaient dans les brumes du temps, le jeu sexuel s'était teinté d'une veine profonde de cruauté.

Ses partenaires de lit rentraient bien souvent chez elles avec des marques de fouet et revenaient en suppliant d'en avoir plus. Parfois il les torturait au lit parce que cela lui faisait plaisir. Parfois parce que cela l'amusait. Mais jamais il n'avait ressenti au fond de ses entrailles le plaisir qu'il avait éprouvé en attachant sa femme dans leur petit lit, dans une cabane sur un champ oublié où les fleurs sauvages maintenant fleurissaient.

— Quel était son nom ? (Honor s'assit, une émotion brute lui brûlait la gorge devant la terrible noirceur qu'elle avait aperçue.) La femme qui a mis cette expression dans ton regard ?

— Ingrede. (Rien dans sa voix, et c'était déjà une réponse en soi.) Nous devons poursuivre notre route.

Elle reprit place sur son siège, levant les mains pour refaire sa queue-de-cheval.

— Ingrede, dit-elle, incapable de changer de sujet, c'était ta femme, n'est-ce pas ?

Il regardait fixement au-delà du pare-brise qui n'était plus obscurci, mais ce qu'il voyait n'était pas l'herbe verdoyante qui se trouvait là.

— Oui. (Puis, quand elle pensa qu'il n'ajouterait plus rien, il reprit :) Ma femme… une mortelle.

Ce que Dmitri avait à faire avec Sorrow ne prit que quelques minutes et Honor eut le sentiment qu'il vérifiait surtout que tout allait bien pour la jeune femme.

— Je n'ai pas oublié, dit-elle à cette dernière quand Dmitri prit Venin à part pour discuter avec lui. À propos des cours d'autodéfense. Mais je peux attendre. (L'expression sur le visage de Sorrow était farouche, ses yeux vifs cerclés d'un vert brillant.) J'espère que vous trouverez chacun des salauds qui vous ont fait du mal et que vous les ferez hurler.

De retour dans la voiture, Honor se tourna vers le vampire à ses côtés – le vampire qui avait eu une femme autrefois. Une femme qu'il avait aimée d'une telle dévotion qu'il protégeait son souvenir avec une force inébranlable, même maintenant. Son expression s'était fermée à l'instant même où il avait parlé de la mortalité d'Ingrede. Il était évident qu'il regrettait de lui avoir dit ça.

Sa fidélité... Cela stupéfiait la jeune femme.

Honor n'avait jamais été aimée comme ça, n'avait même jamais pensé cela possible.

— Venin a découvert quelque chose ? demanda-t-elle, consciente qu'il ne lui en dirait pas plus sur Ingrede, pas maintenant.

— Le premier vampire que Jewel a désigné, répondit-il, son ton de nouveau celui de la plus sophistiquée des créatures, a un amant depuis longtemps et n'a jamais fait preuve du moindre intérêt pour les femmes. (Il secoua la tête, le mouvement fit briller ses cheveux d'un noir bleuté dans l'intense lumière du soleil.) Je ne sais pas comment cela a pu m'échapper, mais en plus de cela, ce vampire est bien trop « bourgeois[1] », comme dirait Valeria, pour s'être vu offrir une invitation.

1. En français dans le texte. (*N.d.T.*)

— Traduction : il est heureux avec son amant et n'a pas besoin de maltraiter quelqu'un pour tromper l'ennui.

Dmitri eut un bref hochement de tête.

— Le deuxième individu n'a rien fait de remarquable lorsqu'il était sous surveillance, mais d'après ce que je connais de ses habitudes, il peut très bien avoir été impliqué. J'ai envoyé Illium l'interroger.

— Illium semble bien trop mignon pour être dangereux.

La beauté mâle de Dmitri, au contraire, était une chose plus sombre, plus nerveuse.

— Personne ne s'attend à le voir sortir une lame et trancher une paire de couilles, dit-il avec un amusement dangereux dans la voix tout en les conduisant vers le pont George-Washington. Il le fait avec une telle grâce aussi.

Honor n'était pas choquée. Ce qu'elle avait dit était vrai, mais elle savait depuis bien longtemps que les apparences pouvaient être trompeuses.

— Est-ce que tu as volontairement cultivé ta réputation ?

Il rit et ce fut comme une fourrure épaisse sur ses seins, son corps semblant être devenu plus sensible à l'appât de son parfum.

— J'étais trop occupé à verser le sang sur des champs de bataille et à baiser des femmes attirées par la violence pour cultiver quoi que ce soit.

Honor ne pouvait laisser passer cela, parce que, comme ils l'avaient dit le matin même, ils s'appartenaient désormais. Même si cela ne devait durer qu'un temps.

— Tu es si *en colère*. (Aiguisée et aveugle, cette colère était une chose froide, tellement froide.) Dis-moi pourquoi.

Un long silence tranquille.

— Mes souvenirs sont ma pénitence, Honor. Les partager est inutile.

— Je ne serai jamais un objet décoratif ou une partenaire de lit se satisfaisant de rester en retrait.

Elle ne pouvait l'être, pas quand la profondeur de son attirance pour lui n'avait rien de sensé, de rationnel.

— Et moi, répondit-il en tendant la main pour agripper la cuisse de la jeune femme, je ne serai jamais…

— Facile à gérer, l'interrompit-elle dans une soudaine explosion de bonne humeur. Je suppose que je ne peux pas dire que je l'ignorais.

Dmitri lui lança le plus étrange des regards lorsqu'ils s'arrêtèrent à un feu rouge.

— Pourquoi avoir choisi ce mot ?

— Il semblait convenir. (Comprenant qu'il ne révélerait jamais la moindre vulnérabilité avant d'avoir atteint un niveau de confiance bien plus grand, elle décida d'en revenir à leur sujet de discussion précédent.) Et le troisième vampire ?

Détournant ses yeux de la chasseuse après lui avoir lancé un autre regard pénétrant, il engagea la Ferrari sur le pont.

— C'est là que nous nous rendons – elle vit à Stamford, dit-il, expliquant pourquoi ils reprenaient le chemin de Manhattan. Il semble qu'elle se terre dans sa maison depuis au moins cinq jours. Se nourrissant des junkies de sang qui frappent à sa porte.

— Je ne connais pas cette expression.

Bien qu'elle ait entendu parler des « vamp-putes », terme utilisé pour décrire ceux qui étaient dépendants du baiser d'un vampire.

— Les junkies de sang se déplacent à deux, expliqua Dmitri. La seule manière pour eux d'être suffisamment excités pour se livrer à un acte sexuel est qu'un vampire se nourrisse de l'un d'eux ou des deux à tour de rôle. Donc, dans les faits, il s'agit d'un plan à trois – seule une minorité des Transformés trouve cela ne serait-ce qu'un peu excitant.

Honor opina.

— La majorité des mortels ne s'approche même pas de la beauté conférée par le vampirisme.

— Ce qui rebute les vampires surtout, c'est de n'être qu'un moyen, de ne pas être au centre de l'action.

Aucun vampire âgé n'apprécierait cela.

— La femme que nous allons voir…

— Jiana. Elle n'est pas connue pour appartenir au groupe des junkies, mais il ne fait pas de doute qu'elle s'y est laissée aller dernièrement, dit-il, suivant sa route dans le Bronx une fois qu'ils eurent quitté le pont. Regarde dans la boîte à gants.

Elle se pencha et ouvrit le compartiment pour y découvrir une enveloppe. À l'intérieur se trouvait un certain nombre de grandes photos en noir et blanc.

— Quand ont-elles été prises ?

— Tôt ce matin.

La première était celle d'un couple au teint frais, blond et propret, sorti tout droit d'un casting pour « le parfait couple américain » - seul le chien manquait. Main dans la main, ils montaient les marches d'une vieille maison élégante, la glycine tombant des balcons, le monde drapé de noir et de gris sur le cliché brillant.

La photo suivante représentait les deux mêmes sortant de la maison. Ils avaient les joues empourprées, les lèvres gonflées et les cheveux en bataille - la chemise de l'homme était mal boutonnée et l'écharpe à fleurs de la femme manquait.

— C'est un truc qu'une femme fait pour son mari, et vice versa ?

— Ils ont leur propre culture, lui apprit Dmitri. Ils se marient entre eux. Cela rend tout plus facile.

Éloignant les photos, elle essaya d'oublier que Dmitri les conduisait hors du Bronx vers Westchester et le

Connecticut. Lorsqu'ils passèrent de Greenwich à Stamford, elle se souvint qu'elle avait eu l'intention de mentionner quelque chose au sujet d'une autre sous-culture.

— J'ai reçu un e-mail du détective Santiago, dit-elle. (Elle se rendit compte qu'elle n'éprouvait aucune appréhension malgré le fait qu'elle avait été détenue et brutalisée à seulement une heure de là – le coin était si différent qu'il aurait aussi bien pu se trouver sur une autre planète.) Ils ont déjà arrêté quelqu'un pour le meurtre d'hier matin.

— Le petit copain de la victime et un autre membre du club, dit Dmitri. J'ai tenu à garder un œil sur cette affaire.

Honor savait que cette sous-culture recevrait bientôt la visite d'un vampire effrayant.

— Sexe et jalousie à l'ancienne, selon Santiago.

Tous les trois avaient été impliqués dans un triangle amoureux.

— Et une bonne dose de stupidité.

Sur cette déclaration sans pitié, il tourna pour passer un portail qui donnait sur une allée sinueuse encadrée par des sycomores d'un âge certain. La Ferrari était presque à la porte de la maison lorsque celle-ci s'ouvrit pour laisser passer un autre couple. Honor tressaillit.

Ayant aperçu sa réaction, Dmitri rit.

— Les appétits ne décroissent pas avec l'âge, Honor. Tu devrais savoir cela.

— C'est plus facile à accepter avec les vampires, murmura-t-elle en regardant le couple de personnes âgées monter dans sa vieille voiture. Je pense toujours aux plus jeunes comme à une adolescence prolongée. (Sortant de la Ferrari une fois que le couple se fut éloigné, elle inspira une bouffée de l'air frais printanier.) C'est un bel endroit.

L'arrière de la maison était garni de plusieurs arbres, et l'allée était ornée d'une fontaine délicate. Des pelouses aménagées et des jardins débordaient de chaque côté et, dans le lointain, des lits de fleurs colorées oscillaient dans le vent qui murmurait le long de la légère pente sur la droite.

— Michaela aussi a la plus luxueuse des maisons, dit Dmitri en faisant le tour de la voiture pour rejoindre la chasseuse près de la fontaine.

Honor avait seulement vu l'Archange dans les médias, mais il était indéniable que Michaela était à la fois belle et malveillante.

— Qu'en est-il de Favashi ? demanda-t-elle.

Ce n'est que parce qu'elle regardait Dmitri qu'elle remarqua la crispation de sa mâchoire.

— Celle-là a l'air douce et gentille, et pendant ce temps-là, elle broie ses ennemis sous sa botte.

Un résumé brutal.

Pas si longtemps auparavant, elle avait découvert que Dmitri avait eu une femme autrefois et qu'il l'avait aimée. Maintenant, elle comprenait qu'il avait peut-être eu une Archange pour maîtresse.

— Une rupture difficile ?

La jalousie rendait ses mots tranchants comme un rasoir.

Un sourcil relevé.

— Perspicace, petit lapin.

Oui, il savait où appuyer. Mais si étrange que cela pût paraître, elle connaissait aussi ses points sensibles à lui.

— Je me doute que se faire larguer par une Archange doit être douloureux pour un ego masculin.

— Je ne m'étais pas rendu compte que les lapins avaient des griffes.

La porte de la maison s'ouvrit avant qu'elle ne puisse répondre à ce commentaire amusé. Levant les yeux, elle vit une grande et mince vampire, avec la silhouette d'un mannequin, les lèvres pulpeuses d'une sirène du petit écran, et une peau couleur café au lait qui brillait dans la lumière – cet ensemble était disposé à la perfection dans une robe de chambre de dentelles et de satin d'un bronze exquis, qui la couvrait à peine jusqu'à mi-cuisses.

— Est-ce qu'aucune de ces femmes ne possède de vêtements ? marmonna Honor.

— Nous l'avons interrompue pendant un repas, dit Dmitri d'une voix traînante pendant qu'ils montaient les marches.

Jiana pâlit à leur approche, mais elle n'était pas en train de regarder Dmitri… et la peur dans ses yeux était accablante.

— Je ne savais pas. (Un murmure, sa main se serrant contre l'encadrement de la porte.) Lorsque j'ai accepté l'invitation, je ne savais pas. Et lorsque je vous ai vue là-bas, je ne vous ai pas fait de mal. S'il vous plaît, vous devez vous souvenir.

Honor posa la main sur l'avant-bras de Dmitri pour l'empêcher d'avancer.

— Ce parfum. (Doux et luxueux.) Oui, je me souviens.

— Je suis désolée. Voilà, voulez-vous de l'eau ?

Elle but car son kidnappeur, celui qui contrôlait les autres, ne s'était pas soucié de lui donner à boire ou à manger ce jour-là. Elle but autant qu'elle le pouvait.

— Merci.

— Non, ce n'est rien. (Des sanglots silencieux.) Je ne peux pas vous aider. S'il vous plaît, ne me le demandez pas.

Honor entendit le tremblement de panique dans cette voix, et sut que la délivrance ne viendrait pas de ces mains fines.

— De qui avez-vous peur ?

— De qui avez-vous peur ? demanda-t-elle de nouveau, rencontrant des yeux sombres comme de l'onyx.

Jiana sembla près de s'effondrer. Entourant son corps tremblant de ses bras, elle fit un pas en arrière en une invitation silencieuse. À l'intérieur, la maison était aussi élégante que les jardins étaient harmonieux. La décoration était relativement moderne – la lumière dominait, les murs étaient peints d'une couleur raffinée.

Un beau portrait de Jiana ornait un mur. C'était un nu, joliment exécuté dans un érotisme langoureux et encadré avec une simplicité qui attirait l'œil vers l'œuvre et non ce qui l'entourait. La décoration continuait d'être irréprochable depuis le couloir jusqu'à la chambre où Jiana les conduisit. Le mobilier faisait de lumineuses éclaboussures de couleur dans la pièce.

Se laissant tomber sur l'un de ces canapés aux tons de bijoux, Jiana appuya ses coudes sur ses genoux et prit sa tête entre ses mains.

— Je n'ai pas dormi depuis le jour où je vous ai laissée là-bas.

Honor éprouva le même mélange de colère et de pitié qu'elle avait ressenti dans le sous-sol.

— C'est moi qui étais attachée, mais vous étiez la plus faible.

Même maintenant, cela semblait absurde. Elle partit d'un rire presque hystérique.

Dmitri s'appuya contre le fauteuil où s'était assise Honor, tel un tigre qui se retenait de bondir. Il ne dit rien, mais d'après l'expression sur le visage de Jiana, la vampire savait exactement à qui elle avait affaire.

— Je suis toujours si faible lorsqu'il s'agit de lui, murmura-t-elle, les larmes coulant sur ses traits sublimes.

Son désespoir la faisait paraître encore plus vulnérable et féminine.

Les cheveux se dressèrent sur la nuque d'Honor. Était-on en train de se jouer d'elle comme rarement ?

Ou la troublante beauté de Jiana ne faisait-elle que détourner l'attention de la peine qui semblait la ronger ?

— Même quand j'ai vu ce qu'il avait fait, continua-t-elle, je n'ai pas pu le trahir.

— Qui ? demanda Honor. Vous ne pouvez plus garder ce secret, Jiana. Il a prévu de recommencer.

Un sanglot secoua la mince silhouette de la vampire.

— Je sais. (Essuyant ses larmes, elle tendit la main vers le tiroir d'une petite table pour en sortir une enveloppe au grain maintenant familier.) Il m'a envoyé ceci.

Honor savait ce qu'elle y trouverait, mais elle la prit et fit malgré tout glisser la carte qui se trouvait à l'intérieur.

Peut-être que cette fois, la proie sera à ton goût. Je ne l'ai pas encore dit aux autres, mais il s'agira d'une paire, un homme et une femme. Tu aimeras ça, n'est-ce pas, Mère ?

Chapitre 26

La voix d'Honor ne fut qu'un murmure.

— Mère ?

Les vampires étaient fertiles jusqu'à leurs deux cents ans à peu près, et les enfants qu'ils engendraient ou portaient étaient mortels. Mais Jiana avait au moins quatre cents ans.

Dmitri se chargea d'expliquer comment un enfant de Jiana pouvait avoir survécu pour perpétuer de telles atrocités.

— Jiana était une jeune vampire, encore sous Contrat, lorsqu'elle a donné naissance à Amos. Son fils a été Transformé en raison de ses propres mérites. Il est extrêmement intelligent et il était destiné à la Tour.

Le sang d'Honor se glaça, tandis que le soupçon que Jiana soit une excellente comédienne disparaissait rapidement – l'amour d'une mère n'avait rien de rationnel.

— S'il vous plaît, dites-moi qu'il n'est pas là.

Dmitri toucha ses cheveux, une caresse étonnamment tendre.

— Non.

— A-t-il toujours été si…

Elle ravala l'expression qu'elle voulait utiliser devant le regard vide de Jiana.

— Amos a… changé de manière anormale lorsqu'il a été Fait.

Jiana eut un rire désespéré.

— Il est devenu fou, Dmitri. Comme cela arrive à certains, ceux dont nous ne parlons jamais.

Repoussant ses épais cheveux noirs striés de fines mèches marron et rouge, le geste incertain, elle planta son regard dans celui d'Honor. Il contenait une soudaine et violente colère.

— Saviez-vous cela, chasseuse ? Une petite minorité des Transformés devient folle durant le processus.

Comme tous les chasseurs, Honor avait eu vent de ces rumeurs, mais c'était la première fois qu'elles étaient confirmées.

— Si c'est vrai, j'aurais pensé que les anges auraient éliminé le problème.

La race angélique ne conservait pas le pouvoir parce qu'elle jouait le jeu gentiment.

La colère de Jiana s'évanouit aussi vite qu'elle s'était éveillée, une souffrance poignante creusant de profonds sillons autour de ces lèvres charnues.

— La folie d'Amos n'était pas évidente. C'était une tare cachée, rampante. Il avait cent ans quand il a commencé à en montrer les premiers signes, deux cents avant que je ne puisse plus les nier. (Elle essuya ses joues pour la deuxième fois, apparemment inconsciente que sa robe de chambre s'était ouverte pour exposer les courbes de ses seins, ronds et fermes.) Quand il a eu trois cents ans, j'ai su que rien ne pouvait être fait. Je me suis consacrée à juguler ses excès afin qu'ils ne mènent pas à son exécution.

À la surprise d'Honor, Dmitri avança pour aller s'accroupir devant Jiana et prit les mains de la femme, longues, fines, dans les siennes.

— C'est ton fils. Tu l'as protégé. Mais il sait que ce qu'il fait est mal et il a choisi de continuer ainsi.

Un vrai psychopathe, pensa Honor, se souvenant comment Amos avait chantonné pour elle après l'avoir frappée au ventre.

— *Tu n'aurais pas dû me mettre en colère. (Une main caressant son dos comme s'il se souciait d'elle, un geste de raillerie.) Je ne t'ai pas emmenée ici pour te faire du mal. (Ses lèvres contre la joue de la jeune femme, contre sa gorge.) Alors, sois une bonne chienne obéissante et fais ce qu'on te dit.*

Au lieu de quoi, elle lui avait mordu l'oreille, suffisamment durement pour en arracher presque un morceau. Il l'avait frappée si violemment après cela qu'elle s'était évanouie… et s'était réveillée en train de saigner.

— La folie. (La voix tremblante de Jiana trancha à travers l'horrible souvenir, son ton était celui d'une prière.) C'est la folie qui le conduit.

Honor n'en était pas si sûre. Amos lui avait paru froidement intelligent, un homme qui – comme l'avait souligné Dmitri – avait choisi de se délecter de ses désirs sadiques plutôt que de tenter de lutter contre eux. En plus de cela, il avait également alimenté les vices des autres.

— On est venu lui parler lorsque ses penchants sont devenus manifestes. (La voix de Dmitri était plus gentille qu'Honor ne l'avait jamais entendue – lui offrant à la fois une mise en garde et une aide.) Il a choisi de se détourner.

La lèvre inférieure de Jiana trembla, et elle tomba dans les bras de Dmitri, ses pleurs si primitifs que son corps tout entier en était secoué, comme si ses os allaient se briser en morceaux. Le propre cœur d'Honor était douloureux, ses yeux brûlant de solidarité maternelle.

Elle était une mère, elle comprenait ce que c'était que de devoir faire tout ce qui était en son pouvoir pour protéger son enfant.

Honor battit des paupières, secoua la tête pour chasser cette voix étrangement familière hors de son crâne. Familière, mais qui n'était pas la sienne – elle n'avait jamais donné naissance à un enfant, n'avait jamais porté une vie en elle. Pourtant sa réaction émotionnelle à la souffrance de Jiana était si intense qu'elle ne pouvait qu'en être déchirée, même en sachant que la profondeur de sa compassion restait inexplicable.

Les larges épaules de Dmitri étaient solides comme le roc dans son champ de vision alors qu'il tenait Jiana, et elle sut. Elle *savait*. Dmitri avait eu un enfant. Non, c'était faux. Il avait eu *des enfants*. Mal à l'aise avec cette correction mentale presque coléreuse, elle se frotta les tempes, mais la pensée resta là, et semblait si *juste* qu'elle ne pouvait l'effacer.

— Où est-il, Jiana ? demanda Dmitri après que les sanglots de la vampire se furent calmés en un silence pénible.

La superbe femme secoua la tête, ses cheveux glissant sur son visage alors qu'elle reculait.

— Je ne l'ai pas vu depuis trois semaines. Il a déjà fait ça auparavant, s'en aller. Mais il me contacte toujours pour me dire où. Cette fois, c'est silence complet. (Ses yeux se portèrent sur l'enveloppe.) Mis à part ça. C'est arrivé il y a cinq jours.

Si terrible que ce fût, Honor pouvait comprendre que les instincts maternels de Jiana prennent le pas sur tout le reste – même lorsqu'elle faisait face à la réalité effarante et diabolique de son fils. Mais il y avait une chose qui n'avait pas de sens à ses yeux.

— Pourquoi restez-vous enfermée ici ? (Au point de devoir se nourrir à des junkies de sang.) D'après cette carte, on dirait qu'il veut vous faire plaisir, pas vous faire du mal.

— Oui. (Un sourire crispé.) Je déteste cela, me prostituer pour rester vivante.

Une fois encore, sa réponse n'avait pas de sens – Jiana avait sûrement suffisamment de contacts pour être capable d'organiser quelque chose de plus acceptable. *Oh*.

— Vous vous punissez vous-même.

Jiana sourit tristement.

— Je lui ai demandé d'arrêter – ils vous ont trouvé si rapidement après, que j'ai pensé qu'il avait joué quelque rôle là-dedans. Puis la carte est arrivée... (Elle tira les bords de sa robe d'intérieur pour la fermer sur ses seins. Ses mots se faisaient plus faibles et son regard devenait distant.) Je suppose qu'on espère toujours. Contre toute attente.

Les cheveux de Dmitri brillaient, soyeux dans la lumière du soleil alors qu'ils se tenaient sur les marches devant l'élégante maison de Jiana.

— Jewel Wan, lui dit-elle, t'avait peut-être donné le nom de Jiana, mais tu savais que cela ne pouvait être elle.

Il avait traité la vampire avec courtoisie à la seconde où ils étaient arrivés.

Puisqu'il ne dit rien, elle cramponna sa main au bras du vampire.

— Depuis combien de temps suspectes-tu Amos ?

Des yeux sombres la clouèrent au sol, ne lui apprirent rien.

— Quel bien cela t'aurait-il fait de savoir à qui je pensais ?

— Arrête de me protéger ! Je n'en ai plus besoin !

L'expression sur le visage de Dmitri changea, la pierre se faisant une flèche pénétrante.

— Quand t'ai-je déjà protégée ?

Je sais que tu prendras toujours soin de moi.

Elle se frappa les tempes des mains.

— Cette voix.

Si profonde en elle.

— Honor ? (La main de Dmitri sur ses reins, sa respiration soulevant les mèches bouclées de ses cheveux le long de ses tempes comme il se penchait plus près.) Dis-moi ce qui ne va pas.

— Non, ce n'est rien, dit-elle parce qu'une autre réponse reviendrait à reconnaître l'hallucination auditive. Juste l'... écho d'un rêve. (S'infiltrant dans sa vie éveillée.) Tu aurais dû me le dire.

— J'ai presque un millier d'années. (Sa main bougea en de lents mouvements circulaires, mais ses mots étaient aussi acerbes que son toucher était tendre.) Tu es si jeune que c'en est risible. Tu n'as ni la force ni le droit de remettre en cause mes décisions.

Avec ces mots, il reniait l'engagement qu'ils avaient pris l'un envers l'autre. Peut-être ne le voyait-il pas comme cela, mais elle ne pouvait pas être avec un homme qui s'attendait à maintenir un tel abîme entre eux.

— Sais-tu où trouver Amos ? demanda-t-elle, mettant de côté cette blessure qu'elle éprouvait, bien qu'elle fût à vif, lancinante.

Laisser tomber n'était pas une option. En tout cas, elle avait besoin de temps pour se ressaisir, s'asseoir et comprendre si Dmitri serait *jamais* prêt pour le genre de relation dont elle avait besoin.

L'idée que la réponse puisse être non... remplissait son âme d'une noirceur écrasante.

— J'ai déjà vérifié ses lieux de prédilection, ses refuges. (Son regard s'attarda sur le visage de la chasseuse, comme s'il lisait dans ses pensées les plus profondes, mais Dieu merci c'était une compétence qu'il n'avait pas.) Il finira par refaire surface. Pendant ce temps, mes hommes continueront de surveiller cette maison – il a toujours eu un attachement malsain pour sa mère.

— Oui. (Aucun fils normal ne penserait à inviter sa mère à un jeu sexuel, ni à tenter de lui faire plaisir par son choix de victimes.) Que feras-tu d'elle ?

— C'est comme tu veux. Tu es la victime.

— Non, Dmitri. Je suis une survivante.

— Oui. (Aucune hésitation.) Mais le choix du châtiment te revient.

— Cette femme va se punir elle-même pour le reste de sa très longue vie. Qu'il en soit ainsi.

— Je vais lui parler. (Il se tourna pour aller vers l'entrée.) Tu viens ?

— Non, je pense que je vais rester ici.

Mais elle n'en fit rien. Descendant jusqu'à l'allée aussitôt qu'il eut disparu à l'intérieur, elle s'assit sur le rebord de la fontaine. L'eau tombait en un bruit de cascade apaisant ; la brise caressait sa joue pendant qu'elle essayait de comprendre la profondeur irrationnelle de sa souffrance. Elle avait toujours su que Dmitri ne serait jamais humain de quelque manière que ce soit.

Il n'est pas mon Dmitri.

De nouveau cette voix, venant de si loin en elle. Comme si elle sortait de son âme même. Cette fois-ci, plutôt que de lutter contre elle, elle écouta.

Toujours si fort, si protecteur. Mais jamais blessant. Pas avec moi. Jamais.

Quelle que fût cette divagation de son esprit, pensait Honor, elle venait vraiment d'un monde imaginaire. Dmitri n'était pas un chevalier dans son armure scintillante, et si cela l'anéantissait de l'admettre, elle était bien la seule à blâmer. Parce que Dmitri ne lui avait jamais menti, n'avait jamais prétendu être quelque chose qu'il n'était pas.

— *Ne vous bercez pas d'illusions à mon sujet, Honor. La partie humaine de mon être est morte depuis longtemps.*

— Où allons-nous ? demanda-t-elle lorsque la Ferrari s'éloigna de la propriété de Jiana.

— *L'Enclave des Anges* – Jiana possède une maison là-bas. (Ses mots étaient froids, pragmatiques, et elle se demanda s'il comprenait même combien il avait abîmé la chose fragile qui existait entre eux.) Elle est vide, mais je la fais surveiller depuis un moment. Quoi qu'il en soit, je pense qu'il est temps que je jette un œil à l'intérieur.

Une autre chose qu'il ne lui avait pas dite. Un autre exemple de son comportement avec elle. Il appréciait ses talents dans certains domaines, mais lorsqu'il fallait la traiter en égale… Mais bon, l'idée *était* risible, n'est-ce pas ? Ses vingt-neuf ans comparés à ses siècles… Elle n'était qu'une mortelle comparée à un puissant vampire.

Mais aucune logique ne semblait fonctionner, et elle n'était pas plus près de comprendre ou de cerner la violente profondeur de ses sentiments quand la voiture s'enfonça dans *L'Enclave des Anges*, une zone privée le long des falaises qui surplombaient l'Hudson. Dans la majorité des cas, les maisons étaient construites si loin de la route que cela donnait l'impression de conduire le long de terres inhabitées. Les arbres de chaque côté de la chaussée ressemblaient à des vieux monstres qui masquaient presque le ciel.

Lorsque Dmitri arrêta la voiture, ils étaient en face d'un portail surveillé par un vampire qu'Honor ne reconnut pas. Elle en descendit et avança vers les portes en métal richement ornées. Pendant que Dmitri parlait avec le garde, elle les ouvrit. Derrière, elle vit que l'allée était relativement courte – bien que le portail disparût de sa vue lorsque, s'avançant seule, elle prit un tournant du chemin. Il était plus que tentant de poursuivre sa route, de voir ce qui pouvait très bien avoir été le repaire du monstre qui l'avait torturée. Mais ce n'était pas comme avec Jewel Wan. Elle était encore capable de réfléchir cette fois-ci, de comprendre que s'y rendre seule, sans renforts, serait imprudent.

— Honor.

Elle se tourna pour voir Dmitri avancer dans sa direction – et soudain, le barrage céda.

— J'ai tous les droits, dit-elle, faisant référence pour la première fois à l'étrange attirance qui existait entre eux.

Pas même un battement de paupières.

Têtu, toujours si têtu. Si sûr d'avoir raison.

Sur ce point, elle était d'accord avec la voix dans son esprit.

Le vent chuchotait doucement à travers les arbres, à travers les cheveux de Dmitri pendant qu'elle se tenait là, attendant une réponse d'un vampire n'ayant pas pour habitude de se justifier auprès de quiconque. Les doigts d'Honor s'ouvrirent et elle se rapprocha pour passer sa main dans cette épaisse soie noire. C'était un geste intime, pour lequel elle n'avait demandé aucune permission, bien qu'il fût un homme que personne ne touchait sans y être invité.

Il ne l'arrêta pas, et leva sa main pour effleurer le visage de la jeune femme.

— Tu me demandes d'agir humainement, dit-il après un long et calme moment où le temps semblait s'être arrêté. Je ne suis pas humain, je ne le suis plus depuis longtemps.

— Et toi, dit-elle, ses doigts s'attardant sur la nuque de Dmitri, tu es en train d'essayer de me faire croire que tu n'es pas capable de ressentir une véritable émotion alors que je sais qu'il en est autrement.

Le cœur de Dmitri n'était pas mort, son âme pas irrémédiablement souillée. De cela, elle était certaine.

Faisant glisser sa main libre le long des reins de la jeune femme, il l'attira plus près de lui.

— Qui es-tu, Honor St Nicholas ?

C'était une question étrange mais il avait besoin d'une réponse. Parce que le parfum de cette mortelle était celui des fleurs sauvages d'un versant de montagne perdu dans le temps.

Deux prunelles obsédantes d'un vert émeraude rencontrèrent les yeux du vampire. Honor secoua la tête.

— Je ne sais pas.

Sa réponse faisait sens aux oreilles de Dmitri, bien qu'elle semblât absurde.

— Viens, allons explorer cette maison.

— Je pensais que tu l'avais déjà fait.

— J'ai envoyé mes hommes effectuer une fouille rapide, mais il est peut-être temps de mener une exploration plus poussée, vu ce que nous avons découvert.

Marchant à ses côtés, Honor était à la fois gracieuse et d'une beauté sexy. Mais elle possédait aussi une force insoupçonnée qui s'était bel et bien réveillée… et qui était grisante. Il voulait étendre la main, la toucher de nouveau. Un besoin implacable allant bien au-delà du simple désir. Quoi qu'il en fût, cela devrait attendre – car son envie à elle d'entrer dans la maison, de poursuivre Amos, trépignait contre la peau du vampire.

Il déverrouilla la porte d'entrée et l'ouvrit. Au début, ils ne remarquèrent rien, seulement l'odeur légèrement poussiéreuse d'une maison qui était restée fermée pendant longtemps. Puis il perçut le relent de l'odeur la plus putride qui soit, celle de la chair en décomposition.

Honor s'immobilisa à ses côtés, tenant doucement son pistolet.

— Il y a quelque chose de mort ici.

— Depuis suffisamment longtemps pour s'être décomposé. (Ce qui signifiait qu'Amos avait trouvé le moyen de se faufiler dans le dos des gardes et qu'il avait laissé un message repoussant, ou bien que quelque chose d'autre allait arriver.) Et pourtant, pas assez pour que ceux qui sont entrés aient eu quelque raison d'être suspicieux.

— Dmitri.

Suivant la direction que lui indiquait le bras levé d'Honor, il vit qu'elle montrait du doigt un écran de télévision fixé au mur. Le voyant qui indiquait la tension était mort. Et lorsque Honor actionna un interrupteur, rien ne se passa.

— L'électricité ne marche pas. Un fusible qui a sauté, peut-être.

— C'est une vieille maison, dit Dmitri, suivant l'odeur nauséabonde à la trace. Ça peut arriver.

Le parfum fétide ne les conduisit pas au sous-sol, comme il s'y était attendu, mais dans une grande pièce à l'arrière de la maison. Il n'y avait pas de verrou, rien pour différencier cette porte des autres dans le couloir.

— Mon Dieu.

Honor couvrit sa bouche et son nez pendant que le vampire poussait la porte – l'odeur était abominable ici, si concentrée qu'ils avaient l'impression de nager dedans.

La pièce en elle-même était vide mis à part une étagère en bois qui contenait un certain nombre de livres et de magazines, et un fauteuil qui semblait avoir été remisé ici parce qu'il était trop miteux pour les pièces principales. Juste à côté se trouvait une petite table, couverte de marques de brûlures, et sur laquelle reposaient un verre à pied en cristal et une bouteille remplie d'un liquide rouge sombre. Le tapis au sol était usé jusqu'à la corde.

C'était le genre d'antre rudimentaire mais confortable qu'un homme pouvait se créer pour avoir un peu la paix… sauf qu'après une inspection minutieuse il était évident que le fauteuil était tourné vers un pan de mur en particulier. En temps normal, il n'y aurait rien eu pour le différencier du reste de la pièce, raison pour laquelle les hommes de Dmitri étaient passés à côté, mais à cette minute, l'eau suintait de sous cette partie du mur pour venir détremper le tapis.

— Un réfrigérateur, murmura Honor. Il y a un réfrigérateur derrière.

Chapitre 27

— Je m'en charge, dit-il.

Bien qu'elle ne lui ait pas demandé de la protéger, ce besoin était profondément ancré en lui.

Un regard intense le transperça.

— D'accord.

Elle se positionna de manière à avoir la porte de la pièce dans sa ligne de mire, mais s'autorisa à garder en même temps un œil sur lui. Une légère secousse de la tête lorsque leurs regards se rencontrèrent de nouveau. Il sut que rien ne la ferait sortir de cette pièce. Il était bien assez fort pour l'y obliger, mais la force était précisément la seule chose dont il ne pouvait faire usage avec cette femme.

Il aurait été facile d'expliquer sa réticence comme faisant partie d'un froid calcul pour attirer la jeune femme dans son lit, mais le mensonge ne servirait à rien – pas quand elle voyait en lui comme aucune femme ne l'avait fait. Ingrede, la douce, l'adorable, la forte Ingrede n'aurait pas compris l'obscurité qui vivait maintenant en lui. Honor, oui. Penser une telle chose lui donnait l'impression de trahir la mémoire de sa femme, mais ce n'en était pas moins vrai pour autant.

— Tu es sûre ?

Aucune hésitation.

— Oui.

Reportant son regard vers le mur, il fit courir ses doigts sur ce dernier jusqu'à trouver une petite aspérité. Il appuya dessus et un pan du mur s'ouvrit pour révéler une unité de réfrigération d'où l'eau s'écoulait pour former une flaque, preuve de la coupure de courant.

Tentant de ne pas respirer l'odeur qui témoignait d'une pourriture, il souleva le couvercle pour l'appuyer contre le mur.

Puis il baissa les yeux.

Sur les corps.

Le congélateur était suffisamment grand pour qu'Amos n'ait pas eu à trancher des membres ou séparer les troncs des victimes de leurs parties inférieures. Il avait simplement installé les corps en position fœtale et les avait empilés comme autant de morceaux de viande.

— Santiago est actuellement en train de travailler sur des enlèvements en série de femmes grandes, minces et métisses dans New York et ses environs, n'est-ce pas ? En particulier de femmes qui ont un parent noir et un blanc.

Honor franchit la petite distance qui les séparait pour jeter un coup d'œil dans le congélateur, son visage expressif refléta son horreur.

— Oui. Tout le monde travaille sur la théorie d'un prédateur humain – pas de trace d'alimentation ni même de sang sur les lieux. Les femmes disparaissent, c'est tout.

Dmitri parcourut du regard le corps le plus proche. Malgré la putréfaction, la structure osseuse était préservée, et il restait suffisamment de chair dans un relatif bon état pour qu'il puisse être sûr de la couleur de peau.

— Une telle haine, dit-il en repassant tout ce qu'il pensait savoir de Jiana et Amos, envers le seul être qui l'ait toujours protégé.

— En es-tu sûr ?

Dmitri avait mené une enquête minutieuse lorsque la relation anormalement proche entre la mère et son fils était devenu évidente. Il en avait conclu que ce lien était une conséquence de la folie d'Amos, Jiana faisant tout ce qu'elle pouvait pour aider et protéger son fils. Maintenant, il se demandait s'il n'était pas passé à côté d'une vérité bien plus sinistre.

— Plus autant qu'avant.

Il referma le battant.

— Nous appellerons Santiago. Histoire que les flics travaillent aussi là-dessus.

Tout le monde supposerait qu'Amos était devenu fou avec l'âge. Ce risque lié à une vie aussi longue était connu de tous, mais n'arrêtait aucun de ceux qui voulaient être Transformés. Même deux cents ans passés en tant que vampire riche et éternellement jeune étaient déjà un temps bien plus long que celui d'une vie humaine.

— Plus nous lancerons de gens à sa recherche, et plus nous aurons de chances de l'arrêter.

Honor acquiesça, prenant de courtes respirations jusqu'à ce qu'ils soient de retour dans le couloir et que la porte soit fermée.

— Pourquoi m'a-t-il enlevée, moi ? Je ne colle pas au profil.

Une fureur froide battit dans les veines de Dmitri au souvenir de ce qu'Amos avait fait à Honor, mais il réfléchit sérieusement à la question.

— Il hait sa mère, semble-t-il, mais il espère aussi lui plaire.

Un souvenir vacillant, Jiana lors d'un cocktail qu'elle avait organisé quatre étés plus tôt.

— Dmitri, je suis si heureuse que tu aies pu venir. (Un sourire gracieux, un baiser sur sa joue.) Connais-tu Rebecca ?

Cette fois-ci, le sourire sur ses lèvres contenait une élégante sensualité.

— C'est un plaisir, dit-il, inclinant la tête en direction de la beauté brune, tout en courbes, avec une peau d'un marron clair doré, qui buvait chacun des mots de Jiana.

— Tu n'es pas son type, dit-il à Honor. Mais tu es celui de Jiana.

— C'est malsain… et ajouté à tout le reste, cela soulève certaines questions. (Elle jeta un coup d'œil à la porte fermée de la pièce qui témoignait de la sexualité tordue d'Amos.) Sortons, appelons Santiago.

Dmitri la laissa les conduire dehors en passant par la porte de derrière. Le soleil brillait, sa chaleur était une lame tranchante. Pendant qu'il l'observait, Honor avança jusqu'à la pelouse et utilisa son téléphone portable pour appeler l'inspecteur qui avait le chic pour se retrouver sur des affaires liées aux Immortels. Dmitri passa aussi quelques coups de fil, notamment à un vampire expérimenté sous son commandement.

— Assure-toi que Jiana ne quitte pas sa maison, lui ordonna-t-il. Je dois avoir une discussion avec elle.

Après avoir raccroché, il attendit qu'Honor revienne vers lui.

Elle s'arrêta à trente centimètres. Il réduit cette distance pour la prendre dans ses bras, prenant garde de ne pas l'y emprisonner, mais elle ne se glaça pas à son contact. Au contraire, elle se laissa aller à son étreinte, ses propres bras l'enserrant fermement. Ils restèrent ainsi en silence pendant de longues minutes baignées de soleil, le pouls d'Honor battant calmement avec un bruit sourd contre les sens du vampire.

La dernière fois que Dmitri s'était tenu ainsi, serrant une femme entre ses bras simplement parce que c'était agréable, il était encore mortel.

— Ma femme, dit-il, prononçant des mots qu'il n'avait dits à personne d'autre, aimait le soleil. Elle venait aux champs avec moi, et pendant que je travaillais la terre, elle – *berçait notre bébé* – raccommodait des vêtements. Je déchirais toujours mes chemises.

Le rire d'Honor était doux, sa voix tendre lorsqu'elle dit :

— Une femme merveilleuse.

— Elle l'était, poursuivit-il. (Même s'il savait bien que l'homme qu'Ingrede avait aimé était aussi différent de lui que le jour de la nuit, il n'arrêterait jamais de pleurer son sourire.) Mais elle avait aussi le don de me rendre fou par moments. Je lui disais que j'allais réparer quelque chose à la maison lorsque je reviendrais des champs, et quand je rentrais, elle l'avait déjà fait et avait des bleus pour le prouver. (Son cœur s'était presque arrêté de battre le jour où il l'avait trouvée sur le toit.) Et elle ne savait pas faire la cuisine.

Honor leva la tête, ses yeux lançant des étincelles.

— Le lui as-tu jamais dit ?

— Tu dois avoir une bien mauvaise opinion de mon intelligence. (Il se pencha jusqu'à ce que leurs fronts se touchent.) Elle faisait semblant d'adorer cuisiner, et je faisais semblant d'adorer ses plats, et nous attendions tous deux avec impatience les fêtes de village où nous pouvions acheter à manger aux étals.

Le rire d'Honor était un son rauque, profond, se mêlant au sang même de Dmitri. Et pendant un moment, il fut… heureux, d'une façon qu'il n'avait plus connue depuis le jour où le cottage était devenu poussière, emportant son cœur avec lui.

— Tu es une sorcière, dit-il, plongeant la tête pour réclamer la bouche de la jeune femme dans un baiser qui contenait en même temps la douceur du soleil – et une bonne dose de sexe cru. Dans mon lit, Honor. C'est là que je te veux.

Les lèvres humides de son baiser, elle prit son visage entre ses mains.

— Je crois (un doux murmure), que c'est là que je veux être.

Il faisait complètement nuit lorsqu'ils rentrèrent à la Tour, où Venin les attendait.

— C'est arrivé au courrier aujourd'hui.

Il tendit une enveloppe.

Elle contenait une note écrite dans le même code que le tatouage qui avait au départ amené Honor à la Tour.

— Je vais partir prendre mon tour de garde auprès de Sorrow dans quinze minutes, dit Venin pendant qu'Honor étudiait la note. Veux-tu que je trouve quelqu'un d'autre pour aller à *L'Enclave des Anges* et garder un œil sur les flics ?

— Non. Illium est sur place.

Honor, travaillant déjà mentalement à déchiffrer le code, ne prêta pas attention au reste de leur conversation. Il ne lui faudrait pas longtemps pour traduire cela, pensa-t-elle, grâce au travail qu'elle avait déjà réalisé sur le tatouage.

Une heure plus tard, elle leva les yeux depuis le bureau de Dmitri, où elle s'était installée, et lui passa la traduction.

Tu as pris ce que j'aimais. Maintenant, je vais prendre ce que tu chéris.

Honor se frotta le visage pendant que Dmitri lisait le message en silence.

— Il a dû apprendre ce qu'Isis t'a fait. Et pourtant…

— L'amour, semble-t-il, murmura le vampire, est réellement aveugle. (Posant le papier, il attrapa son téléphone.) Jason, dit-il lorsqu'on décrocha de l'autre côté. Décris-moi Kallistos. (Une pause.) Oui, sans aucun doute.

Honor attendit qu'il ait raccroché pour demander :

— Kallistos était l'amant d'Isis ?

— Oui, mais il portait un nom différent à l'époque. Il était jeune, sous Contrat depuis seulement quelques décennies. Il saignait des blessures qu'Isis lui avait infligées lorsque nous l'avons trouvé. (Le laisser vivre avait été une décision facile à prendre.) Nous pensions qu'il était une autre victime. (Mais Kallistos avait apparemment aimé sa maîtresse malgré sa cruauté.) Un jeune ange, dit-il en choisissant ses mots avec soin afin qu'Honor ne risque pas d'avoir la mémoire effacée comme cela était arrivé à la maîtresse mortelle d'Illium, a disparu de la cour de Neha. Personne n'est vraiment sûr du moment où cela s'est produit. (Surtout en tenant compte du fait suivant.) Demande-moi le nom du vampire qui était chargé de lui.

— Kallistos, dit Honor en laissant échapper son souffle. C'est comme cela qu'il Transforme ses proto-vampires. (Un regard intrigué.) Je sais que tu ne me diras rien sur le processus, puisque même les Candidats sont endormis pendant les étapes initiales, mais il est de notoriété publique que ce sont les anges qui Transforment les vampires. J'ai toujours pensé qu'il s'agissait des plus âgés.

Bien que les anges ne fissent rien pour démentir cette opinion, c'était en fait les adultes les plus jeunes qui fabriquaient la toxine le plus rapidement dans leur corps. Plus l'ange était vieux, plus son seuil de tolérance était élevé. Mais même les Archanges n'étaient pas immunisés contre elle, Uram l'avait prouvé.

— Jason vient juste de me dire que personne à part Kallistos n'a vu l'ange depuis un an, dit-il, ne répondant pas à sa question implicite. Si l'on suppose qu'il a été enlevé peu de temps après, et en tenant compte de son âge, il aurait dû être capable de Transformer un vampire avec succès.

— Kallistos a essayé d'en Transformer plus, répondit Honor en avançant jusqu'à la vitre de son bureau. (La pluie qui avait commencé à tomber un peu plus tôt transformait la ville en un mirage brumeux.) Et cela a dilué l'effet.

Les sourcils froncés, elle traversa de nouveau la pièce.

— C'est probable. (En plus de cela, Kallistos n'avait pas suivi les procédures correctes, raison de la mutation des cellules sanguines dans le corps des victimes.) Il devrait être bien plus facile de l'arrêter maintenant que nous avons un nom et une description physique.

Venue aux côtés de Dmitri, Honor s'appuya en arrière contre son bureau et acquiesça. Mais l'expression de son visage restait troublée.

— Je n'arrête pas de penser à Jiana. Elle semblait si pleine d'amour, si maternelle.

— Rien jusque-là ne nous permet de dire qu'elle ne l'est pas – la folie d'Amos n'appartient peut-être qu'à lui.

Mais Dmitri avait de sérieux doutes sur la question. D'après ce dont il avait été témoin à travers les ans, cette haine terrible mêlée à un amour perverti devait prendre ses racines dans quelque chose qui n'aurait jamais dû être, une horreur qui avait planté une graine viciée au fond de l'âme d'Amos.

Des yeux d'un vert de minuit rencontrèrent les siens, obsédants et lui promettant un rêve impossible.

— Tu n'y crois pas.

Effaçant la distance qu'il y avait entre eux, il caressa la joue de la jeune femme, la douceur de sa peau une tentation irrésistible.

— Crois-tu pouvoir lire en moi ? lui demanda-t-il.

— Je crois... (la main d'Honor se ferma sur son poignet)... que je te connais bien mieux que je ne le devrais.

Oui. Trop souvent, il avait vu un savoir dans son regard qui n'aurait pas dû s'y trouver, avait éprouvé un sentiment de familiarité dans ses baisers, dans son rire qui lui faisait mal, et il se demandait s'il n'était pas en train de s'enfoncer dans une douce folie. Et pourtant, il ne pouvait reculer, repartir en arrière.

— Il n'y a rien de plus à faire ce soir.

L'appel à Jason avait lancé les recherches concernant Kallistos, et quant au fils de Jiana, Dmitri avait déjà mis toute la région en alerte.

Et parfois un homme devait saisir le moment, sans tenir compte des conséquences. Le laisser passer pourrait vouloir dire qu'il ne se représenterait jamais.

— *Dmitri, viens danser avec moi.*

— *J'ai mal aux pieds à cause des champs, Ingrede. À mon retour du marché ?*

Un sourire qui illumina la pièce, bien que la peur rôdât dans ses yeux, comme un intrus silencieux.

— *À ton retour.*

Sauf que les hommes d'Isis s'étaient saisis de lui lorsqu'il était rentré. Son dernier souvenir de sa femme était l'image d'elle tenant leurs enfants et essayant de ne pas trahir sa terreur qui avait transformé ses yeux d'un marron chaleureux en un noir ébène impossible.

Il ne pourrait jamais revenir en arrière, ne pourrait jamais danser avec elle pendant que Misha rirait et que le bébé donnerait des coups de pied dans les airs, mais il pouvait embrasser cette femme qui d'une manière ou d'une autre était devenue une partie de lui, son regard contenant des mystères qu'il avait envie de résoudre.

— C'est le moment, Honor.

Il vit sa peau se tendre sur ses pommettes, sut qu'elle n'était pas certaine de ne pas paniquer, de ne pas l'entailler dans un acte de violence et d'autodéfense, mais sa réponse fut un simple et puissant « oui ».

Honor observait autour d'elle en silence alors que Dmitri la conduisait au-dessus, au niveau de la Tour qui était peint de ce noir luisant, dangereux, puis au dernier étage. Il se révéla être moquetté d'un blanc parsemé de fils d'or brillants ; les murs étaient de ce même blanc moucheté d'or. La décoration était un mélange de style moderne et ancien : une tapisserie superbe d'une montagne se détachant contre le ciel et sur laquelle étaient perchées des maisons dont les portes s'ouvraient sur l'air pur ; une épée scintillante aussi aiguisée qu'un rasoir ; un poster encadré de la série télé ridicule *La Proie du chasseur*, représentant l'acteur principal hypermusclé et sa « bimbo vampire ».

— Illium l'a offert à Elena, dit Dmitri en suivant son regard. J'aurais bien aimé voir sa réaction.

Les lèvres d'Honor eurent un tic.

— Ils sont bons amis.

Une ombre traversa le visage de Dmitri, mais tout ce qu'il dit fut :

— Oui. (Puis il reprit :) La suite de Raphael occupe la moitié de l'étage. Le reste est divisé en quartiers pour les Sept, bien que le mien occupe le double de l'espace des autres, puisque je passe la plupart de mon temps en ville.

Elle hésita.

— Tu n'as pas d'autre chez-toi ?

— Cela ne m'a jamais semblé nécessaire.

Honor entendit des milliers de non-dits dans cette déclaration, et comprit que l'idée même d'un foyer contenait pour lui une souffrance qu'il ne chercherait jamais à recréer.

— Ne t'inquiète pas, dit-il avant qu'elle puisse ouvrir la bouche, la taille de chaque appartement est plus importante que celle de la plupart des maisons individuelles, et les murs sont isolés pour assurer une intimité totale.

Honor n'avait rien contre l'installation et était pratiquement certaine que l'appartement de Dmitri était dix fois plus grand que son propre logement.

— Non, Dmitri. Pas ici.

— Pourquoi ?

Une question posée avec une élégance froide qui aurait pu l'intimider autrefois, mais la poussait maintenant à se demander ce que Dmitri ne voulait pas qu'elle voie derrière tous ces boucliers soyeux.

— Ça ne va pas. (Honor campa sur ses positions, la voix en elle lui murmurait que ce moment était crucial quant à la manière dont Dmitri la considérerait.) Je refuse d'être juste une femme de plus que tu prends dans ton lit.

Dmitri caressa la main de la jeune femme avec son pouce, aucune trace d'émotion lisible sur son visage.

— Tu penses que cela fait une différence selon le lit dans lequel nous nous trouverons ?

Il y avait, pensait-elle, une telle cruauté en lui à cet instant précis. Il pouvait la blesser durement et tourner les talons comme si cela n'avait aucune importance.

— Peut-être pas pour toi, chuchota-t-elle, sachant que le temps pour mettre un terme à cette histoire, pour se protéger, était révolu depuis longtemps. Mais pour moi, oui.

Un silence. Aussi tendu, aussi dangereux que le garrot caché à sa ceinture.

Chapitre 28

Ce fut le bruit de l'ascenseur s'ouvrant au bout du couloir qui sembla décider Dmitri.

— Oui, les interruptions sont plus que probables ici.

Une raison d'ordre pratique, mais qu'elle était prête à accepter pour le moment.

Quittant la Tour, ils prirent la voiture jusqu'à l'immeuble de la jeune femme et montèrent à l'appartement qu'elle transformait lentement, précautionneusement, en un foyer. Les chasseurs agissaient ainsi. L'appartement d'Ashwini était un lieu opulent, plein de couleurs – des coussins de soie piqués d'or, des sculptures posées ici et là, des cartes postales d'étals couverts d'épices de marchés lointains. Honor était moins exubérante, mais elle avait sorti de leurs boîtes ses souvenirs personnels – qu'Ash avait laissés là où ils étaient – et avait commencé à les déballer.

Maintenant, des photos encadrées étaient alignées le long d'un mur du salon : une grand-mère en train de rire photographiée lors d'une chasse au Mexique, une tempête en montagne au Colorado, un élan solitaire sur la neige en Alaska. Son appareil cabossé, qu'elle adorait, trônait sur la table, prêt à être vérifié après tout ce temps passé empaqueté. Sa chambre aussi, elle avait commencé à la faire sienne. Les draps étaient d'un fin coton bleu, et sur les murs d'un beige pâle étaient accrochées d'autres photos de sa collection personnelle.

— Des fleurs sauvages, dit Dmitri en s'arrêtant sur le seuil de la pièce. Elles n'étaient pas là la dernière fois.

Surprise qu'il se soit concentré sur les photographies alors que la tension sexuelle était à son comble entre eux, elle dit :

— Je viens juste de les accrocher. Je donnais la chasse à un vampire en Russie il y a quelques années lorsque j'ai découvert ce champ.

Son souvenir l'avait hantée pendant des mois, jusqu'à ce qu'elle place les photos là où elle pouvait les voir avant de s'endormir, et en se réveillant.

Dmitri avança pour venir se placer devant l'exposition de fins cadres noirs, touchant du doigt un tirage d'une lumineuse fleur bleue se balançant.

— Il y avait une ruine ici autrefois.

Des picotements dans le dos, elle traversa la moquette pour venir le rejoindre.

— J'ai eu le sentiment très étrange que quelque chose s'était trouvé là auparavant, même s'il n'y en avait aucune trace.

Elle avait aussi eu l'impression tenace qu'elle perturberait quelque chose de précieux si elle franchissait la démarcation de petites fleurs bleues qui séparait une partie du terrain éclatant de couleurs du reste.

— Comment as-tu découvert cela, Honor ?

Les yeux de Dmitri étaient de dures pierres noires, son ton le même que celui qu'il avait employé avec Valeria et avec Jewel Wan.

Ils s'étaient débarrassés de leurs armes en entrant dans l'appartement, aucun d'entre eux ne voulant d'une violente interruption, mais maintenant Honor calculait instinctivement à quelle vitesse elle pourrait atteindre le couteau caché sur le côté du montant du lit.

— J'étais, dit-elle en bridant son instinct, en train de conduire à travers une zone plutôt isolée lorsque je me suis perdue. (En vérité elle était volontairement sortie de la route pour explorer ces contrées sauvages, incapable de *ne pas* suivre le tiraillement douloureux qui la poussait de l'avant.) J'ai dû continuer pendant des heures, et c'est là que je me suis arrêtée. (Elle haussa les épaules, essayant de prendre à la légère une expérience qui l'avait pénétrée d'une telle tristesse qu'elle avait pleuré pendant des heures après avoir enfin rejoint la civilisation.) Je n'ai jamais vu un endroit aussi beau que celui-ci.

Aussi étrange et inquiétant, aussi déchirant.

Dmitri continuait de la fixer du regard, un tel calcul meurtrier dans les yeux que cela demandait à Honor tout son contrôle pour rester immobile, pour ne pas bondir sur le lit et attraper la lame si proche.

— Que vois-tu dans ces photos ? préféra-t-elle demander, ayant comme l'impression de se tenir au bord d'un précipice, et que sa vie entière était en balance. Dmitri ?

Son visage se dénua de tout artifice et ne fut plus que celui du plus élégant des prédateurs, il tendit la main pour passer une mèche des cheveux de la jeune femme derrière son oreille.

— Si c'est un jeu, tu n'aimeras pas le prix que tu auras à payer.

Les cheveux se dressèrent sur la nuque d'Honor. Cette fois-ci, elle recula... mais ne chercha pas d'arme. Elle ne le pouvait pas. Elle *devait* lui faire confiance, parce si elle ne le pouvait pas... si elle ne le pouvait pas, alors son monde s'écroulerait tout simplement.

— Les menaces ne sont pas très attirantes. *Ne fais pas ça. S'il te plaît*. Prends ton humeur noire avec toi et va-t'en.

Au lieu de quoi, il passa à l'attaque, la piégeant dans un coin. Le corps qu'elle attendait avec impatience de caresser était soudain un mur suffocant. Il lui fallut chaque once de sa volonté pour ne pas le frapper, lui envoyer des coups de pied, le griffer. Mais lorsqu'il pencha la tête et très délibérément posa sa bouche sur son pouls, elle ne put en supporter davantage.

Elle planta violemment ses doigts dans le cou exposé du vampire.

Ou l'aurait fait s'il n'avait agrippé sa main d'une poigne forte comme l'acier. *Non, non, non !* La contrainte la rejeta dans ce sous-sol où elle avait passé tant de semaines, ce sous-sol d'où elle ne s'était jamais échappée, se rendait-elle compte maintenant. Mais cette fois sa terreur était jumelée à un sentiment écrasant de trahison.

Pas mon Dmitri. Ce n'est pas lui.

Et puis il n'y eut plus aucune pensée.

Dmitri n'avait jamais été aussi en colère qu'à cet instant-là, se tenant à l'extrême limite d'une frontière malsaine où il n'avait faim que de blesser la femme dans ses bras. Il ne savait pas à quel jeu Honor se livrait, mais il lui arracherait cette réponse, même s'il devait pour cela la briser en un millier de petits morceaux. Ce champ, ce qu'il représentait, cela ne devait pas être touché, *par qui que ce soit*.

Tordant le poignet de la jeune femme alors qu'elle se figeait contre lui, il vint l'effleurer de ses crocs dans un geste qu'il savait être cruel, mais une fois encore, elle s'était jouée de lui depuis le début. Il n'y avait aucune putain de chance qu'elle soit juste *arrivée par hasard* sur ce champ où sa femme et sa petite fille étaient mortes, où il avait ensuite amené son fils pour que Misha ne soit pas seul, où il avait monté la garde pendant une année entière.

— Mon beau Dmitri. (De grands yeux marron emplis d'inquiétude.) Ne la laisse pas te changer. Ne la laisse pas te rendre cruel.

Les mots d'Ingrede n'avaient pas été capables de mettre un terme au changement, pas après qu'elle eut disparu. Rien n'inverserait le mouvement. Donc, il userait de cette cruauté.

Plusieurs tentatives de se débattre venant de cette chasseuse qui avait cru pouvoir le faire passer pour un idiot.

Il n'eut aucun souci à la plaquer contre le mur. Mais Honor ne cessa pas de lutter, gesticulant et tordant si brutalement son corps dans tous les sens qu'elle finirait par se briser quelque chose si elle n'arrêtait pas bientôt.

Lorsqu'il tint les bras de la jeune femme par-dessus sa tête en lui saisissant les poignets, et qu'il appuya tout le poids de son corps contre le sien, elle le mordit à la nuque. Assez fort pour faire couler le sang. Éloignant brutalement sa tête, il raffermit la prise qu'il avait sur ses poignets.

— Déjà excitée, Honor ?

Pas de réponse, seulement ces furieuses torsions, ces coups, ces efforts, même si elle n'avait aucun espoir de lui échapper. Elle ne faisait pas un bruit, contrôlait étroitement sa respiration.

Ce fut alors qu'il observa ces yeux d'un vert mystérieux.

Il n'y avait personne dans ce regard.

Aucune personnalité, pas la moindre trace de la femme qui riait et lui avait donné du plaisir en toute confiance le matin même. Rien d'autre que l'instinct animal de survie. Et il sut qu'elle se tuerait en essayant de se libérer.

— Dmitri, j'ai peur.

— Je ne te ferai jamais de mal. Fais-moi confiance.

Tremblant sous le chuchotement du souvenir, un souvenir qui n'appartenait pas à Honor et qui pourtant parlait pour elle, il relâcha les mains de la jeune femme, souleva son corps du sien. Elle vint sur lui comme une tempête déchaînée, claquant son coude dans son visage, son poing dans son larynx, son pied botté contre son genou.

S'écrasant sur le lit, il para à quelques-uns de ses coups les plus brutaux, mais ne fit rien pour l'arrêter. Sa fureur pleuvait sur lui, ensanglantant son nez, sa bouche, marquant de bleus son corps, ces derniers guérissant presque aussitôt qu'ils étaient causés.

— Salaud. (C'était la première chose qu'elle disait depuis qu'il l'avait piégée dans ce coin.) Putain de salaud.

Un coup brutal contre la mâchoire du vampire qui fit s'entrechoquer ses dents.

Bloquant le coup suivant, il la regarda dans les yeux… et vit Honor lui rendre son regard. Le vert éclatant était brouillé par un voile d'humidité, et le coup suivant, lorsqu'il vint, n'avait pas la puissance des précédents. Elle martela sa poitrine de ses deux poings, encore et encore.

— Je te hais ! Je te hais ! Je te hais ! (Une furieuse litanie qui se transforma en sanglots si durs qu'ils témoignaient d'une souffrance inimaginable. Son corps s'effondra sur celui du vampire.) Je te hais. (Un murmure.)

À la minute présente, il se haïssait lui-même.

Gisant immobile jusqu'à ce qu'elle arrête elle aussi de bouger, ces sanglots douloureusement crus devenant peu à peu des larmes silencieuses et bouleversantes, Dmitri osa poser une main sur ses cheveux, pour caresser ses boucles maintenant emmêlées. Il ne savait pas quoi lui dire, comment expliquer la fureur qu'elle avait provoquée en lui.

Mais il y avait une chose qu'il pouvait déclarer, des mots qu'il n'avait pas adressés à une femme en près de mille ans.

— Je suis désolé, Honor. Pardonne-moi.

Assise perchée sur le lavabo de la grande salle de bains attenante à sa chambre, Honor regardait en silence Dmitri qui lui appliquait du désinfectant sur ses mains éraflées et contusionnées. Elle retint un sifflement de douleur sous la piqûre que cela lui causait. Ses yeux s'attardaient sur la coupure à la lèvre du vampire, sur les marques sur son visage. Une partie d'elle, horrifiée par sa propre violence, voulait prendre en coupe ce visage tyrannique, et embrasser tendrement chacun des bleus pour s'excuser. Mais le reste de son être s'était recroquevillé en une petite balle, observatrice et méfiante.

La lumière faisait briller le noir des cheveux de Dmitri pendant qu'il lui prodiguait ses soins ; elle se souvenait de leur lourde soie contre ses paumes. Elle se souvenait aussi de la force de sa poigne lorsqu'il avait immobilisé ses bras au-dessus de sa tête.

— Je t'ai blessée.

Il fit glisser ses mains sous les poignets de la chasseuse, sa peau à lui plus sombre contre celle plus pâle de la jeune femme – maintenant marquée par des bandes d'un rouge terne.

L'équité lui fit briser le silence.

— J'ai fait pire.

Elle l'avait frappé suffisamment fort pour que les ecchymoses mettent au moins une heure à guérir, en dépit de son vampirisme. Et la coupure à sa lèvre était profonde. Sa chemise, déchirée à l'épaule, trahissait de légères marques rouges qui avaient presque guéri, mais dans l'ensemble…

— Je m'en suis sortie mieux que toi.

De sombres, très sombres yeux rencontrèrent les siens.

— La blessure physique n'est pas ce qui importe, n'est-ce pas ?

Son ventre se contracta, l'acidité brûla sa gorge.

— Tout cela, dit-elle d'une voix qui était devenue rauque sous la force de ses sanglots, tout ce que nous avons fait jusque-là... Je pense que ça a disparu.

Perdu sous le choc et la terreur qui l'avaient réduite à un animal griffant, une créature aux abois, piégée, qui avait été une fois de plus une victime sans défense.

Dmitri avait ridiculisé sa force durement regagnée, brisé sa foi en son propre jugement, mais plus que tout il avait pris la fierté qu'elle avait reconstruite morceau par morceau, et elle n'était pas sûre de pouvoir lui pardonner cela.

Sans dire un mot, il jeta le tampon de coton après avoir pris soin de toutes les égratignures et s'écarta de son chemin lorsqu'elle quitta la salle de bains. Glacée en profondeur par un sentiment de perte qui la faisait se sentir vide, comme si son existence tout entière avait été balayée, elle alla en vacillant jusqu'au salon et à la vitre qui donnait sur une cité fouettée par la pluie.

Les lumières étaient en sourdine, floues à travers l'eau, jusqu'à lui donner l'impression d'être seule au monde, piégée dans une cage de verre. C'était un sentiment avec lequel elle était intimement familière. Les amis qu'elle s'était faits, les relations qu'elle avait forgées, avaient rendu la solitude supportable, mais il avait toujours été là, en elle, ce « manque » étrange. C'était Dmitri qui avait comblé ce vide, et lui-même qui l'avait rendu encore plus béant.

Un chuchotement des parfums les plus sombres et elle sut qu'il était entré dans le salon à pas silencieux. Mais il ne vint pas à elle, et une minute plus tard elle l'entendit dans le coin cuisine. Se tournant vers la pièce divisée uniquement par la courbe du comptoir, elle le vit assembler des choses sur une assiette et apporter cette dernière sur la table après en avoir enlevé l'appareil photo.

Contournant la table pour venir vers elle, il maintint une distance entre eux. Rendant la glace dans sa poitrine incroyablement plus froide… et elle sut alors que c'était son cœur qui était gelé.

— Mange, Honor, dit-il. Tu n'as rien avalé depuis des heures.

Il y avait quelque chose dans cette voix qu'elle ne pouvait lire, un élément qu'elle n'avait jamais entendu de sa part.

Se déplaçant de manière à pouvoir le regarder droit dans les yeux, elle ne put franchir le mur vertigineux qui la séparait de ce presque-Immortel qui avait vécu plus longtemps qu'elle ne pouvait l'imaginer.

— Tu devrais partir.

Elle ne pouvait supporter sa présence, avec cet abîme entre eux. C'était indubitablement stupide de se sentir aussi perdue à la fin d'une relation qui avait à peine commencé, mais c'était comme s'il avait passé sa main à travers elle pour saisir son âme avant de la fouler au pied.

Une ombre sans espoir dans ces yeux d'un marron si profond qu'ils en étaient presque noirs, et qui portaient le poids de tant d'années.

— Tu me renvoies.

— *Me renverrais-tu ?*

Elle cilla à l'étrange écho, concentrée sur l'homme qui se tenait si près, et qui était pourtant si lointain.

— Il le faut.

Pour survivre, pour arriver à rassembler les restes de sa fierté, de son être.

Dmitri ne dit rien pendant un long moment. La pluie tombait sur le verre en une mélodie qu'elle avait toujours trouvée apaisante. Ce soir-là, le son lui semblait discordant, le rythme trop en dents de scie contre ses nerfs hypersensibles. Quand Dmitri leva la main, puis la laissa tomber, elle éprouva la perte comme un coup au cœur, et elle comprit qu'il pouvait la blesser plus qu'il ne l'avait déjà fait. Mais il fit alors une chose à laquelle elle ne se serait jamais, jamais attendue.

Soutenant son regard, il franchit la dernière distance entre eux et se mit à genoux, ses beaux traits contusionnés levés vers elle.

Lorsqu'il plaça les mains autour de sa taille et appuya le côté de son visage contre son ventre, les larmes se mirent à couler de nouveau, doucement et calmement, sur les joues d'Honor. Dmitri courbait l'échine devant personne ; il ne se rendait ni ne se soumettait jamais. Mais il était à genoux devant elle, vulnérable à un coup de pied, à un coup de poignard, au plus violent des rejets.

— Oh, Dmitri.

Tremblante, elle fit courir ses doigts à travers les cheveux du vampire, de cet homme qui avait été si affreusement meurtri que la méfiance était sa réaction instinctive.

Elle savait que les fleurs sauvages l'avaient fait exploser dans la chambre, simplement, elle ne savait pas encore pourquoi. Mais ce n'était pas le moment de demander. C'était le moment de décider.

— *Pardonne-moi.*

Avait-elle cela en elle ? La force de lui pardonner pour l'horreur qu'il avait ramenée à la vie juste quand elle commençait à croire qu'elle avait finalement battu ses agresseurs, pour la blessure qu'il avait infligée à son cœur, mais plus que tout, pour l'humiliation d'avoir été réduite au rang de chose insignifiante ?

La main d'Honor empoigna les cheveux de Dmitri.

La pluie continuait de tomber à l'extérieur, mais dedans, il n'y avait que le silence – et la conscience très claire que la décision qu'elle allait prendre à cet instant, à propos de cet homme, résonnerait à travers toute sa vie. Si elle faisait un pas de plus au-delà de la frontière où elle se tenait, elle pouvait tomber durement, peut-être même se briser pour toujours... ou elle pouvait trouver le chemin menant à son foyer.

Son foyer.

Beaucoup diraient que l'idée qu'elle se faisait de ce dernier n'était rien d'autre qu'un fantasme construit dans sa solitude intense et inexorable. Mais ils ne comprenaient pas l'inexplicable puissance de ce qu'elle éprouvait pour cet homme qui s'était agenouillé devant elle, lui offrant ainsi quelque chose qu'il ne donnait à personne. *Toute sa vie* elle l'avait cherché, même lorsqu'elle ne connaissait pas son nom. Il n'était pas comme elle se l'était imaginé. Il était une créature bien plus endurcie, bien plus fatale.

Encore mien. Encore mon Dmitri. Blessé, changé... mais pas perdu. Je sais qu'il n'est pas perdu.

Honor ne lutta pas contre la voix qui n'était pas la sienne et qui pourtant venait de son âme. C'était une folie familière à présent.

La main de Dmitri se déploya autour de ses hanches.

— Ne mets pas un terme à ceci.

— Partirais-tu ? demanda-t-elle, desserrant les doigts, caressant de nouveau cette soie noire tandis qu'elle balayait ses larmes de son autre main.

Une longue, longue pause.

— Oui. (Un seul mot, dur.) Si tu veux ta liberté, je te la donnerai.

Donc... le choix lui revenait. À elle seule.

Chapitre 29

Finalement, la décision n'était pas si difficile à prendre après tout. Car lorsqu'il s'agissait de Dmitri, elle ne pensait jamais aux conséquences. Et cela aussi était une folie, aussi implacable que le besoin de le toucher, de le tenir… de l'aimer.

— Reste, dit-elle.

Et elle sentit le tremblement du corps puissant de cet homme qui lui avait offert sa liberté.

Cela la toucha.

Se laissant glisser à genoux, elle entoura fermement le cou de Dmitri de ses bras et enfouit son visage contre la douceur chaude de sa peau. Dmitri l'enserra dans les siens un instant plus tard. La peur, cette intruse insidieuse, cette ombre silencieuse, elle l'attendait… Mais elle ne vint pas, comme si la brutalité de leur lutte l'avait purgée de son être, la laissant abattue et blessée, mais entière.

— Jamais plus, murmura Dmitri dans ses cheveux, sa voix nue, ses défenses réduites à néant. Je te le jure.

Le tenant par la nuque, elle le caressa avec des gestes tendres, un acte apaisant pour tous deux. Pour cet homme dur, dangereux, qui était sien et pour la petite fille solitaire et perdue, en elle.

— Dis-moi pourquoi.

Elle avait besoin de comprendre, de voir dans les ombres du cœur de Dmitri.

L'une des mains du vampire se serra dans les cheveux de la jeune femme.

— C'est un mémorial, dit-il, la voix si rêche qu'il était difficile à comprendre. Personne d'autre que Raphael ne connaît son existence.

Le cœur d'Honor battait à tout rompre, un éclair foudroyant de *compréhension* bousculait son esprit, mais il glissa hors d'atteinte, s'évanouissant comme de la brume, lorsqu'elle essaya de tendre la main pour le retenir. Reportant son esprit ailleurs, elle pensa aux fleurs sauvages, de tant de couleurs, de tant de nuances, toutes s'inclinant en signe de bienvenue alors qu'elle garait sa voiture plus loin pour éviter de les écraser. Elle avait marché, lentement mais avec assurance, à travers la profusion de couleurs, attirée par la ruine invisible – comme si son corps était une boussole et la ruine le nord véritable.

La mélancolie des lieux s'était emparée d'elle, mais elle avait été sûre d'entendre l'écho d'un rire aussi... celui d'un enfant heureux.

— C'est un endroit chargé de souvenirs, chuchota-t-elle. Il n'y a pas que de la tristesse là-bas, Dmitri. Tu dois te le rappeler. (Ces mots n'étaient pas les siens, et pourtant si.) Tu le *dois*.

— Je me souviens de tout. (Un rire de métal ébréché et de verre brisé.) Parfois, j'aimerais que ce ne soit pas le cas. Mais ces souvenirs, ils sont inscrits dans la pierre, pour n'être jamais oubliés.

Honor pensa à ce que cela devait être de porter une telle peine à travers les âges, de porter le deuil pendant presque un millier d'années ; elle éprouva une douleur si vaste qu'elle n'en voyait pas la fin.

— Elle n'aurait pas voulu cela pour toi, dit-elle, et elle en était si sûre qu'elle ne s'arrêta pas pour s'interroger à ce sujet. Tu le sais.

Honor avait raison, pensait Dmitri. Ingrede aurait été horrifiée de voir qui ou plutôt ce qu'il était devenu, de voir comment il avait laissé la perte de sa femme et de ses enfants le changer. Mais il savait aussi autre chose.

— Il y a des choses contre lesquelles un homme ne peut lutter. Des pertes qu'aucun mari (qu'aucun père) ne peut oublier.

— Dmitri…

— Je ne sais pas ce que je peux te donner, Honor. (Il le lui dit car elle méritait la vérité.) Mais je sais que je n'ai rien éprouvé de semblable depuis le jour de sa mort.

Honor prit le visage du vampire dans ses mains.

— Ça va aller.

(Les baisers les plus doux qui soient.)

Il ne savait pas comment elle en était venue à offrir son réconfort alors que c'était lui qui l'avait fait souffrir, mais son âme, froide depuis si longtemps, se délecta de sa chaleur.

— J'ai une fois nourri Elena, lui dit-il bien plus tard, pendant que les lèvres d'Honor se refermaient sur la fourchette de riz qu'il avait portée à sa bouche.

Elle lui permettait de prendre soin d'elle d'une manière dont il n'avait pas fait preuve plus tôt dans la soirée.

La curiosité transforma le vert profond de son regard en des gemmes étincelantes.

— Y avait-il des couteaux dans l'histoire ?

— Non, mais elle était attachée à ce moment-là. (Cela semblait s'être déroulé des siècles plus tôt. Il avait nargué Elena alors qu'elle était immobilisée, pour sa propre sécurité.) Elle avait tiré sur Raphael.

Les autres membres des Sept étaient prêts à faire couler le sang, mais Dmitri était lié par sa promesse de la garder intacte.

Honor se pencha en avant, ses sourcils s'abaissant.

— J'ai entendu des rumeurs… Elle l'a vraiment fait ?

Alors il lui raconta l'histoire et se débrouilla pour lui faire avaler la plus grande partie de la nourriture en même temps, se demandant si elle avait remarqué les fruits et le miel qu'il avait ajoutés sur la table.

— J'ai des mains, époux.

Levant un quartier de fruit vers ces superbes lèvres alors qu'elle était assise sur ses genoux, un bras autour de son cou.

— Tu peux utiliser ces mains pour me remercier de prendre si bien soin de toi.

De petites dents blanches mordant dans le fruit, une gorge mince avalant la chair juteuse.

— Dmitri ?

— Oui ?

Il fit courir le fruit le long de cette gorge, avant d'en lécher le jus.

Elle frissonna.

— J'espère que je serai assise sur tes genoux lorsque je serai une vieille bique édentée et que tu seras un vieil homme ridé.

Posant son verre de vin sur la table, Honor se leva pour venir se glisser sur les genoux du vampire. Le souvenir et la réalité entrèrent en collision dans un kaléidoscope qui lui donna le tournis. Les lèvres d'Honor sur les siennes ne firent qu'amplifier la fracture temporelle, son goût chaud, doux, et douloureusement familier, même s'il ne l'était pas. Il posa sa main en une caresse sur la nuque de la jeune femme, et fit attention à la tenir avec douceur pendant qu'elle ouvrait la bouche sur la sienne et l'explorait en une lenteur décadente, immorale.

La tendresse du moment le détruisit, faisant chanter des parties de lui qu'il pensait mortes depuis longtemps. Le parfum d'Honor, des fleurs sauvages en pleine éclosion, la sensation d'elle sous ses mains, la manière qu'elle avait de rire, tout se combinait parfaitement comme une clé dans une serrure. Ingrede avait été si différente en apparence – une femme qui aimait sa maison et son foyer, et qui n'aurait pas su comment utiliser un couteau ailleurs que dans la cuisine. Elle avait eu le cœur d'un lion, sa femme.

Tout comme Honor.

— Oui, dit-il lorsqu'elle mit fin à leur baiser dans un doux bruit de succion.

Honor pencha la tête en une question silencieuse.

Plongeant ses yeux dans ceux d'une teinte de forêts chargées de brume, il fit très délibérément descendre sa main pour la refermer sur son sein.

— Maintenant, Honor.

Le cœur de la jeune femme battait à tout rompre contre la main du vampire, sa voix rauque après la tempête qui venait juste de passer… et avec une passion qui avait empourpré ses lèvres charnues au point qu'il voulait les mordre.

— Les fenêtres, murmura-t-elle.

À cette hauteur, il n'y avait aucune chance d'être vu… sauf, bien sûr, par des Immortels dotés d'ailes.

— Ferme les stores.

Cet ordre calme lui échappa.

Les lèvres d'Honor se relevèrent à leurs commissures.

— Comme tu voudras.

Elle le raillait, et il était plutôt satisfait de la tournure des événements. Il la regarda se lever pour aller s'exécuter, les enfermant tous deux dans la douce intimité créée par le calme rempart de la pluie derrière la fenêtre.

— Demande-moi ce que tu veux, dit-il lorsqu'elle se retourna pour lui faire face.

C'était la première fois en des siècles et des siècles qu'il plaçait les besoins de sa maîtresse avant les siens. Oh, il n'avait jamais laissé une compagne de lit insatisfaite, même si le plaisir qu'il avait été enclin à donner avait été vif comme une lame de rasoir, presque brutal dans son intensité, mais se soucier d'elle... non, il ne s'était pas soucié d'une maîtresse depuis le jour où il avait quitté sa femme en lui promettant de revenir.

Si Honor lui demandait de se contrôler, il trouverait un moyen d'y parvenir. Mais ce qu'elle affirma fut :

— Je ne me briserai pas.

Et c'était une déclaration solennelle.

Il se rappela combien elle avait été folle entre ses bras, son esprit piégé en plein cauchemar. Des fractures existaient en elle, et ce soir-là, salaud comme il l'était, il avait aidé à les élargir. Mais elles guériraient – parce que Honor s'en était sortie d'une pirouette. Levant la main vers sa propre joue, il frotta son bleu sensible.

— Tu as failli me casser quelque chose.

Un sourire lent, à faire fondre le cœur tant il était beau.

— Tu l'avais mérité.

Il sentit ses propres lèvres s'incurver.

— C'est vrai. (Étudiant le corps de la jeune femme de haut en bas.) Je compte toujours jouer à mes petits jeux pervers avec toi.

Une tentative délibérée de juger jusqu'où elle l'autoriserait à aller.

— Pas de trucs bizarres pour le moment.

Surpris qu'elle ne rejette pas totalement cette idée après ce qu'il avait fait, il leva les yeux jusqu'aux siens – et y lut une compréhension qui le stupéfia. Elle savait qu'elle avait du pouvoir sur lui, cette mortelle qui était tellement plus faible et qui pourtant l'avait mis à genoux. Honor n'était pas comme lui, n'était pas devenue cynique après une expérience qui en aurait tourné plus d'un vers l'amertume et la haine. Elle n'utiliserait jamais ce pouvoir de manière malveillante. Mais cette connaissance, c'était cela qui lui permettait de jouer à ces jeux-là avec lui.

Bien.

Repoussant juste un peu ses propres cheveux, il courba un doigt.

Elle envoya valser ses bottes avant de traverser la moquette pour venir le chevaucher. Ses mains se levèrent jusqu'aux boutons de la chemise du vampire.

— J'aime la couleur de ta peau, murmura-t-elle, se penchant en avant pour appuyer un baiser sur la peau nue de son torse.

C'était la plus douce des caresses, et cela le poussa à faufiler ses doigts entre les cheveux d'Honor et à en exiger une autre. En riant, elle parsema sa poitrine de baisers, la chemise s'ouvrant maintenant jusqu'à sa taille.

— Une peau si jolie, si belle. Est-ce qu'elle est de la même teinte sur tout ton corps ?

Il tira sur le bas du tee-shirt d'Honor, attendit qu'elle lève les bras pour le faire passer par-dessus sa tête.

— Je te l'ai dit. Tu devras... (serrant le ventre au contact de celui de la jeune femme)... attendre pour voir.

Ce fut son tour de se pencher en avant, d'appuyer ses lèvres sur sa peau de miel dorée par le soleil, ses mains possessives sur les hanches de la chasseuse.

— J'ai des cicatrices.

Les responsables de ces cicatrices paieraient pendant les décennies à venir, parce que Dmitri n'éprouvait ni pitié ni pardon en lui. Pas pour ce crime.

— Je ne vois que toi. (Un autre baiser qui s'attardait avant qu'il ne se retire.) Et tu es ma drogue.

Soulignées de dentelle noire, les courbes voluptueuses de ses seins le faisaient saliver ; ses crocs étaient douloureux à force de vouloir plonger dans cette douce chair. Il ne le ferait pas, pas avant qu'elle ne lance l'invitation, mais cela ne faisait aucune différence pour son sexe. Il était dur comme la pierre, le sang y battait, chaud, épais. Et cela, avant même qu'il ne s'autorise à penser au fourreau humide, étroit, qu'elle abritait.

— Je veux être en toi. (Il tira sur le haut de son sein, écrasa sa bouche sur son téton.) Si profondément que tu en seras marquée à vie.

Les ongles d'Honor s'enfoncèrent dans son cou, sa voix étant devenue un murmure rauque.

— Tu me fais désirer des choses qu'aucune fille sage ne ferait jamais.

Ses mots finirent de démêler le nœud qu'il sentait en lui.

— Je ne ferai rien pour t'arrêter. (Soulevant la tête, il la réclama, caressant sa taille et remontant pour venir prendre en coupe ses deux seins en même temps. Ses monts généreux étaient couverts par la fine dentelle de son soutien-gorge, très affriolant ; un petit arc rouge transparaissait en leur centre.) Je pensais qu'une chasseuse portait des choses plus commodes. (Il fit courir ses doigts sur les tétons épais et tentateurs.)

— Des réclamations ?

Pressant fermement la chair tendue d'Honor, il prit ses lèvres en un baiser en guise de réponse.

La chasseuse renversa la tête en arrière lorsqu'il relâcha sa bouche, la position exposant tout son cou. Le sang du vampire bourdonna, son regard se fixa sur le pouls battant dans cette gorge. Serrant les dents, il essaya de se concentrer sur ses seins. Cela fonctionnait. Ils étaient pulpeux, un tout petit peu trop gros pour la vie active d'une chasseuse, et parfaits pour les mains de Dmitri.

Glissant ces dernières sous ces courbes exquises, il était en train de pencher la tête pour se faire plaisir avec Honor quand elle lui tira les cheveux.

— Embrasse ma gorge.

(Un murmure aussi léger que l'air lui-même.)

Ses mains eurent un spasme sur la cage thoracique de la jeune femme.

— Ce n'est peut-être pas une bonne idée.

Il avait faim d'elle, son corps entier n'était plus qu'une immense pulsation.

— Tu es assez âgé pour te contrôler. (Un défi sensuel.) Je suis sensible à cet endroit.

Levant la main, elle fit courir ses doigts le long de l'arc de sa gorge.

La bite de Dmitri se redressa brusquement, son esprit empli d'un millier d'images de débauche, de tout ce qu'il voulait que ces doigts fermes lui fassent.

— Je déteste avoir perdu ce plaisir à cause de ce qu'ils ont fait, dit-elle. Je veux le retrouver.

Au lieu d'obéir à cet ordre, il emplit ses mains de ses seins une fois encore. Ses tétons faisaient des pointes dures contre ses paumes, s'épanouissaient à mesure que ses battements de cœur s'accéléraient et que sa respiration se faisait plus hachée.

— Sensible ici aussi, Honor, n'est-ce pas ?

La pelotant pour son plus grand plaisir, il baissa la tête pour saisir l'un de ses tétons entre ses dents, sachant que la dentelle gratterait contre la chair de la jeune femme, douleur délicieuse.

Un son violemment féminin de frustration.

— Ton fouet (mots chuchotés), l'as-tu jamais senti sur ton propre corps ?

Relâchant son téton d'une chiquenaude de la langue, humidifiant la dentelle et augmentant ainsi la friction contre la peau, il leva les yeux.

— Non. (Il était toujours aux commandes. C'était sa personnalité. Mais...) Peut-être pourrions-nous échanger.

Elle plissa son regard.

— Je sais que tu es en train d'essayer de me faire oublier quelque chose, mais je n'arrive pas à trouver quoi.

Ce fut alors qu'il se déplaça de manière à déposer un baiser chaud et humide sur son cou, vers le haut, près de sa mâchoire. Elle s'immobilisa dans ses bras, mais il laissa sa bouche où elle se trouvait – tout en caressant la ligne du corps d'Honor de sa poitrine jusqu'à sa hanche, de sa hanche jusqu'à ses seins, encore et encore, d'une main, déployant l'autre sur ses reins.

— Ressens cette humidité, murmura-t-il puis il souffla contre sa peau mouillée. (Lorsqu'elle se mit à frissonner, il la lécha.) Choisis, Honor. Dis-moi ce que tu aimes. (Cela requérait toute son expérience de se contrôler avec cette femme qui le détruisait.) Dis-moi, répéta-t-il, enfermant ses instincts de possession, de domination. C'est toi qui tiens les rênes.

Ses doigts glissant sur la nuque et dans les cheveux de Dmitri, elle dit :

— De longs baisers humides.

Ce n'était pas une épreuve que de lui faire plaisir – il pouvait se délecter de chaque centimètre de sa peau et recommencer quelques secondes plus tard. Le corps d'Honor resta raide pendant un long moment, mais les doigts que Dmitri sentaient sur sa nuque s'y enfoncèrent un peu. Leurs pouls s'accélérèrent jusqu'à s'accorder sur le même rythme érotique. Et elle dit alors :

— Plus fort, Dmitri.

Il aimait entendre son nom sur ses lèvres alors qu'elle était à moitié nue sur lui, son corps si sexy et offert. Il l'aimerait encore plus lorsqu'il introduirait son sexe en elle. Soufflant sur la peau qu'il venait juste d'embrasser, il but le tremblement qu'elle eut en réaction avant de lui donner ce qu'elle avait demandé – des baisers longs et intenses qui lui laissèrent des marques rouge sombre sur le cou – pendant qu'il se servait d'une de ses mains pour presser et modeler la chaleur lourde de ses seins. Il avait bien l'intention de les marquer, eux aussi.

Lorsqu'il leva enfin la tête du cou de la jeune femme, les yeux de cette dernière étaient voilés par le plaisir, son corps détendu. Ce n'était pas un « shoot », mais cette expérience lui donnerait une arme contre ses cauchemars – il était plus que désireux de téter son corps doux chaque fois qu'elle aurait besoin d'un rappel.

— Je veux, murmura-t-il, mettre ma bouche là. (Il donna un léger coup de reins contre elle, appuyant contre le V chauffé entre ses cuisses.) Est-ce que ça posera problème ?

Des yeux écarquillés, langoureux d'un désir lascif et sain.

— Non. Ils… Personne ne semblait intéressé par ça. Mais pas de morsures sur l'intérieur des cuisses. Je… Ça faisait mal.

La fureur gronda en lui, si sauvage et si brutale qu'il dut baisser la tête pendant une seconde au cas où elle la verrait. Mais Honor fit rouler ses hanches sur lui, glissant ses doigts sous le tissu desserré de son col pour aller caresser son dos, et il profita de nouveau de l'instant présent, avec une femme belle et attirante qui avait été abusée et qu'il devait maintenant contenter.

— Est-ce que la culotte est assortie ? demanda-t-il, suivant du doigt le bord festonné du soutien-gorge.

— Oui. (Sa poitrine s'élevait et s'abaissait en un rythme saccadé.) Elle est rouge avec un petit nœud noir.

— Sorcière.

Elle rit, confirmant sa supposition : elle était de nouveau en train de le taquiner. Personne n'avait fait ça avec lui depuis une éternité.

— Enlève cette chemise, Dmitri. (Un mordillement sur la courbe sensible de son lobe) Ou je la mets en pièces.

Sifflant sous la caresse, il se débarrassa rapidement de sa chemise, la jetant sur le côté et fourrant ses mains entre leurs deux corps pour se débarrasser de sa ceinture en même temps. Son sexe était une tige d'acier dans son pantalon, appuyant en une demande pressante contre le tissu – il défit le premier bouton pour se soulager un peu, mais résista au besoin de libérer sa chair turgescente. S'il le faisait, cela finirait bien trop rapidement.

Et il voulait savourer.

Cela faisait si longtemps.

La pensée s'envola avant qu'il ne l'ait vraiment entendue. Il suivit du doigt la bretelle du soutien-gorge d'Honor jusqu'au bonnet, le poussa vers le bas pour dénuder la chair gonflée de son mamelon. Laissant la dentelle glisser, il répéta la manœuvre avec l'autre sein. Puis il baissa la tête et se reput de la vue de cette jeune femme déployée pour lui comme un festin érotique.

Chapitre 30

Sa respiration, déjà hachée, se fit de plus en plus rapide. Ses mains tombèrent sur ses propres cuisses. Elle fit alors quelque chose d'inattendu. Rapprochant ses seins de ses deux bras, elle les écrasa l'un contre l'autre, lui servant ainsi un festin. Il grogna, plongea la tête pour sucer un téton roulé fermement dans sa bouche pendant qu'il agaçait l'autre du bout de ses doigts.

S'abandonnant avec délices au goût de la chasseuse, il passait d'un sein pulpeux à l'autre, jusqu'à ce qu'elle lui tire les cheveux.

— Quoi ?

Il entendit l'arrogance de son propre ton, décida qu'elle était suffisamment forte pour y faire face.

— Je ne peux pas respirer.

Le visage empourpré, le pouls erratique, les cheveux emmêlés, et les tétons chauds et humides des caresses de Dmitri, elle était un fantasme ayant pris corps.

— J'espère que tu ne comptes pas me presser, Honor ?

Il donna une chiquenaude de son pouce sur le téton avant de tendre la main dans le dos de la jeune femme et de défaire son soutien-gorge, révélant la pleine beauté de sa poitrine. L'or miel de sa peau était à cet endroit-là plus crème, plus délicat, au point qu'il savait que ses crocs laisseraient deux petits bleus parfaits sur sa chair – il pouvait guérir une morsure complètement, mais comme il l'avait déjà prouvé, il n'était pas exactement un être civilisé et sophistiqué lorsqu'il s'agissait d'Honor. Il voulait qu'elle porte sa marque intime.

Mais pas avant qu'elle ne soit prête. Et il y avait d'autres manières de marquer une femme.

— Penche-toi en arrière, les coudes sur la table.

Un autre ordre.

Auquel elle obéit.

La position, non seulement la laissait à sa merci, mais en plus soulevait ses seins pour le plaisir de Dmitri.

— Je veux me nourrir de toi, dit-il, et il vit immédiatement la terreur s'inscrire dans son regard, mais je ne le ferai pas. Pas avant que tu ne me donnes une invitation verbale nette, alors éloigne cette peur de ton esprit.

Il soutint le vert profond de son regard jusqu'à ce que la terreur en soit balayée par le soulagement… et une sensualité qui couvait. Cette dernière lui apprit qu'Honor était une femme qui lui correspondrait au lit, caresse pour caresse, baiser pour baiser.

— Honor ?

— Oui.

— Je vais te faire des choses maintenant qu'une gentille fille ne laisserait *définitivement* aucun homme lui faire.

Ces mots liquéfièrent le corps de la chasseuse.

Puis Dmitri posa cette bouche dangereuse, impie, sur son sein, le suçant suffisamment fort pour y laisser un suçon, avant de plonger la tête pour téter sauvagement son téton, provoquant des contractions dans les entrailles intimes de la jeune femme. Si ses caresses précédentes avaient été douloureusement tendres, celles-là étaient du sexe pur, cru. Rien dans sa manière de la toucher ne montrait qu'il la voyait comme une femme blessée, une marchandise abîmée, et cela lui donnait une liberté qu'elle n'aurait pas crue possible.

Se tendant en avant vers la maîtrise impitoyable de cette bouche, elle fut récompensée par l'enroulement de la langue de Dmitri autour de son téton, lui faisant des choses qu'elle n'avait pas su exister. Serrant les cuisses autour du corps puissant du vampire, elle le regarda relever la tête. Se lécher les lèvres. Et se déplacer vers son sein négligé.

Le baiser d'une dent.

Pas avant que tu ne me donnes une invitation verbale nette…

Psalmodiant cette promesse dans son esprit, elle surmonta la pointe de peur pour se noyer dans la ruée de plaisir.

— Ne t'arrête pas, dit-elle lorsqu'il releva la tête.

Il se pencha pour appuyer sa bouche juste sous le creux de sa gorge en réponse ; ses yeux de péché et d'obscurité contenaient une expression de satisfaction qu'il ne tentait pas de dissimuler.

— Peux-tu atteindre le miel ?

Se déhanchant légèrement, elle attrapa la bouteille de miel en plastique qu'il avait sortie avec les fruits et la lui tendit, sachant parfaitement bien qu'elle lui donnait une arme de plus pour la tourmenter.

Il ouvrit le couvercle d'une chiquenaude, et tout en maintenant le contact visuel entre eux, il s'inclina pour lécher son téton – une unique fois, juste suffisamment pour l'émoustiller, pour la voir retenir son souffle – avant de retourner la bouteille et de faire sortir le liquide collant d'une pression, non pas sur son corps, comme Honor s'y était attendue, mais sur sa main. Puis il referma la bouteille et la lui rendit.

Elle se débrouilla pour la poser quelque part sur la table sans même le quitter des yeux.

Plongeant un seul doigt dans l'épais liquide doré, il le leva jusqu'aux lèvres de la jeune femme pour suivre le contour de ces dernières avec la douceur du miel. Elle prit le doigt dans sa bouche pour le lécher, enroula sa langue autour comme elle l'avait fait avec sa bite dans la voiture. Ces yeux sexy lui disaient exactement ce qu'il voulait lui faire, mais les braises devraient se consumer lentement ; la mèche de Dmitri était apparemment très longue.

La chanceuse.

— Continue de faire ça, murmura-t-il d'une voix qui était la fourrure la plus opulente qui soit sur sa peau, et je te ferai mettre à genoux entre mes jambes pour sucer quelque chose de bien plus dur.

Elle prit son doigt entre ses dents, punition sensuelle pour des mots qui auraient aussi bien pu venir d'un barbare.

— Le sol me ferait mal aux genoux, dit-elle après l'avoir relâché, se sentant violemment, glorieusement, femme. La prochaine fois que je te suce, je veux être à genoux sur un joli canapé confortable.

— Je vis pour exaucer tes vœux. (Son doigt glissant hors de la bouche d'Honor, il le plongea de nouveau dans le miel et en peignit ses deux tétons d'une touche précise, presque délicate, avant de commencer à tracer un dessin sinueux et complexe sur les pentes de sa poitrine.) Ne bouge pas.

C'était une pure torture que de rester immobile alors qu'il la caressait avec des mouvements lents et longs de son doigt tout collant. Sous elle, ce corps imposant, dur et excité, cette érection tellement proche, éveillait des fantasmes. Elle s'imaginait lui arracher son pantalon et lui grimper dessus, la chair épaisse du vampire entrant en elle au garde-à-vous.

Les yeux de Dmitri scintillèrent lorsqu'ils rencontrèrent les siens et elle se demanda ce qu'il voyait. Mais tout ce qu'il dit fut :

— Sois une gentille fille, Honor, ou j'aurai à te punir.

Une grande main calleuse lui donnant la fessée avec une chaleur tout érotique entre ses cuisses, les doigts de l'homme devenant luisants de son désir à elle pendant qu'elle tirait sur les liens qui la maintenaient sur le lit… Et lui interdisaient de se défendre.

Elle haussa les épaules quand le fantasme s'épanouit dans son esprit.

— Peut-être que je… (elle déglutit alors qu'il dessinait une ligne descendant jusqu'à son nombril, à moins de dix centimètres de la ceinture de son jean)… pourrais aimer ta version de la punition.

— Hum hum. (Il fit cette fois courir son doigt vers le haut.) Ce ne serait pas une punition alors, non ? (Une menace sensuelle venant d'une créature dangereuse qui savait comment exploiter chaque facette du corps d'une femme.) Maintenant, viens là.

Courbant sa main autour du corps de la jeune femme, il appuya sa paume contre son dos.

Elle haleta quand le miel toucha sa peau.

— Je suis toute collante.

— Viens me rendre collant aussi.

N'ayant aucune objection à se plaquer contre le corps de Dmitri, elle écrasa ses seins contre sa poitrine.

— Nous allons faire un horrible bazar.

Elle ne put s'empêcher de réclamer sa bouche, cette bouche belle et sexy qui était en train de devenir son péché mignon le plus immoral.

Il la laissa la prendre, la laissa sucer sa langue et frotter son corps contre sa bite, mais la matière de son jean était épaisse et elle ne pouvait pas le sentir comme elle le souhaitait. Lorsque les mains de Dmitri serrèrent les hanches de la jeune femme, ce fut une exigence silencieuse. Mettant fin à leur baiser, elle sépara leurs corps couverts de miel dans un grognement rauque et se leva pour défaire sa ceinture et la jeter sur le côté.

Puis, pendant que Dmitri la regardait, elle défit d'un geste le bouton de son jean et descendit la fermeture Éclair pour révéler ses dessous rouges. Il ramena la jeune femme à lui en la prenant par les hanches. Il suivit du doigt le minuscule nœud noir, ce contact intime provoquant en Honor l'envie de supplier Dmitri de bouger sa main plus bas, de la frotter plus durement. Sauf que…

— Et si jamais…

Il embrassa son nombril, juste au-dessus de sa culotte. Un baiser chaud et humide.

Les orteils d'Honor se recroquevillèrent, et elle put rester droite seulement parce que Dmitri la tenait.

— Alors, dit-il, répondant à la question qu'il ne lui avait pas laissé poser, nous essaierons encore. Nous essaierons toute la nuit parce que j'ai la ferme intention de prendre ce qui est mien.

Elle fit courir ses doigts à travers l'épaisse soie noire de ses cheveux.

— Possessif à ce point ?

Le sourire qu'il lui offrit semblait dangereux. Elle avait su depuis le début qu'elle était incroyablement vulnérable face à lui, mais ce fut à ce moment précis qu'elle se rendit compte qu'elle ne pouvait rien lui refuser. C'était une faiblesse terrible, mais qui était enracinée si profondément dans sa psyché qu'elle savait qu'il était impossible de lutter contre ou de l'ignorer.

Mon Dmitri.

Faisant un pas en arrière, elle se débarrassa sans effort de son jean. Mais lorsqu'elle voulut le chevaucher de nouveau, il secoua la tête, la poussa vers la table. Une rougeur rampa sur tout le corps de la jeune femme alors qu'elle se perchait sur le pin, les genoux chastement serrés. Rapprochant sa chaise, il fit glisser ses mains le long des cuisses d'Honor pour venir enserrer l'arrière de ses genoux, de ses mollets et c'était un supplice de plaisir. Elle permit à ces mains savantes de la caresser, d'écarter ses jambes et d'ouvrir ses cuisses alors qu'il la dirigeait et lui faisait mettre ses pieds sur la chaise, de chaque côté de son corps.

Elle se sentait exposée, nue, bien qu'elle portât encore sa culotte.

— Dmitri.

Ramassant un peu de miel de son corps, elle dessina ses lèvres du bout des doigts. La mâchoire de l'homme était dure sous sa main pendant qu'elle prenait son visage en coupe et l'embrassait, lentement, doucement et un peu perversement, mordant cette lèvre inférieure légèrement pleine.

Il bougea ses mains sur les cuisses de la chasseuse, les pressa. Et il la mordit alors à son tour.

Ce geste envoya une onde de plaisir à travers tout son être. Les yeux écarquillés, elle fixait Dmitri, cette superbe créature plus dangereuse qu'aucun vampire qu'elle eût jamais rencontré. Elle avait pensé que le moindre début de morsure l'aurait fait flipper. Ravalant sa salive, elle regarda les mains de l'homme.

— Ma cuisse, murmura-t-elle, fais-le.

Sans dire un mot, il essuya du miel de sa propre poitrine et traça une ligne le long de la chair sensible à l'intérieur de la cuisse d'Honor. Cela la fit trembler, mais ce tremblement n'était pas dû à la peur. Pas pour le moment. À l'instant où il baissa la tête vers sa chair, elle se figea. Ne s'arrêtant pas, il referma ses dents sur elle. La morsure était plus une taquinerie qu'autre chose, sans même la trace d'un croc. Frémissante, elle dit :

— Fais-le encore.

Il lui offrit un autre baiser coquin. Puis un autre.

Jusqu'à ce que le corps de la jeune femme ne puisse supporter cette tension plus longtemps et qu'elle frissonne, fondant sous son contact, sa séduction. Des coups de langue longs, lents, des morsures joueuses, rapides ; il lui fit tout. Mais il ne plongea pas ses crocs dans sa chair, ne tira pas de son sang.

— Lorsque je me nourrirai à toi, murmura-t-il, ce ne sera pas une chose précipitée. Je prévois de savourer chaque seconde de cet instant délicieux. (Il l'attira vers lui, tendant la main pour jouer avec les fins rubans noirs qui se trouvaient sur les côtés de sa culotte, ses lèvres légèrement gonflées par les baisers de la chasseuse, ses os saillant durement contre sa peau chaude et belle.) Allonge-toi.

Vacillant sous sa sombre séduction, elle prit une profonde inspiration et se pencha en arrière pour s'allonger sur la table, riant au contact de son dos contre la chaleur du bois.

— Collant.

Relevant les jambes d'Honor jusqu'à ce que ses genoux soient sur ses épaules, Dmitri la toucha au centre de sa culotte.

— Hum… Oui.

Le cerveau de la jeune femme ne parvint pas vraiment à analyser son commentaire, ses nerfs court-circuités par ce simple contact. De nouveau, elle attendit la peur. De nouveau, elle ne vint pas. Alors elle fit le lien. Avec Dmitri, il ne s'agissait que de plaisir.

— *Pardonne-moi.*

Plus jamais il ne laisserait libre cours à la lame aiguisée de sa cruauté avec elle. Elle savait cela depuis les profondeurs de son âme, l'avait entendu dans le rythme de sa voix, l'avait senti lorsqu'il s'était mis à genoux devant elle, cet homme de pouvoir et de fierté. Ce moment avait été la ligne de démarcation entre le passé et le futur.

Il s'agissait donc de plaisir.

Avec l'agression, cela n'avait été que souffrance.

— Es-tu prête, Honor ?

Oui. Mais elle n'eut pas le temps de répondre, car il posa sa bouche sur elle à travers l'étoffe humide de ses dessous. *Dmitri.*

Une part de Dmitri voulait arracher le dernier morceau de tissu sur Honor et s'enfoncer en elle d'une seule et profonde poussée, pour la posséder de la façon la plus animale. L'autre part voulait utiliser chacune de ses compétences sensuelles acquises au cours des siècles pour faire d'elle son esclave.

La culotte de la jeune femme collait aux courbes empourprées et gonflées de sa chair intime lorsqu'il se recula. Il glissa ses mains sous ces ridicules petits rubans qui le rendaient fous et tira. Elle souleva son corps et l'instant suivant il avait fait passer ce bout de rien le long des cuisses d'Honor. Il se leva pour le lui enlever entièrement, et lorsqu'il porta son regard vers elle, il sut qu'il avait atteint les limites de sa patience. Se penchant en avant, il lécha le miel sur ses seins.

— Donc, maintenant, je suis ton assiette, dit-elle avec ce sourire qui le frappait droit au cœur. Je savais que tu avais une raison inavouée.

Riant – et quand pour la dernière fois avait-il ri avec une maîtresse ? – il se fraya un chemin à coups de baisers le long de son corps jusqu'aux boucles humides entre ses cuisses. Et découvrit qu'il avait encore un peu de patience après tout. Suffisamment pour reprendre son siège, lui écarter les jambes et l'embrasser avec une attention délicieuse, chaudement et lentement, lapant la petite bosse dure au sommet de ses cuisses.

Le dos d'Honor se cambra, ses ongles griffèrent le bois.

— Dmitri.

Son souffle s'échappa en un cri étouffé. Il plaça son pouce contre l'entrée glissante et l'y enfonça juste un peu, pendant qu'il continuait de la lécher. C'en était trop. Elle vint pour lui, une douce explosion d'épices féminines contre ses sens.

Se mettant debout alors que les derniers tremblements se succédaient à travers le corps de la jeune femme, il enleva ses derniers vêtements et se rassit avant de la tirer jusqu'au bord de la table.

— Sur moi, Honor.

— Je suis incapable de bouger.

C'était un reproche essoufflé.

Il embrassa l'os de sa hanche, la sentit frémir. Il tira un peu plus. Elle se laissa glisser dans ses bras, toute liquide, jouissante et sans force, ses jambes s'écartant de chaque côté du corps du vampire. Elle l'embrassa paresseusement avant d'atteindre la preuve rigide de l'excitation de Dmitri et de la presser de ses doigts fermes et connaisseurs.

Laissant échapper son souffle en un sifflement, il repoussa les mains de la jeune femme.

— Plus tard.

Il la tira vers lui, la souleva de sa force considérable… et la fit glisser, oh si lentement, sur son sexe. Une chaleur brûlante et une étroitesse délicieuse.

Son esprit se bloqua pendant un instant.

— Oh. (Un long grognement essoufflé.) Tu sens…

Des mains s'enfonçant dans ses cheveux, saisissant l'arrière de sa tête pendant qu'elle s'installait plus fermement sur lui, roulant des hanches et jouant de ses muscles internes autour de sa bite.

Dmitri poussa une calme bordée de jurons, ses mains se serrant sur les hanches de la jeune femme. Elle continuait ces petits mouvements sensuels qui étaient sur le point de faire voler son contrôle en éclats. Il plongea la tête et suça un téton. Elle cria et perdit son rythme, le laissant reprendre un peu ses esprits. La léchant une fois de plus, il insinua sa main entre leurs corps pour encercler légèrement son clitoris, tout en commençant à bouger en elle dans la plus lascive des caresses.

— Tu me tueras.

Sur ces mots, Honor trouva sa bouche.

Perdu dans la passion sauvage de son baiser, il se leva, l'emportant avec lui, et l'installa sur le coin de la table, leurs corps toujours unis. Les jambes de la jeune femme étaient enroulées autour de lui, sa bouche fusionnait avec la sienne. Une main posée sur le visage du vampire, l'autre dans ses cheveux. Une pensée surprenante… mais bienvenue.

Traçant sa route à coups de baisers le long de la joue et de la mâchoire de la jeune femme une fois qu'elle eut mis un terme à leur étreinte, il déplaça sa main sur sa hanche, pour la positionner exactement comme il l'aimait. Puis il commença à bouger. Leurs regards se fondirent l'un dans l'autre.

Les yeux d'Honor avaient l'éclat des forêts à minuit, son cri ne contenait qu'un mot. Le nom du vampire. Il tomba avec elle, tant de plaisir secouant son corps qu'il eut l'impression de se briser en un million d'éclats irisés.

Chapitre 31

Après une douche des plus sensuelles – bon sang, Dmitri était plus qu'imaginatif –, Honor se pelotonnait contre lui, amusée à l'idée de se comporter ainsi aux côtés d'un vampire si meurtrier qu'il effrayait ceux de son espèce.

— Tu es un homme très intelligent.

Il caressa du revers de la main le visage de la jeune femme.

— Je sais.

Honor rit. Qu'aurait-elle pu faire d'autre alors que l'homme dans son lit l'avait menée à tant d'orgasmes qu'elle en voyait encore des étoiles ?

— Cette position – me laisser être sur le dessus, tandis que je te laissais tout le pouvoir. Je suis en train de jouer bien au-delà de ma catégorie côté sexe, n'est-ce pas ?

— Ne t'inquiète pas. (Il fit serpenter ses doigts dans les cheveux de la chasseuse.) Je suis un excellent entraîneur.

Oh oui, elle n'en doutait pas une seconde. L'embrassant tout le long du corps jusqu'à atteindre son cou, elle y blottit son visage et inspira son chaud parfum. L'impression de revenir chez soi.

Le réveil fut aussi brutal que le sommeil avait été agréable.

— Amos a été repéré, lui dit Dmitri après avoir répondu à son téléphone juste avant l'aube grise et brumeuse.

Le vampire n'était pas sur les terres du domaine de Jiana à Stamford lorsqu'ils y arrivèrent, mais il y avait des morceaux de lui : plusieurs de ses organes gisaient en une pile luisante sur l'herbe, couverts par des gouttelettes d'une pluie très fine qui déposait des perles sur leurs cheveux, rendaient leurs vêtements humides. De lourdes piques en acier maculés de sang trahissaient l'endroit où il s'était retrouvé cloué au sol. Des zinnias violets et des chrysanthèmes, écrasés et éclaboussés de sang gélatineux étaient figés dans une teinte noire là où la pluie ne pouvait les atteindre.

— Quoi que j'aie pu rêver de lui faire, ceci est pire, murmura Honor à l'intention de Dmitri alors qu'ils se tenaient sur le talus qui dominait la maison de Jiana, et que le vent matinal chargé d'humidité faisait voler leurs cheveux.

— Il a dû être entravé autrement, sinon il aurait échappé à ces piques d'acier avant d'être étripé, dit Dmitri, les yeux posés sur la chair et les liens sanglants qui semblaient obscènes au milieu des fleurs qui luttaient pour atteindre la lumière absente du soleil.

— Ou peut-être, avança Honor en regardant la femme trempée de sang qui était assise et se balançait sur elle-même non loin du carnage, des ruisseaux de sang gouttant de ses bras et de ses jambes, peut-être qu'il ne voulait pas s'échapper… pas avant de se rendre compte qu'elle n'avait pas prévu de s'arrêter.

Et même là, il avait été incapable de mettre fin à la vie de son assaillante, cette femme qu'il aimait et haïssait à la fois.

Le regard de Dmitri suivit celui de la jeune femme, mais il contenait une considération froide qui ne semblait pas coller aux circonstances. Jiana avait, après tout, tenté d'exécuter son fils de la manière la plus brutale qui soit. Amos n'était pas mort seulement parce qu'il avait réussi à arracher l'un des pieux et à frapper frappé Jiana au visage avec ce dernier, si violemment qu'elle s'était retrouvée inconsciente et la pommette cassée, une profonde entaille défigurant sa peau couleur café au lait. Il avait disparu depuis longtemps au moment où elle avait alerté les gardes.

— La récompense de ses crimes, avait murmuré la vampire lorsque Honor et Dmitri étaient arrivés sur les lieux.

Honor n'aurait pas cru au changement d'avis radical de Jiana si elle n'avait pas eu le visage horriblement contusionné, les côtes fêlées, la soie et la dentelle de sa robe d'intérieur pratiquement arrachées à son corps.

— Il m'a regardée, avait ajouté Jiana, les yeux éteints, d'une manière dont aucun homme ne devrait regarder sa mère.

Ça, pensait Honor, c'était l'infamie de trop. Il semblait qu'il existât des choses que même la plus dévouée des mères ne pouvait accepter. Mais il était évident que Dmitri avait une vision différente des faits. Attendant qu'il reportât son attention sur elle, elle demanda :

— Que vois-tu ?

— Ce n'est pas ce que je vois. C'est ce que je sens.

Plutôt que de lui demander de détailler sa pensée, elle prit tous les faits en considération, hasarda une supposition.

— Un genre de sédatif ou de tranquillisant dans le sang d'Amos.

Il y en avait plus qu'il n'en fallait tout autour, bien que dilué comme il l'avait été par la pluie, pour en être certain.

Un signe de tête inachevé.

— Ce n'était pas un acte perpétré pendant un moment de rage inconsidéré. Il était au contraire calme, froid et *calculé*. (Ses yeux s'attardèrent sur Jiana.) Tiens compte du fait que malgré sa « coopération » antérieure, elle n'a fait aucune mention du tunnel qui permet d'accéder à cette propriété sans être vu.

— L'instinct protecteur d'une mère prenant le pas sur son esprit rationnel, dit-elle, se faisant l'avocat du diable. Quant aux drogues, il se pourrait qu'elle mente et qu'il n'ait pas seulement dit ou fait quelque chose qu'elle ne pouvait accepter, mais qu'il soit bien parvenu à l'agresser physiquement.

— Traumatisée, elle met quelque chose dans le verre de son fils, attend qu'il soit désorienté, faible, et puis elle lui inflige ça. (Amos aurait facilement pu chanceler jusqu'à cette partie du domaine, même drogué et plus très lucide.) Elle était située à moins de dix mètres de la maison, et avec le garde assommé à l'entrée, pendant que les autres se trouvaient autour du périmètre, personne ne pourrait réfuter cette version des événements.

— Plausible.

Les yeux de Dmitri s'attardèrent sur la pile d'organes qui étaient encore roses de vie, preuve du vampirisme qui signifiait qu'Amos s'en remettrait tant qu'il aurait des réserves régulières de sang frais et un endroit où se cacher.

— Sauf, reprit Dmitri, interrompant les pensées d'Honor sur la manière dont un homme pouvait se rétablir après avoir été étripé par sa propre mère, que ce qui s'est déroulé ici n'était pas seulement une exécution, n'est-ce pas ?

Elle observa de nouveau les lieux, mettant consciencieusement de côté sa théorie selon laquelle Jiana était une mère aimante poussée à bout, et se concentrant uniquement sur les faits. Tout d'abord, ce qui s'était déroulé ici avait dû prendre du temps. Beaucoup de temps. Parce que les organes… avaient été ôtés avec une précision soignée, disposés en une pile ordonnée.

Son cœur se glaçant alors qu'elle prenait conscience de cela, elle allait se tourner vers Dmitri lorsqu'elle aperçut un bout de vêtement déchiré et ensanglanté à quelques pas de là.

— Il était bâillonné.

Et d'après la couleur presque noire du sang pris dans les plis où la pluie n'avait pas pénétré, il s'était violemment mordu la langue, s'était probablement déchiré les lèvres. Le sol où il avait été immobilisé était détrempé de tant de sang qu'il semblait plus humide que les lieux alentour. Une rosée pâle brillait sur quelques-uns des chrysanthèmes dont la tige était brisée.

La conclusion faisait mal au cœur, mais devait être dite.

— Elle a aimé cela.

— Tout l'indique.

Se détournant, Dmitri avança vers Jiana, ombre élégante avec son jean noir, ses bottes, et un tee-shirt noir qu'il avait enfilé lors d'un rapide arrêt à la Tour.

Honor se força à le suivre, bien qu'elle fût tourmentée à l'idée d'une mère prenant plaisir au meurtre de son enfant, quel que fût le mal infligé par l'enfant en question. C'était quelque chose qu'elle avait simplement du mal à appréhender, l'instinct maternel étant en elle une force stupéfiante… bien qu'elle ne fût pas mère.

Secouant la tête pour s'éclaircir les idées, elle s'immobilisa aux côtés de Dmitri. Il baissa les yeux vers la vampire, apparemment bouleversée.

— Tu étais trop intelligente, Jiana, dit-il dans un ronronnement qui s'enroula comme de la glace autour de la gorge d'Honor.

Jiana continuait de se balancer d'avant en arrière, sa robe d'intérieur en lambeaux collée à son corps mince, les bleus sur son visage devenus d'un jaune vert maladif alors que la guérison débutait. Elle tenait une lame dentelée dans une main, l'arme entièrement couverte de sang séché qui avait résisté à la pluie.

Dans un mouvement rapide comme un coup de fouet et qu'Honor n'avait pas vu venir, Dmitri sortit de sa botte un couteau de chasse aiguisé comme un rasoir et feignit de trancher la tête de Jiana. La vampire se releva d'un bond et se mit en position défensive en un battement de cils, son propre couteau fendant l'air en direction de Dmitri. Il le fit tomber au sol avec un geste d'une vitesse inhumaine, et, agrippant le poignet de Jiana, l'immobilisa tout en plaçant le tranchant de sa lame mortelle contre sa gorge.

— Maintenant, dit-il, tu vas parler.

Le regard de la femme passa rapidement à Honor.

— Aidez-moi.

Un tel tourment dans ses yeux, un tel abîme de tristesse... et derrière cela, une méchanceté qui rôdait et qu'Honor aurait ratée si Dmitri n'avait pas poussé la lame une fraction plus en profondeur, surprenant Jiana et l'obligeant à faire tomber son masque de chagrin pendant une microseconde.

— Vous l'avez créé, répondit Honor, écœurée. Quelle que soit sa folie, vous en avez pris avantage pour le déformer encore plus.

Le visage de Jiana se transforma. Sa frêle beauté se changeait en quelque chose d'insultant et de méprisant.

— Il est mon fils. (Aucun remords.) Le mien. Pour faire de lui ce que je veux.

À cet instant, Honor comprit la profondeur à la fois de la malveillance et de l'intelligence de Jiana. Elle avait pris la précaution de se jouer d'eux dès le début, sa « pénitence » avec les junkies de sang n'étant qu'un écran de fumée au cas où quelqu'un viendrait fouiner. Même si cela n'était pas arrivé avant des mois ou des années, Jiana aurait toujours été capable de démontrer son apparent désarroi de l'époque et de donner ainsi du crédit à ses protestations, clamant n'être coupable de rien d'autre que de trop aimer son enfant – un enfant qu'elle avait de toute évidence toujours été prête à sacrifier.

Et pourtant, Honor était certaine que l'amour dont Jiana avait fait preuve envers Amos n'était pas complètement mensonger. Quelque chose avait fait pencher la balance – peut-être le fait qu'Amos s'était non seulement dégagé de sa laisse et qu'il se mettait à agir de son propre chef, et non plus en tant que créature de Jiana, mais qu'il avait en plus commencé à attirer l'attention pour de mauvaises raisons.

— Il était devenu un handicap, murmura la chasseuse, il aurait pu vous trahir s'il était pris. (Entourée du carnage réalisé par Jiana – et qu'elle avait pris plaisir à faire –, Honor était convaincue que les mains de la vampire étaient bien plus sales que celles d'Amos.) Il a appris tout ce qu'il savait de vous.

Un éclair de rage perverse dans ces yeux sombres comme l'onyx avait confirmé la supposition d'Honor avant même que la vampire n'ajoute :

— J'aurais pu lui pardonner de vous avoir prise – c'était un divertissement fort intéressant après tout. (Des mots pensés pour poignarder.) Mais cet idiot a prévu d'enlever deux chasseurs de plus après que je lui *ai conseillé* de rester calme et hors de vue.

Jiana avait donc entrepris de le torturer, puis de l'exécuter. Si elle y était parvenue, la mort d'Amos aurait été bien plus douloureuse que tout ce qu'Honor aurait pu imaginer… car il serait mort en regardant le visage sans pitié de la femme qui était supposée lui vouer un amour pur et sans conditions.

Une femme dont la bouche s'incurvait maintenant en un sourire mauvais.

— J'ai tellement apprécié d'être *gentille* avec vous dans ce sous-sol. J'avais élaboré des plans pour revenir, gagner votre confiance. Votre désespoir en aurait été d'autant plus doux lorsque je me serais retournée contre vous.

— Cela suffit, dit Dmitri, coupant la parole à Jiana alors qu'elle était prête à poursuivre. Où est Amos ?

— Si je le savais, crois-tu que j'aurais alerté les gardes ?

Sans prévenir, Jiana avança brutalement sa gorge contre la lame, mais Dmitri fut plus rapide, et fit danser l'arme hors de sa portée.

— Il n'y aura pas de mort facile pour toi, dit-il, agrippant la vampire à la gorge et la soulevant du sol. Tu comparaîtras devant Raphael.

Jiana commença à envoyer des coups de pied et à hurler.

— Nous sommes sous ton autorité, Dmitri ! Tu dois infliger la punition !

— D'abord, nous devons savoir tout ce que tu as fait.

Sur ses mots, il eut un geste brutal de la main.

La tête de Jiana tomba, son corps s'effondra, et Honor se rendit compte qu'il lui avait brisé la nuque comme il l'avait fait avec Jewel Wan.

— Il sera plus facile de la transporter ainsi, expliqua-t-il lorsqu'il la vit regarder la femme, les yeux fixes.

La violence de son monde la stupéfiait, mais elle n'était pas naïve. Elle avait su à l'instant où elle avait décidé de lui emboîter le pas qu'il ne s'agirait pas d'une balade tranquille. Cela ne signifiait pas pour autant qu'elle devait tout accepter.

— Elle serait venue de toute manière.

Dmitri passa le corps inanimé de Jiana à un autre vampire, avec l'ordre de l'emmener à la Tour et de la maintenir sous constante surveillance.

— Sa voix commençait à me rendre malade.

— *Dmitri.*

Un coup d'œil sombre, des perles d'eau, brillantes comme des bijoux, se rassemblant sur des cils noirs comme la nuit.

— On tente de m'adoucir ?

— Cette ligne sur laquelle tu avances, dit-elle, sachant qu'il la provoquait volontairement, est très fine. Je suis en train d'essayer de faire en sorte que tu ne la franchisses pas. Tout ce que tu fais, chaque décision que tu prends, cela s'ajoute au reste.

Il avança jusqu'au bord de la petite colline, silhouette noire contre le gris froid du matin, ses yeux posés sur l'agréable maison en contrebas.

— Près d'un millier d'années, Honor.

— Tu es presque-Immortel. (Venant le rejoindre, elle toucha ses doigts.) Tu en as mille de plus pour t'éloigner de cette même ligne.

Lorsqu'il se tourna vers elle, le visage de Dmitri était indéchiffrable, ses pensées dissimulées.

— Peux-tu suivre la piste d'Amos ?

Consciente qu'elle ne pouvait espérer le convaincre de prendre un autre chemin quand leur relation venait à peine de commencer, elle resta silencieuse pendant un moment.

— Le sang ici a subsisté, mais je suppose que la pluie aura effacé les traces plus petites. Quoi qu'il en soit, Amos saignait beaucoup. Il y a donc une petite chance, s'il n'a pas réussi à se trouver un véhicule.

— Il ne devrait pas y avoir de danger, mais prends quelqu'un avec toi. (Il leva la main et elle sentit une rafale d'air au-dessus de sa tête alors que des ailes d'un noir de suie strièrent le ciel avant d'aller se poser un peu plus bas sur la pente.) Jason te tiendra compagnie. J'ai quelque chose à faire.

Elle perçut le tranchant de sa voix.

— Dmitri.

— Je vais personnellement m'occuper de mettre en pièces la propriété de Jiana dans *L'Enclave*, et je chargerai le personnel de la Tour de s'assurer qu'Amos n'a pas de refuges secrets. S'il y a des dossiers nommant ceux qui ont accepté son invitation, je les trouverai.

Prenant une profonde inspiration, le regard d'Honor se perdit au-dessus des fleurs.

— Je pense que nous les avons tous eus. (Il n'y avait pas dans son souvenir d'odeurs ou de corps qu'elle ne pouvait identifier, pas de voix qui ne collait pas.) Merci.

Il effleura ses cheveux et s'en alla, la laissant à sa tâche.

Elle utilisa tout son talent, et demanda même à Elena de passer pour confirmer, mais son intuition se révéla juste – Amos avait saigné dans le tunnel, mais la piste s'arrêtait là.

— Une voiture. (Elena tomba d'accord avec elle lorsqu'elle lui montra les traces. Ses mots étaient vifs malgré les cercles noirs sous ses yeux.) Aucune touche d'un autre parfum. Tu veux que je demande à la Tour de lancer une alerte sur les véhicules qui lui appartiennent ?

— Il est trop intelligent pour avoir utilisé quoi que ce soit qui pourrait nous faire remonter jusqu'à lui.

La ruse d'Amos était une chose vicieuse.

Une unique perle d'eau roula d'une plume primaire or blanc quand l'autre chasseuse déploya légèrement ses ailes.

— On ne sait jamais avec les Immortels – l'arrogance peut parfois les rendre aveugles à la réalité.

— Oui. (Honor prit de nouveau la mesure des cernes d'Elena, des lignes de tension.) Une nuit difficile ?

Elena expira lentement, ses mèches de cheveux s'échappant de sa natte pour balayer son visage.

— J'ai veillé jusqu'à 5 heures pour parler avec l'une de mes sœurs. Elle traverse une passe difficile. (Elle secoua la tête.) L'amour peut vous frapper droit au ventre parfois.

Honor pensa à Dmitri, à combien elle était vulnérable face à lui, et ne pouvait la contredire.

— Mais lorsqu'il est juste…

— Oui. (Les yeux d'Elena rencontrèrent les siens ; leur couleur argent scintillait malgré le manque de lumière.) Je ne suis pas en position de jeter des pierres sur le fait de s'engager dans une relation avec des hommes dangereux, donc, je dirai juste que… vivre dans le monde des Immortels peut être brutal. Si jamais tu as besoin de quoi que ce soit, y compris d'un coup de main pour attacher Dmitri afin de pouvoir le torturer avec une fourchette, tu m'appelles.

Les lèvres d'Honor ne purent retenir un sourire. Un répit inattendu.

— Tu ne lui as pas encore pardonné ça.

— J'ai l'intention de porter cette rancune à travers l'éternité. (Ces yeux pâles, frappants, se reportèrent sur le tunnel, sur la piste de sang. Leur humour s'évanouit.) Je ne suis pas mère, mais pour faire ce que Jiana a fait…

— Oui.

Elena partit peu de temps après, ses ailes un éclat brillant contre l'acier du ciel. Mais Honor ne rentra pas en ville. Elle alla plutôt rejoindre Jason qui l'attendait dans l'ombre d'un vieux magnolia, ses ailes d'un épais vert cireux.

— J'aimerais jeter un coup d'œil dans la maison.

C'était comme une démangeaison au fond de son crâne, le sentiment qu'elle avait manqué quelque chose… ou peut-être aperçu quelque chose qu'elle n'avait pas compris à première vue.

La maison était aussi élégante que la dernière fois qu'elle y avait mis les pieds – excepté les preuves d'une lutte violente.

Des trous dans les murs, des empreintes de paumes sanglantes, des meubles brisés, et des peintures de travers, quand elles n'étaient pas au sol.

— Si Amos était sous sédatif, demanda-t-elle, comment a-t-il pu faire tout ça et réussir à battre Jiana ?

Jason, sa présence si silencieuse qu'elle fut presque étonnée d'entendre le bruissement de ses ailes, parla pour la première fois.

— Un sédatif à action lente ou de puissance moyenne lui aurait laissé quelque conscience de ce qui était en train de se passer – suffisamment pour qu'il essaie de lutter.

— Jiana aurait su, murmura-t-elle, comment calculer une dose pour la taille et la puissance de son fils. Tout ce qu'elle aurait eu à faire était de le pousser à la fureur.

Elle pouvait voir le scénario stupéfiant se dérouler clairement. Il s'était écrasé contre le mur là, avait incliné le miroir ornemental, renversé la table en bois, puis s'était frayé un chemin d'un coup de pied et avait fait quelque chose qui avait envoyé des éclaboussures de sang partout sur le mur.

— Un coup dans la bouche de Jiana, dit-elle en étudiant les gouttes.

— Nous en serons certains bientôt, déclara Jason, ses ailes provoquant un chuchotement d'obscurité pendant qu'il rentrait dans une pièce donnant dans le hall principal. Raphael prendra le souvenir dans l'esprit de la vampire.

Honor frissonna à l'idée d'une telle violation.

— Comment pouvez-vous accepter cela ? demanda-t-elle, consciente que la question était intime, mais se devant de la poser. Sachant qu'il pourrait vous faire la même chose ?

— La confiance. (Il lui lança un regard indéchiffrable par-dessus son épaule, ses yeux aussi sombres que ses ailes.) Le genre de confiance qui vous permet de prendre Dmitri dans votre lit, même en sachant ce qu'il est capable de faire aux femmes qui l'énervent.

Abasourdie par la réponse, et par le fait qu'il fût déjà au courant alors qu'il venait juste de rentrer en ville, elle regarda avec plus d'attention ce visage marqué par les lignes tourbillonnantes d'un tatouage qui l'aurait distingué en toute situation. Et pourtant… Des ombres, pensait-elle, se cramponnaient à lui.

— Quoi que vous soyez pour Dmitri, Honor, dit-il de cette voix aussi profonde et calme que le cœur de la nuit, ce n'est pas comme avec Carmen et les autres.

Des cils noirs sexy se baissèrent sur des yeux presque noirs, puis remontèrent de nouveau.

Fascinée par cet ange qui, elle le sentait instinctivement, ne parlait que rarement à ceux qu'il ne connaissait pas, elle posa la main sur une statuette brisée et attendit, sachant qu'il n'en avait pas fini.

— Il ne vous rejettera pas comme un vulgaire jouet ni ne vous laissera vous en aller. (Déployant ses ailes, et cachant à sa vue le reste de la pièce, il soutint son regard.) C'est trop tard. Comprenez-vous cela ?

Chapitre 32

Honor suivait des yeux les lignes de cet incroyable tatouage qui couvrait le côté gauche du visage de Jason, l'encre couleur ébène contre une peau d'un brun chaud. Ses cheveux étaient tirés en une queue-de-cheval soignée. Il était à la fois attirant et lointain.

— Êtes-vous en train d'essayer de me mettre en garde ou de le protéger ?

— Peut-être les deux.

— Je n'ai pas besoin d'être avertie en ce qui concerne Dmitri, Jason, lui dit-elle, se demandant si l'ange sombre baissait la garde avec qui que ce soit. Je le vois comme il est. Quant à l'autre option… c'est inutile.

La vérité était que Dmitri détenait son cœur.

Les yeux de Jason, tout comme ses ailes, ne semblaient rien refléter bien qu'il la regardât directement.

— Beaucoup se seraient repliés sur eux-mêmes et seraient morts après ce que vous avez traversé.

Une observation intime, mais il avait répondu à sa question.

— C'est ce qui a failli se passer, dit-elle, se demandant comment sa réponse pouvait avoir une quelconque importance pour un ange. (Et pourtant, elle sentait au fond d'elle-même que cela en avait pour Jason.) Mais la soif de vengeance s'est révélée être une bonne source de motivation – je ne voulais pas que ces salauds gagnent.

L'expression de Jason resta impassible, concentrée sur elle, et elle eut la nette impression qu'il voulait poursuivre sur ce sujet, mais les mots qui suivirent étaient pragmatiques.

— Les choses dans cette maison sont comme on s'y attendait.

— Oui – non, attendez. (Faisant demi-tour, elle revint vers une peinture qu'elle avait remise d'aplomb en arrivant. C'était un nu de Jiana étendue sur son lit, ses yeux ensommeillés regardant l'artiste comme une femme regarde son amant.) C'est ça que j'ai vu, murmura-t-elle. (Elle pointa du doigt le A dans le coin en bas à droite du tableau. La nausée l'envahit lorsqu'elle comprit ce que cela impliquait.) Amos a peint ce tableau.

— Peut-être.

Acquiesçant, elle leva les yeux.

— Vous avez raison. Ce n'est pas concluant. Continuons de regarder.

L'ange aux ailes noires était une présence silencieuse à ses côtés pendant qu'elle explorait des couloirs à la riche moquette couleur crème, épaisse et luxueuse, là où elle n'était pas couverte de mobilier renversé, ou tachée de sang. Plus ils avançaient dans la maison, et moins le carnage était violent. Lorsqu'ils arrivèrent au bout du premier étage, rien n'avait été dérangé.

Ils découvrirent alors une preuve qu'Honor aurait été heureuse de ne pas trouver. Les draps fins sur le lit imposant étaient en désordre ; une bouteille d'huile de massage se trouvait sur la table de nuit. Sur le sol gisait non seulement un peignoir de satin bronze et de dentelle qu'Honor reconnut immédiatement, mais aussi une veste d'homme et des chaussures de cuir brillantes.

— Amos ne portait pas de chaussures.

Les empreintes sanglantes de ses pieds l'avaient montré.

L'une des ailes de Jason lui frôla le dos lorsqu'il les déploya derrière elle. Un poids surprenant, chaud.

— Certaines choses ne devraient tout simplement pas exister.

— Oui. (Amos, pensait-elle, n'avait jamais eu la moindre chance. Mais là encore, tant de gens dans le monde surmontaient les crimes terribles commis à leur encontre sans avoir besoin de torturer les autres. Toutefois, elle ne pouvait s'empêcher d'imaginer l'homme qui avait été son cauchemar en enfant effrayé, sans défense.) Avez-vous une idée de quand tout cela a pu commencer ?

— Amos et Jiana ont toujours été proches, à un point qui avait été remarqué. (Une pause.) Nous avions mené une enquête discrète, et n'avions rien trouvé d'anormal.

— Ils étaient intelligents.

Honor pensa aux larmes de Jiana, si convaincante dans sa comédie du désespoir. *Elle* était intelligente.

Se détournant de l'accusation silencieuse portée par les draps en désordre, elle dit :

— Si ceci avait été découvert, est-ce que cela aurait mené à une punition sévère ?

Si c'était le cas, cette menace pourrait bien être le mobile le plus probable pour la tentative de meurtre de Jiana sur son fils.

— Oui, une punition sans fin. Même parmi les plus dissolus des Immortels, certaines choses sont profondément taboues, ajouta Jason, une chaleur sombre dans sa voix qui était, se rendit-elle compte, de la fureur. Soumettre un enfant à une telle dépravation, cela va au-delà de notre compréhension.

— Si tendre et si gentille. (Un ton glaçant de douceur.) J'ai entendu dire qu'un tel sang est un délice.

Une haleine chaude sur son visage.

— Non ! Pitié !

Elle hurlait, son corps attaché, impuissant.

Un rire. Suivi par un bruit mouillé, épais. Les cris de son bébé déchirèrent les airs.

Honor revint brutalement au présent avec un sanglot d'horreur dans la gorge. Repoussant l'aile de Jason pour passer, la sensation de ses plumes telle une soie liquide, elle courut à travers les couloirs jusqu'à parvenir en chancelant sous un soleil inattendu, la pluie étant passée à la vitesse d'un murmure. La lumière dorée du petit matin se déversa sur elle, contrepoint radieux à la terrible tristesse qui la submergeait.

Cette pensée atroce dans la maison, ces bribes de mots et ces bruits ne ressemblaient pas à un rêve mais à un souvenir. *Ses* souvenirs, bien qu'elle ne se fût jamais trouvée dans une situation aussi horrible. Son cœur était douloureux d'une telle peine qu'elle ne pouvait le supporter. Les hurlements terrifiés de cette petite fille lui perçaient l'âme.

— Honor.

Il lui fallut un effort pour refermer le gouffre béant de ce souvenir qui résonnait dans son esprit et pour se retourner vers Jason.

— Il n'y a plus rien à découvrir ici. (Au lieu de la joie qu'elle pensait éprouver à cet instant, alors que la chasse livrée à ses assaillants touchait à sa fin, il y avait un vide en elle, un sentiment de perte qui effaçait toutes choses mesquines, comme la vengeance.) Je vais à la Guilde.

Jason déploya ses ailes. Leur teinte était d'un minuit si absolu qu'elles absorbaient la lumière du soleil.

— Une voiture vous attend au portail.

— Dmitri, murmura-t-elle, sachant qu'il avait dû arranger cela.

Jason eut un regard pénétrant.

— Il est un vampire de l'ancien temps. C'est instinctif pour lui de traiter sa femme avec tant d'attentions.

Un instant plus tard, il partait dans une bourrasque, volant puissamment et rapidement au-dessus de la couche nuageuse jusqu'à ce qu'elle ne puisse plus voir ne serait-ce qu'une ombre.

Mais il l'avait laissée avec une information cruciale sur la manière de faire face à Dmitri dans une relation amoureuse.

Sa femme.

Jason n'avait pas choisi le mot au hasard, elle n'avait aucun doute là-dessus. C'était un autre indice pour lui indiquer comment fonctionnait le cerveau de Dmitri. Pendant qu'elle avançait vers le portail, elle soupesa la question avec soin – parce que Dmitri était la partie la plus importante de sa vie et qu'elle n'allait pas se mentir à elle-même sur ce sujet.

Elle pouvait renvoyer la voiture qu'il avait mise à sa disposition et appeler un taxi, pour bien lui montrer qu'elle ne se laisserait pas traiter comme un papillon en cage. Ou elle pouvait accepter la voiture, et le fait que son amant était un vampire âgé de mille ans, à quelques années près, qui venait d'une époque où un tel geste n'aurait surpris personne.

Pour être complètement honnête, il était bon de se sentir désirée, de savoir que quelqu'un se souciait d'elle après une vie entière passée à se prendre en charge. Elle ne pouvait définir la relation qui existait entre elle et Dmitri, mais elle savait qu'il la protégerait avec une férocité brutale jusqu'à la fin.

Atteignant la voiture, elle se glissa à l'intérieur. Non seulement avoir un chauffeur à New York n'était pas une chose devant laquelle on pouvait faire la fine bouche, mais l'accepter ne lui faisait aucun tort et cela permettait à Dmitri de faire ce dont il avait besoin : prendre soin d'elle.

Un sourire s'épanouit sur ses lèvres, un genre de bonheur un peu ridicule envahissant ses veines. Elle ne lutta pas contre ce sentiment, tout en se disant que sa capitulation sur le sujet de la voiture lui donnerait un excellent outil de négociation lors d'une future bataille.

La stratégie, c'était là la clé pour traiter avec un homme aussi intelligent et froidement pragmatique que Dmitri.

Mon Dmitri.

Dmitri jeta un coup d'œil à Raphael. Les deux hommes se tenaient sur la falaise derrière la maison de ce dernier, au-dessus des eaux plutôt calmes de l'Hudson et face à un Manhattan devenu un mirage brillant sous la lumière du matin.

— Avais-je tort ? demanda le vampire, qui savait que l'Archange avait déjà parlé à Jiana.

Il voulait avoir tort. Ce besoin venait de la part en lui qui croyait qu'une mère devait toujours protéger son enfant, cette part qui savait qu'Ingrede avait essayé de sauver Misha et Caterina jusqu'à son dernier souffle.

— *Ta femme a lutté pour protéger ta fille, Dmitri. Une telle petite poupée de chiffon.*

La voix de Raphael recouvrit le souvenir cruel du chuchotement d'Isis. L'atroce écho de ses pleurs.

— Non, tu avais raison. Les informations de Jason ont aussi été confirmées.

— Et Jiana ?

— Je vais m'occuper d'elle.

Un froid absolu dans ces mots. Un rappel que l'Archange de New York n'avait aucune pitié pour ceux qui commettaient de tels crimes – et cela, bien que son affiliée ait éveillé en lui une veine d'humanité. Il restait un être d'une puissance terrible.

— Jiana avait raison – je devrais m'en charger. (C'était une punition qu'il n'aurait aucun remords à infliger personnellement. Parce que Amos était ce que Jiana avait fait de lui. Et il avait blessé Honor si gravement que Dmitri ne pouvait y penser sans qu'une brume couleur sang vienne brouiller sa vision.) *Honor ne devra pas le savoir,* dit-il à Raphael. *Si je détruis Jiana.*

L'Archange prit son temps pour répondre. *Es-tu sûr de ne pas vouloir que ta chasseuse te connaisse ?*

Personne, pas même Raphael, ne connaissait réellement Dmitri depuis la mort d'Ingrede. Il avait enterré son cœur le jour où il avait brisé la nuque de son fils. Il pensait que ce cœur avait cessé de battre ce jour-là. Ce n'était pas le cas… et il n'était pas sûr de s'en réjouir. Une seule chose était certaine – il ne laisserait jamais tomber Honor.

— Si jamais quelque chose m'arrivait, combien de temps attendrais-tu avant de te remarier ? (Une question lancée en riant, sa femme appuyée contre sa poitrine nue.) Essaie d'être décent et d'attendre au moins une saison.

Il savait qu'elle le taquinait, mais il ne parvenait pas à rire, pas à ce sujet. Enfonçant ses doigts dans des cheveux qu'il avait déjà emmêlés en lui faisant l'amour, il l'attira vers lui pour un baiser si intense qu'il la laissa bouche bée, les yeux écarquillés.

— Dmitri.

Des doigts touchant sa bouche, sa voix un murmure.

— Jamais, répondit-il. Je ne me remarierai jamais.

La main de sa femme sur sa joue, une peau douce s'éraflant contre sa barbe.

— Tu ne dois pas dire une chose pareille.

Refermant ses doigts sur le poignet d'Ingrede, il amena sa paume à sa bouche, déposant un doux baiser dans sa chaleur.

— Tu prévois de me quitter, Ingrede ?

Elle le possédait corps et âme ; elle était sa raison d'être.

— Jamais. (Elle frotta son nez contre le sien, c'était une petite chose ridicule qu'elle aimait faire et qui le faisait sourire chaque fois.) Mais je ne voudrais pas que tu restes seul si nous étions séparés. Je ne supporterais pas de te savoir si triste (Avant qu'il ne puisse parler, elle reprit :) Mais tu ne peux pas épouser cette Tatiana. Je n'aime pas la manière dont elle te regarde.

Il rit, l'embrassa de nouveau.

— Femme redoutable. (Mais lorsque le rire s'évanouit, il lui dit l'immuable vérité.) Mon cœur ne prendra pas d'autre femme. (Il appuya un doigt contre ses lèvres lorsque le désarroi se peignit dans ses yeux.) J'attendrai que tu me trouves de nouveau. Alors ne mets pas trop longtemps.

Maintenant, il était proche de briser sa promesse.

— Suis-je en train de la trahir ?

— Je pense, répondit Raphael, ses ailes d'or scintillant dans le soleil, que ton Ingrede était une femme au cœur généreux.

Oui, elle l'était. Ingrede n'avait jamais été ouvertement possessive – sauf quand il s'agissait de Tatiana, qui regardait effectivement Dmitri avec une invitation dans le regard qui n'aurait dû être adressée à aucun homme marié. Le souvenir le fit sourire.

— Elle était aussi jalouse.

Raphael rit.

— Elle m'a lancé le regard le plus féroce qui soit quand elle pensait que je tentais de te séduire.

Et puis, se souvenait Dmitri, lorsqu'elle s'était rendu compte que l'ange n'était rien d'autre qu'un ami, elle avait invité Raphael à dîner. Si douce qu'ait été Ingrede, elle avait parlé sans peur à un Immortel alors qu'ils se trouvaient tous dans le champ nouvellement semé, et cet Immortel était venu à leur humble table.

— Je crois que nous n'avons jamais autant ri qu'à cette table.

— C'est un souvenir que je chéris, dit Raphael. Un que je n'ai jamais oublié, qui ne s'est jamais effacé.

Il était réconfortant, pensait Dmitri, de savoir que quelqu'un d'autre se souvenait d'elle. Se souvenait de leurs enfants. Misha et Caterina avaient eu des vies si brèves, mais ces vies avaient marqué l'âme de Dmitri. Et maintenant, un autre nom commençait à y laisser son empreinte, celui d'une chasseuse qui réveillait des souvenirs d'un temps disparu, et qui projetait une ombre sur le sourire de sa femme dans son esprit. *Pardonne-moi, Ingrede.*

— Kallistos, dit Raphael après de longues minutes de silence, ses yeux posés sur les anges qui survolaient le fleuve pour aller se poser sur le toit de la Tour.

Dmitri obligea son esprit à se détourner des deux seules femmes qui avaient eu un droit sur son cœur en presque mille ans d'existence : l'une, une douce femme au foyer, l'autre, une chasseuse, mais dotée des mêmes mains délicates.

— J'ai alerté chacun de nos hommes dans la région. (Il savait que le vampire était proche – les provocations avaient été bien trop personnelles. À Times Square, Kallistos avait dû se tenir dans les parages pour épier la réaction de Dmitri.) Mais il est vieux et intelligent. (Dans tous les cas, l'amant d'Isis le préoccupait moins que le jeune ange qu'il avait enlevé.) Est-ce que le garçon survivra à l'utilisation constante que Kallistos fait de lui ?

L'expression de Raphael était sinistre, ses os des lignes tranchantes contre sa peau.

— Il est jeune, encore vulnérable. Nous ne connaissons pas l'étendue des dégâts causés par Kallistos. *As-tu mis en place une surveillance autour de ta chasseuse ?*

Bien sûr. Si Kallistos était assez fou pour tenter de mettre à exécution la vengeance dont il l'avait menacé, elle serait sa cible – parce que Honor était mortelle, bien plus facile à blesser et à tuer. Tout comme Ingrede l'avait été.

— Pas cette fois-ci, dit-il, et ses mots étaient un serment.

Chapitre 33

Sorrow accueillit Honor avec un sourire lumineux lorsque cette dernière se rendit chez la jeune femme quelques heures après être revenue du domaine de Jiana. Elle fut enchantée quand la chasseuse lui dit que le moment était venu pour sa première leçon d'autodéfense.

— Je vais me débarrasser de mon jean.

Honor était passée chez elle pour se changer et enfiler un long pantalon noir de sport et un simple débardeur vert. Elle commença à s'échauffer sur la pelouse derrière la maison pendant que Sorrow se précipitait à l'intérieur.

Le vampire qui l'observait, assis nonchalamment sur les marches de l'escalier, portait des lunettes intégrales et un costume noir avec une chemise d'un blanc vif, ses cheveux coiffés en arrière en des lignes parfaites. Si elle n'avait su qui il était, elle aurait pensé qu'il sortait de quelque salon de la 5e Avenue et qu'il était incapable de faire la différence entre la lame et le manche d'un couteau. Mais ce n'était pas le cas. Elle avait vu la manière dont Venin bougeait – avec ce genre de grâce qu'un homme n'avait que s'il dansait. Et elle n'était pas en train de parler de salle de bal.

— Tu veux un partenaire ? demanda-t-il, retirant ses lunettes de soleil pour révéler ses yeux stupéfiants, venus d'ailleurs. Je promets d'être gentil.

Honor était presque certaine qu'elle serait maintenant capable de supporter un contact masculin non familier, particulièrement en situation de combat, mais elle secoua la tête.

— Sorrow devrait revenir bientôt.

Venin se pencha en avant, les coudes sur les genoux. Le soleil caressait sa peau mate qui contenait suffisamment de chaleur en elle pour qu'on ait très envie de la toucher. Pas autant que celle d'un homme dangereusement sexy qu'elle avait eu dans son lit pas si longtemps auparavant, mais elle pariait que Venin n'avait aucun problème pour obtenir des rendez-vous galants, même avec ces yeux-là.

Maintenant, ses lèvres s'incurvaient légèrement.

— J'ai toujours pensé que Dmitri choisirait quelqu'un d'un peu plus... raffiné.

Il la narguait, pensait-elle. L'homme aux yeux de vipère la narguait pour s'amuser.

— Tu me rappelles l'un de mes frères de huit ans dans une famille d'accueil, répondit-elle en continuant ses exercices d'assouplissement. Il avait l'habitude de me jeter de la boue après ma douche parce qu'il trouvait cela hilarant. (Jared n'était pas méchant et elle était d'ailleurs restée en contact avec lui pendant un moment, jusqu'à ce que l'âge et le temps eussent affaibli leur relation.) Il n'a plus trouvé ça drôle après que j'en ai laissé tomber dans son dos.

L'expression de Venin afficha son mécontentement.

— On peut difficilement me prendre pour un enfant.

Étrange – elle était plus jeune que lui de nombreuses années, de siècles même, et à cet instant précis elle avait envie d'aller vers lui, d'ébouriffer ses cheveux et de l'embrasser sur la joue en un geste d'affection amusée. Avant qu'elle ne puisse se débarrasser de ce sentiment étrange, Sorrow descendait les marches en courant, vêtue d'un pantalon similaire à celui d'Honor et d'un tee-shirt bleu marine portant le nom d'un célèbre bar irlandais.

— Est-ce que tu vas sortir ton zizi pour le prouver sur-le-champ ? demanda la jeune femme avec une douceur feinte, ayant visiblement entendu la déclaration de Venin.

Les pupilles étranges du vampire se contractèrent jusqu'à n'être plus que de dures têtes d'épingle.

— Fais attention que tes griffes ne te valent pas d'être mangée, chaton.

Envoyant un sifflement dans sa direction, Sorrow avança pour rejoindre Honor sur l'herbe.

— Dmitri doit vraiment me détester, marmonna-t-elle. De tous les hommes sous ses ordres, il m'a envoyé Poison.

— Chaton ?

Sorrow dévoila ses dents pour exposer des petits crocs à peu près deux fois plus courts que la taille normale.

— Il les appelle des quenottes de chaton.

Venin, pensa Honor en apercevant l'éclat de rage dans les yeux changeants de Sorrow, soit n'avait aucune idée de ce avec quoi il jouait… soit en avait au contraire une très bonne.

— Nous démarrerons avec des mouvements de base, dit-elle, prenant mentalement note de demander à Dmitri si Venin contrariait la jeune fille pour juger de son niveau de contrôle.

Sorrow se pencha plus près, baissa la voix.

— Est-ce qu'il est obligé de regarder ?

— Si tu lui dis de partir, il prendra encore plus de plaisir à rester.

Pour le moment, Venin répondait à un coup de téléphone. Son corps était dans une position alanguie qu'il aurait sans doute pu changer en un battement de cils.

Un de ces jours, Honor s'entraînerait avec le vampire – après avoir fait quelques sessions avec Dmitri.

Ses cuisses se serrèrent à l'idée de s'entortiller avec son amant sexy et dangereux dans cette arène, leurs corps transpirants et tendus.

— Ignore-le, dit-elle, obligeant son esprit à revenir au présent.

Sorrow inspira profondément.

— D'accord, dit-elle en soufflant. Montrez-moi.

Après vingt minutes d'un entraînement relativement peu exigeant, la jeune femme chancela avant de tomber.

Venin se trouva à ses côtés à une vitesse telle qu'Honor en eut la respiration coupée. S'empressant d'installer la jeune femme à moitié inconsciente en position assise, il releva le poignet gauche de sa chemise, ayant retiré sa veste plus tôt, et dit :

— Nourris-toi, d'une voix claquante comme un fouet.

Sorrow essaya de le repousser mais elle était faible à faire peur sous le regard inquiet d'Honor.

— Va te faire foutre.

Un juron lancé d'une voix inarticulée.

— Il va falloir attendre ton tour pour cela, chaton. (Il appuya son poignet contre sa bouche.) Nourris-toi ou je vais devoir te clouer au sol pour te verser mon sang dans la gorge. Après quoi, je t'emmènerai à la Tour pour que tu sois placée sous surveillance permanente comme une enfant gâtée que tu es.

Sorrow mordit son poignet. Durement, si on en jugeait d'après la lueur malveillante dans ses yeux cerclés d'un vert brillant – bien que Venin, lui, ne fît preuve d'aucune réaction. Comprenant que la jeune femme avait permis à ses réserves de force de diminuer au point de se mettre en danger, Honor ne dit rien jusqu'à ce que Sorrow repousse de nouveau le bras de Venin. Cette fois-ci, il l'autorisa à rompre le baiser de sang.

S'essuyant la bouche d'un revers de main, Sorrow déclara :

— Je suppose que tu vas rapporter.

Venin utilisa un mouchoir pour nettoyer les marques de ponction nettes sur son poignet avant de remettre sa manchette en place.

— Tu veux que ceci reste notre secret ? (C'était une question aux bords tranchants comme l'acier. Les yeux de Venin étaient cachés derrière ses lunettes réfléchissantes un instant plus tard.) Dommage que tu n'aies rien qui puisse m'intéresser, en termes de troc.

Honor aurait ignoré la raillerie, ayant compris les petits jeux de Venin. Mais Sorrow lança un cri aigu et sauta sur le vampire. En riant, il la repoussa et se releva avec une fluidité aussi reptilienne que ses yeux.

— Attention, dit-il, époussetant sa chemise pendant que la jeune femme se remettait debout, tu pourrais heurter mes sentiments.

Sorrow se fit très, très calme. Puis elle *bougea*.

Retenant son souffle, Honor courut pour attraper son pistolet dans son sac de sport, mais elle ne savait pas lequel des deux viser une fois qu'elle l'eut en main – ni même si elle toucherait la cible voulue. C'était comme observer deux chats sauvages pris dans la danse la plus mortelle qui soit. Ils se déplaçaient si rapidement que l'œil ne pouvait pas vraiment les suivre, leurs attaques et leurs contre-attaques s'enchaînant avec une grâce à couper le souffle.

Alors que Sorrow luttait instinctivement, poussée par sa fureur, Venin était un prédateur froid, calme, qui jouait avec sa proie.

Honor plissa le regard mais ne leva pas l'arme.

Jeux ou pas, le vampire ne faisait pas de mal à Sorrow. De plus, il lui permettait d'exprimer la rage terrible qui était en elle, une colère qui prenait ses racines dans quelque chose de bien plus sadique que les vannes de

Venin. La jeune femme envoyait des coups de pied, essayait de griffer et de lancer ses poings, bondit même à quelques reprises, mais elle n'atteignait pas le vampire, qui simplement *n'était pas là*. Son temps de réaction était trop inhumain.

C'était superbe. Et terrifiant.

— Peux-tu te déplacer aussi vite ? demanda-t-elle à l'homme qui était venu la rejoindre avec une grâce sombre et aussi ancestrale que la puissance de Venin était jeune.

Dmitri glissa ses mains dans les poches de son pantalon de costume gris pierre. Sa chemise blanche était ouverte au col pour exposer une peau qu'Honor voulait lécher, sucer et mordre.

— Venin a une manière particulière de bouger, murmura-t-il d'une voix qui était purement sexuelle, bien qu'il gardât son attention fixée sur la lutte. Elle lui vient du même endroit que ses yeux.

Il était difficile de respirer quand il était si proche d'elle, et d'une humeur qui l'enveloppait de miel chaud, de champagne et de serments de péché plongés dans du chocolat.

— Arrête de déployer des phéromones sexuelles dans tous les coins.

Un léger sourire qui promettait toutes sortes d'actes débauchés, décadents.

— Je pense que nous devrions nous entraîner à la lutte, Honor. Le vainqueur aurait le droit de faire tout ce qu'il veut au perdant.

Hum hum.

— Tu es presque-Immortel, dit-elle en voyant que Sorrow se fatiguait, et tu es le second de Raphael.

— Je m'en tiendrai à une vitesse humaine. (Un baiser d'épices exotiques contre sa peau.) Je te laisserai tes armes alors que je n'aurai que mes mains.

Sachant qu'elle était bonne poire, mais incapable de se retirer du crâne l'image d'une danse avec Dmitri, elle acquiesça.

— Marché conclu.

C'est à ce moment qu'elle vit Sorrow tituber.

Venin se recula, et soudain ils n'étaient plus deux créatures sauvages en mouvement, mais un vampire scandaleusement sexy avec ses cheveux en bataille, ses lunettes volatilisées, et sa chemise déchirée, et une petite Asiatique couverte de sueur, la poitrine haletante pendant qu'elle appuyait ses paumes sur ses genoux.

Avançant vers elle à grands pas, Honor ne fit preuve d'aucune pitié à son égard.

— Il t'a botté le cul.

Sorrow releva brutalement la tête. De longues mèches soyeuses avaient échappé à sa queue-de-cheval pour venir se coller à son visage.

— Je...

— Silence. (Elle eut un mouvement de la main en direction de Venin.) Va-t'en.

Si Dmitri n'avait pas été présent, il n'aurait peut-être pas obéi, mais il inclina la tête et partit sans un mot.

— Si tu étais étudiante à l'Académie, tu serais sur le cul à la minute présente parce que ton instructeur t'y aurait mise, reprit Honor, se rendant compte que la jeune femme avait besoin de conseils qu'aucun homme ne pouvait lui donner, pas sans heurter violemment la fierté mal en point de Sorrow.

Honor touchait sa bille question fierté et sur le fait d'en recoller les morceaux lorsqu'il ne vous restait rien d'autre. Mais elle en savait aussi un bout en matière de survie.

— Puis tu aurais couru ou rampé vingt tours du terrain d'entraînement avant de te traîner au lit, seulement pour en faire vingt de plus au réveil.

— Il...

— Te narguait, te provoquait. (Elle souleva un sourcil.) Et tu as perdu le contrôle de toi-même. Ce manque de contrôle te vaudra d'être tuée un jour. (Sorrow était dangereuse, mais sans discipline cette force pouvait devenir une faiblesse mortelle.) Avant d'aller plus loin avec l'entraînement, nous allons travailler sur ta discipline.

Sorrow serra la mâchoire, mais se débrouilla pour contenir son tempérament cette fois-ci.

Gentille fille.

— As-tu déjà médité ?

La capacité de dissocier son esprit des horreurs qui étaient infligées à son corps était une des raisons pour lesquelles Honor était sortie saine d'esprit de son enlèvement.

Sorrow eut un hochement de tête raide.

— Ma grand-mère m'a appris. Je n'ai plus essayé depuis…

— Je pense que tu devrais. (Honor posa la main sur l'épaule de la jeune femme.) Je veux que tu ailles à l'intérieur, que tu prennes un long bain chaud, que tu fasses tout ce qui pourrait te relaxer, te rendre heureuse.

Ces yeux marron sur lesquels un vert vif était en train de prendre le dessus étaient sombres. Toute méfiance s'en était enfuie. Sorrow paraissait soudain si jeune.

— Rien ne me rend heureuse désormais.

— Fais de ton mieux. (Les cauchemars ne pouvaient être vaincus en une nuit, et ceux de Sorrow l'avaient altérée à un niveau fondamental.) Puis assieds-toi et essaie de méditer. La prochaine fois que je viens, nous parlerons… parce que, Sorrow ? Tu ne peux pas tout garder enfermé à l'intérieur. Je le sais. (Le cahier de notes qu'elle n'avait jamais eu l'intention d'utiliser était devenu si important, une libération purificatrice qui retirait le poison.) Nous trouverons quelque chose qui t'aidera à faire face.

Sorrow ravala sa salive.

— Croyez-vous que je le puisse ?

— Oui. (Sorrow avait besoin que quelqu'un ait foi en elle.) Oh *oui,* ma belle.

— Elena voulait venir me voir, laissa-t-elle échapper sans prévenir. Je sais qu'elle m'a sauvée... mais elle a des ailes. (Un frisson qui secoua son corps entier.) Je ne pourrais pas.

— Je suis sûre qu'elle comprendra. (Serrant l'épaule de la jeune femme, Honor eut une autre pensée.) Combien de temps passes-tu seule ?

— Je ne suis jamais seule.

— Sorrow.

— C'est pas si mal. Ma famille... (Ses lèvres tremblèrent et elle les mordit suffisamment fort pour laisser des croissants rouges imprimés sur la chair délicate.) Ils ne savent pas pour Uram – ils pensent que j'ai été attaquée par un humain timbré et infecté par un virus dangereux. Je pensais qu'ils me rejetteraient lorsque les changements ont commencé à se voir, mais ils ont été merveilleux. Maman serait là tous les jours si je la laissais faire.

— Alors laisse-la faire, dit Honor, touchant de la main la joue de la jeune fille. Une famille, c'est une fondation qui t'aidera à te reconstruire, à lutter.

Honor n'avait jamais eu cette fondation, alors elle comprenait sa valeur à un point que Sorrow ne pouvait saisir.

Opinant, la jeune femme tendit la main pour une étreinte impulsive. Honor lui rendit la pareille, heureuse que de tels gestes ne la renvoient pas au trou dans lequel Amos l'avait piégée. Alors qu'elle caressait le dos de la jeune fille, ses yeux rencontrèrent ceux de Dmitri et quelque chose d'implicite passa entre eux. Il n'était dorénavant plus seul à avoir la charge de surveiller Sorrow, ils étaient deux.

Tandis que Dmitri et Honor étaient en train de s'éloigner de chez Sorrow, le vampire reçut un coup de fil.

— Dmitri.

La voix mâle, rêche, ramena à la vie un vieux souvenir.

— *S'il vous plaît.*

Une main levée, le dos du garçon saignant d'un vicieux coup de fouet.

— *Ça va aller, dit Dmitri, incapable d'éprouver de la pitié. (Son cœur était de pierre, mais il était conscient que le jeune homme était une autre victime, pas une menace.) Nous n'allons pas vous faire de mal.*

— *Elle est morte ?*

— *Oui, la garce est morte.*

— Kallistos.

Il se rangea sur le bas-côté.

Un rire éraillé, sonnant douloureusement.

— Très bien.

La ligne se fit silencieuse pendant plusieurs secondes.

Dmitri attendit, sachant que Kallistos serait impatient – selon les gens que Jason avait à la cour de Neha, ce vampire, dont le corps et le visage avaient fasciné les hommes comme les femmes au cours des siècles, n'avait jamais été maître de son tempérament.

— Je tiens les rênes aujourd'hui, Dmitri. (La voix de Kallistos ne serait jamais douce, sa gorge ayant été abîmée à une jonction critique durant sa Transformation, mais maintenant, elle perdait même de son élégance.) Tu feras ce que je te dirai ou cet ange plutôt mignon périra d'une mort lente et douloureuse.

— Dis-moi ce que tu veux.

— Je suis en train de t'envoyer la route à suivre. Conduis. Si je vois la moindre trace d'ailes, je l'étripe.

Les directives arrivèrent dans la boîte mail de Dmitri quand l'appel prit fin.

— Ce n'est qu'une partie du chemin, dit-il après avoir résumé à Honor la conversation.

— Il ne veut pas courir le risque qu'un ange te précède.

Dmitri considéra ses options et téléphona à Illium.

— Alerte Raphael aussitôt qu'il sera de retour en ville. (L'Archange était en train de revenir d'une réunion.) Tu es trop repérable, Jason n'est pas là et je n'ai confiance en personne d'autre pour ne pas louper ce coup.

Illium jura.

— Je vais partir rejoindre Raphael en route.

Raccrochant, Dmitri se tourna vers Honor.

— Es-tu armée ?

— Toujours.

Accélérant, il sortit du New Jersey à toute allure et prit la direction de Philadelphie. D'autres instructions arrivaient pendant qu'il conduisait. Sept heures plus tard, alors que le ciel commençait à s'assombrir, après le coucher du soleil et avant la nuit réelle, il se retrouva de nouveau à Manhattan. La mâchoire serrée, il prit l'appel lorsqu'il arriva.

— Tu t'es amusé pendant ta petite balade ?

Kallistos riait, et c'était le bruit du métal grinçant.

Dmitri resta silencieux, devinant que Kallistos croirait qu'il était aux prises avec une rage qui refuserait toute pensée rationnelle. Ce n'était pas le cas. La haine de Dmitri pour Isis ne l'aveuglait pas – plus maintenant, pas après s'être baigné dans son sang.

— Je t'ai laissé un cadeau. (Kallistos gloussait presque.) Dans l'une des propriétés que tu possèdes à New York.

Et il raccrocha.

Rapportant à Honor ce que Kallistos avait dit, il effectua un demi-tour en plein milieu de la route et prit la direction de Englewood Cliffs. *Sire,* dit-il, capable de parler à Raphael puisque l'Archange était directement dans le ciel. *Si vous et Illium prenez ces trois-là* (il relaya les adresses), *je m'occuperai de la quatrième*. Il envoya aussi la quatrième adresse.

— Nous nous rendons à la propriété la plus proche, dit-il à Honor. Raphael et Illium atteindront les autres lieux bien plus vite que nous.

Kallistos, pensait-il, était parti depuis longtemps.

— Quelles sont les chances que nous arrivions au bon endroit ?

Il prit en considération les hautes haies, le chemin à l'arrière du domaine qui pouvait être utilisé pour s'y faufiler.

— C'est relativement isolé et assez délabré pour convenir au sens de la mise en scène de Kallistos, d'après ce que nous avons pu voir jusque-là.

Accélérant, il dépassa dans un souffle des automobilistes sidérés.

Si l'ange retenu en otage avait été plus âgé, Dmitri n'aurait pas éprouvé ce sentiment d'urgence qui l'assaillait, mais celui qui avait été enlevé était jeune, son immortalité encore toute récente. Bien sûr, la plupart des mortels ou des vampires seraient incapables de lui causer une blessure fatale, mais Kallistos était plus âgé que Dmitri ; il avait à la fois la puissance et le savoir nécessaires pour assassiner un ange aussi vulnérable.

Chapitre 34

— Nous y sommes.

Les cheveux sombres de Dmitri furent balayés de son front alors qu'il conduisait dans une rue déserte, avant de tourner pour passer un portail menant à un complexe d'habitations décaties.

— Je devine que leur valeur tient au terrain ?

— Des millions.

Dmitri arrêta la voiture devant l'obstacle que formait un tas de gravats. Il descendit et ouvrit le coffre pour en sortir une épée étonnante, si grande qu'elle ne pouvait être portée discrètement. Non, c'était plutôt une arme puissante, faite pour intimider.

Il s'agissait d'un cimeterre, si elle ne se trompait pas. Elle ne put bien l'observer avant que Dmitri ne revienne sur ses pas, l'arme contre son flanc, les yeux habités par une intention meurtrière.

— Reste derrière moi, Honor. Kallistos est très probablement parti, mais nous ne pouvons en être sûrs.

— Je te couvrirai.

Elle ne chercha pas à discuter l'ordre car elle savait ce que c'était que de faire face à ses démons. Et Kallistos était celui de Dmitri.

— Non, reste littéralement derrière mon dos. Un coup de fusil ne m'infligera pas de dégâts conséquents, mais il pourrait te tuer.

L'idée de Dmitri saignant pour elle lui fit crisper la main sur la crosse de son arme, mais une fois encore elle resta silencieuse, car le temps comptait.

— Allons-y.

Il était une ombre élégante devant elle, une ombre qui s'assurait qu'elle n'était jamais exposée à qui que ce soit qui pourrait les surveiller depuis le bâtiment. Honor retint son souffle durant le temps qu'il leur fallut pour traverser le terrain à découvert et atteindre la porte. Il entra en premier, pendant qu'elle regardait derrière eux, le couvrant, son arme pointée devant elle.

La seule chose qu'ils rencontrèrent à l'intérieur fut le silence… et un ange brisé. Le jeune homme – oui, il était encore un garçon, son visage d'une pâleur mortelle retenant la douceur de l'enfance en train de s'estomper – avait été jeté sur le ventre dans le hall poussiéreux. Ses ailes d'un marron pâle couvertes de sang et de crasse, gisaient, molles et froissées, de chaque côté de son corps.

Quelque chose clochait avec ses ailes. Clochait vraiment.

Brisées.

C'était, se rendit-elle compte, nauséeuse, le seul moyen de transporter un ange inconscient si on ne voulait pas utiliser un énorme camion et ne pas éveiller la curiosité.

— Honor.

— Je te couvre.

S'agenouillant, Dmitri toucha la joue de l'ange du bout des doigts.

— Il est encore chaud. (Déposant le cimeterre au sol, il tourna le corps avec la plus grande précaution pour ne pas causer plus de dégâts aux ailes.) Pas de pouls. (Cela ne signifiait pas pour autant que tout espoir était perdu.) *Raphael, à quelle distance êtes-vous ?* demanda-t-il, ayant senti l'esprit de l'Archange toucher le sien quand il avait franchi le portail.

À quelques minutes de là. Montre-moi.

Dmitri ouvrit suffisamment son esprit pour que Raphael soit capable de voir à travers ses yeux et d'estimer les dégâts. *Fais-lui du bouche-à-bouche, Dmitri. Sinon il ne survivra pas.*

Confiant à Honor la surveillance des lieux, Dmitri commença à insuffler de l'air dans les poumons du jeune ange. Il sentit la poitrine de ce dernier, lourde des muscles nécessaires pour voler, se soulever et s'abaisser sous son toucher. À peine cinq minutes plus tard, Raphael entrait dans le bâtiment. L'Archange n'hésita pas à s'agenouiller sur le sol poussiéreux, ses ailes traînant dans les débris et la saleté, pour prendre le jeune ange dans ses bras. Il prit le relais de Dmitri et remplaça les lèvres du vampire par les siennes.

Le souffle d'un Archange contenait un pouvoir indescriptible.

Pendant que Dmitri regardait, une faible lueur bleue inonda le point de contact entre la bouche de Raphael et celle de l'ange.

Le vampire se remit debout, attrapa son cimeterre et se retourna pour lancer un coup d'œil à Honor. Une chasseuse au regard dur, tenant un pistolet qu'elle n'hésiterait pas à utiliser pour protéger les plus faibles – et pourtant, elle avait eu assez de cœur pour éprouver de la pitié en apprenant ce que son agresseur avait souffert enfant. Dmitri n'avait pas une telle douceur en lui, mais il acceptait qu'elle fasse partie intégrante d'Honor, cette femme complexe dont les yeux d'un vert de minuit abritaient un savoir immémorial.

Il lui fit signe de rester où elle était et commença à inspecter les alentours à la recherche d'indices qui permettraient de localiser Kallistos. Il ne découvrit rien d'autre que des marques de menottes dans la poussière depuis l'endroit où le vampire avait traîné le corps du jeune ange à l'intérieur. Kallistos était parti par le même chemin, ne faisant aucun effort pour dissimuler ses empreintes. *Vivra-t-il ?* demanda Dmitri en voyant Raphael mettre un terme à son baiser de vie.

Des yeux d'un bleu surnaturel rencontrèrent les siens. *Oui. Et il sera de nouveau lui-même. Mais il aura besoin de soins que les mortels ne peuvent offrir.*

Dmitri opina. *J'organiserai le transport au Refuge.*

Non, Dmitri. Je dois l'y emmener moi-même. L'Archange se leva, le corps flasque de l'ange dans ses bras. *Nous partirons d'ici à trois jours, quand il aura recouvré un peu de force.*

Elena ?

Elle est mon cœur. Elle vient avec moi.

Dmitri ne s'était pas attendu à autre chose. *Je surveillerai votre ville, Sire.*

Comme Raphael s'apprêtait à quitter les lieux, Honor fit un pas en avant.

— Attendez.

Contournant l'Archange comme si elle ne venait pas tout juste d'arrêter l'être le plus puissant du pays, elle souleva la main du jeune ange. Il avait le poing fermé.

— Il cache quelque chose dans sa paume.

Raphael jeta un coup d'œil à Dmitri.

— Ouvre-la de force.

Dmitri se débrouilla pour ne pas lui casser d'os, mais il dut infliger des contusions au garçon pour déplier ses doigts. Et révéler les restes écrasés mais néanmoins reconnaissables de deux feuilles d'érable à sucre.

— Rien ne permet de les différencier d'autres feuilles similaires, dit-il en saisissant les miettes de verdure.

Prenant entre les siennes la main de l'ange, Honor se pencha plus près.

— Il a écrit quelque chose sur sa paume.

— Eris, lut Raphael de ses yeux perçants. Le mot est « Eris ».

Dmitri fronça les sourcils.

— L'affilié de Neha ? Personne ne l'a vu depuis des siècles. (Pendant qu'il parlait, ses yeux tombèrent une fois encore sur les feuilles d'érable.) Neha, dit-il, un souvenir ancien ressurgissant dans son esprit, n'a pas de propriétés sur ce territoire, mais Eris en avait une avant de disparaître.

Savoir si cette réclusion était volontaire ou non était discutable, car Dmitri avait entendu des rumeurs selon lesquelles l'affilié de Neha avait trahi cette dernière avec une autre femme et en avait été puni depuis les trois cents dernières années.

Il n'était pas impossible que la position de Kallistos à la cour de Neha lui eût permis d'avoir accès à Eris. Quelle que fût la personne qu'il était devenu, l'amant d'Isis avait toujours fait preuve d'intelligence. Peut-être plus qu'Eris – qui avait toujours été le trophée de son affiliée, un oiseau à plumes chéri, adoré, que l'Archange avait couvert de bijoux et de soies.

— Kallistos est peut-être en train d'utiliser le domaine d'Eris comme base.

— Vas-y, dit Raphael, serrant le corps de l'ange blessé plus près du sien. Prends tous les hommes dont tu as besoin.

— Sire. *Je ne laisserai pas cette ville sans défense. Il est possible que Neha soit derrière ceci.* (L'Archange haïssait tous ceux qui avaient aidé à exécuter sa fille, Anoushka – et Raphael comptait parmi ces derniers.) *Cela pourrait être un piège pour nous éloigner.*

Je suis plus que capable de défendre ma ville, Dmitri.

Et elle est plus que capable d'empoisonner l'air, si cela sert son but. J'irai seul. Je suis suffisamment fort pour faire face à Kallistos, même s'il a d'autres protovampires avec lui.

Le bleu des yeux de Raphael était implacable. *Tu prendras Illium avec toi.*

Je ne suis pas aveuglé par le passé. Ses décisions étaient rationnelles, prises froidement.

Peu importe. L'expression de Raphael s'altéra légèrement, et devint plus stricte. *Je ne perdrai pas mon second.*

Dmitri inclina le front en un léger acquiescement.

— Honor, dit-il après que l'Archange fut sorti avec sa charge vivante, je vais prendre l'hélicoptère pour le Vermont...

Avançant à grands pas pour venir se tenir face à lui, elle le poussa des deux mains.

— Si jamais tu pensais me laisser en dehors de ça, il va falloir reconsidérer la chose.

Il aurait dû se montrer ferme, l'aurait fait avec n'importe quelle autre femme. Mais Honor... Elle avait planté ses griffes si profondément en lui que cela figeait le caractère sans pitié qui l'habitait. Il examina la situation – et sa propre vulnérabilité – avec une concentration glaciale. Pour détruire cette chose étrange mais merveilleuse qui existait entre eux, cela n'aurait demandé que quelques mots bien choisis, de la cruauté la plus extrême.

Honor était intelligente, mais elle avait aussi un cœur tendre. Elle n'avait pas la moindre idée des ténèbres où il pouvait s'enfoncer, des blessures qu'il pouvait infliger. Il pourrait la faire saigner sans même lever la main.

— Je ne suis pas un homme bon, Honor, dit-il en caressant le visage de la jeune femme.

Au lieu de faire un écart, elle s'appuya contre ses doigts.

— Tu es mon homme.

Tu es mon homme.

L'écho des mots d'Ingrede se mêla à ceux d'Honor. Sa femme aussi avait eu le cœur tendre. Il avait protégé ce cœur de toutes ses forces… et il savait que malgré la faille qu'elle avait créée en lui, il ferait de même avec Honor. C'était étrange d'éprouver de nouveau une telle tendresse, de savoir qu'il en était capable.

— Viens. Il est temps d'affronter le monstre dans sa tanière.

Venin était celui qui pilotait le plus souvent l'hélicoptère pour le compte des Sept, mais Dmitri savait comment faire – il s'était montré curieux lorsque ces machines avaient été inventées. Bien qu'il éprouvât plus de plaisir à conduire des voitures, il avait conservé cette compétence utile. Après avoir retardé le départ seulement pour se changer et rassembler des armes, il fit décoller l'engin noir de l'héliport qui se situait non pas sur le toit de la Tour mais plusieurs étages plus bas, sur un balcon taillé *dans* une partie de l'immeuble.

— Illium ?

La voix d'Honor sortit claire comme le cristal, tous les deux portant microphones et casques contre le bruit des pales.

— Il est déjà en chemin. (L'ange aux ailes bleues était l'un des plus rapides en vol et arriverait avant eux dans le Vermont.) J'ai contacté les Transformés qui vivent dans la région où se trouve la propriété d'Eris.

— J'ai aussi téléphoné à quelques amis chasseurs dans les parages. (Son parfum s'enroulait autour de Dmitri, envahissait les moindres recoins du cockpit. Des liens fins qu'il ne romprait jamais.) Aucun d'entre eux n'a entendu parler de quoi que ce soit.

— Mes gens non plus – mais Kallistos est tout sauf jeune. (Il n'aurait pas fait quoi que ce soit qui aurait pu attirer l'attention si près de son repaire.) Je suis certain que nous le trouverons là.

— D'une manière ou d'une autre, ce soir, tout ceci sera terminé, dit la jeune femme en tendant la main pour venir effleurer la mâchoire du vampire d'une caresse inattendue.

— Comment fais-tu pour comprendre ?

Comprendre que cela l'avait déchiré d'apprendre que ce petit bout d'Isis vivait toujours alors que les cendres de sa famille avaient été dispersées par le vent si longtemps auparavant que des civilisations entières s'étaient dressées puis effondrées entre-temps.

Elle retira sa main et lui répondit :

— Je te connais, Dmitri. (Elle tenait son poing contre son cœur. Sa voix était douce, forte d'une émotion brute.) Juste ici, si profondément que j'ai l'impression que tu fais partie de moi depuis l'instant où je suis venue au monde.

Il attrapa sa main et la porta à ses lèvres pour y déposer un baiser. Elle l'avait dépouillé de ses mots, de son raffinement, jusqu'à ce qu'il ne fût plus que l'homme qu'il avait été avec sa femme – plus dur, plus meurtrier, mais avec la capacité d'éprouver des émotions à la fois belles et terrifiantes. Il était prêt à verser le sang pour la mortelle à ses côtés, à s'ouvrir les veines si elle le lui demandait, à pourfendre démons et ennemis jusqu'à ce que le monde tremble à l'évocation de son nom.

Mais il ne la pleurerait pas. Parce qu'un homme ne pouvait survivre deux fois à une pareille perte.

S'étant posé suffisamment loin de la maison pour que leur arrivée ne soit pas remarquée, Dmitri leva les yeux pendant qu'ils se mettaient en marche à travers les bois épais qui menaient au domaine d'Eris, tentant d'apercevoir Illium. Pas même un éclat contre la nuit sans étoiles, mais Dmitri appela l'ange et la réponse fut immédiate.

Je te vois. J'ai surveillé la maison – elle est silencieuse, mais il n'y a aucun moyen de savoir si Kallistos s'y trouve.

Même s'il n'y est pas à la minute présente, il reviendra à son repaire tôt ou tard.

Mettant un terme à leur communication mentale, Dmitri répéta à Honor ce qu'Illium venait de lui dire. Elle acquiesça, tenant le long de son corps le pistolet qu'elle avait choisi comme arme principale. Il avait préféré une épée. Le cimeterre qu'il portait était l'une de ses favorites et elle était souvent exposée dans la maison que Raphael avait au Refuge – mais la dernière fois que Dmitri s'était rendu dans la forteresse angélique, il avait ressenti le besoin de la prendre et de la ramener à New York.

— Les runes sur ta lame, demanda Honor tandis qu'ils poursuivaient leur marche à travers le calme touffu des bois, seulement troublé par le bruissement des feuilles. Que signifient-elles ?

— Tu devrais le savoir, dit-il avec un sourire provocateur. Après tout, c'est une autre sorcière qui les a gravées sur cette lame pour moi.

Un coup d'œil vert aussi aiguisé que le tranchant brillant du cimeterre.

— Fais attention, je pourrais décider de te transformer en crapaud.

Au diable tout ça.

L'agrippant par la nuque, il attira la jeune femme vers lui pour le baiser dont il avait envie depuis des heures. Leurs langues s'emmêlèrent longuement, sombrement, et il se livra à elle jusqu'à ce que les lèvres mûres et gonflées de la jeune femme en tremblent.

— Quand cela sera terminé, dit-elle, posant ses doigts sur sa bouche que le baiser avait rendue humide, je pense que je veux passer un mois enfermée dans une chambre avec toi.

Les lèvres de Dmitri s'ourlèrent d'un sourire.

— Cela pourrait s'arranger. (Les jeux de chambre auxquels il voulait s'adonner avec Honor étaient plus que décadents, plus qu'immoraux.) On devrait bientôt voir la maison.

— Là, murmura Honor à peine deux minutes plus tard.

Cachée au milieu de ce qui semblait être des milliers d'érables à sucre frissonnants sous le murmure du vent nocturne, la maison se dressait, tranquille et protégée du monde extérieur. Bien qu'elle leur apparût de l'arrière, Honor pouvait se faire une bonne idée de l'architecture générale. Malgré le cadre serein, cette demeure ne sortait pas d'un conte de fées, n'était pas une retraite élégante. Elle évoquait pour Honor une bête imposante, un monument d'excès gothique.

Deux gargouilles hargneuses gardaient les marches à l'arrière du bâtiment, tous crocs et griffes dehors. D'après ce qu'elle pouvait deviner dans l'obscurité, ce n'était là que le début – elle était sûre que d'autres gargouilles épiaient depuis le toit. Parmi elles une créature géante ressemblant à une chauve-souris se détachait en ombre chinoise sur le ciel noir comme la suie.

Le lierre qui couvrait la plus grande partie des murs renforçait l'impression d'une menace déclinante, tout comme l'amoncellement de feuilles au sol. C'était comme si des couches de feuilles mortes s'étaient entassées les unes par-dessus les autres pendant des décennies, et que le sol était maintenant perdu à jamais. Marchant sur ce lit de feuilles – douces à cette époque de l'année, dissimulant plus que trahissant leur passage –, Honor tenait son arme à la main, pendant que la lame de Dmitri coupait la nuit en une blessure sombre, la démarche du vampire aussi confiante et calme que celle d'un chat en chasse.

Elle lui toucha le bras lorsqu'ils atteignirent le bas des marches qui menaient à un porche étroit, et montra quelque chose du doigt :

— Regarde.

Ni lierre ni mousse ne couvraient le milieu des marches de pierre. Comme si elles avaient été utilisées récemment et souvent. Lorsqu'elle s'accroupit et alluma brièvement sa lampe torche, cachant l'éclat lumineux avec sa paume, Honor put apercevoir un chemin à peine visible parmi la végétation qui recouvrait ce qui devait avoir été autrefois une pelouse manucurée. Un simple hochement de tête en direction de Dmitri, puis elle éteignit la lampe et ils montèrent lentement et silencieusement les marches qui menaient à la porte arrière de la monstrueuse maison.

Dmitri inclina la tête.

C'était étrange – et même merveilleux – qu'elle le comprît si parfaitement. Elle se pencha et avança accroupie jusqu'à la fenêtre la plus proche. Elle ne put rien voir au travers, mais elle poursuivit son avancée, fenêtre après fenêtre.

La seule chose qui se trouvait derrière était une obscurité totale.

Dans la mesure où la demeure était énorme, cela ne signifiait rien, mais elle se tourna et se redressa suffisamment pour secouer la tête à l'attention de Dmitri avant de le dépasser pour aller vérifier de l'autre côté, pendant qu'il montait la garde, prédateur silencieux, dangereux, presque indiscernable dans la nuit. Ce fut à la troisième fenêtre qu'elle vit quelque chose.

Chapitre 35

Se dirigeant vers Dmitri, elle lui murmura à l'oreille les résultats de son investigation et put sentir l'odeur du vampire maintenant familière, bienvenue.

— Une lumière est apparue il y a une seconde. Vacillante, comme si elle provenait d'une chandelle. (Sa lueur avait été diffuse d'une manière qu'aucune lampe électrique ne pouvait imiter.) Dans les profondeurs de la maison.

Dmitri leva la main… en direction de l'une des gargouilles du toit.

Des ailes se déployèrent et Illium vola en silence vers le devant de la maison, prêt à empêcher toute tentative de fuite.

— Cela pourrait être une diversion, dit-elle, le cœur battant sous la poussée d'adrénaline provoquée par la vision inattendue. Kallistos est peut-être en train d'attendre derrière la porte.

Dmitri secoua la tête.

— Je ne sens rien qui indiquerait cela, et mes sens sont aiguisés. (Tendant la main, il tourna la poignée de la porte avec précaution. Elle s'ouvrit.) Un piège, donc. (Ses lèvres retinrent un léger sourire.) Ne sois pas blessée, Honor, ou tu te réveilleras avec des crocs.

Elle se figea.

— Je n'ai pas été testée.

Tous les Candidats retenus étaient testés pour *quelque chose* durant le processus d'acceptation. Des théories couraient sur le genre de tests pratiqués, mais ils étaient de toute façon obligatoires.

— Le sang, murmura Dmitri, n'est pas difficile à obtenir, particulièrement lorsqu'il s'agit de chasseurs actifs.

— Jamais entendu parler du concept de vie privée ? marmonna-t-elle entre ses dents pendant qu'il ouvrait doucement la porte pour se glisser à l'intérieur.

Elle le suivit – dans une obscurité complète. La lumière qu'elle avait aperçue était cachée par l'agencement des murs. Traversant les lieux d'une démarche sûre, Dmitri alla jusqu'au couloir. Elle le suivait comme son ombre, et se mit sur la pointe des pieds lorsqu'il baissa ses lèvres vers son oreille.

— Reste hors de vue. Il n'a aucune raison de penser que je t'ai amenée ici. (À son hochement de tête, il reprit :) Et la vie privée est une invention tellement moderne.

Décidant qu'elle lui crierait dessus plus tard, elle employa tout son talent à dissimuler sa présence pendant qu'ils descendaient le couloir, alors que Dmitri adoptait une attitude opposée, avançant à lourds bruits de bottes jusqu'à ce que la lumière soit en vue. Elle provenait d'une pièce qui partait du couloir pour rejoindre l'avant de la maison, et avait été reflétée par le miroir d'ornement à son opposé.

Ce miroir, gravé de grappes de raisins et de créatures mythiques couvertes d'or, ne lui montrait rien d'autre excepté la flamme d'une bougie pendant que Dmitri franchissait le seuil de la pièce et entrait dans l'obscurité. Honor appuya son dos contre le mur, prête à entrer en cas de besoin.

— Dmitri.

Une voix rauque, éraillée et pourtant profonde.

— Ta gorge ne s'en est jamais remise.

— Je n'aurais pas dû la contrarier comme je l'avais fait.

Un son qui aurait pu être un soupir.

— Ta maîtresse n'était pas réputée pour sa patience – ou pour le soin qu'elle portait à ses jouets.

Le ton civilisé de la conversation faisait se dresser les poils sur la nuque d'Honor. Elle savait parfaitement qu'elle était en train d'écouter deux prédateurs qui se tournaient autour. Un seul survivrait à cette nuit.

Kallistos n'avait rien perdu de sa splendeur durant les années écoulées. En fait, sa structure osseuse délicate s'était développée et mettait en valeur des yeux d'un cuivre brillant et des lèvres si douces et si bien dessinées que plus d'un ange avait été séduit par leur perfection. Son corps aussi était de toute beauté. Mince, mais incroyablement nerveux. Il semblait à peine remuer l'air lorsqu'il bougeait ; son pas était celui d'un danseur.

« Une créature exquise », c'était ainsi qu'Isis l'avait défini le jour où elle avait amené Dmitri dans son lit et avait obligé Kallistos à regarder.

— Je suis un bien mauvais hôte. (Kallistos eut un geste de la main en direction d'un plateau où se trouvait une carafe en cristal remplie d'un liquide écarlate qui scintillait sous la lumière de la bougie.) Nous sommes deux hommes de bonnes manières, n'est-ce pas ?

Le vampire s'appuya contre un mur proche d'un âtre massif. Glissant ses mains dans son pantalon de costume d'un marron profond, qui semblait presque noir dans cette lumière, il pencha la tête à son meilleur avantage. C'était, Dmitri le savait, un réflexe, qui n'était pas pour autant inconscient. Ce dernier avait appris à utiliser l'appât de son parfum comme arme offensive,

Kallistos, lui, avait appris à se servir de son visage et de son corps.

Maintenant, il écartait ses lèvres parfaites de la manière la plus lascive qui soit.

— Il y a un grand lit à l'étage… prêt à être utilisé.

Une invitation sensuelle dans chaque mot, la confiance d'un homme qui avait été capable de séduire les hommes comme les femmes, et ce pendant des siècles.

Même Isis, pensait Dmitri, l'avait choyé quand elle n'était pas en train de le torturer. Il n'était pas étonnant que les jeunes gens attirés par le vampire dans son repaire se soient acheminés si gentiment vers leur mort, lui offrant leurs corps pour qu'il en fasse ce qu'il voulait.

— Tu as échoué dans ta tentative de Transformer des vampires.

— Je pensais construire une armée. (Un sourire fait pour entraîner celui du public, pour qu'il soit considéré comme un joli ornement, en rien menaçant.) Une option stupide, je m'en suis vite rendu compte, mais pourquoi ne pas utiliser les esclaves que j'avais déjà ? C'était drôle de laisser des cadeaux sur ton paillasson.

Se détachant du mur avec un regard empli de plaisir, il fit le tour du canapé jusqu'à ce qu'ils ne se trouvent qu'à quelques centimètres l'un de l'autre.

— Puis cela m'a frappé – je n'avais pas besoin d'une armée pour te détruire. (Il écarta les mains.) Tout ce que j'avais à faire était de prendre quelqu'un que tu aimais et te regarder pendant que je la massacrerais.

Des souvenirs, douloureux et violents, menacèrent de remonter à la surface dans un grondement, mais Dmitri avait eu près de mille ans pour réfléchir au-delà de la douleur.

— Tu gisais dans une mare de ton propre sang lorsque nous t'avons découvert. (C'était un calme rappel, une dernière chance.) Elle t'avait fouetté jusqu'à arracher la peau de ton dos, puis avait chevauché ton sexe jusqu'à te faire hurler.

Une colère sourde vint marquer les traits sans défauts du visage de Kallistos.

— Tu ne la comprenais pas, paysan que tu étais.

— Et tu n'étais rien pour elle, rien qu'un joli jouet, répondit Dmitri avec une honnêteté cruelle. Quelque chose qu'elle aurait peut-être regretté de casser, mais seulement le temps de se trouver une nouvelle babiole.

Le cuivre se fit brûlant, mais Kallistos ne frappa pas, ne réagit pas.

— Elle a brisé la tienne de babiole, n'est-ce pas ? (Un sourire féroce.) Ils ont dit que ta femme avait hurlé comme un cochon embourbé lorsqu'ils l'ont défoncée.

La fureur enflamma son sang, mais Dmitri ne donnerait jamais à Kallistos la satisfaction de voir ce que cela lui faisait de penser aux derniers instants sur terre de sa gentille et adorable Ingrede.

— L'aimes-tu encore, Kallistos ?

Un silence sombre, suivi d'un simple :

— Oui.

— Alors, il n'y a rien à ajouter.

Il frappa avec le cimeterre, dans le but de le décapiter.

Mais Kallistos n'était déjà plus là. Il s'était déplacé avec une grâce féline pour s'abriter derrière un canapé.

— Attention, dit le vampire, sortant une épée miroitante de sa cachette derrière le lourd meuble, ou tu ne trouveras jamais où elle est.

Dmitri respira profondément, saisit le parfum d'Honor près de la porte.

— Tu n'as rien.

Un sourire moqueur.

— Cela n'a pas été difficile de la prendre. J'ai juste eu à passer un coup de téléphone menaçant ses plus jeunes frères. (Une satisfaction arrogante sur ses traits qui était aussi glaçante qu'insensée.) Elle s'est faufilée hors de vue de son gardien et directement dans mes bras, cette délicieuse petite chose.

Honor n'avait pas de jeunes frères. Mais Sorrow, si.

La glace aiguisa le sang de Dmitri.

— Rends-toi maintenant, dit-il, saisissant des fils d'une odeur inattendue qui lui révélait que Kallistos avait encore des protovampires à ses ordres, et je ferai en sorte que ta mort soit facile.

Honor était là, dehors, seule, mais à l'instant où Dmitri irait vers elle, cela offrirait à Kallistos une autre cible.

Ce dernier rit de nouveau. Un son dur, âpre, douloureux.

— Cela m'amuse de savoir que tu vivras le reste de ta vie en sachant qu'elle a eu une mort lente et douloureuse - après que je me suis servi d'elle jusqu'à m'en lasser. C'est dommage que tu ne sois pas arrivé une heure plus tôt. (Un sourire dont le but était d'assécher le cœur de son ennemi.) Elle a hurlé ton nom à la fin.

Dmitri sauta vers Kallistos sans prévenir, repoussant la fureur de ses émotions à l'arrière de son esprit. Cela viendrait plus tard. Après la mort de Kallistos.

Évitant le coup mortel, l'autre vampire se tordit et vola presque par-dessus le canapé pour atterrir sur ses pieds de l'autre côté.

— Neha, reprit Kallistos pendant que Dmitri faisait le tour pour lui faire face, est beaucoup de choses. Entre autres, elle est maîtresse dans l'art de lutter avec une lame.

— Ses compétences n'ont pas aidé sa fille, railla Dmitri qui entendait des bruits de pas dans le couloir, des individus commençant à affluer dans la pièce derrière lui pour lui couper toute issue.

— Anoushka était arrogante. (Kallistos l'attaqua en un clin d'œil et coupa une ligne en travers du tee-shirt de Dmitri, trempant le tissu noir du rouge sombre de son sang.) Quant à moi, je ne me préoccupe pas de spectacle. Seulement de te procurer de la douleur.

Dmitri se déplaça rapidement, glissa malencontreusement sur un tapis épais. Kallistos utilisa cette opportunité pour taillader profondément le dos de son adversaire. La lame patina le long de la colonne vertébrale de ce dernier dans une douleur atroce.

— Qu'est-ce que ça fait d'être le plus faible, Dmitri ? (Une question lancée dans un sifflement.) Elle t'a supplié d'épargner sa vie, *supplié* !

Dix des jeunes et faibles protovampires avec des armes à feu. Plus aucun bruit dans le couloir.

— C'était une garce qui méritait de mourir.

Sur cette froide déclaration, il commença à se déplacer pour de bon. Mais plutôt que de se diriger vers Kallistos, il alla vers les angles de la pièce, décimant à grands coups de son cimeterre les protovampires qui avaient cru pouvoir lui tirer dessus. Mais il était trop rapide, sa lame était une douce flamme déchirant l'air, faisant gicler le sang sur les murs pendant que Kallistos hurlait et bondissait après lui.

Donc, l'ancien amant d'Isis portait un genre d'amour dévoyé à ses créations après tout.

Utilisant ses pieds pour prendre appui sur un mur éclaboussé de rouge, Dmitri sauta par-dessus Kallistos et atterrit derrière un canapé sous une pluie de balles. L'une d'elles le toucha au bras. Ignorant la douleur, il trancha de nouveau avec le cimeterre, amputant les jambes d'un assaillant au niveau des genoux. Le vampire était trop jeune, trop mal Transformé pour survivre à la blessure. Ses hurlements haut perchés, sans fin, résonnèrent dans la maison.

Les survivants ouvraient le feu... mais leurs tirs s'arrêtèrent brutalement : ils étaient pris à revers par une chasseuse aux yeux d'un vert profond brûlants de rage.

Levant la tête pour voir Kallistos se précipiter vers Honor, la lèvre relevée en un grondement, il changea de position pour bloquer le vampire. Le fracas de l'acier résonna à travers la pièce, vibra le long de son bras blessé, mais Dmitri avait déjà lutté avec des membres manquants. Ceci n'était rien.

Envoyant un coup de pied dans les genoux de Kallistos, il l'écorcha de sa lame alors que ce dernier se contorsionnait pour s'esquiver et se mettait à courir non pas vers la porte, mais vers les fenêtres d'un épais verre à l'ancienne qui surplombaient les jardins. Ne ralentissant pas son allure, il plongea tête la première et passa à travers les vitres dans une cascade fracassante de bruit et de sang.

— Honor !

— Je vais bien. Vas-y !

Sautant à travers la même ouverture, Dmitri roula pour se retrouver debout face à Kallistos dont le visage affichait un sourire ensanglanté.

— Intelligent, Dmitri. Me manipuler jusqu'à ce que je dévoile mon jeu… ou peut-être étais-je moi en train de te manipuler.

Portant deux doigts à sa bouche, il siffla.

Des aboiements emplirent l'air et soudain une meute aussi noire que la nuit sortit des bois dans un déferlement et se précipita vers le devant de la maison, les dents des chiens aiguisées comme des rasoirs et leur but évident. Se déversant en trombe autour de Kallistos, ils se précipitèrent vers Dmitri – mais pas tous. Une partie de la meute prit le chemin de la maison, probablement attirée par l'odeur du sang… ou par le parfum d'Honor. Parce que Kallistos riait, et que le regard dans ses yeux disait qu'il avait joué son ultime coup.

Apercevant un éclair de bleu du coin de l'œil, Dmitri hurla « À l'intérieur ! » tout en tranchant les molosses en même temps, coupant leurs corps lourdement musclés en deux. Mais ils continuaient de surgir des bois. S'il chutait, ils le déchiquetteraient en morceaux, et réussiraient probablement à le décapiter, ce qui était la seule chose qui pouvait mettre un terme à sa vie de presque-Immortel.

— C'est une honte que je ne tue pas personnellement ta salope, cracha Kallistos. Mais j'apprécierai néanmoins la pensée de son corps mutilé.

Dmitri continuait d'exterminer la meute. La pile des corps grandissait autour de lui. *Ne t'avise pas de mourir, Honor.*

Il savait qu'Illium ferait tout ce qui était en son pouvoir pour la protéger, mais cela le désolait d'être encore une fois incapable de sauver la femme qu'il aimait. Ce fut alors qu'il entendit de rapides coups de feu en provenance de la maison et il se souvint que, bien qu'Honor pût le toucher avec la même douceur dont Ingrede avait autrefois fait preuve, elle était une chasseuse, affûtée et acharnée ; pas une victime.

Il dévoila ses dents en un sourire sauvage.

Mon Honor.

Tranchant avec le cimeterre d'une main tout en sortant son pistolet de l'autre, il élimina tant de chiens que les autres se firent méfiants.

Pas assez pour reculer mais suffisamment pour hésiter.

Profitant de cette occasion, il leva le canon de son arme et tira dans la tête de Kallistos.

Le vampire hurla et tomba à genoux, ne s'étant visiblement pas attendu à une attaque avec une arme moderne. Dmitri se fraya un chemin à travers les animaux à coups de lame pour aller poser l'arme contre la tempe de Kallistos. Le vampire était grièvement touché, ne s'en remettrait jamais.

Isis lui avait fait ça.

Et donc Dmitri ferait preuve de compassion.

Mais Kallistos se débattit rageusement avant que Dmitri ne puisse appuyer sur la gâchette. Il lui arracha son arme du poing et le déséquilibra suffisamment pour qu'il tombe au sol. Dmitri vit le visage mutilé de Kallistos bondir au-dessus de lui. Laissant choir le cimeterre car il n'était d'aucune utilité dans un combat si rapproché, il lutta à mains nues pendant que Kallistos lui arrachait la peau et le mettait en pièces de ses ongles qui n'étaient pas humains.

Sentant ces griffes trancher dans sa chair, il se rendit compte que l'homme avait caché une sorte d'arme à pointes crantées, courtes mais aiguisées comme des rasoirs. Une arme qui agissait comme une déchiqueteuse, mordant la poitrine et le cou de Dmitri. Ce dernier bloqua Kallistos quand le vampire aveugle voulut serrer sa main autour du cou de Dmitri ; il sortit un couteau de sa ceinture, et lui trancha la gorge.

Le sang jaillit chaud et humide sur son visage, mais Kallistos était plus âgé que Dmitri d'une vingtaine d'années. Il ne tomba pas au sol. Au contraire, serrant sa gorge fortement de sa main libre, il fendit l'air de celle qu'il avait transformée en arme mortelle.

— Je mettrai fin à tes jours. (La salive faisait des bulles autour de sa bouche, une fine écume rouge.) Comme tu as mis fin aux siens.

Dmitri réussit à se saisir du poignet de Kallistos, arrêtant ses coups. Ce fut alors qu'il sentit les crocs de l'un des chiens transpercer son pied.

Chapitre 36

Donnant un puissant coup de pied et touchant un corps épais, solide, il abandonna sa prise de fer sur le bras de Kallistos, laissant son visage et sa gorge sans protection pendant qu'il employait toute sa force à enfoncer le couteau qu'il tenait encore juste sous le cœur de son adversaire. Il frappa, tourna l'arme vers le haut, coupa le cœur du vampire en deux.

Une douleur atroce le traversa au moment où ces pointes en métal acérées s'enfonçaient dans son visage, labouraient sa chair, mais la force des impacts déclinait, alors que Kallistos tressaillait, le sang s'écoulant à la fois hors de sa poitrine et de sa gorge. Tournant le couteau plus profondément, jusqu'à ce que le cœur de Kallistos ne soit plus que bouillie, Dmitri repoussa le corps qui le couvrait, et montra les dents aux chiens.

Ils reculèrent… mais leurs yeux étaient posés sur Kallistos, au sol, qui se tordait en essayant de se guérir. Dmitri savait que si on le laissait tranquille, il se relèverait. Des vampires de leur puissance et de leur force n'étaient pas faciles à tuer. Mais si Dmitri s'en allait, la meute lacérerait Kallistos comme un morceau de viande débitée.

— *Celui-ci est mon toutou spécial.*

Un sourire tandis qu'Isis faisait les cent pas, des ongles scintillants sur le corps mince d'un garçon à peine devenu homme. Ce garçon, attaché au lit, se cambrait à son contact... puis hurla quand elle plongea ses ongles dans ses testicules et les arracha.

Non, pensait Dmitri. Il ne pouvait laisser Kallistos souffrir – même après les horreurs que le vampire avait commises.

Sorrow.

Son ventre se serra, la colère brûla sa gorge, et il faillit s'en aller, abandonnant l'autre vampire à la faim qui faisait saliver la meute.

Un souvenir brumeux de Kallistos au début de la captivité de Dmitri.

Un baume apaisant sur son dos.

— *Elle peut être exigeante, je sais, mais c'est une bonne maîtresse.*

Le jeune vampire avait essayé de lui rendre la vie plus facile. Il avait même distrait Isis, l'empêchant de porter un coup à l'œil de Dmitri, qui n'aurait peut-être jamais guéri.

— *Aide-moi.*

Kallistos s'était ainsi adressé à Dmitri une fois, après qu'Isis l'avait blessé si gravement qu'il n'avait pas pu se lever pour se nourrir. Dmitri, enchaîné, avait été incapable de faire quoi que ce soit à ce moment-là, mais aujourd'hui, il le ferait.

Ramassant son cimeterre, il posa la lame contre la gorge de Kallistos. Un coup net et puissant et la tête fut séparée de son corps, mais Dmitri prit une précaution supplémentaire pour s'assurer que Kallistos ne se relèverait plus jamais. Il utilisa une lame plus courte pour extraire de sa poitrine le cœur meurtri du vampire. Alors qu'il se tournait pour se diriger vers Honor, n'ayant pas d'autre choix que de laisser le corps de

Kallistos aux chiens, il la vit courir hors de la maison avec Illium, faisant feu de leurs armes.

Les chiens n'avaient aucune chance.

— Personne ne doit être au courant de cela, dit-il à Honor pendant qu'il examinait les crocs naissants de l'un des protovampires dans la maison.

Il n'était dorénavant plus surpris par ce que certains étaient prêts à tenter pour l'immortalité.

— Je comprends. (Elle s'accroupit à ses côtés, cette étrange compassion visible sur son visage.) Non seulement cela ébranlerait l'équilibre du monde si les anges étaient perçus comme vulnérables, mais en plus cela pourrait donner des idées à quelqu'un d'autre.

— Oui.

Si intelligente, pensait-il, et avec une telle clarté dans son raisonnement. Honor serait un atout pour lui, même en mettant complètement de côté le fait qu'il voulait seulement la tenir dans ses bras, respirer son parfum, entendre le battement de son cœur. Mais tout d'abord, il leur fallait examiner la maison pièce après pièce. Elle se révéla vide de tout habitant vivant, mais ils découvrirent plusieurs corps en décomposition, enterrés dans des tombes peu profondes sous la maison, preuves des tentatives de Transformation avortées de Kallistos.

Mais ce ne fut pas là leur plus grande découverte.

— Dmitri ? (La voix interrogative de la femme se fit entendre sur la ligne alors que le vampire se tenait aux côtés d'Illium et d'Honor, cerné par l'odeur putride de la mort.) J'ai raté ton appel – j'étais au récital de musique de mes frères.

Un coup dans la poitrine, se répercutant à travers tout son corps.

— Tu es en sécurité.

— Est-ce que tout va bien ?

— Oui.

Il passa le téléphone à Honor, ayant besoin d'une minute pour reconstruire les boucliers émotionnels qui s'étaient effondrés au son de la voix de Sorrow.

Ils ne retournèrent à New York que le lendemain. Ils étaient restés pour s'assurer que tout était analysé et nettoyé, afin que personne ne puisse jamais savoir ce qui s'était déroulé dans cet endroit calme, entouré par le vert clair de centaines d'érables à sucre. Cependant, Dmitri ne prit pas la direction de Manhattan et de la Tour quand il fut aux commandes de l'hélicoptère. Il se dirigea vers un immeuble abandonné et condamné non loin de la frontière entre New York et le Connecticut.

— Tu es sûre ? demanda-t-il à la femme aux yeux emplis de mystère, qu'il voulait explorer quand elle serait allongée, renversée, satisfaite et souriante.

— Oui, dit Honor.

Amos, elle s'en était rendu compte, n'était pas le monstre qui la hantait.

C'était le sous-sol où il l'avait emprisonnée.

Sortant de l'engin rutilant, elle attendit que Dmitri la rejoigne et elle le conduisit alors dans les entrailles de l'enfer. L'immeuble était recouvert d'autocollants « Ne pas entrer » mais elle poursuivit sur sa lancée jusqu'à une porte à l'intérieur qui menait à un sous-sol cimenté.

— Il m'a dit, murmura-t-elle, la nausée tourbillonnant dans son estomac, qu'il avait l'intention de retaper l'endroit, de le transformer en un salon à l'ancienne mode où seuls les privilégiés se rassembleraient. Mais d'abord il devait s'assurer que tous ses invités avaient des goûts convenables.

Des goûts qui signifiaient qu'Honor était presque morte avant même qu'Amos ait peint les murs, changé la moquette moisie et les planchers troués.

Une main masculine se referma sur la poignée.

— Je passerai en premier.

— J'ai besoin de...

— Faire face à tes démons. (Dmitri effleura les cheveux de la jeune femme pour les écarter de son visage avec une tendresse inattendue.) Cela ne signifie pas que tu doives le faire seule et sans protection.

Regardant ce visage qui portait encore les marques cruelles que la lutte y avait inscrites, elle se rendit compte qu'il avait besoin de ça, de la protéger. Elle ne pouvait faire comme si cet instinct protecteur, cette attention, n'étaient pas bienvenus. Pas ici. Pas lorsqu'il s'agissait de Dmitri. Mais...

— Ensemble. (Elle toucha la main du vampire.) Je ne me cacherai pas de quoi que ce soit qui s'est déroulé ici, pas même derrière tes larges épaules.

Une longue pause, oppressante, avant qu'il n'acquiesçât et n'ouvrît la porte qui menait à l'enfer personnel d'Honor. Mais comme elle hésitait sur les marches, Dmitri à ses côtés, sa nausée fut balayée par sa colère, vive et tranchante... Au moment où elle posa le pied dans cette pièce noire comme un four où elle avait été retenue prisonnière et torturée pendant deux longs mois, sa fierté prit le dessus.

J'ai survécu à cela.

La pensée avait à peine franchi son esprit que *la chose* se précipita sur elle depuis l'obscurité. Des dents menaçantes, des doigts griffus et des yeux rouges luisants.

Elle se mit à tirer et hurla « Non ! » pour empêcher Dmitri de bondir devant elle.

— Je l'ai !

La créature continuait d'approcher et elle de tirer. Le vacarme était assourdissant dans cet espace clos. La chose finit par s'écrouler en sifflant. Prenant sa lampe torche, Honor dirigea le faisceau lumineux vers la créature, quelle qu'elle fût, qui avait fait de cet endroit répugnant son repaire, sans cesser de la viser.

— Toi.

Un mot prononcé en gargouillant, dans une bulle de sang.

Il ne ressemblait plus du tout aux photos que Dmitri lui avait montrées. Son élégance avait disparu sous une animalité féroce. Sa peau s'était retirée de sa bouche pour mettre à nu ses gencives, ses crocs ; son visage était squelettique, et comme affaissé sur lui-même. Tout comme son corps sous les restes en lambeaux de sa chemise, et ses côtes brisées pas encore complètement ressoudées, et d'autres parties de son torse pulvérisées par les impacts de balles.

— Je t'avais, murmura Amos.

— Non, répéta-t-elle, s'adressant à Dmitri.

— Honor.

— Il n'est plus un danger.

Elle avança pour regarder de plus près la face émaciée d'Amos. Elle se rendit compte qu'il s'était traîné jusqu'ici d'une manière ou d'une autre après que Jiana l'avait découpé. Mais une fois caché de manière sûre, il n'avait pas eu la force de sortir pour se nourrir, alors que son corps se cannibalisait pour guérir ses graves blessures.

Une créature pitoyable.

Mais qui possédait une réserve de puissance.

Il bondit vers elle dans un sifflement. Ne perdant pas son calme, elle vida son chargeur dans son cœur, l'explosant en mille morceaux.

— Se relèvera-t-il ?

— Non, il était trop faible. (La main de Dmitri toucha les cheveux d'Honor.) C'est fini.

Elle se détourna, balaya du regard la pièce emplie de fumée et n'y vit que cela. Une pièce.

— Oui. C'est fini.

Épuisée et vidée sur le plan émotionnel, elle ne protesta pas lorsque Dmitri les fit voler jusqu'à la Tour et la conduisit à sa suite.

— Je me suis fait livrer un nouveau lit, lui dit-il en l'emmenant dans la douche et en l'aidant à se déshabiller. Tu seras la seule femme à jamais y dormir.

Il possédait son cœur, ce vampire avec ses cicatrices et sa part d'obscurité.

— Viens ici.

Elle prit le visage de Dmitri dans ses mains alors qu'il se penchait vers elle ; elle frotta son nez contre le sien, sentit son corps se raidir pendant une inexplicable seconde avant qu'il ne réclame sa bouche en un baiser, le genre de baiser débauché, immoral qu'aucun homme bien élevé ne donnerait jamais à une femme. La douche qui s'ensuivit fut décadente et salvatrice, mais le corps d'Honor lâcha à l'instant où elle toucha le lit.

Ils voulaient la déshonorer, ces vampires avec un regard de braises et des mains qui parcouraient sa chair alors qu'ils l'avaient plaquée contre le mur. Elle le savait, le comprenait.

— Pardonne-moi, Dmitri, murmura-t-elle dans son esprit avant de se faire passive.

Ils rirent.

— Voilà, elle en veut. Je savais que ces paysannes étaient bien contentes d'écarter leurs cuisses pour un homme, un vrai.

Des mains dures, griffues, repoussaient ses jupes. Deux autres malaxaient ses seins.

Malgré sa fureur, sa honte, elle s'imposa de rester calme, de ne pas lutter.

Mais alors, le troisième vampire entra dans la chambre d'enfants et en ressortit avec Caterina dans ses bras.

— Si tendre et si gentille, murmura-t-il, son ton glaçant de douceur. J'ai entendu dire qu'un tel sang est un délice.

Calme, calme, *se disait-elle alors que la rage transformait son sang en feu liquide. Si elle protestait, le monstre saurait qu'il tenait un bout de son cœur entre ses bras et ferait encore plus de mal à Caterina. Mais son silence ne pourrait protéger son enfant et elle hurla d'horreur « Non ! S'il vous plaît ! » quand le vampire baissa la tête vers le petit cou du bébé et commença à le ronger comme l'aurait fait un chien. Le cri terrifié de son bébé transperça l'air, le silence, et la traversa de part en part.*

Envoyant son coude dans le nez de l'un des vampires qui la tenait, elle poignarda l'autre du couteau de cuisine qu'elle avait caché dans ses jupes lorsqu'ils étaient entrés dans sa maison avec tant de vice dans le regard.

— Laissez-la ! (Elle s'échappa parce qu'ils ne s'étaient attendus à aucune résistance, et arracha Caterina aux bras du vampire en train de se nourrir.) Non, non. Oh non.

Son pauvre bébé était mort. Sa gorge ressemblait à de la viande, son petit corps se refroidissait déjà.

— Non !

C'était le cri perçant d'une mère pendant que les monstres s'attaquaient de nouveau à elle, mais elle ne voulait pas lâcher Caterina. Pas même lorsqu'ils lui brisèrent les côtes, la poussèrent au sol et retroussèrent ses jupes. Elle ne s'inquiétait pas de ce qu'ils lui faisaient, tant qu'ils ne touchaient pas à Caterina… et ne découvraient pas Misha.

Reste calme, Misha, *suppliait-elle dans sa tête.* Reste calme, très calme.

Il était en train de jouer dans le petit espace sous le toit qui était son endroit « secret », et elle lui avait hurlé de se cacher lorsqu'elle avait aperçu les vampires. Elle n'avait pas eu le temps d'atteindre Caterina mais elle avait espéré qu'ils n'étaient pas malveillants au point de faire du mal à un bébé.

Elle n'éprouvait aucune douleur pendant qu'ils l'outrageaient ; elle n'éprouvait rien. Chaque parcelle de son être était concentrée à tenter d'entendre son fils, à tenir sa fille contre elle.

— Je ne pouvais pas la protéger, Dmitri, murmurat-elle d'une voix silencieuse pendant que les vampires abusaient d'elle. Je suis désolée.

Elle mourrait là, elle le savait. Et quoi qu'il puisse advenir, il n'oublierait jamais cela. Il était si têtu, il porterait cette blessure dans son cœur jusqu'à son dernier souffle, son époux beau et loyal qui l'avait aimée même quand une ange était venue le courtiser.

Un très léger bruit.

Levant les yeux, elle vit Misha jeter un coup d'œil depuis le bord de l'espace sous le toit. Du regard, elle lui demanda de rester calme, immobile. Mais il était le fils de son père. Hurlant de rage, il sauta sur le dos de l'un de ses assaillants, plantant ses petites dents dans le cou du vampire. Celui-ci arracha l'enfant et le projeta au sol pendant qu'elle se débattait pour s'échapper, pour le protéger.

— Non ! (Un autre attrapa Misha hurlant et gesticulant dans ses bras.) Elle veut l'aîné vivant !

Il serra fort le petit garçon pendant qu'elle le suppliait de ne pas lui faire de mal. Mais le monstre ne fit que rire, continuant à étouffer Misha jusqu'à ce que son petit corps farouche tombe inanimé.

Puis, en finissant avec elle, ils lui brisèrent la colonne vertébrale pour qu'elle ne pût s'échapper alors que la maison s'emplissait de fumée et de flammes. Elle mourut avec son bébé dans les bras, le tenant jusqu'à la fin. Mais son âme n'était pas en paix. Son esprit était tourmenté par l'écho des hurlements de Misha, par la vision du cou ravagé de Caterina, et par les mots obsédants de

Dmitri lorsque les hommes d'Isis étaient venus le chercher.

— Me pardonneras-tu, Ingrede ? Pour ce que je dois faire ?

Un homme si fier, son mari. Si fier.

— Tu livres une bataille, avait-elle murmuré, touchant sa joue de la main. Tu le fais pour nous protéger. Il n'y a rien à pardonner.

Et il était parti, son Dmitri, parti vers le lit d'un être qui ne voyait en lui qu'une chose à utiliser. Et il avait promis de revenir, quel qu'en soit le prix. Mais elle ne serait pas là pour l'attendre.

Le cœur de Dmitri en serait brisé.

— Honor !

Dmitri secouait la femme qui avait passé la nuit blottie contre lui. Il essayait de la réveiller alors que de grandes larmes coulaient sur ses joues et qu'elle hoquetait de chagrin.

Elle se tourna alors, enfouissant son visage contre sa poitrine, et il sut qu'elle était déjà réveillée. Ses larmes étaient celles d'une femme qui avait tout perdu. Une dévastation profonde dans chaque goutte tiède et humide, pendant qu'elle pleurait, pleurait et pleurait ; son corps en était secoué si violemment qu'il craignait qu'elle ne se blesse.

Elle n'entendait pas ses mots, ne voulait pas se calmer, alors il la tint simplement, plus fermement qu'il ne l'avait jamais fait auparavant. Elle ne lutta pas, ne fit rien d'autre que pleurer – jusqu'à ce que la poitrine de Dmitri soit humide de son désespoir et qu'il ait envie de détruire quelque chose. Mais il ne lui demanda pas de s'arrêter. La mort d'Amos, pensait-il, avait été le catalyseur, et si elle avait besoin d'achever sa guérison, qu'il en soit ainsi.

Alors, il tint sa chasseuse dont les yeux d'un vert de minuit disaient qu'elle pouvait voir en lui, même à travers sa part d'ombre. Cette femme qui le touchait de la même façon qu'Ingrede, qui lui avait fait imaginer une vérité impossible. Il la tint si serrée qu'elle en était une partie de son âme même.

Chapitre 37

Honor était assise. Elle balançait ses jambes depuis le balcon sans rambarde devant le bureau de Dmitri. Ce serait un plongeon terrifiant si elle tombait, mais elle supposait que l'un des anges en dessous la rattraperait. Bien sûr, elle n'allait pas en courir le risque – elle n'avait pas du tout prévu de mourir dans un futur proche.

Il lui avait fallu trop de temps pour revenir la fois précédente.

Sa respiration se coinça dans sa gorge à cette acceptation consciente d'une idée impossible… Sauf qu'elle ne l'était pas. C'était aussi réel que la ligne d'horizon de Manhattan devant elle, l'acier contre un ciel bleu céruléen strié de blanc. Les souvenirs s'étaient succédé les uns après les autres depuis qu'elle s'était réveillée au petit matin, pleurant si fort que sa poitrine en était encore douloureuse, ses yeux gonflés et sa gorge rauque.

Il est mon mari.

Peut-être pas aux yeux de la loi, mais en ce qui concernait son âme, Dmitri lui appartenait.

Toujours.

Lorsque la porte s'ouvrit en coulissant dans son dos, elle jeta un coup d'œil par-dessus son épaule, s'attendant à voir l'homme au cœur de ses pensées. Ce n'était pas lui. Elle sourit à la chasseuse qui vint s'asseoir à ses côtés.

— Comment es-tu montée jusque-là ?

La sécurité était inviolable.

Ashwini balança ses pieds.

— J'ai amadoué Illium.

— Je ne savais pas que tu le connaissais.

— Je ne le connaissais pas. Mais maintenant, oui. (Des yeux d'un marron sombre emplis d'une intensité liquide se posèrent sur Honor.) Il a dit que tu avais besoin d'une amie. Je le savais déjà, mais j'ai fait semblant de l'apprendre. Qu'est-ce qui ne va pas ?

Honor tourna son visage vers le vent, le laissa jouer dans ses cheveux qui n'étaient pas attachés, les mêlant aussi sauvagement que Dmitri le faisait au lit.

— Tu ne me croiras jamais.

Un long silence avant qu'Ashwini ne dise :

— Tu te souviens de la première fois que nous nous sommes rencontrées ?

Le souvenir était aussi limpide que de l'eau claire. C'était dans un bar bruyant rempli de chasseurs et de mercenaires. Elles avaient ri par-dessus leurs verres, mangé tout ce qui était frit, et planté les graines d'une amitié profonde, durable. Et puis, alors qu'elles étaient en train de se diriger vers la porte du bar…

— Tu m'as dit que j'étais une vieille âme, chuchota Honor. Une âme perdue.

— Encore si vieille que cela rend ma poitrine douloureuse. (Ash se pencha et leurs épaules se touchèrent pendant un moment.) Mais tu n'es plus perdue dorénavant.

Frissonnante, elle appuya ses paumes contre la surface dure sur laquelle elles étaient assises. Il n'y aurait plus de murmures venant d'une vie éteinte depuis longtemps, elle le savait. C'était inutile désormais. La frontière entre le passé et le présent avait été balayée dans la tempête de ses larmes jusqu'à ce qu'elle puisse voir la femme qu'elle avait été aussi clairement que celle qu'elle était aujourd'hui.

La résurgence de ses souvenirs lui causait une douleur atroce. Penser à la perte de Caterina et Misha... Elle ne pouvait la supporter. Mais elle rappelait aussi quelque chose de bien plus beau. Aimée, elle avait été *aimée*. Et, pensait-elle, se remémorant les bras qui l'avaient tenue si fermement ce matin même, elle était de nouveau aimée. Il pouvait bien ne jamais être capable de le dire, cette lame meurtrière que son mari était devenu, mais elle le savait.

Ce qu'elle ne savait pas, c'était si son superbe Dmitri, blessé, était prêt à entendre ce qu'elle avait à lui dire.

Dmitri regardait les deux femmes sur le balcon et vérifia pour la troisième fois que les ailes des anges qui attendaient en dessous étaient en alerte en cas de besoin.

— Je devrais sortir et les ramener toutes les deux à l'intérieur, dit-il à Raphael lorsque l'Archange entra et vint se placer à ses côtés.

— Oui, lui répondit-il. Cela pourrait être une vision amusante.

Dmitri lui lança un regard sombre.

— Votre affiliée a une mauvaise influence.

— Mon affiliée est en ce moment même en train de rejoindre ta femme.

Se tournant, Dmitri vit Elena parvenir à un atterrissage hasardeux mais néanmoins sauf sur le balcon. Elle brandit son poing avant de s'asseoir près de la chasseuse aux longues jambes et aux yeux noirs qui était la meilleure amie d'Honor – et, selon les rapports qu'ils avaient sur elle, un individu extrêmement talentueux lorsqu'on en venait aux sens qui n'étaient pas acceptés par la plupart des humains. Les Immortels, quoi qu'il en soit, étaient en vie depuis trop longtemps pour exclure de telles choses en les traitant de lubies. Et donc, ils gardaient Ashwini sous surveillance.

— Janvier lui fait la cour.

— Je pense qu'il est temps d'en faire l'un des nôtres. *Cela donnera assez de temps à Venin pour s'assurer d'un transfert en douceur.*

Dmitri acquiesça, sentant une paix sauvage l'envahir en voyant Honor rire, son corps à moitié caché par le déploiement de minuit et d'aube des ailes d'Elena.

— Il sera bon pour Venin de travailler aux côtés de Galen.

Le vampire était fort mais jeune et pouvait se montrer impulsif ; alors que Galen était aussi stable et inflexible qu'un roc.

— Je suis d'accord. (Les ailes de Raphael bruissèrent quand il les replia.) J'ai parlé à Aodhan – il n'a pas changé d'avis.

Dmitri pensa à l'ange extraordinaire au corps ravagé, et se demanda s'il trouverait ce qu'il cherchait dans cette ville intrépide et bouillonnante, au pouls battant de vie.

— Crois-tu qu'il s'agisse du début de sa guérison ?

— Peut-être. (Une pause calme.) Nous serons son bouclier, Dmitri.

— Oui. *Et le jeune ange ?*

Il se repose. Sa volonté est forte – il s'en remettra.

Bien.

À l'extérieur, les femmes continuaient de discuter. Leurs cheveux se mêlaient les uns aux autres dans le vent joueur, les mèches brillantes et presque blanches d'Elena contre le noir luisant d'Ashwini et les boucles d'un ébène plus doux d'Honor. C'était une vision qui aurait frappé n'importe quel homme.

— Nous ne sommes pas ceux que nous étions il y a deux ans, Raphael.

— Es-tu triste de ce changement ?

— Non.

Honor défia Dmitri à une session d'entraînement l'après-midi même et perdit. Il l'emmena dans son lit ce soir-là, l'allongea pour son plaisir.

Elle se mordit la lèvre inférieure et murmura :

— Je croyais que tu avais parlé d'un fouet de velours ?

Sa voix contenait à la fois de l'excitation et une touche de nervosité sensuelle. Il prit sa bouche avec un besoin vorace et en réponse Honor parfuma l'air du doux musc de son désir.

Dmitri s'en délecta, avant de l'allonger sur le dos – les mains de la chasseuse tenant les barreaux de la tête de lit –, et il commença à l'embrasser, à goûter chaque millimètre d'elle, depuis la chaleur douce de son front jusqu'au creux de sa gorge et à la pointe provocante de ses tétons. Là, il s'arrêta, prit son temps, jusqu'à ce que ces derniers soient humides et durs. Puis il bougea jusqu'à la profondeur de son nombril, à la chair frémissante entre ses cuisses, à la courbe de son genou et, enfin, à l'arc gracieux de son pied.

La respiration hachée, elle secoua la tête lorsqu'il lui demanda de se retourner.

— Honor.

C'était un ordre.

— Non.

Des yeux obsédants, pleins de défiance qui était une invitation. Son corps était si sensible que, lorsqu'il fit légèrement courir un doigt entre ses jambes, elle eut un sursaut ; ses yeux se plissèrent et ses muscles se tendirent, prêts pour un sommet bouleversant.

— *Dmitri*.

— Non, dit-il en retour, retirant sa main et baissant la tête pour venir lui parler à l'oreille. Tu n'obtiendras pas de récompense pour mauvaise conduite.

Impénitente, elle embrassa le côté de son visage, sa mâchoire. Des baisers doux, humides, qui faisaient battre sa queue contre le pantalon noir qu'il portait encore, alors qu'elle était allongée nue pour lui. La soie chaude de sa peau et son sang ardent et excité murmuraient à Dmitri un appel érotique auquel il ne pouvait se permettre de céder.

— Est-ce que la corruption marche ?

Un autre baiser.

Dmitri posa sa main sur le ventre d'Honor, la poussant pour qu'elle se remette à plat sur le dos.

— C'est une autre règle que tu as enfreinte.

Il lui avait ordonné de se tenir immobile.

— Tu ne vas pas avoir pitié de moi, n'est-ce pas ?

La question était énoncée d'une voix rauque alors qu'il se levait du lit et allait vers un placard… mais elle tint la promesse qu'elle lui avait faite au départ et resta au lit.

— Tu sais que ce n'est pas la peine d'attendre cela de moi, dit-il, refermant la main autour de la poignée d'un doux fouet de velours qu'il n'avait jamais utilisé auparavant.

Comme il n'avait d'ailleurs rien utilisé d'autre dans cette pièce. Il avait construit un lit pour Ingrede, et de la même manière il avait arrangé cette pièce pour Honor.

Maintenant, faisant glisser sa main le long du fouet, il fit claquer légèrement les lanières sur son bras pour s'assurer qu'elles ne provoqueraient pas de souffrance à Honor mais seulement le plaisir le plus insoutenable. Les yeux de la chasseuse se posèrent sur l'instrument quand il revint vers elle et Dmitri vit les hanches de la jeune femme onduler d'une manière qui en disait long sur son excitation. S'autorisant à sourire un peu, il fit courir les douces lanières sur le corps d'Honor, de la poitrine jusqu'aux cuisses.

— Où, murmura-t-il, aimerais-tu être fouettée ? (Il les fit tourner autour de ses seins.) Ici ? (Caressant plus bas, sur ses cuisses.) Ici ? (Remontant, il changea de prise sur le fouet pour cette fois frotter le manche sur ses replis délicats.) Ou peut-être ici ?

Elle eut un cri et il sut qu'elle était au bord du précipice. Il recula, changea de nouveau de prise et fit claquer le fouet. Les lanières de velours embrassèrent la peau empourprée de ses cuisses et son gémissement se fit grondement guttural.

— Plus largement, ordonna-t-il.

Écartant les jambes, elle plongea son regard dans le sien.

Sa caresse suivante la frappa à l'intérieur des cuisses et il vit la tempête monter dans ces yeux semblables aux forêts de minuit. Visant avec précision, il fit de nouveau un mouvement du poignet… Et le velours tomba sur les plis humides entre les cuisses d'Honor.

Elle jouit dans un cri. Ses bras se crispèrent alors qu'elle continuait de se cramponner aux barres de fer de la tête de lit, ses seins empourprés et son dos arqué.

Voulant qu'elle profite de l'instant, qu'elle en tire chaque goutte d'extase, il fit claquer le fouet une fois encore, cette fois-ci sur ses seins.

Le plaisir la renversa, elle était superbe. Laissant tomber le fouet, Dmitri se débarrassa de ce qui lui restait de vêtements et s'installa entre ses cuisses, entrant en elle pendant que sa jouissance retombait lentement, et que sa chair tremblait encore des répliques de l'orgasme. De minuscules muscles internes se contractaient autour de Dmitri, lui faisaient presque perdre son contrôle. Mais il avait eu des siècles pour l'aiguiser et il entendait tirer tout le plaisir possible de cette nuit.

En gémissant, Honor le tint fermement alors qu'il la pénétrait en des poussées lentes, paresseuses, qui aguichaient mais ne tenaient jamais leurs promesses. Dix longues minutes plus tard, leurs corps étaient luisants de sueur. La femme qui était sienne, allongée sur le dos, agrippait les draps et tentait de le forcer à entrer plus profondément en elle en serrant ses chevilles autour du dos de Dmitri.

— Plus vite.

— J'ai gagné la session d'entraînement, lui rappela-t-il. J'ai le droit de faire tout ce dont j'ai envie. (Se penchant en avant, il lécha une gouttelette de sueur sur la gorge de la jeune femme.) Et là tout de suite, je veux te prendre lentement et tranquillement.

La poitrine haletante, Honor essaya de passer sa main entre leurs corps. Il l'en empêcha et lui bloqua les deux bras au-dessus de sa tête, en saisissant les deux poignets de la jeune femme d'une seule main.

— Vilaine fille. (Soutenant son regard, il la caressa de nouveau, entendit sa frustration dans le long gémissement qui montait de l'arrière de sa gorge.) Effrayée ?

C'était une vraie question, parce qu'il la retenait.

— Non. (Elle se cambra pour mordre la mâchoire de Dmitri.) Mais toi, tu devrais l'être.

Faisant rouler ses hanches, le vampire l'aima d'une manière qui poussa la jeune femme à fermer les yeux et à tendre ses seins vers sa bouche. Il saisit l'occasion pour sucer ses tétons et jouer avec, tout en continuant de la tourmenter avec sa queue. Lorsqu'il releva la tête et réclama un baiser, elle suça sa langue… Puis elle fit la seule chose qui lui avait toujours fait perdre le contrôle, même avant sa Transformation. Fourrant son nez contre la gorge de Dmitri, elle planta ses dents sur son pouls tout en le léchant.

Il grogna et relâcha les poignets de la jeune femme pour agripper ses cheveux et l'éloigner de sa gorge – en prenant soin de ne pas lui faire mal – même quand il s'enfonça en elle jusqu'à la garde dans le même mouvement.

Elle en eut le souffle coupé.

— Oh mon Dieu.

— Comment se fait-il que tu saches faire cela ? chuchota-t-il en utilisant son autre main pour repousser un genou de la jeune femme et lui écarter les cuisses plus largement.

C'était une caresse très spécifique, une qu'il avait découverte avec Ingrede. Durant les années qui s'étaient écoulées depuis, d'autres femmes – dont Favashi – avaient essayé d'atteindre sa gorge, mais il ne l'avait jamais, jamais, laissée sans protection.

Jusqu'à Honor.

— Tu as refusé de tomber amoureux de qui que ce soit d'autre, Dmitri. (Un murmure qui avait l'impact d'un coup de fusil.) Alors j'ai dû revenir pour toi... époux.

Tous les muscles du corps de Dmitri se raidirent.

— *Non.*

La réponse d'Honor à ce seul mot dur n'était pas ce qu'il attendait.

— Tout va bien. (Prenant son visage en coupe de ses mains douces, elle sourit perfidement, ses yeux illuminés par un amour si profond qu'il pensait être submergé par ce vert de minuit miroitant.) Tu n'as pas à me croire ni même à me penser saine d'esprit. Laisse-moi seulement t'aimer.

Ses mots suivants furent murmurés dans une langue ancienne, oubliée, un dialecte qui avait été parlé seulement dans un tout petit village depuis longtemps disparu de la surface de la terre – un dialecte dont seul Dmitri se souvenait. Sauf que son rythme chantant tombait des lèvres d'Honor comme si elle avait couru à perdre haleine à travers les mêmes champs, dansé sous le même soleil brillant.

— J'ai toujours été un peu folle lorsqu'il s'agissait de toi.

— Je ne peux pas… commença-t-il, car ce qu'elle lui offrait, c'était trop, c'était un cadeau trop douloureux.

— Chut. (Elle passa ses doigts dans les cheveux de Dmitri.) Tout va bien.

— Non.

Tout n'allait pas bien, et n'irait pas bien jusqu'à ce qu'il ait les réponses à ses questions.

— Si têtu. (L'embrassant lentement et langoureusement, elle le retint en elle avec ses jambes alors qu'il voulait se retirer.) J'aurais dû m'y attendre de la part de celui qui a une fois gravi une montagne à l'aube pour me ramener des fleurs sauvages.

Le corps entier du vampire trembla sous le poids de la connaissance dans les yeux de la jeune femme, dans son toucher, dans sa voix. Toutes les petites choses qu'elle avait faites qui avaient titillé sa mémoire, l'écho de la joie d'Ingrede qui avait brisé son cœur quand c'était Honor qui riait, la façon troublante dont elle le *connaissait*, tout cela s'écrasa en lui dans un chaos indescriptible, ne laissant qu'un besoin cru dans son sillage.

— Laisse-moi te donner ce qu'il te faut, époux. J'ai attendu si longtemps. (Des mots obsédants mêlés à un désir exquis qui chantait dans ses veines.) *Bois*.

Le dernier fil de son contrôle se rompit.

Il rugit, rua en elle encore et encore, jusqu'à ce qu'elle se crispe autour de lui avec force et qu'il jouisse avec une telle satisfaction qu'il n'eut aucun souvenir d'avoir planté ses crocs dans son cou. Puis le goût sauvage, amer de son sang le frappa avec la férocité d'une tempête de vent, et soudain, son sexe se raidit de nouveau.

Honor sentit ses yeux s'écarquiller quand Dmitri recommença à bouger. Ses crocs envoyaient une vague de plaisir voluptueux à travers elle – un plaisir sensuel, persuasif, au goût délicieux de péché, de sexe et de mal... Ce qu'elle vivait ressemblait si peu à ce qu'elle avait expérimenté dans le sous-sol que toute comparaison aurait été risible.

Elle gémit sous cette houle opulente qui traversait ses muscles épuisés et son corps brisé par le plaisir. Elle sentait en elle la dure excitation de Dmitri, son besoin impérieux.

— Oh mon Dieu, Dmitri.

Son épaisse longueur s'enfonça encore un peu plus loin dans la chair d'Honor, envoyant des ondes d'extase à travers tout son corps tandis qu'il se penchait sur son cou pour se nourrir. Elle plongea sa main dans les cheveux du vampire, le retint contre elle ; la sexualité brûlante du moment contrastée par une tendresse folle. Il suça âprement, et le corps de la jeune femme se cambra.

Émettant un bas et profond soupir de satisfaction, il se retira, puis revint et lui fit connaître un orgasme qui semblait ne devoir jamais finir.

Les muscles de la chasseuse tremblaient encore de ce plaisir érotique quand, mettant un terme à son baiser de sang, il lécha les petites blessures, suça de nouveau sa peau, et releva la tête.

— Nous n'en avons pas fini, ronronna-t-il à son oreille alors qu'elle laissait retomber ses jambes du dos du vampire, trop épuisée pour continuer le moindre effort. Tendant la main entre eux, il pinça légèrement le clitoris d'Honor de ses doigts qui ne la connaissaient que trop bien.

Un autre orgasme la traversa, intense, si intense.

— Je n'en peux plus.

C'était une plainte.

— Menteuse.

Il se laissa basculer en arrière, et elle se redressa sur lui, ses mains caressant sa poitrine, ses bras.

Il avait une patience infinie et ne comptait pas lui donner ce qu'elle voulait cette fois-ci. Une demi-heure plus tard, elle léchait sa gorge, égratignait son dos, et menaçait d'utiliser une lame contre lui. Alors il retira enfin sa queue, dans un cri de frustration d'Honor, puis écarta largement les cuisses de la jeune femme et baissa la tête pour prendre son clitoris en bouche et le sucer.

Le choc érotique fut si extrême qu'il en brûla ses terminaisons nerveuses et lui causa des éblouissements. Elle était pratiquement sûre d'avoir perdu connaissance le temps d'une aveuglante seconde. Lorsqu'elle finit par relever ses paupières lourdes, ce fut pour sentir son beau et dangereux Dmitri pénétrer en elle en une poussée primale, de pure possession.

Chapitre 38

Fraîchement douchés, ils parlaient, assis sur le lit. Honor était appuyée contre la poitrine de Dmitri, son corps doux et chaud appartenant au vampire. Absolument, catégoriquement *sien*.

— Je ne pouvais pas te cacher cela, dit-elle pendant qu'il faisait courir ses doigts dans la chevelure qu'il avait séchée alors qu'elle était paresseusement affalée contre lui, satisfaite. Mais je m'étais préparée à une incrédulité totale, je pensais qu'il allait me falloir des années pour te le prouver.

Prenant la main d'Honor, il l'étala sur son cœur.

— Une partie de moi le savait depuis le début. (Elle était en lui. Son âme lui avait redonné goût à la vie.) Je n'étais juste pas prêt à l'accepter consciemment.

Honor était celle qui était brave, celle qui avait fait le grand saut vers l'espoir.

La main de cette dernière se serra.

— Je sais que cela va énormément te blesser, mais j'ai besoin d'avoir une réponse à cette question. (Des yeux irisés de larmes, comme des bijoux sous la pluie.) Misha… qu'ont-ils fait à Misha ?

Une brûlure insupportable sur sa poitrine, l'odeur de la chair et des muscles se calcinant, les hurlements silencieux de son corps. Mais il garda ses lèvres scellées, bien que cela lui coûtât une partie de son équilibre mental.

— Voilà, mon amant. Comme ça, tu ne m'oublieras jamais. (Les lèvres rouges d'Isis appuyant sur la chair brûlée au fer, sa langue creusant dans la blessure encore douloureuse.) Tu me porteras toujours en toi.

Son visage sans défaut resta serein quand elle souleva le tison et l'appuya contre la chair de Dmitri une seconde fois pour affirmer de nouveau sa déclaration.

L'obscurité le submergea, et lorsqu'il reprit conscience, sa poitrine était striée d'une cicatrice si large et épaisse qu'il pensa que rien ne l'effacerait jamais. Il leva la tête et découvrit Raphael en train de regarder fixement la marque avec une intensité froide qui exprimait toute sa haine meurtrière. L'ange ne dit rien, mais lorsque leurs yeux se rencontrèrent, il secoua brutalement la chaîne qui maintenait sa main gauche contre le mur. Cela prit un moment à l'esprit hébété de Dmitri pour voir, pour comprendre.

La pierre était en train de céder. Cela lui avait pris un an, mais Raphael avait suffisamment ébranlé ses liens pour les briser – maintenant, Dmitri devait simplement survivre, et devenir plus fort une fois encore. Et il y parvint, bien qu'Isis l'ait presque anéanti. Mais il ne le faisait pas pour la tuer, même si ce besoin enflammait son sang comme une fièvre. Il le faisait afin de pouvoir de nouveau tenir son fils dans ses bras, le seul membre de sa famille qu'il lui restait.

— Chut, Misha, dit-il, sa voix cassée, éraillée, lorsque son fils hurla et convulsa, son corps frêle attaché au mur par un collier d'acier autour de son cou. Papa va bientôt être là et tout ira bien.

Il avait tenu sa promesse. Il avait offert la paix à son fils.

La culpabilité l'oppressait.

— Isis a essayé de le Transformer.

Une exclamation horrifiée.

— Il était trop jeune.

— Oui.

Dmitri ne trouvait pas les mots pour exprimer sa souffrance, mais lorsque Honor leva les mains pour venir prendre ses joues en coupe, il baissa la tête vers elle, la laissa appuyer ses lèvres contre ses yeux clos, contre ses lèvres.

— Je comprends. (Sa voix était un murmure rauque.) Tout va bien, Dmitri. C'était la seule chose à faire.

Dmitri n'avait pas pleuré, pas depuis un millier d'années. Mais le souvenir de la douleur atroce qu'il avait ressentie lorsqu'il avait bercé le corps de son fils, lorsqu'il avait plongé son regard dans ces yeux enfiévrés, emplis de douleur et d'une folie qui avait déjà poussé Misha à dévorer sa propre chair, lorsqu'il avait soutenu le regard de son enfant jusqu'à la fin, lorsqu'il avait mis un terme à la vie de son garçon beau et brave... cela le déchira, livrant passage à des rivières de souffrance aiguë.

Il aurait sombré sans la femme qui le tenait à travers la tempête, et dont les larmes se mêlaient aux siennes, dont les douces mains lui offraient le pardon pour un crime qu'il ne s'était lui-même jamais pardonné.

— J'étais leur père, dit-il finalement. Caterina, Misha... Je n'ai pas pu les protéger. Je n'ai pas pu te protéger, toi.

Honor secoua la tête.

— Tu as lutté pour nous. Tu as abandonné ta fierté, ton corps, ta liberté. Mais plus que tout, tu nous as aimés à un point inimaginable et nous avons su ce que c'était que d'être adoré. (Prenant de nouveau son visage entre ses mains, elle appuya son front contre celui de Dmitri.) Si j'ai eu une seconde chance, ne crois-tu pas que nos bébés doivent en avoir une aussi ?

Son chuchotement ne balaya pas la peine qu'il éprouvait de les avoir perdus, mais lui donna une lueur d'espoir. Et avoir cette femme entre ses bras, c'était un cadeau que personne ne pourrait jamais lui enlever.

— Ingrede ou Honor ?

Cela n'importait pas pour lui, l'essence de cette femme était inscrite dans son âme d'une encre indélébile.

— Ingrede a vécu une autre vie, était une autre femme. (Un baiser sur la joue de son amant, suivi d'une grimace.) Je suis Honor, alors ne commence pas à penser que je vais enfiler des jupes et être une femme au foyer.

— Tu peux faire tout ce que tu souhaites, dit-il, tant que tu ne t'éloignes pas de moi. (Il ne le permettrait pas, ne pourrait le supporter.) Je t'ai attendue presque mille ans. Je ne peux te donner cette distance.

— *Dmitri*. (Ce ne fut que bien plus tard qu'ils parlèrent de nouveau. Le besoin qu'il avait d'elle était un puits sans fin qui ne s'assécherait jamais.) Je n'ai aucune envie d'instaurer une distance entre nous, dit-elle, brossant en arrière les cheveux du vampire, caressant sa mâchoire. (Des petites touches d'amour constantes.) Le poste de professeur de langues anciennes à l'Académie de la Guilde n'est toujours pas pourvu. Je vais postuler.

— Bien. (Il prit la main d'Honor pour la porter à ses lèvres, et l'embrassa.) Nous nous marierons au point du jour.

Sa femme porterait son alliance, serait sienne de toutes les manières qui soient.

— Espèce de vieux jeu. (Un rire, familier et nouveau à la fois, s'enroulant autour de lui, le réchauffant.) J'espère que tu sais que tu porteras une alliance toi aussi.

— J'ai attendu une éternité pour le faire de nouveau. (Corps et âme, elle le possédait.) Je suis tien. Toujours.

Un voile sur ses yeux.

— Je t'*aime*.

— Même si je ne suis plus aussi bon que par le passé ?

Il ne le serait plus jamais. Son âme était trop abîmée. La violence et l'obscurité l'avaient habité trop longtemps.

— Nous sommes tous les deux un peu déglingués – c'est ce qui nous rend intéressants.

Il voulait rire, mais sa poitrine était douloureuse.

— Souhaites-tu être Transformée, Honor ?

Si elle choisissait l'espérance de vie d'une luciole, celle d'une mortelle, cette fois-ci il partirait avec elle. Ce n'était même pas un choix, mais une simple vérité.

Honor se fit immobile.

— Je ne peux être l'esclave de personne, Dmitri. Jamais.

— Ce ne sera pas un problème. (Puis, parce qu'il s'agissait d'Honor, qui le connaissait comme personne d'autre sur terre, il reprit :) Tu ne serviras que moi.

— Homme arrogant. (Se soulevant pour le chevaucher, elle effleura le nez du vampire avec le sien, le frottant de cette manière familière.) Au début, j'ai pensé que non, que je ne pourrais jamais être l'un de ces monstres. Mais nous n'avons jamais eu notre chance, Dmitri. Je *veux* cette chance. Je veux cent vies avec toi.

Il ne lui laissa pas le temps de changer d'avis. Il était trop avide de chaque instant, de chaque seconde.

— Nous commencerons le processus après la cérémonie de mariage.

— Penses-tu que la Guilde m'acceptera ? (C'était une question inquiète.) L'Académie n'a jamais fait preuve de préjugés envers les instructeurs vampires, mais… mes amis.

— Si ce sont des amis, ils seront à tes côtés.

Oui. Elle avait confiance dans la force des relations qu'elle avait tissées. Elle appuya sa tête contre lui, cet homme pour lequel elle avait lutté contre la mort même.

— Dis-moi ce que tu as vu, ce que tu as fait après ma mort.

Une main puissante serrant ses cheveux, possessive et sombre.

— J'ai vécu de nombreuses années.

— Ça va aller, répondit-elle, déployant ses doigts sur le cœur de Dmitri. Nous avons l'éternité devant nous.

10178

Composition
NORD COMPO

Achevé d'imprimer en Espagne (Barcelone)
par BLACK PRINT CPI
le 14 octobre 2012.

Dépôt légal octobre 2012.
EAN 9782290055069
OTP L21EPGN000433N001

ÉDITIONS J'AI LU
87, quai Panhard-et-Levassor, 75013 Paris

Diffusion France et étranger : Flammarion